Un feu d'artifice dans ma vie

Louise Guillemot

Un feu d'artifice dans ma vie

Roman

Le Code de la propriété intellectuelle n'autorisant, aux termes de l'article L.122-5, 2° et 3° a, d'une part, que les « copies » ou reproductions strictement réservées à l'usage privé du copiste et non destinées à une utilisation collective » et, d'autre part, que les analyses et les courtes citations dans un but d'exemple et d'illustration, « toute représentation ou reproduction intégrale ou partielle faite sans le consentement de l'auteur ou de ses ayants droit ou ayants cause est illicite » (art. L.122-4).

Cette représentation ou reproduction par quelque procédé que ce soit, constituerait donc une contrefaçon, sanctionnée par les articles L.335-2 et suivants du Code de la propriété intellectuelle.

© 2024 Louise Guillemot
Édition : BoD · Books on Demand GmbH, In de Tarpen 42, 22848 Norderstedt (Allemagne)
Impression : Libri Plureos GmbH, Friedensallee 273, 22763 Hamburg (Allemagne)

Couverture : Yannick MYTAE – Les éditions MYTAE
Relecture et corrections : Véronique ERRICO

ISBN : 978-2-3224-9768-3
Dépôt légal : Novembre 2024

Quand se succèdent renaissance, reconnaissance et résilience.

Tome 2

Apprivoiser l'inconnu

1

Urgence spirituelle

— Poussez-vous ! Poussez-vous ! crie Valentine.
— Chaud devant ! ajoute Diego.
— Salle 4, Professeur ?
— OUI, hurle-t-il sans ralentir.
— POUSSEZ-VOUS ! aboie Nora de plus belle.

Barrières latérales relevées, le lit médicalisé file à toute allure dans les couloirs de l'hôpital, poussé par Diego et maîtrisé par Nora en tête, une main sur le lit, l'autre brassant l'air pour chasser les futurs obstacles. À ma hauteur, le professeur suit le mouvement péniblement. On sent que sa petite taille et son âge lui donnent du fil à retordre. Il sue à grosses gouttes et doit avoir le palpitant qui bat la chamade tellement son visage a viré au rouge. La course ne doit pas faire partie des activités fréquentes mises en place par les protocoles de l'hôpital.

Le visage de Valentine est penché sur moi. Imperturbable, elle compte. La tête confortablement posée sur mon oreiller, les yeux rivés au plafond, moi aussi je compte. Je compte les néons qui défilent. Un, deux, trois…

Je ne comprends pas pourquoi ces gens sont si pressés. Si douce à mon chevet depuis deux ans, Nora se rebelle dans un registre que je ne lui connais pas. Elle rugit contre le personnel présent dans le couloir, importune les malades trop lents et vocifère contre la providence.

Mais, à bien y réfléchir, cette balade m'amuse. Je suis d'habitude cloîtrée dans ma chambre pendant quatre à cinq jours, immobile et branchée à une machine la plupart du temps alors on peut dire qu'aujourd'hui, il y a de la vie dans le service, ça fait plaisir. Foncer dans les méandres de l'hôpital me change de ma routine. Cela me rappelle les virées en vélo ou en tracteur à pédales à travers les nombreuses allées du jardin de mes grands-parents à Saint-Martin lorsque j'étais enfant. À vive allure, mes frères et mes cousins se disputaient les premières places pendant que je tentais de tenir la cadence derrière les plus téméraires.

— VIRAGE SALLE 4 ! braille Nora.

Diego ralentit. Ses semelles crissent sur le sol lisse en orchestrant un dérapage contrôlé. Le lit pivote, effectue un soubresaut puis entre dans une pièce remplie de machines et de matériels de médecine, consignés sur des paillasses et des chariots. C'est très grand. Je distingue à peine la superficie de l'endroit.

Habituée à la redondance de mes séjours au cinquième étage dont je connais presque tous les recoins, je suis contente de découvrir une aile du bâtiment inconnue jusqu'à présent. J'aurai peut-être aussi la chance de rencontrer de nouvelles têtes, qui sait !

Mon embarcation s'immobilise sous un long tube dont la faible luminosité ourle plus d'ombre le mobilier environnant qu'elle ne l'éclaire. Quelle chevauchée ! Je suis finalement arrivée à bon port.

Mes chauffeurs respirent vite, ils reprennent à peine leur souffle et s'activent déjà dans tous les sens. Diego se débarrasse d'un chariot en le dégageant avec force plus loin, vers le mur. J'entends le roulement des roues, puis un bruit net indiquant la fin de sa course, accompagné du tintement des instruments s'éparpillant sur le plateau métallique. Nora met mon lit en sécurité, actionne le frein, bloque les roues. Totalement à l'horizontale, je ne bouge pas et observe Valentine, impassible, haletante, perdue dans ses comptes. Nora baisse les barrières de mon lit et repositionne mon drap et mes cheveux. J'ai vraiment de la chance d'avoir autant d'attention.

Valentine change de position. Arquée à califourchon sur mon torse, elle retrouve la terre ferme sous ses deux pieds. Elle semble possédée par les chiffres, les mains posées sur ma poitrine. Vingt-six, vingt-sept, vingt-huit…

Parti à quelques mètres, Diego revient avec un autre chariot, plus grand, avec tiroirs et pied à sérum incorporé. Il tire le meuble à roulettes qui héberge un boîtier électronique muni d'un écran et de boutons bleus entourés d'électrodes recroquevillées, terminées par des pinces de couleurs différentes. Deux énormes vers de terre se trémoussent, accrochés à des poignées plates robustes. Aucune expérience avec cette machine ne me vient à l'esprit. Sûrement un examen complémentaire demandé par les équipes en dermatologie, sponsorisé par le professeur Hooper.

Nora se baisse, attrape et brandit une plaque en résine d'environ soixante centimètres par quarante.

— On la bouge ! crie-t-elle.

Aidés de Diego de l'autre côté du lit, ils me mettent sur le flanc gauche, installent la plaque sur le drap housse et viennent redéposer mon corps dessus.

— Je te remplace, indique Nora à Valentine.
— OK. Je m'occupe du BAVU.

Les compressions thoraciques reprennent. Un homme d'une quarantaine d'années fait irruption dans la salle, il ne se présente pas et marche vite tout en enfilant des gants à usage unique. Il bouscule le professeur pour se frayer un passage entre le chariot et Valentine. Il s'empare des poignées, y dépose un produit gluant. Ces mini-palettes, accrochés à des câbles saucissonnés, sont reliées à un boîtier qui, une fois allumé, parle tout seul. Il bipe et donne des ordres que chacun exécute. Il bipe encore.

— Chargé ! crie l'homme aux commandes en écho avec la machine.

— Dégagez !

Tout le monde s'écarte sauf lui.

— Je choque.

Il colle alors les deux grosses poignées sur mon torse. Il ne prend même pas la peine de les mettre de façon symétrique. Moi qui aime la logique et les structures coordonnées, c'est le genre de chose qui me chiffonne.

Un courant électrique chatouille mon corps en un bond rapide.

Valentine farfouille dans le chariot d'urgence. Lorsqu'elle a trouvé l'insufflateur qu'elle cherche, elle met le masque sur mes lèvres. Nora reprend les comptes, penchée sur moi et ma poitrine. Un, deux, trois…

— On en est où ? demande le professeur, visiblement inquiet.

— Toujours pas de pouls. Préparez-moi un milligramme d'adrénaline, exige l'homme aux gants bleus.

— Oui Docteur, lui répond Valentine. Diego, viens tenir le BAVU.

— Vous avez une voie ?

— Oui, pas de problème.

Je me sens bien, prise en charge par une équipe impliquée qui semble appliquer à la lettre un protocole validé et donc jugé efficace. Je vais les laisser exceller dans leur domaine et me plonger à mon tour dans une activité que je maîtrise à merveille depuis deux ans : la sieste.

Je suis sûre que je peux battre le record de la sieste la plus longue, il suffit d'y croire, de croire que tout est possible. À ce moment-là, j'y crois, aidée par un néon aveuglant qui a compris ma demande et crache enfin un faible halo à peine visible, déclinant sa lueur de seconde en seconde. Voilà, je suis déjà ailleurs, au calme, loin de ces machines médicales qui ne savent que hurler de frustration…

— Ravissante, la p'tite infirmière aux lunettes, clame une voix sur ma droite.

Je savais bien que j'allais rencontrer du monde dans ce vaste espace. Cheveux en pétards, cernes autour des yeux, un adolescent d'environ seize ans détaille Valentine, un sourire coquin et un grain de beauté au coin des lèvres.

— Elle est charmante, dis-je pour entamer la discussion.
— Je craque.
— Et surtout très douce dans ses gestes.
— Cela ne m'étonne pas. Je crois que je l'ai croisée il n'y a pas si longtemps.
— C'est possible, on vient du cinquième étage. C'est là-bas qu'elle exerce.
— Ah, c'est ça, le cinquième, dit-il songeur.
— Vous êtes déjà venu ?
— Oui, j'y suis passé la semaine dernière.
— Vous êtes venu voir un proche ?
— Jeanne est vraiment cool. Quatre-vingt-onze ans et une pêche d'enfer.
— Quelle chance !
— Elle m'a expliqué qu'en cas de doute ou de chagrin, elle a toujours une phrase à portée de main susceptible de lui remonter le moral.
— Ah bon ?

— Il y a trente ans, elle s'est fait tatouer sur l'avant-bras la simple phrase « *Never give up* ».
— Génial !
Le professeur s'approche de moi, craintif mais déterminé.
— Pff… Il va nous faire une syncope, le vieux, déclare l'adolescent.
— James ! s'offusque une voix sur ma gauche. Tu sais que je n'aime pas lorsque tu parles avec si peu de respect.
Chauve, barbe longue, l'homme âgé est peu ridé et semble rempli de sagesse derrière son ton taquin.
— Oui, Maître ! exagère James.
Puis, s'adressant à moi comme dans une confidence, l'adolescent murmure à mon oreille.
— Ali n'a pas le même humour, c'est déconcertant parfois.
Je lui souris, amusée.
— Ne te moque pas des hommes qui font de leur mieux avec les moyens dont ils disposent, ajoute Ali.
— Oui, je sais… Mais ce pauvre toubib, je sens qu'il va tourner de l'œil.
— Je ne crois pas. Il est solide.
— Tu le connais depuis plus longtemps que moi, je sais ! énonce-t-il, blasé.
— C'est certain.
— Tu n'en as pas marre de les voir s'acharner comme des enfants capricieux prêts à avoir raison coûte que coûte ? demande James à l'attention d'Ali.
— Fais preuve d'empathie, James, l'ignorance est une prison confortable pour l'être humain.
Au milieu de ces deux compères un peu particuliers, je me demande pour quel nouvel examen je vais auditionner. C'est vrai que le professeur n'en mène pas large. Lui qui semble infaillible paraît aujourd'hui en proie à des tourments certains. Les mines de Valentine, Nora et Diego affichent les prémices

d'un châtiment énigmatique. Qu'est-ce qui peut les tracasser à ce point ?

— Il pense être plus fort que tout, déclare James.

— De qui parlez-vous, du professeur ?

— Mais non, ricane-t-il, de l'être humain !

— Ah, dis-je sans comprendre.

— Il faut lui dire, Ali. J'en ai assez de me marrer tout seul.

Ali acquiesce. D'un geste de la main, il invite James à poursuivre, restant un observateur attentif et discret.

— Lou, regarde, m'ordonne James.

Mais comment il connaît mon nom, cet ado écervelé ?

James rit. M'aurait-il entendue penser ? Il ferme les yeux de plaisir quelques secondes. En les rouvrant, il me fixe et ajoute, plus sérieux.

— Je t'entends, tu sais.

Je lève un sourcil de questionnement.

— Regarde.

Il m'indique alors une direction du doigt qu'il suit des yeux. Les miens se perdent dans le vague. Qu'y a-t-il à voir, d'ailleurs ?

— Plus bas, plus bas, insiste James.

Là, devant moi, deux mètres plus bas, un groupe de personnes s'assure du confort de l'hôte couchée au lit. Au cœur de la scène, une femme étendue, partiellement dénudée, paisible, se repose.

Soudain, je percute.

L'ambiance n'est pas aussi tranquille qu'elle ne le paraît. Une équipe médicale se bouscule autour d'un lit médicalisé. Les mines sont défaites et l'agitation est grande. Un massage cardiaque, voilà ce dont il s'agit !

— La pauvre jeune femme, elle a l'air bien mal en point ! dis-je la main sur la bouche.

— Mais non, elle va très bien, son enveloppe charnelle est juste morte, précise James.

— Et c'est une bonne nouvelle, ça ?

— Oui, cela veut dire qu'on va pouvoir enfin se marrer un peu.

— Avec qui ?

— Et bien avec toi, pardi ! Ton corps est là, en bas, mais toi tu es avec nous, ton esprit sans limite va pouvoir enfin s'exprimer et moi, je vais m'éclater à te montrer les possibilités infinies de l'âme.

— Hein ?

Je contemple cette femme en contrebas. Il est vrai qu'elle me ressemble un peu, beaucoup, et, au-delà des apparences et de mon manque de souplesse d'esprit dans le monde réel, je n'ai pas de difficulté à croire ce que m'annonce ici James. Les choses sont simples et limpides. Une partie de moi est en bas, léthargique, si petite et si frêle tandis que je me sens enfin libre et sereine, en haut, dominant la scène, aux côtés de James et Ali.

J'examine mes deux voisins. Des formes évanescentes baignant dans une lumière chaude et luisante, une chose est sûre, je suis dans une autre dimension. Nous sommes tous les trois assis en tailleur dans une légèreté infinie. Je considère ma main droite en la levant devant mes yeux et constate qu'elle aussi a des allures fantomatiques, éblouie par des éclats radieux. Tout mon être est illuminé d'un soleil chatoyant, identique à celui des garçons. Enfin, c'est vite dit. Des garçons, des garçons… Ce sont plutôt des êtres de lumières, si j'ai bien compris.

— Vous êtes mes anges gardiens ?

— Nous ne sommes pas là pour répondre à cette question, affirme Ali, toujours en paix avec lui-même, le regard au loin.

— Peu importe, Lou, on est qui tu veux pour l'instant.

— Mais alors pour quelle raison êtes-vous là ?

— Pour répondre à TA question, bien sûr ! s'exclame James, enthousiasmé.
— Ah, dis-je, pensive.
— Pour savoir ce qu'il y a après la mort, voyons ! Tu poses la question si fort et si souvent qu'Ali a décidé d'intervenir. Lui et moi avons répondu des dizaines de fois à ta question mais tu n'entends rien, tu es si prévisible. Vous, les humains, vous avez tendance à ne trouver des réponses que dans la matière. Quelle hérésie !
— Il est possible que je sois parfois un peu frigide à l'idée de désorganiser mon monde…

James explose de rire. Je ne lui en veux pas. Moi aussi, j'ai envie de rire en entendant mes propres mots. Lorsqu'il retrouve son calme, il s'adresse à son ami.
— On pourrait faire une exception, Ali. C'est trop dur d'attendre qu'elle nous rejoigne pour l'éternité et comprenne les mystères de l'univers. J'ai envie de m'amuser maintenant !

Ali nie de la tête. Il ne parle vraiment pas beaucoup.
— Alors, je suis morte ?
— Dans ce rêve, oui, déclare James.
— Mais alors si c'est un rêve, je vais me réveiller tôt ou tard.
— On applaudit bien fort la jeune femme pour cette phrase d'une grande profondeur !
— James, va à l'essentiel, je te prie, intervient Ali.
— Tu sauras que c'est vrai, explique James. La plupart des rêves, on les oublie au réveil ou dans les minutes qui suivent alors je vais te donner une décharge si forte que tu ne pourras pas oublier ce moment, ni la conversation que nous avons eue. En attendant notre prochaine rencontre, je te salue, Lou-Ange du monde des hommes.

Il me sourit puis nous échangeons une poignée de main provoquant un choc aussi énergique qu'une décharge électrique lancé par un défibrillateur.

Happée par une force inconnue, je m'éclipse et me réveille en sursaut. Étourdie, j'ai du mal à reprendre mes esprits. Suis-je encore en train de dormir ? Où sont mes secouristes ? J'ouvre de grands yeux. Je capte le noir de la pièce et la lumière allumée du couloir qui dessine une rainure lumineuse sous ma porte. Je suis dans le lit de l'hôpital, seule dans ma chambre au cinquième étage. Essoufflée, mon cœur bat très vite mais aucun doute, je suis vivante.

J'attrape mon téléphone sur la table de lit à roulettes.

2 h 07.

Le silence.

C'est la nuit, tout va bien.

C'était donc un rêve. Un simple rêve comme on en fait tous. Un petit rire moqueur bourdonne dans ma poitrine.

« Tu sauras que c'est vrai », me disait le personnage de lumière dans mon rêve. Je suis folle ou quoi ? Moi, scientifique jusqu'au bout des ongles, moi la reine du contrôle et de la rationalité, comment donner de la légitimité à ces phénomènes ? Jamais !

Et pourtant, le doute s'installe en moi face à l'évidence qui émane au creux de mon ventre. Une intuition familière, comme un ami perdu de longue date que l'on est content d'accueillir à nouveau dans notre vie. Rêve ou pas, je me sens plus légère, vidée d'un poids et d'une question existentielle pesante. Ma peur de la mort a disparu et c'est bien là l'essentiel.

Sûrement contents du tour qu'ils m'ont joué, tels des chamans ravis d'avoir organisé une transe ambiguë, je dis au revoir à mes guides. Je me rendors plus sereine au son de deux voix insidieuses qui rient de me voir si incrédule : celle de James et celle de mon intuition.

2

Réveil brutal

Je suis réveillée à 7 h par l'équipe du matin.
— Bonjour madame Chevalier, c'est Nora, vous avez bien dormi ?
— Oui, dis-je en étirant mon corps endolori.
— Attention, j'allume.
Une lumière éblouissante jailli du néon encastré dans le mur au-dessus de mon lit. Mes paupières grésillent en silence.
— L'équipe de nuit m'a dit qu'elle a dû reprendre et finir les injections vers 2 h du matin, suite à une très mauvaise tolérance du traitement.
— On peut dire ça.
— Vous avez l'air épuisée.
Epuisée, mais en vie.
Ce matin, je la trouve plus rayonnante que d'habitude. Elle contourne mon lit, prend mes constantes et se dirige vers la fenêtre.
— Je monte le store et je vous laisse vous réveiller tranquillement. Diego va vous apporter le petit déjeuner.

Je reprends doucement contact avec mon corps fatigué et courbaturé. Mes craintes de ressentir des maux intenses se dissipent en retrouvant mes sens et mes muscles plus apaisés. Le feu allumé la veille n'est que cendres et débris. Pourrai-je me reconstruire à partir de ces restes incandescents ?

Nora a quitté la chambre, Diego est passé, mon bol de thé fume et une odeur intense de citron nargue mes narines. Je n'avais jamais remarqué ce parfum tranquille et apaisant embaumant ma chambre aux lueurs du matin. J'observe les volutes de fumée monter du bol en une danse sage et harmonieuse me ramenant à mon enfance et au bol de thé que ma mère préparait tous les matins dans notre cuisine rouge donnant sur la forêt normande. C'est bizarre. Je me sens...

Mes biscottes crépitent au contact du beurre, puis la confiture épouse la matière grasse comme du satin. Une fois en bouche, c'est une explosion de saveurs. Une houle de sucre inonde mon palais, la pâte jaune stimule mes papilles et me replonge en Normandie, à la table du petit déjeuner le dimanche matin aux côtés de FX et de Charly en culottes courtes.

Un doute fondé m'envahit, basé sur cette courte expérience troublante et mes souvenirs douloureux de la veille : il semblerait qu'au-delà des apparences, mes sens soient en éveil.

Je me tourne vers la lumière du jour qui m'obsède comme un homme assoiffé, impatient de se désaltérer. Une acuité nouvelle, décuplée, aiguise ma curiosité.

Derrière la fenêtre, au-delà du parking en contrebas se dessinent les coteaux de Pech-David, au sud de la Ville rose. Un immense parc de près de trois cents hectares culmine à cent trente mètres au-dessus de la Garonne et domine la ville par un point de vue exceptionnel sur Toulouse et la chaîne des Pyrénées. Des espaces verts à perte de vue, abritant une faune et une flore riche et variée. Face à moi, un brin de campagne se réveille doucement et embrasse le ciel aux mille couleurs flamboyantes. Au cinquième étage, j'ai la tête dans les nuages. Je n'avais, jusqu'à présent, pas pris le temps de regarder le ciel pourtant à portée de main. Un dégradé de rose, rouge, jaune et orange se dessine à l'horizon. Les teintes se fondent les unes dans les autres et m'offrent un spectacle de toute beauté. Cela fait bien longtemps que je n'avais pas observé la Nature avec assez d'humilité pour me ramener face aux champs de mon enfance normande, chargés de magie et d'innocence.

Vert clair ou vert foncé, je croyais que c'étaient les seules couleurs possibles, à part pour les décorateurs d'intérieur ou les peintres qui, eux, ont une vue plus panoramique de tous ces verts. Une histoire un peu hypocrite que l'existence de toutes ces nuances : c'est clair ou c'est foncé, et puis c'est tout ! Et bien je me trompais. Cette palette de multiples couleurs, diverses et variées, me saute aujourd'hui aux yeux. À travers la vitre, je contemple des sapins vert tempête, des peupliers vert bouteille, des cèdres vert kaki, de l'herbe vert tendre, des buissons vert poussiéreux, des arbustes vert froid. Je viens de découvrir une jungle et ses trésors de végétation.

Mon téléphone vibre. J'ouvre la photo envoyée par Natacha et admire l'entrée d'un bâtiment fastueux, une prouesse d'architecture aux moulures travaillées et aux ornements anciens, sculptés dans la pierre. Natacha se tient sur les marches de l'entrée, sous une immense marquise vitrée en fer forgé parée de lanternes noires. Dans quel endroit paradisiaque a-t-elle encore atterri ? Un message accompagne le cliché : « Je ne suis pas loin, je suis au Casino de Monte-Carlo, je passe bientôt te voir »

Cette nouvelle me réjouit, plus qu'à l'accoutumée apparemment. Mes yeux s'embuent de larmes. Ma mâchoire tremble. J'ai vraiment l'impression de ressentir les choses de façon excessive, comme si mes sens étaient à fleur de peau, capables de transcender les possibilités de la connaissance rationnelle. Souhaitant répondre à mon amie avant d'être de nouveau contrainte de suivre le rythme imposé par l'hôpital, je lui exprime ma joie de la revoir prochainement puis je passe mon téléphone en mode appareil photo et place l'objectif de manière à cadrer la fenêtre de ma chambre. Je prends un cliché et l'expédie à Natacha avec pour légende : « J'avais demandé une chambre avec vue sur mer. Finalement j'ai eu une chambre avec vue sur vert. »

Je n'ai pas réussi à me noyer dans la télévision pour oublier les heures qui défilent. Cet écran m'ennuie, inactif et redondant comme ma vie depuis deux ans. Je change de chaîne une dizaine de fois sans trouver de quoi m'évader et, contre toute attente, les couleurs et la vitesse des images m'agressent dorénavant la vue, les dialogues et les bruitages des scènes brutalisent mon ouïe. Je finis par éteindre, découragée par cette adversité immobile.

Malgré mon inquiétude grandissante, les injections d'aujourd'hui n'ont pas été aussi impressionnantes que celles d'hier. Errer dans les limbes de mon esprit, assommée par ce traitement qui coule dans mes veines, a quelque chose de familier. Un sentier obscur tellement arpenté qu'il semble moins effrayant. Je n'ai plus peur de mourir.

Je ne sais pas vraiment ce qu'il s'est passé cette nuit, shootée aux médicaments et anéantie par la douleur mais une chose est sûre, la terreur de mourir sans savoir ce qu'il peut exister après ou non a disparu, remplacée par une soif de vivre plus accrue d'heure en heure. Réveillée par ces sens à l'affût, je m'enfonce dans le brouillard pour échapper aux effets indésirables des injections d'immunoglobulines.

Mon téléphone bipe. Charly.

— Salut sœurette, il est 19 h 04, c'est bientôt l'heure de l'apéro ?... Euh, de dîner, pardon.

— Tu ne saurais pas si bien dire. Je suis servie.

— Qu'est-ce que tu manges ce soir ?

Je prends une photo de mon plateau repas et lui envoie instantanément avec une légende : « J'avais demandé un steak-frites mais je crois que ma commande s'est trompée de chambre. »

— Le hachis parmentier est à base de pomme de terre et de bœuf comme le steak-frites, non ?

— Bien vu, frérot, les cuisiniers ont certainement pris des initiatives et fait parler leur créativité, suite à ma commande.

La prochaine fois, je demanderai un éclair au chocolat.

3

Premiers pas

En général, lorsque l'on sort de l'hôpital après un court ou long séjour, on est soit mort, soit guéri, mais dans mon cas, ce n'est ni l'un, ni l'autre. On te rafistole comme on peut, on te remet sur pieds, même si c'est artificiel et pas toujours aussi efficace qu'on le voudrait, malgré la bonne volonté de chacun.

Entre deux mondes.

Mes émotions sont en ébullition, le lâcher-prise est difficile et ma confiance en moi en a pris un sacré coup mais bon, il y a encore du potentiel. Ce n'est pas le cas chez tout le monde après un cataclysme médical.

La plupart des gens ne se souviennent pas de leur quotidien avant l'âge de deux ans. Quelles sensations a-t-on pu ressentir lors de ces passages obligés vers l'autonomie ? Un premier pas, un premier bain, une première bouchée de haricots verts ?

Face à ces épreuves médicales, il y eut pour ma part de nombreuses premières fois. Je suis un jeune enfant qui s'éveille de nouveau à la vie et des pépites de bonheur veulent maintenant se frayer un passage vers mon cœur bâillonné, imperméable aux émotions depuis deux ans.

J'ai eu le privilège de goûter à ces apprentissages.

Réapprendre à tenir en équilibre, à m'habiller, à parler, à manger, à boire, à déglutir…

Ce matin n'est pas un matin comme les autres.

— Vous allez y arriver, chère madame.

— Cher monsieur, je suis une femme démolie qui va patauger sur une galette en plastique gorgée d'eau.

— Ne soyez pas trop dure avec vous, chère madame. J'ai eu le feu vert du médecin du sport pour attaquer les choses sérieuses. En tant que kinésithérapeute, je vous assure que vos progrès sont graduels, mais bien visibles.

C'est quoi ce petit jeu de « cher monsieur et chère madame » qui s'insinue entre nous ? Je le trouve plutôt détendu ce matin, contrairement à d'habitude. Je compte encourager son initiative de politesse exacerbée pour mener la danse. Après tout, ces centaines d'heures de kinésithérapie en sa compagnie ne peuvent qu'avoir contribué au jeu des réussites.

J'ai laissé mes béquilles et mes chaussures dans l'une des cabines. Nous avons délaissé cette dernière, comportant une table d'examen et un bureau, pour une salle beaucoup plus spacieuse, l'antre de la rééducation…

Miroirs au fond, placards sur la droite, regorgeant de ballons, de tapis, de sangles, d'élastiques et de poids en tous genres. Trois fenêtres oscillo-battantes sont en enfilade à gauche. Le châssis de l'une d'entre elles est basculé, offrant une courte ouverture vers le haut. Elle laisse entrer une odeur d'herbe fraîchement coupée par la tondeuse du terrain voisin croisée en arrivant, cinq minutes plus tôt. Le soleil, invité ce matin, se faufile entre les lames des stores des hautes fenêtres et peint un décor de lumière zébrée dans la pièce. Je rejoins la galette rebondie en tâtonnant des mains sur le mur.

— La reprise de la conduite n'est pas passée loin de la catastrophe, dis-je pour combler le silence.

— Un simple accrochage, d'après les faits.

— Oui, à condition d'oublier la rayure latérale sur les portières droites avant et arrière sur quatre-vingts centimètres. Mauvaise évaluation de la trajectoire !

— Vous n'aviez pas conduit depuis des mois, un peu d'indulgence.

Je ne réponds pas.

— Et puis, personne n'a été blessé, chère madame, c'est tout de même le principal. Juste un peu de tôle abîmée.

— Je ne peux m'en prendre qu'à moi-même, c'est sûr. Le portail de la maison est si large qu'ouvrir un seul des deux vantaux était une habitude sans conséquence jusqu'à présent. Me faufiler tous les jours en voiture me permettait d'économiser du temps le matin en ne manipulant qu'un seul battant. Je ne pensais pas que j'aurais pu oublier à ce point une manœuvre si souvent reproduite. Un minuscule écart de trop sur la droite a suffi à ce que toute ma carrosserie en fasse les frais.

— Un souvenir de votre autonomie retrouvée.

— J'aurais peut-être dû reprendre des cours de conduite.

— Vous n'êtes pas un danger public pour nos concitoyens, chère madame. Il faut seulement reprendre confiance en vous.

Il sourit. Il n'arrête pas de sourire, d'ailleurs. Eh bien, il semble que ce petit jeu de « cher monsieur, chère madame » soit un divertissement qui le mette d'humeur cocasse.

Il ne me reste qu'un tout petit mètre à parcourir afin de monter sur la galette molle et pourtant, je n'arrive pas à détacher ma dernière main du mur. Nous avons fait des dizaines de fois cet exercice de musculation et d'équilibre mais sans aide, mon pied ne peut dompter ces mouvements de vagues incontrôlés. Impossible de me lancer sur cette mer agitée sans béquille d'aucune sorte.

Au moment où je décide de renoncer, une main chaude et forte agrippe mon avant-bras. Je lève les yeux et tombe sur un regard vert brillant d'assurance et de détermination.

— On ne renonce pas.

— On avait dit « chacun son rythme ».

— Le médecin du sport et moi-même sommes persuadés qu'il est temps de se lancer.

— C'est le même discours depuis des semaines.

— Croire en soi prend du temps.

— J'en ai marre, je veux marcher.

— Alors, on garde l'équilibre cinq secondes et après, on marche.

Je suis sceptique à l'idée d'abandonner les repères que constituent mes béquilles, les murs et les objets placés sur mon chemin en guise de « déambulateur par intérim ». J'ai appris à limiter mes déplacements et à réduire au maximum les pas dans mon domicile. La problématique actuelle est cette réduction de plus en plus drastique de l'univers que j'ai créé autour de moi à la suite de cette maladie. Un espace tellement restreint qu'aujourd'hui, j'étouffe entre les quatre murs de ma maison, cette prison luxueuse me protégeant des dangers de la vie, mais aussi inexorablement de la vie tout cours.

— On y va ? demande le kiné.

— Je ne sais pas si…

Sans attendre la suite de ma phrase, sa main libre agrippe mon autre avant-bras puis ses mains glissent le long de mes poignets, empoignent mes mains et tirent d'un coup sec en donnant un élan vif au reste de mon corps. Celui-ci se trouve alors propulsé sur le demi-ballon en équilibre. Par réflexe, mes pieds nus harponnent le PVC tandis que ma voûte plantaire est chatouillée par les minuscules picots apparents.

Le froid ressenti au contact du demi-ballon contraste avec la chaleur enivrante envahissant mes avant-bras puis mes mains.

La chair de poule me piège. Je manque de vaciller, tant par ces sensations nouvelles que par ma posture branlante sur cet objet peu coopératif. Mes yeux paniquent et partent dans toutes les directions à l'affût d'une solution de repli.

— Je suis là, résonne soudain une voix grave et posée.

Face à moi, le kiné ne bouge pas. Il a ancré ses pieds au sol comme un arbre solide grâce à de profondes racines enterrées. Lorsque mes yeux croisent ses billes vertes et luisantes, il serre encore davantage ses mains dans les miennes, signe de sécurité en sa présence, quoi qu'il arrive. Son regard m'envoûte, ce n'est pourtant pas la première fois que je l'observe en train de tenter de redonner vie à mon organisme fatigué. Des centaines d'heures de rééducation en sa compagnie et c'est seulement maintenant que je remarque son regard pénétrant. Aujourd'hui, il y a quelque chose de changé. Est-ce sa façon de me dévisager ou suis-je capable de voir au-delà des apparences ?

Il y a si longtemps que je n'avais éprouvé de tels sentiments.

— Je suis là, répète-t-il sans que je puisse détacher mon regard du sien.

Rassurée par ce roc d'une fermeté inébranlable, je laisse mon corps se contracter et osciller doucement, de plus en plus doucement jusqu'à trouver un point d'équilibre presque confortable.

À l'écoute de mes mouvements et comme habitué à un langage corporel bien plus parlant que des mots, le kiné abandonne prudemment la force de ses mains et s'autorise à relâcher la pression. Ses mains sont chaudes et rugueuses. Avec précaution, il écarte mes bras en croix puis, d'une extrême lenteur, fait glisser ses doigts contre les miens, éveillant en moi des désirs depuis longtemps oubliés. Nos doigts se frôlent de plus en plus furtivement pour finir par se séparer. Je suis donc seule aux commandes. Je sens le feu sur mes joues. Je ne suis pas sûre que mes muscles en action, fatigués par cet exercice, soient les seuls responsables de mon rougissement.

— Un, deux, trois… énonce le praticien.

Je suis en apnée, en équilibre, en vie.

Lui veille, me surveille, me réveille.

— … quatre et cinq ! s'exclame-t-il fièrement.

À l'évocation de ce chiffre libérateur, maladroite, je descends du demi-ballon et m'écroule malgré moi vers l'avant. Les bras du kiné me retiennent tandis que certains muscles viennent à mon secours pour restabiliser la bête. Troublée par cette promiscuité pourtant déjà vécue, je me laisse envahir par une nouvelle onde de chaleur au contact de sa peau mate et de sa poigne virile. Mon Dieu, mais qu'est-ce qui m'arrive ?

— Et bien, je peux noter que pour une fois, vous allez vers l'avant. C'est mieux que de plonger en arrière. Félicitations, chère madame, ces cinq secondes sont les premières d'une longue série sans aide d'aucune sorte.

— Heu… merci, dis-je en tentant de retrouver une once de dignité.

Enfin sur mes appuis, il s'écarte en jugeant de mon aptitude à tenir debout et fait deux pas en arrière.

— Allez, on remet ça.

— On fait comment si je me crashe ?

— Mes grands bras costauds apaiseront votre chute.

Je croise un petit sourire au coin de ses lèvres et une pointe de charme dans sa voix. À quel jeu joue-t-il ? Tous ces mois à faire et refaire plus ou moins les mêmes exercices, une routine mécanique installée, sans heurts et sans âme, sans vraiment d'humanité finalement sinon celle de me tirer d'affaire et de me remettre sur pied, physiquement du moins. Une rencontre platonique dans cette salle qui me rappelle à chaque visite que ma place n'est plus à la pharmacie mais ici, dans les couloirs de la maladie et de la rééducation.

— Alors, on se lance, réitère l'homme en ouvrant les bras à un mètre cinquante devant moi.

Deux ou trois pas, j'avais appris à maîtriser. Anticiper des points d'appui était devenu un jeu d'enfant au sein de mon environnement, la plupart du temps familier. Je suis en effet un enfant en plein apprentissage de la motricité et plus précisément aujourd'hui de la marche, cette activité que la plupart des gens pratiquent sans même reconnaître la complexité des différentes tâches qui se succèdent.

Les bras écartés comme un planeur, je pose un pied après l'autre. Mes jambes sont des morceaux de pierre sans grande vivacité, mais elles ont le mérite de me porter et d'obéir à ma volonté ce matin. J'ai toujours l'impression qu'il me manque une grande partie de mon capital musculaire. Il demeure muet, tapi dans l'ombre, pendant que le reste, rapatrié pour ma survie, assure un service minimum.

C'est le cas pour mes jambes dont je ne perçois qu'un échantillon de sensations, comme si des fragments de moi-même avaient disparu en rencontrant la dermatopolymyosite. Mes muscles manquent de vie et d'unité avec le reste de mon corps. C'est étrange de pouvoir avancer malgré ces trous en moi, remplis désormais de ces blocs de marbre aux contours grossiers, si lourds et si endormis.

Au troisième pas, le kiné recule. Je sens qu'il va me la jouer à l'envers puisqu'il s'agit bien de cela ce matin, de jeu de rôle et de jeux d'enfants. Je fais un pas de plus. Dos au miroir du mur, le praticien pivote légèrement et poursuit sa marche à reculons sur sa gauche. Il manque de heurter un mini-trampoline et se rattrape de justesse.

— Si le maître s'écrase, que va devenir l'élève ? ajoute-t-il en réajustant une courbe plus large.

J'avance encore. Je me dandine de gauche à droite. Je suis le chemin indiqué par le maître des lieux.

— Je dois ressembler à un robot rouillé avec cette démarche mécanique, dis-je sans grande estime pour moi-même.

— Je pensais que vous auriez plutôt l'image d'une princesse engourdie sortie d'un sommeil profond.

— C'est bien mal me connaître.

— Ah, et pourquoi ?

— Je déteste les princesses.

— Qu'est-ce qu'elles ont fait pour vous déplaire autant ?

— Rien, justement. Elles n'ont aucune personnalité, sinon d'être de grandes cruches écervelées incapables de penser par elles-mêmes, attendant bêtement la venue d'un prince charmant sans lequel elles sont incapables d'être heureuse, ou obéissant à des conventions ancestrales de la cour et de leurs pairs contraires à leurs idées. Foutaises ! Quand est-ce qu'elles vont se prendre en main et accomplir leur destinée à la sueur de leur front ?

— C'est ce que vous avez fait ?

— De quoi parlez-vous ?

— Vous avez pris les choses en main sans rien demander à personne ?

— Heu…

Sa question me désarme.

— Il est possible… que je me sois brûlé les ailes dans cette quête, dis-je essoufflée, en réalisant la part de vérité de cette métaphore.

— Il n'y a pas d'âge pour commencer un nouveau chapitre de sa vie en y intégrant des éléments plus en accord avec ses principes. Regardez, chère madame, je crois que vous êtes en train d'entamer le début d'une marche vers la liberté.

Il s'arrête net. Nous sommes près de l'entrée du couloir emprunté pour venir ici. Ma respiration est plus rapide, je sens mon sang pulser dans ma carotide. Ces réactions ne sont que les conséquences d'une prouesse longtemps rêvée : je marche.

En regardant autour de moi, je comprends que mes jambes ont été capables de parcourir la longueur de la salle en ignorant les points d'appuis y afférant. Je ne sais pas quoi ressentir. Des pensées se bousculent dans ma tête, en compétition avec mon cœur qui bout d'émotion et ne sait plus comment retenir les contradictions qui m'assaillent.

Est-ce bien réel ? Ai-je vraiment traversé cette pièce en une seule fois ? Je suis peut-être au milieu d'un songe avant que le réveil sonne, avant que les certitudes du présent anéantissent mes espoirs d'autonomie. Je cligne des yeux. Je fais danser mes mains dans les ombres rayées de la lumière puis je palpe mes cuisses. Malgré le manque de sensation dans mes jambes, tout semble authentique, jusqu'à la voix familière du kiné.

— Félicitations.

Il s'est approché de moi. Son visage est radieux.

— Comment vous sentez-vous ?

— Je… je ne sais pas. Je suis contente, heureuse, même, c'est incroyable, enfin non, marcher, c'est juste normal, l'homme marche, tout le monde sait ça mais je n'y croyais plus, enfin si, je savais que c'était possible car j'ai travaillé dur, je n'ai rien lâché, si, si, c'est normal, je ne fais que marcher et pourtant, j'ai peur que ce ne soit qu'une illusion, mes muscles font ce qu'ils veulent alors c'est comme un privilège qui peut disparaître de nouveau, si je m'accroche à cet espoir, je peux être déçue et je…

— Chut ! m'ordonne avec douceur le praticien.

Index sur les lèvres, il me regarde fixement. J'ai l'impression de redécouvrir ce regard posé sur moi, il a quelque chose de nouveau, une tendresse que je n'avais pas soupçonnée. Ce vert intense m'électrise, à moins que ce ne soient tous ces sentiments qui se manifestent en moi, ce mélange de joie, de peur, de fierté, de… je ne sais quoi d'ailleurs.

D'un geste inoffensif, un peu gêné, il passe son pouce sur ma joue. Je sens sa peau rugueuse, chaude sur ma peau humide, il vient d'essuyer une larme dont je n'avais pas conscience.

— Il y a effectivement beaucoup de sentiments en vous, chère madame.

Je suis mal à l'aise. Percevant mon trouble, le praticien change d'attitude. Il se racle la gorge, fait un pas sur le côté et passe la main dans ses mèches couleur châtain.

— Je ne soupçonnais pas que la tristesse puisse en faire partie, dis-je en reculant légèrement et en frottant mon visage de mes mains.

— Je ne pense pas. Cette larme est une larme de joie ou de soulagement, enfin cela n'engage que moi, analyse le kiné assez gêné en épiant à tour de rôle le plafond, le miroir et ses pieds.

Je n'ai pas envie d'analyser ce qui vient de se passer. J'ai mal aux jambes. Rester statique commence à réveiller des douleurs musculaires et des tiraillements dans mes membres inférieurs. Je gigote sur place et mon visage se tord à l'arrivée de ces nouvelles perceptions. Le praticien note mon changement de comportement et devine mes limites.

— Allez, nous avons fait un pas de géant aujourd'hui et nous allons nous quitter sur cette note positive, qu'est-ce que vous en dites ?

— C'est une bonne idée.

Il va chercher mes béquilles et me les ramène aussitôt. Je reprends appui sur mes partenaires avec réconfort puis nous échangeons de timides sourires. Je me dirige vers le couloir lorsque je croise une dame âgée, à la permanente impeccable.

— Bonjour madame, me lance-t-elle.

— Bonjour.

— Ah, madame Moulineau, l'interpelle le kiné, comment va ce poignet ?

— Il est moins gonflé.

— Tant mieux.

— Par contre, je n'ai pas trouvé ces balles dont vous m'avez parlé la dernière fois et que j'ai utilisées dans votre cabinet. Mes petits-enfants me disent de commander sur le net, c'est leur phrase fétiche, vous savez. On dirait que « regarder sur le net » est la solution à toutes leurs problématiques.

— C'est vrai que leur génération est à l'aise avec ça.

— Oui, et bien ce n'est pas très NET à mes yeux, tout ça.

— Vous avez de la répartie.

— Oui, j'aime les taquiner. Comment voulez-vous qu'une dame de mon âge puisse se contenter d'une telle réponse ? Je n'ai même pas d'ordinateur !

— Je vais vous aider, madame Moulineau, nous allons vous dénicher des balles de rééducation sans vous noyer dans la technologie, ne vous inquiétez pas.

— Vous êtes bien brave. C'est à moi ?

— Oui, je vous en prie. Allez m'attendre dans une cabine, j'arrive.

La dame me souhaite une bonne journée et disparaît de notre vue. Seul le bruit saccadé des perles de ses colliers qui se cognent les uns contre les autres carillonnent encore à nos oreilles en son absence.

— Rentrez bien, chère madame, et bravo pour ces progrès magistraux, me félicite le kiné.

— Merci. Je vais en rêver cette nuit.

— Si vous rêvez de moi, je vais vous demander de me payer en heures supplémentaires car travailler de nuit est très lucratif, s'emporte mon interlocuteur.

Le rouge me monte aux joues. Je baisse la tête et n'ose plus croiser ces billes piquantes de dérision. Qu'est-ce qui m'arrive ? Je dois vraiment avoir l'air cruche à fuir de la sorte.

— Je suis désolé, s'excuse le praticien, d'une voix honteuse, je dois faire preuve ici de professionnalisme et de sérieux mais c'est plus fort que moi, je ne sais pas ce qui m'a pris.

Moi non plus a priori, enfin si je sais, enfin non, je ne devrais pas... Ahh stop ! On arrête les dégâts sinon ma tête va exploser !

— Je vous promets de me tenir à carreaux désormais, ajoute-t-il, en posant sa main sur mon épaule.

Avant de se détourner, il m'adresse un sourire embarrassé et un œil en coin, ardent et déstabilisant, en guise de dernier échange.

Il s'éloigne d'une démarche un peu maladroite. Moi je reste là, à le regarder s'éloigner. Je regarde mes pieds. Je tape le sol avec le tampon de ma béquille. Je souris. Je devrais déjà être passée devant le mur de cartes postales et pourtant, je n'ai pas envie de rentrer. Contempler le plafond de ma chambre et ses quatre murs à la peinture défraîchie ne m'enchante guère. De toute façon, je ne peux pas.

Un détail devenu d'une importance capitale est venu s'immiscer à l'instant dans ma liste de priorités. Il faut que je le revoie, c'est urgent. Je ne peux résolument pas repartir d'ici tout de suite avant de l'avoir vu. Qu'est-ce que je vais lui dire ? Je n'en sais rien, j'improviserai. C'est décidé, je ne vais pas tergiverser plus longtemps. Plus j'attends et plus je risque de me mettre à bafouiller. Affronter l'inévitable est toujours la meilleure des solutions.

Vas-y Lou, tu peux le faire. Ce n'est pas la première fois que tu es dans une situation embarrassante. Tu vas gérer. Tu es une grande fille et parler de ces choses-là n'est pas si difficile quand on y réfléchit.

Je prends une grande inspiration et je me bouge.

Derrière la porte fermée de la cabine, j'hésite une seconde. Comment va-t-il réagir à ma demande ? Et s'il replongeait dans un embarras encore plus profond que le mien ? Trop tard, je ne peux plus reculer, j'aurais dû y penser avant de finir la séance, tout à l'heure. Il est temps que je lui pose la question.

Je toque trois coups.

— Entrez, me répond une voix polie.

J'ouvre la porte avec une précaution aussi précise et silencieuse que si le sommeil d'un nouveau-né en dépendait. La pièce est baignée de soleil. Il est là, un flacon opaque entre les mains, et je ne saurais dire si le vert de ses yeux est plus lumineux que tout à l'heure par la seule force de mon imagination ou grâce aux rayons de soleil autorisés à rentrer dans la pièce.

Au moment où il me reconnaît, il s'arrête dans sa tâche, ne me dit rien mais les traits de son visage se tirent et attendent sûrement une explication quant à mon retour si soudain. Je dois faire le premier pas, sinon il va croire que je suis une enquiquineuse venue quémander je ne sais quelle faveur supplémentaire. C'est un professionnel sérieux, a-t-il argumenté, je décide donc de lui poser la question qui me taraude de façon directe.

— Est-ce que je peux récupérer mes chaussures ?

4

Accepter

— Christophe, tu y vas ?
— Oui, je suis à la bourre, me répond mon mari. Je n'ai pas bossé ce matin mais là, il faut que je file, le boulot m'attend.
— Ah, dis-je déçue.
— Quoi ? demande-t-il, interpellé par ma mine de chien battu.
— Je ne veux pas te mettre davantage en retard mais je me disais que tu pourrais me sortir une des deux chaises longues du garage avant de partir, comme ça je m'allongerais dehors pour prendre un peu l'air.

Mon mari souffle, contrarié par ce contretemps. Il finit de lacer ses chaussures, se lève, attrape sa veste qu'il revêt prestement puis pioche ses clefs dans la coupelle de l'entrée.

— Mais je t'en avais parlé hier soir au dîner, tu avais l'air partant pour cette idée, dis-je pour me justifier.
— Oui, oui, s'agace-t-il.
— En plus, il fait super beau aujourd'hui.

Je ne sais pas si c'est la pitié contenue dans mes yeux de Bambi ou bien son adhésion à mes arguments qui ont fait pencher la balance. À moins que ce ne soit l'agacement de me voir insister ? J'ai tendance à ne rien lâcher.

Dans tous les cas, le résultat est probant. Il jette ses clefs à l'endroit où il les avait prises un instant plus tôt et se dirige vers le fond de la cuisine.

— Elle doit être sale après avoir passé autant d'années au garage. Je n'aurai pas le temps de la dépoussiérer.
— Je me débrouillerai.
— Vérifie aussi sa solidité avant de poser tes fesses dessus.
— Promis.

Christophe a installé la chaise longue dans l'herbe, sous le saule. Il fait un temps splendide, du soleil et une légère brise. Dès son départ, j'ai passé un chiffon propre sur la structure en bois et donné quelques fessées à ce vieux transat récupéré chez ma grand-mère il y a longtemps. La couleur de la toile épaisse s'est fanée, celle du bois s'est grisée mais la structure est solide. On fabriquait des meubles robustes au temps des anciens. La poussière soulevée à la suite de mon ménage m'a fait éternuer à plusieurs reprises mais je n'ai pas pu m'empêcher d'être fascinée par ces particules capables de s'évaporer dans l'air.

L'assise et le repose-pied sont reliés par un système de charnière permettant de rabattre le repose-pied si besoin, de sorte que les montants en bois me cisaillent le bas des cuisses et le haut des mollets en quelques minutes seulement. Mes bras sont en extension, tendus sur des accoudoirs trop durs et ma nuque, raide depuis trop longtemps, tire sans support sous ma tête. Je suis mal installée. Je ne peux pas rester ainsi, des signes annonciateurs de douleurs me menacent.

Cette expérience censée me revigorer vire au cauchemar lorsque je décide de m'extirper de ce siège inconfortable, si bas que l'ascension pour me redresser à la verticale est une épreuve. La chaise en bois de grand-mère a gardé tout son charme, mais le confort est en option. Après deux ou trois étirements pour aider mon corps à éliminer ces mauvaises sensations, je repars au garage en boitillant.

Il me faut un plan B.

Au milieu des outils de Christophe et des vélos des enfants, mes yeux se baladent, à la recherche d'une solution encore non identifiée. Des tréteaux, une échelle, un parasol, des mallettes de chantier, des caisses à outils, une cible avec arc et flèches, une malle de ballons…

Je pénètre plus en profondeur dans le garage. L'obscurité me saisit. Je dois attendre que mes yeux s'habituent au manque de luminosité et puissent de nouveau repérer les lieux. Je regarde où je mets les pieds et les mains avec prudence, je n'ai pas envie de croiser une souris planquée entre les étagères ou de mettre les doigts dans une toile d'araignée.

Sur ma droite, caché par la tondeuse, Christophe a installé un objet encombrant sous un drap. Je pousse la demoiselle, dégage le passage et agrippe la housse blanche. Je découvre alors, abandonné au fond de mon garage, le fauteuil roulant fourni par mes collègues pratiquement deux ans auparavant. Je l'avais complètement oublié, celui-là !

Pour être honnête, je ne l'ai pas vraiment oublié. J'ai juste évité de rendre encore plus réel mon lien avec le handicap en refusant qu'il fasse partie de ma vie, même si je me privais par la même occasion de sortir de chez moi.

Aujourd'hui, c'est différent, tout est différent. J'ai l'impression que ma vision du monde et de ses codes a changé, tout comme mon regard sur moi et sur ce que pourraient penser ou dire les autres. J'ai envie de vivre et non de survivre comme je le fais depuis le début de ma maladie. De toute façon cette pathologie est là, la DM ne me lâche pas, il est donc temps que je l'amadoue au lieu de lutter sans fin. Je suis fatiguée de me battre contre moi-même.

J'extirpe comme je peux le siège roulant de son antre après quelques injures.

En plein soleil, à proximité du garage, je me remémore les manipulations professionnelles pour l'ouvrir. D'un geste adroit, je déplie le molosse, enchaîne les étapes en un réflexe immuable. La pharmacie, c'est comme le vélo, ça ne s'oublie pas. Je m'approche du saule grâce au fauteuil qui roule, un vrai déambulateur géant à mon service. J'entends le crissement des graviers sous les pneus puis le vrombissement d'une voiture qui passe devant la maison. La liberté est tout près, à moi de la saisir.

Je vais laisser le fauteuil respirer, il doit avoir envie d'un grand bol d'air à la suite de son hivernage forcé. J'actionne les freins et, le drap sous le bras, je me déplace sous le saule et choisis un endroit partiellement ombragé. J'enlève mes chaussettes. Je secoue le drap pour l'aérer, le déploie dans l'herbe avant de m'étaler entièrement sur le dos, le corps en étoile. Je ferme les yeux de plaisir. Mes muscles se détendent, je vais être bien ici.

Je suis consciente qu'une grande période de repos sera nécessaire pour que mon corps et mon esprit se remettent des fortes émotions traversées à l'hôpital. À cela s'associe un émerveillement conscient de tout ce qui m'entoure. Les yeux maintenant grands ouverts, je découvre l'intensité du bleu du ciel entre les branches du saule qui s'agitent tranquillement et dansent une chorégraphie improvisée dont elles ont le secret.

Je suis un jeune enfant dans son lit qui regarde un mobile au-dessus de sa tête puis regarde plus loin, le ciel, la vie au-delà de sa couche. Cette vie est là, pas loin, prête à être cueillie par des enfants avides de découvertes et d'aventures. Je redécouvre le monde avec une palette de peinture bien plus généreuse. Les couleurs sont plus vives, plus intenses que dans les souvenirs de ma vie d'avant, celle qui bougeait à cent à l'heure sans prendre le temps de regarder le ciel. La lumière caresse les feuilles du saule, donnant des éclats de verts différents avec une pointe de brillance et de reflets à chaque mouvement.

Un oiseau traverse mon champ de vision. Je le vois comme un rapace de grande envergure, un aigle royal venu explorer les environs. C'est génial d'être un gamin. L'oiseau n'émet pas de son, mais j'entends le bruit aigu et chantant de ses congénères qui piaillent autour de moi. Les arbres et les buissons de mon jardin sont un formidable terrain de jeux et de rencontres pour ces animaux couverts de plumes. Je sens le vent embrasser mes joues, saluer mes mains, chatouiller mes chevilles. Un frisson me parcourt.

Je vais choisir de regarder le monde avec ces yeux.

J'aime cette nouvelle version du décor de ma vie.

J'ai l'impression que j'étais enfermée dans une cave, un bunker, un trou noir, sous terre pendant si longtemps que la lumière me pique les yeux. J'ai l'impression d'arriver sur une nouvelle planète, pleine d'une végétation luxuriante, d'une luminosité extraordinaire et d'une faune riche de sons envoûtants. Tout est nouveau, tout est pur, tel un réveil, une renaissance après une tempête noire, un séisme sombre, un ouragan courroucé.

Moi qui parlais tout le temps, à la pharmacie et dans ma vie privée, je conçois aujourd'hui qu'il existe une autre façon de communiquer. Stoppée par la maladie et la fatigue musculaire de mes cordes vocales, je délaisse ma place de numéro un en bavardage.

Parler devient Écouter.

J'écoute le silence,

J'écoute mon âme qui pleure,

J'écoute mon cœur qui souffre,

J'écoute l'Amour qui guérit mes blessures,

J'écoute l'espoir qui renaît en moi,

J'écoute la Nature qui partage son secret,
J'écoute le rire de mes enfants.

Il résonne au plus profond de moi comme toutes ces choses importantes de la vie que je ne voyais pas.

Je sens l'odeur de l'herbe coupée,
Je sens la subtilité des roses,
Je sens le parfum des mimosas,
Je sens le vent sur mon visage,
Je sens la chaleur sur mes pieds,
Je sens la vie renaître en moi,
Je sens l'étendue du champ des possibles.

Pour la première fois de ma vie, je ressens mon âme se connecter à l'univers.

Christophe est passé à la maison en fin d'après-midi, il avait oublié son téléphone portable mais, obnubilée par mes révélations au jardin, je ne m'en étais pas aperçue. Assise sur le linge blanc, je l'ai observé. Il n'a rien dit pour le fauteuil sorti au soleil. Malgré tout, j'ai vu sa mine méfiante de penseur. J'en ai profité pour lui demander un service.

— Pourrais-tu charger le fauteuil roulant dans le coffre de ma voiture, s'il te plaît ?

— Pourquoi faire ?

— Je ne sais pas encore, je pourrais en avoir besoin, voilà tout.

— Mais tu ne sors jamais.

— Justement, ça pourrait changer.

— Comment ça ?

— Je pourrais aller faire des courses.

— Tu commandes en ligne sur internet et c'est moi qui les récupère au drive.

— Je pourrais…

Je suis à court d'argument. Ma vie se résume à survivre et être une mère poule. Mon mari vient inconsciemment de me l'envoyer en pleine figure. Je sens la colère me monter au nez.

— Mais tu n'as pas envie que ça change ?
— T'es malade, on fait avec, c'est comme ça.
— Je ne suis pas malade, je suis handicapée !

Mon Dieu, j'ai du mal à croire ce que je viens de défendre à haute voix !

— C'est quoi la différence ? souffle mon mari.
— Un malade, ça guérit ou ça meurt. Moi, je ne suis ni l'un ni l'autre, je dois apprendre à vivre avec un handicap, la dermatopolymyosite.
— On le fait déjà.
— NON ! dis-je indignée. Je survis enfermée dans une mai-son qui est devenue ma pri-son. Deux syllabes qui changent tout, monsieur qui aime les jeux de mots.
— OK, OK, on ne va pas dramatiser, se renfrogne mon mari. Je ne vois pas l'utilité du fauteuil car à la maison, tu n'as besoin de rien mais bon, si ça peut te faire plaisir, je le jette dans ton coffre et on n'en parle plus.
— C'est bien ça le problème !
— Quoi ?
— On n'en parle pas ! On ne parle pas de ce que je vis, de ce que je voudrais, de ce qui nous pèse, de ce…
— Oui, ben moi je ne suis pas ton psy, me coupe mon mari, irrité. Je gère une tonne de choses et je n'arrête pas. Au-delà de la maladie, moi je trouve que c'est bien que tu sois à la maison. Je ne suis pas de la vieille école, mais si tu restes mère au foyer, je suis partant.
— Tu m'énerves, je ne suis pas que ça.
— Tu en parles comme si c'était un lot de consolation, se radoucit Christophe, alors que pour moi c'est une chance, comme lorsque tu as allaité nos enfants un an chacun. Mère au

foyer c'est mille choses à la fois, je le sais déjà, mais toi, est-ce que tu le sais ?

Il n'attend pas ma réaction et attrape le fauteuil en le poussant devant lui. Les roues ne tournent pas et marquent rapidement deux longues traces dans les graviers. Un bruit âcre accompagne la saignée dans le sol caillouteux.

— Enlève le frein, Chris !

Il règle le problème et charge la bête dans le coffre de ma voiture garée au milieu de l'allée. Je l'entends pester et lancer quelques injures à l'encontre du fauteuil encombrant. Il galère pour le faire rentrer. Enfin, la porte du coffre claque et mon mari m'envoie un signe de la main avant de se diriger vers sa voiture.

Je m'allonge alors de tout mon long sur le drap blanc et laisse les pas de mon mari s'éloigner dans un crissement strident et régulier contre les petits cailloux du chemin.

Je pleure. De peine, de joie… c'est bizarre. Une montagne de tristesse s'empare de moi, et ne me quitte pas, comme si ce mont inaccessible semblait enfin à la portée de toutes les afflictions refoulées, non acceptées depuis des mois, des années.

Je regrette les moments passés, trop courts, trop vite expédiés par des contraintes de vie professionnelle ou sociale. Je regrette ces temps de bonheur insouciant que je partageais avec tous ces gens et dont la vie m'a privée ces deux dernières années. Un ascenseur émotionnel déferle sur l'étendue de mes nerfs entre mon cœur et mon cerveau, un vrai bouleversement opère. Les larmes coulent, je ne peux plus les retenir. Je suis alors en colère contre moi, car je ne maîtrise pas mes sentiments.

Pourtant, devenir aigrie par la douleur, acariâtre par les remords, irascible par les regrets me terrifie. Hors de question que je devienne comme ces clients désagréables et exigeants, persuadés d'avoir tous les droits à cause de ce qui leur arrive. Ils exigent le respect alors qu'ils n'en font nullement preuve à notre égard, nous, professionnels de santé. Hors de question que je devienne comme ces gens.

Même si je n'ai pas choisi cette vie insolite, je serai actrice autant que possible pour lui donner de jolies couleurs, lui insuffler une énergie insoupçonnée et lui laisser une chance de me plaire malgré les apparences. Je ne sais pas rester sans rien faire, le silence et l'inaction sont des concepts que je dois encore explorer. Pourtant, il ne me reste que ça lorsque mon corps ne veut plus bouger. Ma capacité à réfléchir est l'une des seules choses que cette maladie ne m'a pas prise, alors j'en profite pour m'évader et laisser mon esprit aller où bon lui semble.

Vas-y Lou, cherche l'étendue des possibles en rapport avec cette nouvelle donne, l'esprit scientifique qui t'habite doit bien pouvoir trouver une équation capable d'accepter la situation, une parade lui permettant de rebondir.

Mon âme me murmure qu'une vie inattendue m'attend, avec de vraies valeurs, des saveurs oubliées, des plaisirs simples au pouvoir immense, une richesse inestimable à ma portée. Mais qu'est-ce qui m'arrive, je divague ? Comment ce cauchemar pourrait-il se transformer en une formidable aventure ? Ma tête tente de se raccrocher à n'importe quel espoir, c'est certain ! Comment croire en ce sentiment si fragile ? Ne s'agit-il pas d'une belle et infime promesse que je suis prête à concevoir pour m'éviter de sombrer ?

Renoncer, abandonner, stopper ne faisaient, jusque-là, pas du tout partie de mon vocabulaire. J'ai l'impression que l'Univers, Dieu, le Destin ou je ne sais qui a décidé de me confronter à ces notions que je n'ai encore jamais expérimentées. Au début ces mots me semblaient effrayants, je les vivais comme un échec. Et puis le temps a passé et je les accepte jour après jour avec plus de sérénité. Après tout, la vie ne sert-elle pas à se remettre en question et à apprendre ?

Les yeux clos, j'écoute le bruissement des feuilles couplé aux chants des oiseaux. C'est une berceuse agréable qui me permet d'oublier un moment les brûlures récurrentes et les vagues d'émotions.

En fin d'après-midi, Mylène dépose les enfants devant le portail. Je lui fais un petit signe de loin. Je prends mon temps, le temps que demande mon corps pour me lever, et pars à la rencontre des miens.

— Maman ! crie soudain William à quelques mètres devant moi.

Je marque une pause.

— Tu as oublié tes béquilles, ajoute-t-il en me désignant les deux piquets sur la pelouse.

J'essuie mes joues à l'aide de la paume de mes mains. Je souris. C'est bien la première fois que je les oublie.

— Elles peuvent rester là, mon loup. Elles ne vont pas s'échapper.

— Et si quelqu'un te les vole ?

— Il serait bien ingrat de voler une infirme, tu ne crois pas ?

— Tu arrives mieux à marcher, mère, ça fait plaisir à voir, décrète Alicia, stoppant sa course à mon niveau.

— Merci, ma puce.

— Oh, mais pourquoi tu pleures, maman ?

Prise de cours, je bredouille l'évidence.

— Maman vit plein d'émotions en ce moment et là, tu vois, je pleure de joie, parce que la Nature est magnifique. N'oublie jamais de l'admirer et de rêver, ma puce.

— Pourquoi ? questionne Will.

— Disons que c'est une bonne recette.

— C'est le secret du bonheur ? demande-t-il, circonspect.

— C'est un bon début en tout cas.

Ma fille me tend un papier. Il s'agit d'une affiche pour le prochain loto qui aura lieu à la salle des fêtes.

— On pourra y aller ? demande Will.

— Rester des heures assis sans bouger à écouter des chiffres défiler ? Tu ne vas jamais tenir petit frère.

— Ah.

— Et toi, mère, qu'est-ce que tu en penses ? me questionne Alicia.

J'en pense que maman non plus ne pourra pas survivre à un sport extrême tel que le loto.

— Alors, on y va ou pas ? Mère ? insiste-t-elle.

— Oh, ça va, arrête de m'agresser avec tes questions, dis-je avec une colère qui m'étonne presque.

Aucune explosion de rage de la part d'Alicia, ce n'est pas son genre et pourtant je mériterais le même châtiment. Qu'est-ce qui m'a pris de réagir de la sorte ? Il y a effectivement un gouffre entre ce que je VEUX et ce que je PEUX, mais de là à devenir mauvaise, c'est fâcheux. Je déteste cette impression qui s'inscrit en moi. Les yeux d'Alicia m'envoient des éclairs, ses poings se serrent, ses dents doivent grincer à l'intérieur de sa mâchoire crispée.

— Tu as raison, Alicia, ton frère a trop la bougeotte et moi, je risque de rester greffée dans la chaise en plastique. Nous n'irons pas à ce loto mais je vais trouver des sorties plus adaptées à ma condition physique, il est temps de sortir de ma grotte.

— Ah bon, on habite dans une grotte ? répète Will, amusé.

Alicia me fait un sourire en coin, elle n'est pas fâchée.

Mes jambes commencent à réclamer un soutien, je dois retrouver mes deux piquets de service, lâchement abandonnés quelques mètres en amont.

— Vous pouvez aller goûter.

William défie sa sœur.

— Prête pour faire la course ?

— Tu n'as aucune chance.

— C'est ce qu'on va voir, je grandis plus vite que toi.

Ils partent comme des boulets de canon et se lancent dans une course effrénée pour rejoindre la fraîcheur de la cuisine, droit devant !

Je me sens fébrile, je suis sur la mauvaise pente, celle d'un avenir imprégné de gris aux contours obscurs, il est temps que ça change. Il y a tellement de couleurs qui se sont engouffrées dans ma vie, tant de sensations frénétiques que je ne peux plus ignorer… Je vais devoir trouver quelqu'un pour démêler tout ça, comprendre ce qui m'arrive et mieux gérer ce que je ressens. Il est hors de question que je reste passive après ces évènements extrêmes vécus à l'hôpital, dans mon corps et dans ma tête. Le feu de mes inflammations musculaires est rentré en contact avec le feu d'émotions qui explose en moi, un véritable feu d'artifice qui perturbe tout mon être.

Je crois que c'est normal. L'espoir, ça chatouille un peu.

Pendant que les enfants dévorent à la cuisine, je passe un coup de fil à Natacha.

— Salut Natacha.

— Bonjour ma Belle. Tu prends soin de toi ?

— J'y travaille et justement j'aurais besoin d'un renseignement. Tu m'avais parlé d'une personne qui a beaucoup aidé ta famille lors du départ de ta mère.

— Et je t'avais conseillé de l'appeler dès tes premières hospitalisations, si je me souviens bien, me rabroue-t-elle.

— Je n'en ressentais pas le besoin à cette époque, mais tu sais bien ce que l'on dit : il n'y a que les imbéciles qui ne changent pas d'avis.

— Alors tu es sur la bonne voie. Rose est super, tu verras !

— Elle s'appelle Rose ?

— Oui, tu lui laisses un message sur son adresse mail et tu n'hésites pas à lui dire que tu viens de ma part. C'est une coach qui est praticienne en psychothérapie, sophrologue, hypnothérapeute et j'en passe. Tu verras, elle a l'habitude d'accompagner les personnes et les familles qui traversent de lourdes épreuves.

— Oui, c'est un peu le débordement émotionnel en ce moment.

— Elle est top. Elle nous a aidés à surmonter des mois difficiles. Et puis, c'est normal avec ce que tu vis, tu fais bien de te faire aider, ce ne doit pas être un tabou.

— Merci.

Nous discutons ensuite de sa nouvelle escale au Canada et de ses paysages sans neige, qu'elle découvre avec plaisir et en charmante compagnie.

Lancée par cette nouvelle énergie récente, j'envoie un message à Katia.

« Quand tu auras une minute à la pharmacie, pourras-tu me donner les coordonnées du coupeur de feu qui est sur un post-it où tu sais, avec les autres numéros de guérisseurs derrière les étagères conseil ? Merci. »

5

Essayer

La semaine suivante, j'ai rencontré le coupeur de feu. Il m'a dit pouvoir travailler à distance et de le contacter au besoin, suivant l'étendue acceptable ou non des brûlures naissantes. Les médicaments n'arrivent pas à calmer ce feu ardent, il m'a paru judicieux d'ouvrir mon esprit à d'autres pratiques. Je ne sais pas comment ça marche, c'est une énigme pour une scientifique comme moi mais peu importe. L'important c'est le résultat.

Je me souviens de la fin de notre séance.

— Ce sera tout pour aujourd'hui. J'ai fini.

— Je voudrais vous régler, c'est combien ?

Il m'a répondu en me montrant du doigt une petite boîte en bois clouée au mur près d'une console à tiroirs. On aurait dit une cabane à oiseaux. J'avais préparé quelques billets, sans trop connaître le montant de ses honoraires et lorsque je me suis approchée, j'ai pu voir une fente sur le dessus à la manière d'une tirelire. Une inscription gravée dans le bois.

« La santé n'a pas de prix ».

Le coupeur de feu n'a pas menti. Il m'a expliqué que son action libèrerait mon corps en quarante-huit heures. Un feu ardent a donc été évacué par mon dos labouré par des flammes intenses dans ce laps de temps. Je n'ai pas pu dormir dessus, ni même me reposer sur le dossier d'une chaise tellement cette partie du corps crachait la lave d'un volcan allumé deux ans plus tôt. Impossible de rester sur un support, aussi confortable puisse-t-il paraître. J'ai été obligée de m'allonger sur le ventre et d'attendre la fin de cet évènement déroutant.

— On pourrait faire cuire des œufs au plat directement sur ta peau, prétendait Christophe, assis à mes côtés.

— Tu sens à quel point ça chauffe, toi aussi ?

— Tu ne vois rien, le nez dans ton oreiller, mais je t'assure que j'ai la main à au moins dix centimètres de ton dos et que je perçois la montée d'une chaleur écrasante.

— Ah bon.

— C'est bon signe, non ?

— D'après le guérisseur, c'est la suite logique.

— Certains se vident de leur sang, toi, on dirait que tu te vides de braises ardentes.

Des larmes silencieuses coulent sur mes joues.

C'est tout vu. Au bout de quarante-huit heures, la température de mon dos est redescendue à la normale. Le feu a arrêté de jaillir et les sensations de brûlures ont vacillé sur une pente décroissante, rendant de nouveau possible une motricité minimum.

La couleur de mon dos retrouve au fil des jours une carnation plus rosée et une teinte plus claire. Les prédictions du coupeur de feu étaient exactes.

Le plus incroyable maintenant est cette absence de brûlures intenses à chaque mouvement du quotidien. Je ne peux pas dire que cet inconfort a totalement disparu mais la fatigabilité de mes muscles n'engendre plus d'atroces souffrances à chaque effort.

Ma liste d'envies s'allonge, mes espoirs aussi.

Quelques jours plus tard, je me rends à Montauban.

Le cabinet de Rose donne sur une place animée par un kiosque à musique octogonal, à l'ossature en acier et à la coupole en bois, que j'ai eu le plaisir de traverser avant mon rendez-vous, le visage baigné de soleil. La rénovation de ce cœur historique, pas tout à fait terminée, occupe mon attention car marcher en béquilles sur ce sol parfaitement plat est très agréable et facilite grandement mon parcours.

L'aménagement du belvédère et des jardins donnant sur le Tarn est terminé, mais une partie de la rue qui descend vers le centre-ville est encore en travaux. Ouvriers sur ma gauche, gilets jaunes et casques sur la tête. Hommes d'affaires sur ma droite, cravate et attaché-case dans les mains. Le bruit d'un marteau-piqueur et de machines de chantier se mélange aux klaxons et aux bruits des moteurs de voiture environnants, si bien que je respire à la fois les émanations des véhicules et la poussière du chantier en cours.

La ville bourdonne de bon matin.

La cinquantaine, cheveux courts, lunettes rondes, Rose m'accueille en tailleur beige, avec un sourire qui déborde de sincérité et de bienveillance. La salle dans laquelle elle me reçoit est spacieuse, épurée, le mobilier est blanc, moderne, en contraste avec le vécu du parquet en bois qui réchauffe l'atmosphère. Avant de m'asseoir, je passe devant une vieille cheminée encadrée de marbre noir, le foyer est obstrué par un revêtement blanc et lisse, caché par une orchidée aux fleurs blanches abondantes.

Dans un fauteuil de cuir blanc, face à son bureau, je remarque plusieurs fenêtres hautes, apportant beaucoup de luminosité à la pièce.

— Bonjour madame Chevalier.
— Bonjour. Mon amie Natacha m'a dit que vous sauriez peut-être m'aider à mieux gérer ma maladie. J'ai lu sur votre

site que vous accompagnez les pathologies lourdes, si j'ai bien compris ?

— Entre autres, oui.

— Je vous ai adressé un message avec le nom de ma pathologie, vous l'avez lu ?

— Bien sûr, mais je ne vais jamais sur internet lorsque je ne connais pas une maladie. Chaque être humain vit cela différemment dans son corps, dans sa tête, dans son cœur. Je préfère laisser mes patients me confier ce qu'ils veulent, ce qu'ils vivent à leur manière.

Je prends donc quelques minutes pour lui indiquer les fondamentaux de la dermatopolymyosite et les grandes lignes de mon quotidien entre l'hôpital et la maison. J'évoque le passé, la pharmacie et mes repères qui ont sauté. Je lui parle aussi du présent et de l'électrochoc que mon corps a vécu il y a peu, de ces douleurs extrêmes qui auraient pu m'achever et qui, au contraire, ont fait exploser la boîte d'émotions scellée au fond de mon être depuis le début de cette épreuve. A fortiori, j'omets de relater ma rencontre avec James et Ali la nuit suivante. Inutile que Rose me traite de folle dès notre premier rendez-vous.

— J'ai peur de partir en vrille.

— C'est-à-dire ?

— Je n'arrive plus à arrêter les sentiments, souvent contradictoires, qui déferlent en moi. Je n'ai pas versé une larme pendant deux ans et là, je pleure, je pleure, je pleure encore. Je n'arrive pas à ralentir le débit. Je pleure de joie, de peine, je m'extasie devant une chanson de mon fils ou un paysage de lever de soleil. Je me trouve ridicule d'être tout à coup aussi sensible, ce n'est pas moi. Du coup, je suis au bord des larmes pour un rien.

À ce moment-là, la pratique rattrape la théorie.

Des larmes tracent de longues pistes jusqu'à mes mâchoires inférieures.

Je croise le regard compatissant de Rose et son sourire transpirant la bonté.

— Vous avez une boîte à mouchoirs à votre disposition si vous vous penchez sur la droite.

Mon regard en biais trouve l'objet. Je m'empare d'un carré blanc et tamponne mes joues, puis mes yeux. Pendant ce temps, la praticienne poursuit.

— C'est normal de craquer. Vous avez refoulé vos émotions pendant si longtemps qu'elles sortent toutes aujourd'hui de manière anarchique. Museler ce que vous ressentez était, au moment de l'annonce de la maladie, un mécanisme de survie. Vous ne pouviez pas tout assumer, seule votre volonté de survie était activée. Maintenant, c'est différent.

— Le plus dur, ce ne sont pas les émotions positives. C'est déroutant d'être euphorique mais c'est plutôt agréable de ressentir des choses. Par contre je ne me reconnais plus quand je suis en colère. Je suis à fleur de peau et je m'emporte, pour des broutilles. Je n'ai pas de patience avec les enfants ou mon mari. Lui, il temporise, mais il s'exaspère aussi. Tenez, l'autre jour, nous sommes allés à une réunion à l'école. Et bien, j'ai failli agresser un père de famille trop zélé.

— Racontez-moi.

— Il a fait une remarque que j'ai jugée raciste et injuste envers une mère de famille, il se moquait d'elle avec un autre parent et ça m'a mis dans une rage folle.

— Vous ne pensez pas que l'être humain doit – ou peut – se rebeller contre les injustices ?

— Si, bien sûr !

— Alors qu'est-ce qui vous gêne ?

— De réagir comme ça, d'avoir les nerfs à vif.

— Je comprends. Vous vous réveillez d'un long sommeil, c'est normal de vivre ces émotions intensément. Ne vous inquiétez pas, vous arriverez à mieux les maîtriser.

— Comment ?

— D'abord, en arrêtant de les refouler. Acceptez d'être en colère, d'être contrariée, d'être triste... Laissez les émotions passer en vous, sur vous, comme le vent dans les branches d'un arbre. Accueillez ce que vous ressentez. L'acceptation est l'une des clefs.

— Je n'aime pas être comme ça. Je ne veux pas devenir vieille, aigrie et désagréable comme certains des patients de la pharmacie. Ils sont trop malheureux pour voir qu'ils font du mal autour d'eux en se plaignant de tous les fardeaux qu'ils portent à longueur de journée.

— Ne vous inquiétez pas, nous allons travailler sur cet éveil.

— Quel éveil ?

— Mais le vôtre, voyons ! clame-t-elle presque enchantée, le réveil des gens qui ont vécu un traumatisme et doivent faire face à une vraie tempête émotionnelle ! Ces réactions disproportionnées cachent une opportunité d'apprentissage.

— Je voudrais garder les émotions positives et me débarrasser des négatives.

— Le négatif n'est qu'une notion de l'esprit. Il n'y a ni négatif, ni positif dans les émotions. Elles sont là et forment un tout. Chaque émotion ayant son contraire, on ne peut pas les dissocier, comme le yin et le yang par exemple. Ce sont des nuages qui passent et se transforment chaque jour.

— Je veux aller mieux.

— Que ce soit clair, je ne peux pas vous guérir.

— Je sais, je ne suis pas là pour ça. Beaucoup de personnes souhaiteraient une guérison mais moi, je recherche autre chose. Vous savez, je ne suis pas...

Je cherche mes mots. Je joue avec mes doigts. Le silence s'installe.

— Vous n'êtes pas fataliste ? décide de relancer la thérapeute.

— Non, je suis seulement réaliste et mon métier me l'a appris, on ne se dépêtre pas d'une maladie auto-immune, on apprend à vivre avec.

— Une guérison est-elle possible ?

— Je pourrais rêver d'un tel miracle mais ce n'est pas mon but. Vivre d'illusion et d'espoir, très peu pour moi. Je veux apprendre à vivre le moment présent.

— Vous avez des peurs ?

— J'ai une maladie super flippante, grave et évolutive mais bizarrement je deviens de moins en moins flippée dans la vie. Ce sont mes proches qui s'inquiètent, c'est pour cette raison que je ne leur dis pas grand-chose.

— Attention ! réagit-t-elle l'index levé, ne pas partager ses émotions et sa réalité vous oblige à porter un fardeau et un masque. Vous ne pouvez pas toujours ménager votre entourage. Vous n'êtes plus vous-même et eux sont dans l'incompréhension.

— Je ne veux pas qu'ils souffrent.

— Faites-leur confiance, ils sont souvent plus courageux que vous ne le percevez. Vous ne pourrez être vous-même que si vous acceptez de montrer votre vrai visage.

— Le regard des autres n'est pas évident.

Rose baisse la tête et prend quelques notes sur une feuille.

Elle respire la quiétude.

Sans se départir de sa voix rassurante, elle se fend d'un sourire et interrompt le bref silence installé.

— Vous vous êtes occupée des autres durant vos années de pharmacie et vous surprotégez vos proches depuis la maladie, il est temps de vous recentrer sur vous, de vous occuper de vous, non ?

— Pour être bien avec les autres, il faut d'abord être bien avec soi-même, c'est ça ?

— Tout à fait.

— Je sais que j'ai aussi beaucoup de chance d'être entourée et d'être soignée. Ma famille m'entoure, la Team m'appelle, le personnel médical est aux petits soins et il existe un traitement ! Certes, il comporte des effets secondaires et des contraintes mais je suis encore en vie. Je remercie l'univers de m'apporter toute cette force.

— Et bien, voilà de bons outils.

— Comment ça ? dis-je intriguée.

— Je vous invite à valoriser dès que possible le pouvoir de la reconnaissance.

Devant mon visage déconfit et mes yeux froncés, elle précise.

— Vous pouvez entraîner votre esprit à reconnaître toutes les bonnes choses qui vous arrivent malgré votre maladie. Vous mettez votre conscience sur des petits riens du quotidien qui vous réchauffent le cœur. Un moment complice avec vos enfants, un coup de fil d'une amie, un pas de plus sans vos béquilles.

— Cette vision du monde me plaît bien.

— Le pouvoir de la gratitude est grand mais il faut le pratiquer TOUS les jours afin qu'il intègre cette donnée dans votre cerveau et qu'il le modifie. C'est à cette condition que de nouvelles connexions neuronales se forment pour vous permettre de voir plus de positif que de négatif. Je vous conseille de garder un petit objet dans votre poche afin de faire un ancrage. Il doit s'agir de quelque chose de personnel qui vous rappelle un souvenir heureux, une figurine ou un porte-clés par exemple. L'idée, c'est qu'à chaque fois que vous plongez votre main dans la poche, un « merci » émerge de votre esprit.

— Je vais essayer.

Rose me parle également de la méditation, cette technique de relaxation permettant de se connecter à soi-même et de favoriser la vacuité de l'esprit. Cette pratique entraîne l'esprit à se concentrer sur le moment présent, sur son corps ou sur un objet.

Au quotidien, les mécanismes mentaux créent des pensées délétères qui peuvent avoir moins d'emprise sur nous grâce à la méditation, on peut ainsi libérer les pensées et les émotions négatives et retrouver un bien-être mental et physique. Elle me conseille de télécharger des applications gratuites pour débutants ou de regarder des vidéos via internet sur ce sujet ou sur le pouvoir de la gratitude.

Quand la renaissance commence par la reconnaissance.

6

Confort éphémère

Il doit bientôt arriver.

Je suis aux abois. J'ai fini par installer une chaise devant la baie vitrée afin de pister le taxi car je n'arrêtais pas de faire des allers-retours entre le canapé et le meilleur angle d'observation derrière la vitre. Je suis aussi nerveuse que si j'attendais le prince charmant. C'est encore mieux. Celui-là ne se transforme pas en crapaud visqueux et obèse.

Même en matinée, le soleil tape fort. Le Sud de la France est à la hauteur de sa réputation, l'été il y fait très chaud et la chaleur, parfois étouffante, peut vous rendre moite et déshydraté en quelques minutes d'exposition.

Une berline bleu marine coiffée d'un serre-tête lumineux se gare devant la maison. Il est 11 h pile, l'estimation était parfaite. À l'ouverture de la portière passager, je me lève et me précipite en me dandinant vers l'entrée.

Je déverrouille la serrure d'un tour de clef et débarque sur le seuil. Je m'applique ensuite à me déplacer lentement sur le carrelage instable et ébréché du perron. J'avale la volée des trois marches. Mon corps ainsi déverrouillé, je marche mieux, malgré ma lenteur, sur l'allée gravillonnée menant à la clôture.

Le taxi repart. Je n'ai ni le temps de franchir le portail, ni le temps d'esquiver. À mi-chemin, une gazelle longue sur pattes me fonce dessus et me soulève presque du sol.

Elle arrache un cri aigu et acéré.

— Ouiiiii !

— Je n'ai plus… d'oxygène… tu m'asphyxies ! dis-je entre deux souffles.

— Tu marches ! Tu marches, c'est génial ! jubile mon agresseur alors que je suis toujours prisonnière de ses bras.

— Oui, moi aussi je suis aux anges, mais tu m'étrangles !

— Oh, ce n'est tout de même pas un énorme câlin qui va t'achever avec tout ce que tu as vécu ! clame ma visiteuse euphorique.

Natacha libère son étreinte et m'inspecte de la tête aux pieds. Elle porte une longue robe fluide, un peu bohème, dans les tons de bleu. Joli décolleté. Bretelles fines. Grosse ceinture à boucle à la taille. Ses cheveux courts travaillés dégagent son visage fin et ses pommettes saillantes. La voir autrement que sur un écran et l'accueillir debout est une grande joie.

— Tu es pétillante ! dis-je en embrassant mon amie.

— Toi aussi, tu as bonne mine. Tu as retrouvé ta taille de jeune fille.

— Presque.

— Il faudra juste faire un truc à tes cheveux et ce sera parfait.

— Qu'est-ce qu'ils ont, mes cheveux ?

Les yeux chargés de réflexion, elle fait glisser une de mes mèches entre ses doigts.

— Secs, cassants, il faut leur redonner un peu d'éclat.

— Tu parles comme un coiffeur.

— Tu as raison. On dirait de la paille… À propos de paille séchée, je risque de m'évanouir de déshydratation si tu ne me donnes pas à boire rapidement.

— Oui, oui, viens on rentre. Je me doute que tu dois avoir soif, entre Monaco et ici, les températures restent rudes.

— Je dépose ma valise et on s'installe dehors avec nos rafraîchissements, si tu veux bien ? Moisir en salle de conférence, puis en avion m'incite à respirer le grand air : j'ai besoin de respirer à pleins poumons !

Elle revient sur ses pas, attrape sa valise laissée au niveau du portail et revient me prendre au passage. Bras dessus, bras dessous, nous parcourons les derniers mètres nous séparant de la maison.

Après une rapide installation et un passage express à la salle de bain, Natacha insiste pour déplier les deux chaises longues à l'ombre du cerisier en fleur, à proximité du portail. Elle stabilise les bains de soleil dans l'herbe. Lunettes de soleil, chapeaux de circonstance, nous faisons honneur à nos protections solaires, allongées l'une à côté de l'autre.

— Il fait encore plus frais sous le saule, tu sais, tu devrais accepter sa protection, dis-je avec conviction.

— Je préfère être « une fleur parmi les fleurs ».

— Ah.

— Arrête de te cacher sous ton saule, tu ne vois pas assez le reste du monde.

— OK, je capitule. On sera bien ici.

— C'est la meilleure place ! Tu as vu ton magnifique cerisier ! Au japon, j'en vois souvent, je crois même qu'on fait du thé avec les fleurs.

Elle désigne l'arbre à la floraison plus que généreuse planté le long de la clôture, le tronc garni de branches lourdes de milliers de bouquets de fleurs rose pâle. Une partie de son capital se courbe vers la rue, inondant le trottoir d'un tapis de pétales poudrés.

Soudain, un air chaud traverse le jardin. La robe de Natacha et les branches du cerisier sont taquinées par une bourrasque et virevoltent un instant, suffisamment longtemps pour apercevoir une pluie de pétales voler autour de nous et s'enfuir dans la rue.

— Il neige ! clame Nat.

Le spectacle est vraiment joli. La veille, j'ai surpris des automobilistes garés devant le portail dans une vieille voiture de collection des années cinquante. Leur Chevrolet décapotable avait de l'allure avec sa carrosserie lustrée couleur champagne et ses jantes chromées. Tout comme la passagère, qui se pavanait derrière d'énormes lunettes de soleil lui dévorant la moitié du visage. Moteur éteint, le conducteur s'était appliqué à prendre plusieurs clichés de sa dulcinée, de son véhicule et du cerisier grâce à un appareil photo digne d'un professionnel. Une actrice d'Hollywood perdue dans la campagne française.

— Enlève tes chaussures, ordonne Natacha.

— Pourquoi ?

— Fais comme moi, réitère mon amie en détachant la boucle de ses nu-pieds.

Je libère mes pieds de mes ballerines. Nous nous levons et l'herbe chatouille aussitôt ma voûte plantaire.

— Voilà, annonce Natacha. Tu te reconnectes à mère Nature. La réflexologie plantaire, c'est du sérieux ma Belle, marcher pieds nus permet de capter les énergies terrestres.

— La pelouse est mon amie, c'est ça ? dis-je ironique.

— Je te dis que c'est du sérieux. Des cardiologues, des ingénieurs et des chercheurs ont fait des études sur ce sujet, ça devrait rassurer ton esprit scientifique. Moi j'y crois. Quand j'ai des insomnies, ça marche.

— OK, va pour un rechargement de mes batteries en énergie terrestre.

Nous piétinons volontairement le sol sur un mètre carré. Cet exercice ne peut qu'améliorer ma proprioception et donc mon équilibre. J'avoue qu'il est agréable de sentir ma voûte plantaire épouser les moindres aspérités de la pelouse et me laisser aller à cet automassage inédit.

Nous nous allongeons ensuite les pieds en éventail sur les chaises longues. Je n'ai pas osé avouer à Natacha que j'avais renoncé à sortir ces vieux transats à cause de leur manque de confort.

— Tu vois, tu n'as pas besoin d'aller au Canada pour voir de la neige, dis-je sur le ton de la plaisanterie.

— Détrompe-toi, la neige peut rimer avec chaleur si tu habites un manoir aux portes de Montréal.

— Ah oui, l'épisode de docteur Freud et ses rendez-vous à domicile pour une consultante française totalement désorientée dans ce grand pays et dans ce manoir démesuré aux allures de labyrinthe !

— Oh, finalement, à force, on finit par avoir le sens de l'orientation, tu sais, me lance-t-elle d'un ton trop détaché pour que ce soit anodin.

— Pourquoi tu prends ton air blasé ?

— Je ne prends aucun air, sinon celui du Sud de la France à pleins poumons.

— Arrête ton char, je te connais.

Elle fuit mon regard, réajuste son corsage et tire sur les bretelles de sa robe.

— Mais non, tu t'inventes des scénarios. En plus, c'est trop loin le Canada.

Je m'offusque, frappée d'étonnement. Ma bouche forme un O qui s'étire à l'infini accompagné du son « han » étouffé dans une profonde inspiration. Je penche la tête, la regarde de travers et cherche à capter son regard. Il ne faudra que quelques secondes pour désarmer la cachottière et l'accuser sans détour.

— Tu l'as revu !

— Non, non… heu… tu te fais des films, bredouille Natacha.

— Tu arrives à te repérer dans ce manoir autrefois légendaire pour son réseau d'impasses et de courbes sinueuses, c'est un premier indice, associé à un second, irréfutable.

— Lequel ?

— Tu essaies de te convaincre que le Canada est au bout du monde, toi, la voyageuse que rien ne retient. Tu l'as revu, ton guide touristique du moment, j'en suis sûre !

Natacha balaie mes propos de sa main.

— Oh, ça va, argue-t-elle d'un ton cinglant, il est possible qu'on se soit revus deux ou trois fois.

— Tu veux dire, en dehors des escales de boulot ?

Elle hausse les épaules en guise de réponse, ce qui ébranle mes derniers doutes.

— Mais c'est totalement en désaccord avec tes valeurs ! dis-je abasourdie.

— Lesquelles ? râle-t-elle.

— Et bien, ne pas s'attacher à un homme, se faire plaisir avant tout en restant autonome à cent pour cent et profiter de la vie !

— Je profite, tu peux en être certaine.

— Tu es amoureuse ?

— Je ne sais pas, c'est la première fois que ça m'arrive d'être accro à quelqu'un comme ça. Brian est adorable. On s'appelle tout le temps et je n'ai pas résisté à l'envie de le revoir. Ma prochaine intervention au Canada pour le boulot est programmée en septembre, c'était beaucoup trop long !

— Toi, alors !

— En tant que meilleure amie, tu devrais être contente pour moi, m'attaque-t-elle.

— Je suis contente, très contente, même, mais comme c'est nouveau pour toi, ça l'est aussi pour moi.

— Je comprends. Avec le nombre de fois où je t'ai répété que la vie de couple n'était pas pour moi et qu'aucun homme ne pouvait rivaliser avec ma soif de liberté… Il faut croire que l'univers est capable de nous faire changer d'avis.

— Tu vas faire quoi ?

— J'ai décidé d'embrasser la vie et de me laisser porter.

— Bon programme, je valide aussi.

— Excellente décision. Tu fais passer les besoins des autres avant les tiens depuis trop longtemps. Arrête de vouloir toujours être en conformité avec ce que la société et tes parents attendent de toi.

— Tu as raison, j'ai tendance à éviter les désaccords et fuir les conflits.

— Ces échanges parfois houleux nous font grandir. Tu dois apprendre à savoir dire non, par exemple. Tu as trop donné et cet oubli de soi t'a coûté un véritable bouleversement corporel dans un premier temps.

— Oui, j'ai oublié qui j'étais.

— C'est ça, souviens-toi des enfants que nous étions. Tu étais toujours partante pour rire et voir du monde. Nous allons réaligner tes valeurs.

— J'étais dans l'action.

— C'est ça, et depuis deux ans, l'action se limite à deux territoires restreints, ta maison et l'hôpital. Ça doit changer.

— Je suis d'accord. Je ne peux pas revenir en arrière, vivre ma vie d'avant et le futur est trop incertain, alors je vais m'ouvrir un peu plus au monde. Je vais vivre à fond le moment présent.

— Voilà, aucune limite… Mince ! hurle-t-elle soudain en se redressant sur son assise, front plissé, j'allais oublier !

Elle se lève précipitamment et part en direction de la maison. Pieds nus. Je la vois bondir comme une gazelle au contact des gravillons de l'allée. Pas sûre que ce soit aussi réjouissant que les herbes du jardin. Lui hurler mon étonnement ruinerait le capital musculaire de mes cordes vocales, je vais donc m'abstenir.

Je la suis du regard, abritée derrière mes lunettes de soleil.

Elle revient au bout de quelques minutes, un livre de poche à la main.

— Tiens, me dit-elle avant de se rasseoir sur le bain de soleil.

Elle essuie grossièrement le dessous de ses pieds afin d'enlever les gravillons collés qui pensaient voyager gratuitement.

— C'est un cadeau ?

— Exactement. Je ne suis pas du genre à ramener des souvenirs des pays que je traverse mais là, j'ai fait une exception.

Je lis tout haut.

— « Le Pouvoir du moment présent » ?

— J'ai trouvé le titre inspirant. Version française bien sûr !

— Tu sais que le dernier livre que j'ai lu remonte au lycée ? dis-je un sourire narquois aux lèvres.

— Tu n'es pas une grande lectrice mais tu m'as dit que tu en avais assez de regarder la télévision quand tu es allongée. Tu peux tenter cette nouvelle approche, affirme Natacha avec l'aplomb qui la caractérise.

— Je vais essayer, le titre me parle beaucoup.

Je gigote. Enfoncée dans la chaise longue, je me cambre, me courbe, me frotte le dos contre la toile comme un ours en train de déposer son odeur sur son environnement. Des grimaces plus tordues les unes que les autres passent sur mon visage. Au moment où Natacha s'apprête à me demander ce qu'il m'arrive, je la devance.

— Et on va aussi essayer de trouver une solution à mes sièges hors d'âge.

J'essaie en vain de donner une dernière chance à mon héritage. Alors que Natacha semble prodigieusement bien installée, je me lève courbaturée et pressée de me déplier.

— Comment tu fais pour rester sur ces sièges qui t'obligent à te contorsionner en espérant trouver une position confortable ? questionne mon invitée.

— Je n'ai pas voulu te contrarier tout à l'heure, mais je ne m'installe plus sur ces chaises longues.

— Tu m'étonnes, si tu as mal partout après vingt minutes, j'imagine ton état ! C'était pourtant un premier exercice facile de me dire « NON, Nat, on oublie les transats ! »

— La théorie est toujours plus facile que la pratique.

— Tu poses tes fesses où depuis que tu as mis le nez dehors ?

— Je m'allonge sur une toile que j'étends dans l'herbe.

— Va pour la bronzette sur la plage en gazon !

Elle se lève à son tour et, en un rien de temps, plie les bains de soleil, les ramène au garage et me rejoint en tenant la toile blanche dont je lui ai indiqué l'emplacement au préalable. Je n'ai pas bougé, j'économise mes déplacements.

Le jardin compte bientôt deux étoiles de mer, échouées sur une plage artificielle formée par un vieux drap assez grand pour ressembler à une île perdue au milieu d'un océan de verdure. Soudain, la technologie s'invite sur l'archipel.

— Tu appelles ton coup de cœur au Canada ?

— Non, je m'occupe de ton histoire de transat.

Le nez sur son téléphone portable, elle pianote et scrute l'écran tout en partageant notre conversation avec attention.

— Je réfléchis à la possibilité de les vendre. Ils pourraient faire des heureux car je…

— C'est déjà décidé, m'interrompt Nat, le vintage plaît beaucoup. On va mettre ces transats hors d'âge sur un site de vente d'occasion et on va t'acheter de nouveaux bains de soleil.

Le budget récolté par cette liquidation sera réinvesti, ça te fera un début de cagnotte.

— OK.

— Chris sera d'accord à ton avis ?

— Oui, il est le premier à trouver qu'ils prennent trop la poussière. Tu as une idée de ce que je pourrais acheter ?

— Tout à fait. Attends…

Elle relève ses lunettes de soleil sur son front et plisse les yeux. Pas facile de voir correctement un écran dans ces conditions car la luminosité est assez extrême. Sur notre île déserte, le soleil est à son apogée.

— Voilà, j'ai trouvé ce que je cherche, claironne Nat.

Elle bascule le téléphone dans mon champ de vision. Derrière mes verres sombres, mes yeux ressemblent à deux fentes qui tentent de défier la physique.

— Je ne vois rien, donne !

Je plaque une main sur celle de Natacha tenant l'appareil et le rapproche un maximum de mes lunettes. De l'autre main, je fais de l'ombre à l'écran afin d'en détailler le contenu. J'observe enfin les contours d'une structure robuste en acier habillée d'une toile en nid d'abeille maintenue grâce à un système de lacets. Je m'adresse à Natacha.

— C'est un transat ?

— Oui, un bain de soleil sur lequel tu peux faire une sieste. Le dossier peut se mettre en position horizontale. Pas d'accoudoir, pas de repose-pieds, une seule et même toile qui n'écrasera pas tes muscles.

— C'est confortable, tu as déjà fait bronzette dessus ?

— J'ai testé des dizaines de transats différents dans tous les hôtels où je suis descendue au gré de mes voyages et je peux te garantir que ce modèle fait partie de mes préférés. J'ai encore lézardé récemment sur l'un d'entre eux sur la Côte d'Azur, près de Monaco.

— Ah, enfin une spécialiste ! dis-je un peu moqueuse.

Je relâche l'étau de mes mains sur le téléphone. Elles retrouvent aussitôt la terre ferme pendant que Nat en profite pour poser l'appareil, se travestir d'orgueil et étouffer un souffle de satisfaction, le nez vers le ciel.

— Et oui, ma Belle, ma colossale expérience en la matière me permet de cibler cette référence et pas une autre car je pense qu'elle serait adaptée à tes besoins.

— Si tu le dis.

— Oui, on dirait un hamac accroché à une structure par des élastiques. Tu verras, c'est hyper confortable et pas bien lourd à déplacer. Enfin, si tu es convaincue par mes arguments…

— Vous êtes une bonne commerciale, madame la consultante, je vais vous écouter.

— J'ajoute la livraison à domicile pour vous faciliter la vie.

— Impeccable !

— Il suffit de demander ! On peut tout faire livrer de nos jours, tu le sais bien.

— Oui, c'est très pratique, surtout dans ma nouvelle vie. Dommage que ça ne marche pas avec tout.

— Comment ça ?

— Et bien, par exemple, je voudrais choisir des luminaires pour ma chambre et la salle à manger, mais sans voir à quoi ils ressemblent en vrai, je n'arrive pas à me décider.

— Je comprends.

— La couleur, la taille réelle, ce n'est pas évident d'imaginer le rendu derrière son écran d'ordinateur.

— C'est sûr.

Nous nous taisons un moment. Les oiseaux reprennent le monopole du bavardage, cachés dans les branches du cerisier en fleur et du saule, ou exposés en équilibre sur les fils des poteaux électriques qui se dressent à distance régulière sur les trottoirs de la rue. La chaleur est étouffante, je sens déjà des gouttes perler dans mon cou et la transpiration coller mon corsage sur ma peau moite. Nous n'allons pas pouvoir rester indéfiniment au jardin, en plein soleil. Cette fournaise est à goûter avec parcimonie, mais ce n'est pas une raison pour saboter ce début de liberté et de conquête du monde extérieur. J'opte donc pour une demande particulière.

— Nat, tu serais d'accord pour une expédition dans un magasin ? J'aimerais aller voir des luminaires de plus près.

— C'est une excellente idée ! s'exclame-t-elle. L'action, nous avons dit qu'il fallait valoriser l'action, alors mettons en œuvre ces bonnes résolutions.

Elle s'assoit aussitôt sur notre archipel blanc, chausse ses nu-pieds et me secoue l'épaule.

— Allez, on y va. Tant que ta motivation est au max, on en profite.

— Et que mes muscles sont conciliants !

— Fauteuil roulant, béquilles ? On prend quoi ?

— On prend tout ! Le fauteuil est déjà dans le coffre de ma voiture, il ne reste plus qu'à récupérer mes béquilles et se lancer.

Nous levons le camp et rejoignons la maison. Natacha insiste pour mettre en ligne les bains de soleil rétro et acheter les futurs transats avant notre départ. Prévoyante, je dépose un gilet sur la plage arrière de mon véhicule et Natacha prend le volant.

— Tu dois garder tes forces, je conduis.

— Tu sais toujours conduire, toi qui passes ton temps dans les aéroports et les taxis ?

— Aie confiance !

Une demi-heure plus tard, nous franchissons le seuil d'un magasin dont l'enseigne est si gigantesque qu'elle pourrait être déchiffrée d'un avion. « J'adore ! » est un énorme slogan imprimé sur le haut bâtiment en bardage métallique, au-dessus de panneaux de verre. Je suis plutôt en phase avec cette expression. Moi aussi, j'adore.

J'adore pouvoir franchir la porte d'entrée de cet endroit à pied, comme une personne ordinaire sous couvert d'une foule anonyme. J'adore noyer mes pupilles dans les coloris sans limite des articles de camping déclinés et classés par couleurs tel un arc-en-ciel géant capturé dans les étagères centrales. J'adore toucher les textures des coussins d'extérieur, du mobilier de jardin et des toiles de parasols pliés que je croise en suivant Natacha dans les rayons.

Elle a adapté son allure à la mienne, je vois qu'il est difficile pour elle de ne pas filer à toute vitesse à la recherche des luminaires.

— Tu es sûre que ça va ? me questionne-t-elle en tournant la tête sans s'arrêter.

J'essaie de ne pas faire cas de sa mine inquiète.

— Pour l'instant c'est bon.

— OK, OK, je me détends, après tout, tu es une adulte responsable et tu connais mieux que moi tes limites, affirme-t-elle tout haut pour éliminer définitivement ses doutes infondés.

Nous flânons dans les rayons de décoration d'intérieur. Un paravent en bambou, des malles en bois toutes neuves aux serrures artificiellement rouillées, de faux cactus en pots, des miroirs ronds et hexagonaux, des porte-photos en forme de bobine de cinéma, des horloges murales aux chiffres romains, des boîtes à clefs en métal au design de casiers industriels… Des bibelots en tous genres.

Natacha s'attarde ensuite sur les parures de draps et me désigne une housse de couette du doigt.

— Bleu nuit ? m'interroge-t-elle

— La couleur, oui. Mais les chouettes imprimées, tu aimes ? dis-je avec un rictus exagéré.

— Hein ?

Elle réduit la distance qui la sépare des draps, inspecte presque à la loupe les motifs miniatures puis fronce les sourcils.

— Je croyais que c'étaient des plumes minuscules, analyse-t-elle d'une voix déçue.

Natacha quitte les oiseaux de nuit et tourne à droite.

L'espace des luminaires est aussi vaste que celui d'un appartement de cinquante mètres carrés. Sur l'estrade centrale sont exposées des dizaines de lampes de chevet, de bureau, de salon ou autres, toutes posées sur un socle leur permettant de défiler sur cette scène sommaire. Autour, l'espace est bordé d'étagères sur lesquelles s'entassent des centaines de boîtes cartonnées correspondant aux modèles présentés, étiquetés de prix et de numéros de référence.

Les lustres et plafonniers, impudiques, sont exhibés en suspension, à condition de bien vouloir lever la tête afin de découvrir leur potentiel décoratif et leur puissance d'éclairage. Un ciel intérieur habité d'étoiles artificielles trop grosses et trop nombreuses pour toutes tenir dans mon salon.

— Nous voilà au bon endroit, se félicite Natacha.

— Affirmatif.

Nous arpentons les allées autour de l'estrade centrale. Je jette un regard circulaire et m'imprègne des différents styles proposés. Un tri et des choix s'ébauchent dans mon cerveau, plus tellement habitué à fonctionner de façon intuitive et sélective. J'ai mal aux jambes. Je n'ai rien dit à Natacha mais mes muscles fatiguent, mon souffle devient court. Je commence à traîner les pieds depuis le rayon des tableaux et décorations murales. Il va falloir accélérer le mouvement tandis que mon organisme, lui ralentit.

— Quel style ? me questionne Natacha.

— Noir et industriel.

— Hum, marmonne Nat en déplaçant son regard un peu partout autour d'elle.

— Je te rappelle que j'aimerais un luminaire suspendu au plafond.

— Ah oui, c'est vrai, déclare Nat en rectifiant la trajectoire de son inspection visuelle.

Nous levons toutes les deux les yeux vers les squelettes géométriques pendus à diverses hauteurs. Natacha repositionne son sac à main correctement sur son épaule et pointe du doigt un article au-dessus de nos têtes.

— Regarde celle-là en haut, à droite du truc bizarre en forme de soucoupe volante.

— Celle qui ressemble à un essaim d'abeille en papier mâché ?

— Mais non, plus à droite encore. Là ! précise Nat sur la pointe des pieds, le biceps en hyperextension.

J'examine minutieusement le secteur prédéfini et, la nuque douloureuse, je remarque un abat-jour métallique en forme de demi-lune noir. Ajouré. Squelette en triangles équilatéraux. Arêtes d'environ quinze centimètres. Ampoule ronde. Diamètre de douze ou treize centimètres. Exactement ce que je veux.

Soudain, j'ai la tête qui tourne. Je chancelle et regarde en toute hâte mes pieds pour tenter de stabiliser mon équilibre. Natacha, réalisant mon désarroi, me rattrape par le bras.

— Tu vas nous faire un malaise ou quoi ?

— Non, non, ce sont mes muscles qui sont en train de me lâcher.

— Ah, merde ! s'alarme-t-elle. On va chercher une chaise.

Mon amie se raidit, passe son bras sous le mien, esquisse un demi-tour et accélère le pas. Je ne peux pas suivre et manque de tomber lorsque mes jambes s'emmêlent, en totale rébellion l'une et l'autre, comme deux adolescentes boudeuses et démotivées.

Je respire vite, mon cœur bat vite, ça va trop vite.

C'est trop tard. J'ai à la fois abusé de mon autonomie et trop tiré sur la corde. Mauvaise stratégie. Soumis à des tensions internes de plus en plus anarchiques, mon corps ankylosé ne suit plus le mouvement. Je suis un pantin de bois qui se débat avec ses fils.

— Ce ne sera pas suffisant.

— Si, si, ça va aller.

— Nat, je dois m'allonger.

— Quoi ? Non mais pas ici ! s'enflamme Natacha dans une attitude de défi.

— Je n'ai pas le choix, je vais me casser la figure si je fais trois pas de plus.

— Attends, je vais chercher un vendeur, on va t'amener un siège ou…

Je lui coupe la parole sans ménagement. Les sensations désagréables dans mes jambes se raréfient et s'évaporent, la machine va bientôt s'éteindre.

— C'est trop tard, la chaise ne sera pas une solution, je dois m'allonger MAINTENANT !

Devant mon amie ébahie, j'utilise mes dernières forces pour atténuer ma chute vers le sol lisse et froid du magasin. Allongée en étoile, une détente immédiate parcourt mon corps comme un remerciement subtil. Mes muscles se relâchent et libèrent enfin définitivement toute tension. Natacha, qui a gardé son sang-froid malgré ces circonstances particulières, s'accroupit près de mon visage.

— Tu vas bien ?

— Oui, ce n'est pas très confortable pour ma nuque, sinon, ça va.

— Attends, je prends les choses en main.

Une dame en jupe s'est approchée. Collant résille à mailles larges, talons hauts bordeaux. À mon niveau, je ne peux que constater son vernis écaillé, assorti à ses chaussures vernies, visible à travers le bout ouvert de ses escarpins.

— Vous avez besoin d'aide, mesdames ?

Natacha se relève et s'adresse à ma deuxième secouriste.

— Non, non, tout va TRÈS bien, vous pouvez continuer vos courses, madame, merci.
— Vous êtes sûre ? Je peux...
— Non, non, c'est gentil, on opère à la dure et après on s'en va.
— Votre amie travaille chez les militaires ? insiste la dame.
— Oui, c'est ça, elle est en pleine reconnaissance du terrain, elle prépare les exercices des futures recrues sur zone d'entraînement extérieure.

Natacha pose légèrement sa main droite sur les reins de la dame et fait quelques pas pour l'inviter subtilement à passer son chemin.

— Il paraît que...

Natacha ne lui laisse aucune échappatoire et mène la danse avec son aplomb naturel.

— Allons, allons, ne gênez pas le lieutenant, elle doit se concentrer pour une nouvelle parade d'exercices « secret défense ».

La moue maussade de la cliente n'émeut pas notre voyageuse intrépide. Avant de disparaître avec la dame au détour de la dernière étagère de luminaires, elle se retourne et articule à mon attention une phrase incompréhensible. Je fronce les sourcils. Elle me fait penser à l'orthophoniste et à ses apprentissages faits de grimaces et de mimiques censés atténuer mes fatigues vocales au début de ma maladie.

Natacha réitère son articulation excessive en décrochant la mâchoire un maximum sans que le moindre son ne sorte de sa bouche... Cette fois, je comprends qu'elle fait exprès et veut rester discrète. Je lis sur ses lèvres « je reviens » et nous échangeons un regard entendu.

Maintenant que les brûlures musculaires se font plus rares, je revis. En contemplant les luminaires au-dessus de ma tête, je pense à Rose et je remercie l'univers d'avoir troqué la fatigue contre les douleurs.

Au bout d'une ou deux minutes, des éclats de voix retentissent derrière les boîtes en cartons juchées sur les étagères. Natacha refait son apparition, escortée par un jeune homme boutonneux aux lunettes rectangulaires qui la suit d'un pas fébrile et hésitant. Je suspecte le nouvel arrivant de travailler pour l'enseigne à cause du gilet bleu roi floqué au nom du magasin recouvrant son tee-shirt. Visiblement peu sûr de lui, le gringalet écarquille les yeux en me voyant étalée de tout mon long au pied de l'estrade. Je lui souris en pinçant les lèvres mais laisse Natacha gérer la situation. Je connais sa détermination lorsqu'elle est lancée dans l'arène.

— Alors, vous voyez bien qu'il m'en faut un ! s'exclame Nat en me désignant au sol.

— Mais madame, lui répond le pauvre garçon un peu brusqué, il est emballé dans un carton fermé protégé par des sangles en plastique scellées, si je déballe cet article, mon chef va me tuer, on ne pourra plus le remettre à la vente.

— Et mon amie, on la laisse là ?

— Je suis désolé, bredouille l'employé, le mobilier n'a pas encore été installé dans le coin démonstration, c'est tout juste le début de saison et les premiers transats que nous avons reçus sont encore tous emballés.

— Et donc, on fait comment ? s'impatiente Natacha.

— Je... je...

— C'est donc ça, le sens du service de cet établissement ? On ne peut observer les luminaires qu'en position verticale ? Et comment fait-on s'il s'agit d'un achat prévu pour une chambre à coucher, hein ? Vous y avez pensé, à ça ?

— Heu... C'est-à-dire ?

— Mon amie souhaite investir dans une suspension, alors il est tout à fait normal qu'elle ait envie de s'imaginer dans sa chambre à coucher, allongée sur son lit. C'est bien comme ça qu'elle va le voir au quotidien si nous l'achetons, n'est-ce pas ?

— Heu, oui, c'est certain.

— Il vous paraît donc logique que nous jugions cet article AVANT son achat. Nous devons vérifier son esthétisme et son rendu en simulant une scène réaliste.

— Oui, oui, c'est normal d'avoir envie de se rendre compte de son impact une fois installé.

Natacha se déplace aux côtés du jeune homme, lui donne deux petites tapes dans le dos en guise d'approbation et lui offre son plus beau sourire commercial, surjoué.

— On est bien d'accord, c'est une bonne chose… Corentin, c'est votre petit nom, je ne me trompe pas ?

— Ben oui, c'est écrit sur mon gilet, dit-il presque hébété.

— Alors Corentin, comme mon amie et moi nous nous apprêtons à faire l'éloge de votre professionnalisme auprès de votre direction avant de quitter les lieux, je vous laisse gérer l'aménagement afin que nous puissions étudier vos luminaires dans des conditions de confort acceptables.

— Heu… c'est-à-dire ?

— Et bien je ne sais pas moi, s'énerve Nat, à défaut de transat ou de lit d'appoint, trouvez-nous des coussins, par exemple !

— Oui, oui, bien sûr madame, je vais vous trouver des oreillers. Je reviens.

— Voilà, tempère Natacha, je savais que je pouvais compter sur vous, Corentin.

Le jeune homme s'éclipse à toute allure, prêt à défoncer n'importe quel obstacle afin de relever le défi rocambolesque de ma partenaire déjantée.

— C'était quoi ce cirque, tu m'expliques ? dis-je d'un ton taquin.

— Je n'allais quand même pas parler de ta vie privée, de ta maladie la dermato-je-sais-pas-quoi et exposer toute ton intimité. Nous sommes deux clientes exigeantes, mais lucides. Il est parfaitement compréhensible de tester le matériel avant de l'acheter, non ?

— C'est exact.

Un souffle d'air est arrivé en même temps que Corentin, transpirant à grosses gouttes, lancé à toute vitesse dans les dédales du magasin. Deux gros coussins à la main, rouge comme une pivoine, il halète, fier de sa trouvaille.

— Voilà mesdames… Je vous ai pris les plus moelleux, argumente-t-il en reprenant son souffle, courbé, les mains sur ses genoux fléchis.

Natacha le débarrasse de ses trophées et vient en bloquer un sous ma nuque en libérant enfin les dernières tensions ressenties. Le coussin est recouvert de suédine, je reconnais ce tissu doux au toucher grâce à son effet peau de pêche, Corentin a bien choisi.

— Merci, dis-je à l'intention du jeune employé.

— Mais de rien, frime-t-il ouvertement.

Il m'envoie un signe de la tête. Il ne se départ pas de son attitude de vainqueur. Torse bombé, épaules réhaussées, démarche d'un Hercule content de sa prestation, il s'éloigne les jambes écartées tel un athlète savourant sa victoire.

Natacha largue le deuxième coussin au sol et s'allonge auprès de moi. Les yeux rivés sur les ampoules et leurs structures articulées, nous admirons ce ciel illuminé, créé de toutes pièces, en plein milieu de l'une des allées du magasin.

Ma complice n'a pas dit son dernier mot.

— Je vais rappeler Corentin.

— Je n'ai besoin de rien d'autre, tu sais. Dans dix minutes, avec un peu d'aide, je pourrai me lever.

— Ça n'a rien à voir avec toi.

— Ah bon ?

— On pourrait exiger qu'il descende les grilles des baies vitrées et éteigne toutes les lumières du magasin, sauf celles des lampes suspendues au-dessus de nous. Ce serait bien de se mettre vraiment en conditions réelles, non ?

7

Pierre d'énergie

Si Natacha est déjà repartie pour son prochain séminaire, son court séjour a été une bouffée d'oxygène dans mon emploi du temps réduit à l'essentiel. Elle a tendance à donner un coup de pied dans ma fourmilière sans le vouloir, sans le savoir peut-être, mais à chaque fois, mon moral s'améliore à son contact. Mon corps lui, a du mal à suivre ce nouveau rythme. J'ai donc décidé de tester la méditation, après m'être informée sur cette méthode en lisant de nombreux articles en ligne sur le sujet.

Comme expliqué dans beaucoup de récits, je mets en place un environnement favorable à la détente. Chaque jour, lorsque mes muscles sont inopérants, ce qui arrive régulièrement en début d'après-midi, je m'installe au lit ou sur la toile dehors sous le saule. Casque sur les oreilles. Coussins calés sous la nuque. Masque pour les yeux ou lunettes de soleil. Téléphone portable connecté sur un site de méditation en ligne. C'est parti !

J'ai commencé par consulter des vidéos, des podcasts au hasard. Un peu perdue dans le silence de méditations sans paroles, ne sachant pas vraiment quoi penser ni faire durant ces longues minutes, esseulée, je me suis rapidement intéressée aux méditations guidées.

Après plusieurs essais, j'ai choisi une musique agréable à mes oreilles et la voix d'un homme, grave et rassurante.

Aujourd'hui, comme souvent ces derniers jours, je campe sous le saule, presque enracinée à force de visites assidues avec ce beau temps. La température est idéale, le ciel est bleu et mon ami le vent ne me laisse pas seule dans cette nouvelle expérience, il aime me rappeler sa présence en caressant mon visage de son doux chuchotement.

Une mélodie prend le relais dans mes écouteurs, composée de notes de piano calmes et enveloppantes. Elle s'étire en prenant son temps pour sublimer chaque son et emporter la personne qui l'écoute dans une bulle de sérénité.

Je suis dirigée par une voix chaude devenue familière, une voix qui incite à la détente à travers des phrases simples et précises. Elle me prie d'être modeste et indulgente vis-à-vis de moi-même car l'esprit est un singe qui aime sauter de branche en branche et il est peu évident d'arriver à le canaliser en permanence. Aussi, lorsque des idées viennent perturber ma pratique et que je m'échappe vers un ailleurs, il me suffit de revenir ici et maintenant avec bienveillance.

— Bonjour, ici Planète Zen. Je vous invite à trouver une posture confortable et à vous assurer de ne pas être dérangé tout au long de cette séance. Allongez-vous et connectez-vous à votre respiration, à l'air qui entre et sort de votre corps dans un mouvement régulier et apaisant… Inspiration… Expiration… Inspiration, le ventre se gonfle… Expiration, le ventre se creuse….

L'homme me guide à travers les subtilités de la respiration, puis m'invite ensuite à déplacer mon esprit dans les différentes parties de mon corps à l'aide d'un scan corporel.

— Déplacez votre conscience au gré de mes instructions. Faites confiance à votre corps, il saura faire ce qui doit être fait, là où cela doit être fait. Concentrez-vous d'abord sur le pied droit... la cheville droite... le mollet... le genou...

Cette immersion profonde dans l'expérimentation du corps et de l'esprit m'aide à prendre conscience du moment présent, à déserter les remords du passé et m'épargner les inquiétudes de l'avenir.

D'abord, lors de mes premiers essais, je n'ai rien ressenti de particulier. Chaque session était une simple pause dans ma journée, comme il en existe tant depuis deux ans. Puis, au bout d'une dizaine de séances, un petit miracle a opéré. Le phénomène est assez fugace : il m'a fallu tendre l'oreille et ne pas faire de bruit pour écouter le fond de mon être parler à travers mon corps.

Maintenant, je m'enfonce de façon progressive dans cet état de conscience modifié, mon organisme devient de plus en plus lourd tandis que mon esprit, lui, aspire à de plus en plus de légèreté. Un paradoxe que je n'explique toujours pas.

La rotation de la conscience fait circuler mon esprit sur les différentes parties de mon anatomie, m'aidant à m'ancrer dans la matière, à me réconcilier avec ce corps capable de dépérir et de se reconstruire dans une même journée. Malgré des brûlures aux mains sournoises et persistantes, je le remercie spontanément de me porter depuis ces longues années et de m'avoir ainsi permis de vivre toutes ces aventures incroyables.

J'écoute la symphonie de mes émotions.

Les messages de mon corps transportent désormais les messages de mon cœur car chacun, en cet instant suspendu, reprend sa place. Je me sens heureuse, apaisée, délivrée, intriguée, curieuse, triste, est-ce possible de ressentir toutes ces émotions à la fois ?

L'apathie a fait place à un feu d'artifice de sensations et de sentiments depuis le cataclysme de l'hôpital, et maintenant, il semble que mon corps, mon cœur et mon esprit peuvent s'aligner et jouer une même musique, leur propre musique.

C'est à ce moment-là que je crois avoir croisé mon âme, cet être profond rempli de lumière et d'une force incommensurable caché au fond de moi, comme un ami oublié depuis longtemps, un moi vrai, un moi profond en quête de vie et de nouveaux challenges. Elle était là, elle a toujours été là, seulement ma vie à toute vitesse dédiée aux autres en a fait un étranger que je ne regardais plus, que je ne nourrissais plus. Coupée de ce monde, de ce quotidien autrefois chargé en actions et en obligations, je me rapproche de moi. Il est vrai que dans ma vie d'avant, j'étais dans le faire et dans l'avoir.

« Faire » mon travail à la pharmacie, « faire » les courses, « faire » les repas, « faire » des listes de priorité, « faire » bonne impression….

« Avoir » un travail gratifiant, « avoir » des enfants bien élevés, « avoir » un salaire décent, « avoir » une maison, « avoir » raison…

Puisque je ne suis plus dans cette roue de la performance, je plonge contre toute attente vers l'abondance de l'être que je suis, une rencontre que je n'avais pas programmée.

Le vent est plus fort que je ne me l'étais imaginé en cet après-midi ensoleillé. Derrière mes lunettes de soleil, les yeux toujours clos, je suis ballottée doucement puis plus violemment par des bourrasques grandissantes. Je sors de mon état de pleine conscience, soulève mes paupières et tombe nez à nez avec l'esprit du vent ayant pris apparence humaine.

— Lou, ça va ? me questionne-t-il.

C'est bizarre, l'esprit du vent a des airs de mon mari.

— Tu dors ? réitère sa voix.

En prêtant davantage attention à mon visiteur et aux alentours, je distingue l'individu assis en tailleur sur la toile me servant de tapis de sol, puis repère un blouson de style collège américain blanc aux manches noires roulé en boule contre ses cuisses. Il n'y a pas de doute, l'identification est officiellement terminée.

— Tu as fini tôt, Chris, c'est inhabituel de te savoir chez nous à cette heure-ci.

— C'est clair, et en plus j'ai des cadeaux.

Sa tête fait un demi-tour sur la gauche, il me désigne quelque chose du menton. Je me redresse sur mon coude, en biais et constate la présence de deux énormes parallélépipèdes en carton sur mon gazon.

— D'où proviennent ces paquets ?

— Ils étaient derrière le portail, comme si un admirateur secret les avait déposés dans l'allée. Il y a ton nom dessus.

— Tu racontes des bêtises, un admirateur serait plus discret, s'il existait.

— Regarde par toi-même.

Je me redresse et inspecte les colis à la recherche du bordereau d'expédition. Le destinataire n'est autre que moi, effectivement, mais, lorsque je découvre le nom de l'expéditeur, mon visage incrédule et habité par le doute s'éclaircit d'un seul coup en retrouvant ses couleurs d'origine.

— Tu n'y es pas du tout, dis-je enthousiaste, ce sont les deux transats que j'ai commandés avec Natacha ! Les fameux « as du confort ultime », selon son expérience.

— Confort ultime ou pas, le livreur devait être pressé ! Il a fait passer les deux colis par-dessus le portail et s'est barré sans manifester sa présence pour gagner du temps sur ses livraisons.

— Ou bien il a eu des scrupules à me réveiller s'il m'a remarquée sous ce grand arbre. Il croyait peut-être que je dormais.

— Peu importe. On va déballer ça tout de suite et voir si Nat nous a vendu du rêve ou pas.

Mon mari accède à la maison en quelques enjambées et revient presque aussitôt muni d'un cutter. Les emballages deviennent rapidement des épaves, gisant dans mon jardin au milieu de films protecteurs en plastique et de cales en bois. Les articles ont été empaquetés avec soin, on sent que la boîte qui les produit est une enseigne sérieuse.

Je me lève et aide Christophe en tenant le premier transat pour l'immobiliser sur ce sol instable fait de terre et de pelouse. Mon mari déplie le deuxième facilement. Ils sont tous les deux légers et robustes, une combinaison idéale pour perdurer. Son attention rivée sur le fonctionnement des points d'articulation, Christophe n'évite pas l'obstacle. Il se prend les pieds dans la toile blanche posée sur l'herbe, titube puis retrouve son équilibre de justesse.

— Putain ! J'ai failli me casser une jambe à cause de ce fichu drap !

Furieux, il arrête de s'intéresser aux transats, peste, s'agace et donne des coups de pieds rageurs dans les plis du tissu jusqu'à le regrouper en un tas plus compact à deux mètres de nous.

— Voilà, cette satanée toile ne nous jouera plus de mauvais tour ! ajoute-t-il d'un ton caustique.

Sa colère retombée, il termine de déployer le premier transat.

— Tu veux que je t'aide ? dis-je les mains posées sur la structure en acier noir de son jumeau.

— Non, non, tu risquerais de te pincer. Je finis d'installer celui-ci et juste après, je viens te montrer comment ne pas te coincer les doigts. Tu verras, c'est plutôt simple à déplier.

— Je pourrai le faire toute seule à l'avenir, c'est parfait.

Le transat en place près du tronc du saule, le dossier en position haute, Chris recule d'un pas.

— Pas mal, non ? décrète-t-il, enchanté du résultat.

Les mains sur les hanches, il admire notre nouveau pensionnaire et essuie son front en sueur avec la manche de son tee-shirt.

Je soupèse le deuxième transat juste avant que Chris ne s'approche de moi.

— Et pas trop lourd en plus.

— Un autre atout, surtout pour toi.

— Quand je serai en forme, je n'aurai pas besoin de t'attendre pour en sortir un et m'installer n'importe où dans le jardin.

— Bon, je te montre les étapes à suivre, c'est très simple à condition de le tenir dans ce sens, en gardant les pieds du siège près des tiens.

Mon mari est un bon pédagogue à condition que je mette en pratique ses explications à la lettre, sinon il préfère me prendre l'objet ou la machine des mains et terminer seul son installation. Dès qu'il s'aperçoit que je peine à faire quelque chose, il souffle d'agacement et prend le relais ou m'intime d'aller me reposer.

Mais je ne fais que ça, me reposer !

Suite à ses instructions claires, le deuxième bain de soleil trône rapidement près du premier, invitant à la détente sans plus tarder.

— On a le temps de se poser avant le retour des enfants ?

— Oui, tout à fait, dis-je en m'installant sur l'assise confortablement suspendue par des lacets élastiqués.

— OK. Je vais me chercher une bière, tu veux que je te rapporte un truc ?

— Euh… Oui, dis-je après avoir réfléchi brièvement, ma bouteille d'eau et le livre rangé dans le tiroir de ma table de nuit.

— Un livre ? Tu lis des livres, toi ? ironise le mâle dominant.

— Oh, ça va, ce n'est pas un scoop ! C'est juste un bouquin offert par Natacha quand elle est rentrée de sa dernière conférence.

Christophe s'en va et je savoure mes premières impressions sur ce transat dont l'assise façon hamac, lisse et sans aspérité, est constituée d'une seule pièce de tissu légèrement alvéolé, un grand rectangle tendu de deux mètres par soixante-dix centimètres. Il permet à mon corps de relâcher toutes les tensions en même temps et de libérer mes muscles de toute contrainte. Je suis aux anges. Natacha avait raison, je suis VRAIMENT totalement au repos, ma régénérescence à son contact n'en sera que plus rapide et plus efficace.

— C'est celui-là, ton bouquin ?

Une bière dans une main, une bouteille d'eau calée sous le bras, Christophe brandit un livre de poche en s'adressant à moi.

— « Le Pouvoir du moment présent », déclame-t-il d'un ton cérémonial, tout un programme !

— Allez, donne-le-moi.

— Tu as l'intention de le lire ou juste de feuilleter les pages ?

— On verra, si ça se trouve il est très bien ce bouquin ! dis-je irritée.

Je dépose le livre sur l'assise souple, entre mon bassin et le montant du transat. Une bourrasque de vent s'engouffre tout à coup dans mon corsage, le gonfle, étire au maximum le tissu au niveau des bras et du ventre. Je suis une montgolfière prête à m'envoler et à apprivoiser l'inconnu.

Christophe investit le deuxième bain de soleil, pose ma bouteille d'eau entre nous deux comme la tour de Pise édifiée sur un terrain douteux et pourvue de défauts de fondations. Qu'est-ce qu'il fabrique ? Sa bière toujours dans une main, il étire ses jambes, son bassin et écartèle ses épaules en arrière pendant que l'autre main tente de se glisser dans sa poche de jean. La position n'est pas aisée. La poche étriquée ne se laisse pas amadouer sans lutter. Ses doigts puissants forcent le passage tandis que je vois le biceps de son bras se contracter.

Mon regard interrogateur croise le sien. Mes sourcils sont sûrement en conflit. L'un d'entre eux doit se faire la malle vers le sommet de mon crâne tandis que l'autre boude vers le bas en se cachant dans la cavité orbitaire.

Que fait-il ?

— J'essaie d'attraper le décapsuleur que j'ai pris dans la cuisine ainsi que…

Ses mâchoires se crispent en un sourire figé, les dents apparentes, soudées dans une grimace sordide. Ses traits se tordent. Je détourne le regard une seconde. Heureusement, cette image s'efface en un instant, laissant place à un visage plus apaisé, aux yeux désormais arrondis comme deux grosses billes gorgées d'eau au soleil.

— Ah ! crie-t-il victorieux, la main brandissant sa prise.

Il examine brièvement son contenu et me tend un objet.

— Tiens, c'est pour toi, m'annonce-t-il.

Un petit galet poli, transparent et incolore glisse dans le creux de ma main. Son toucher est lisse et agréable. On dirait que de l'eau, figée, est capturée à l'intérieur.

— Qu'est-ce que c'est ?

Christophe décapsule sa bière, en boit une gorgée et la cale entre ses cuisses avant de répondre.

— C'est un cristal de roche, une pierre naturelle que m'a donnée une dame ce matin pour me remercier de l'avoir dépannée la semaine dernière.

— Ah bon.

— Elle m'avait appelé pour me dire qu'elle ne pouvait plus honorer notre rendez-vous, ni démarrer sa voiture et encore moins venir jusqu'à moi. Le midi, elle s'était garée sur un parking avant d'aller déjeuner avec une copine et deux heures après, en récupérant sa voiture, elle avait découvert qu'elle avait oublié d'éteindre ses phares. Impossible de redémarrer, forcément.

— Et alors ?

— Comme elle n'était pas loin, j'ai agi en bon samaritain. Je me suis dévoué pour aller la secourir à l'aide de câbles pour recharger sa batterie.

Tout ce grabuge ne me dit rien qui vaille.

— Hum hum… Elle était blonde ou brune ?

— Oh, épargne-moi ta jalousie, se renfrogne Chris. Si j'avais voulu jouer les infidèles, je ne t'aurais pas raconté cette histoire, ni donné cette récompense. J'aurais agi dans l'ombre.

— OK, dis-je plus conciliante. Bon, tu en sais davantage sur cette pierre ?

— C'est du quartz, d'après ce que m'a dit la dame. C'est un symbole de pureté. Il élimine la négativité, apporte vitalité et réconfort. Il amplifie les énergies et favorise l'équilibre, d'après ses dires. Cette femme est un peu perchée mais elle croit beaucoup à ces trucs-là et moi, je n'y connais rien alors je l'ai remerciée sans trop savoir quoi en faire.

— Tu me la donnes ?

— Oui, c'est apparemment une pierre de guérison. Une sorte de symbole de protection, si tu veux.

J'observe les éclats de brillance à l'intérieur de la pierre, anarchiques et dispersés, tels les éclairs d'un orage dans un ciel incertain. Un instant je me dis que cette pierre est comme moi, lisse à l'extérieur mais broyée de l'intérieur par un phénomène météorologique instable qui explose aujourd'hui en étincelles de lumière.

— Elle est jolie, je vais la garder, merci.

— De rien. On ne sait jamais, si elle fortifie le corps et stimule ton système immunitaire, ça peut être bon à prendre.

— Oui, tous les coups de pouce sont les bienvenus.

Christophe reprend une gorgée de bière. Il croise ensuite ses jambes, enferme sa bouteille entre ses cuisses et ferme les yeux. Comme il est susceptible de s'endormir n'importe où, je ne donne pas cher de sa détermination à rester éveillé. Au son des oiseaux et du flot du vent, je suis sûre qu'il va bientôt basculer dans un sommeil réparateur.

À ses côtés, je l'épie un moment, réfléchis à l'usage possible de la pierre emprisonnée dans mon poing, puis, satisfaite de ma décision, je la range dans ma poche et attrape le livre de Natacha.

« Le pouvoir du moment présent ».

S'il existe, j'aimerais bien m'en imprégner.

8

Vieux bouquins

La nuit, j'ai pris l'habitude de dormir la fenêtre ouverte, bercée par les bruits des animaux nocturnes et de la nature endormie. Chefs d'orchestre de cette musique envoûtante, le vent et la pluie se relaient parfois et fournissent de la matière à la composition musicale éphémère du moment.

Si la nuit, je respire l'extérieur, les jours suivants, j'y établis mon quartier général. Moi qui vivais enfermée en officine, dans ma voiture, dans ma maison, j'ai une soif irrépressible d'air, de lumière et de sons apportés par l'univers, par ce monde à ma portée ancré dans le moment présent.

Je dois toujours composer avec ces temps de repos dont mon corps a besoin plusieurs fois par jour pour se ressourcer, mais je peux désormais choisir le décor dans lequel je veux m'y consacrer.

Mon jardin est devenu ma seconde maison.

Le bain de soleil de Natacha remplace mon lit.

Je me sens bien.

En déchiffrant les textes du livre offert par Nat, j'ai non seulement découvert un récit, certes de qualité, mais également le potentiel de la lecture. Le plaisir de m'évader vers un ailleurs choisi par l'auteur, validé ensuite par le lecteur.

À travers les pages, je m'imprègne progressivement du pouvoir du moment présent autant que du pouvoir de la lecture, une expérience nouvelle autant qu'incroyable.

La puissance des mots et de la réflexion des idées, l'enchaînement des raisonnements et la simplicité des choix de l'auteur nourrissent mon âme et ouvrent le champ des possibles.

Je ne veux plus focaliser mon esprit sur ce que j'ai perdu, je préfère potentialiser ce que j'ai encore.

Le bonheur c'est de continuer de chérir ce que l'on a déjà.

Je dévore ce livre comme une tablette de chocolat, me délectant des idées et des mots qui s'harmonisent et s'associent en ouvrant mon esprit à différentes façons de concevoir ma nouvelle vie.

En quelques jours, l'ouvrage est terminé. Contente d'avoir plongé dans cet art de beauté et de distraction, de connaissance et d'imagination, je suis maintenant frustrée de ne plus rien avoir sous la dent. Pas question de rallumer la télévision qui nous accroche à un monde virtuel souvent très loin de la réalité. Les émotions du livre sont bien meilleures.

Par contre, je n'ai ni livre, ni bibliothèque. Jusqu'à peu, la seule dont je disposais était dans ma tête, avec ses infos consciencieusement classées et archivées. Elle s'est évanouie à l'arrivée de la dermatopolymyosite, partie en flammes à cause de mes brûlures, envoyant balader mes principes et mes certitudes.

Comment faire pour m'évader à nouveau ? Comment me procurer d'autres manuels ? Aller en magasin me rebute, commander sur internet prend du temps, en demander à Natacha est inutile, elle ne sera dans le secteur que dans deux ou trois mois…

Je suis persuadée que ma commune possède une médiathèque. J'en consulte donc les coordonnées et les horaires sur le site officiel de la commune.

Ouverture du mardi : 14 h - 18 h.

Je regarde l'heure sur mon téléphone portable : 15 h 07.

Parfait.

Je décide donc de faire un saut directement sur place, le centre du village n'est qu'à trois minutes en voiture. À cette heure-ci, le parking est vide, je trouve une place devant la façade du bâtiment au crépi rose. Des affiches informant de manifestations futures sont placardées sur les vitres de la grande porte d'entrée.

Racontines

La découverte des livres pour les tout-petits : voir, écouter, toucher, s'émerveiller
Jeudi 18 juin - 10 h
De 0 à 4 ans.

Lectures musicales

À l'occasion de la fête de la musique, des notes pétillantes s'invitent à nos lectures grâce à la contrebasse d'Elena venant animer l'histoire d'Anton le Lion blanc.
Animation tout public à partir de 5 ans.
Vendredi 19 juin-18 h.

À l'intérieur, une odeur de café chaud parfume l'atmosphère. Je suis accueillie par deux dames charmantes, dans la cinquantaine.

L'une d'entre elles, visiblement passionnée de lecture et de culture, me propose une visite guidée des lieux. Chaque secteur correspond à un thème et un support précis. Elle me parle aussi de l'inscription annuelle, gratuite pour les habitants de ma commune.

Quand je pense à cet établissement si proche de la maison, à son accessibilité, dans tous les sens du terme, au nombre d'ateliers et d'ouvrages proposés, je me demande comment j'ai pu me contenter de la télévision pour m'évader et me cultiver pendant ces deux dernières années, et même avant. Cette découverte est une révélation qui me convainc de bouder le petit écran au profit d'un dépaysement plus profond. Pour cela, je compte fermement sur les compétences de ces bibliothécaires.

— Vous proposez des tas de choses à vos abonnés !

— Nous essayons effectivement de plaire à tous les publics. Chaque trimestre, nous achetons des ouvrages récents, des mangas à la mode par exemple. C'est important de faire venir toutes les générations dans notre établissement. Nous organisons également des ateliers sur des thèmes variés, n'hésitez pas à regarder le programme disponible en ligne ou sur place.

— Merci. Je suis impressionnée car dans mes souvenirs de jeunesse, les bibliothèques étaient vieilles et poussiéreuses.

Un petit rire nerveux secoue la bibliothécaire avant qu'elle ne reprenne de plus belle.

— Les médiathèques ont remplacé les bibliothèques. Elles se sont mises au goût du jour pour répondre à un besoin de structures plus modernes et de contenus plus actuels, mais sachez que la littérature n'a pas d'âge. Les grandes œuvres sont rééditées régulièrement.

— Elles ne sentent plus le moisi avec une pointe d'acide et de vanille, c'est rassurant.

— Souhaitez-vous repartir avec un ouvrage précis ?

— Heu, non, je découvre la lecture alors j'aurais besoin de conseils car je ne sais pas vraiment vers quoi me tourner.

— Vous avez tapé à la bonne porte. Ici, on adore guider nos visiteurs dans différents univers pour les aider à dénicher des coups de cœur. Allez, venez avec moi, je vais vous montrer nos dernières sélections.

Mon hôtesse me conseille un roman policier et un livre sur le développement personnel. Je repars à la maison avec de quoi alimenter mon imagination et développer mes idées.

Allongée sur le bain de soleil sous le saule, fatiguée par cette sortie toute simple, je serre la pierre de Christophe dans ma poche. Je remercie l'univers de m'avoir fait découvrir ce lieu de culture et d'évasion. Je m'attaque au roman conseillé par la bibliothécaire et plonge dans une enquête au cœur de la police judiciaire en Corse.

Dès les premières pages, je sais que ce livre et les suivants m'accompagneront partout, ils feront désormais partie des essentiels de mon sac à dos, toujours disponibles à la moindre minute de temps libre. Pas question que je me prive bien longtemps de cette nouvelle drogue sans effet nocif sur la santé, et même responsable d'un bien-être nouveau.

Le seul problème c'est que la lecture, c'est du sport.

Tenir le livre, tourner les pages, tout ceci sollicite des muscles en continu, ce qui pose rapidement problème lorsque les minutes défilent, mon ouvrage en main.

Mes muscles tirent, mes poignets tremblent, mes doigts brûlent au fur et à mesure que j'engloutis les chapitres. Je vais chercher les différents coussins de mon lit et tente d'agencer au mieux ces aides salutaires. Malgré plusieurs tentatives et inclinaisons, le livre glisse, tombe, pique du nez.

Je change de position autant de fois que nécessaire, histoire de mettre d'autres muscles à contribution. Mes épaules capitulent. Je m'installe sur le flan, côté gauche, pose le livre sur l'assise du transat, cale ma nuque avec les coussins les plus moelleux et pose mon avant-bras sur les numéros des pages ouvertes. Cette parade fonctionne un moment avant de connaître elle aussi ses limites, comme les autres précédemment.

À contrecœur, je ferme le livre.

À contrecœur, la tétraplégie me guette.

À contrecœur, je retrouve une position sur le dos, sage et immobile.

Si mon corps est au repos, mes émotions s'octroient un ballet de déplacements et de changements de quart à l'aide de sauts, d'arabesques et de grands jetés comparables à une chorégraphie émotionnelle. Je les écoute, visualise l'endroit où elles se manifestent et accepte tant bien que mal qu'elles existent afin de les voir s'évanouir decrescendo, aidée par un exercice de respiration et de reconnexion à soi.

Une once de colère voyage,

Une pointe de tristesse circule,

Un fragment de honte fuse.

Canaliser les émotions négatives qui jaillissent en moi est le début de l'acceptation de ma part d'ombre. Rose me l'a bien expliqué, nous sommes entiers lorsque nous acceptons notre part d'ombre autant que notre part de lumière. Les émotions forment un tout qui oscille tout au long de notre vie. Je suis persuadée aujourd'hui, qu'un équilibre peut se former malgré les vagues d'émotions qui m'envahissent.

Mon premier choix est d'y croire.

9

Se découvrir

Ce matin, Rose porte un tailleur bleu ciel. Sa veste est ouverte sur un chemisier blanc en dentelle dont les boutons nacrés ont des reflets azur.

— J'ai l'intention de fissurer le silence de la pièce, dites-moi si cela vous gêne, mentionne la thérapeute.

Elle se lève, pousse son siège et se détourne afin d'accéder à la poignée de la fenêtre derrière elle. Le grincement de la crémone retentit lorsque l'historique demoiselle en bois ouvre ses bras pour accueillir l'effervescence d'un monde qui s'éveille. Une légère brise entre. Les pétales blancs des orchidées frémissent, les feuilles posées sur le bureau grelottent, les mèches de mes cheveux s'agitent dans un bref ballet aérien.

Rose bloque le vantail gauche, le croise avec le droit, actionne la poignée. La grande fenêtre se fige. Désormais entrebâillée, cette dernière oblige le vent à retomber et les bruits de la rue à remonter. Des machines de chantier au loin, le klaxon d'un véhicule tout près, le roucoulement de tourterelles, des bribes de conversations de piétons rasant la fenêtre donnant directement sur la place animée. Malgré ces sons distincts qui secouent mon arrivée, le quartier est relativement calme, nous sommes dans un bâtiment ancien.

Les façades aux lourdes pierres apparentes, les couloirs tapissés de roches de calcaire, les pavés humides au sol à franchir avant d'accéder au cabinet et l'acoustique des siècles passés lui donnent des allures de fort infranchissable, qui plus est équipé de deux interphones. Je me sens protégée dans cette forteresse aux origines médiévales sans doute vieille de plusieurs siècles qui a su prendre le virage de la modernité.

Assise sur le fauteuil en cuir blanc devant le bureau du thérapeute, mon regard vagabonde dans la pièce spacieuse, décorée avec goût. Parquet et menuiseries en bois, murs et mobilier blancs, tout me procure un sentiment de bien-être et de sécurité. Sur ma droite, accrochés par des petits clous, les diplômes attestant de ses compétences en tant que thérapeute sont alignés verticalement. J'arrive à déchiffrer « coaching », « hypnose », « sophrologie », « psychothérapie ».

Je suis au bon endroit, je vais bien trouver un équilibre dans tout ce chaos.

Rose me sourit, son regard est franc, j'aime.

— Bonjour Lou.
— Bonjour Rose.
— Comment vous sentez-vous ?
— Il y a eu des hauts et des bas, dis-je sans trop me livrer.
— Avez-vous pu expérimenter l'un ou l'autre des outils dont nous avons parlé lors de notre dernière séance ?

En bonne élève qui a fait ses devoirs, je réponds de manière plus enthousiaste.

— Tout à fait. J'ai découvert les prémices de la méditation et je dois dire que mon esprit analytique et académique a été bousculé.

— Je comprends.

— Moi, non. Je ne comprends pas comment s'allonger et se reposer avec une musique et une voix dans les oreilles peut avoir autant d'impact sur le corps et l'esprit.

— L'important, c'est que cela fonctionne, non ?

— Oui, mais avancer à l'aveuglette n'est pas une chose évidente pour une maniaque du contrôle comme moi. La scientifique que je suis voudrait une explication plus…

— … Logique, énonce Rose qui me voyait chercher mes mots.

— Oui, j'avais tellement l'habitude de tout maîtriser avant ma maladie.

— Cette idée est illusoire. La vie oscille, toujours remplie d'imprévus et de surprises plus ou moins agréables. Rien n'est figé.

— Je m'en rends compte, maintenant. Je m'aperçois que chaque action a son contraire et que chaque problème a sa solution. Il n'est pas nécessaire de tout régenter, de soulever des tonnes d'émotions négatives alors que nous n'avons pas de pouvoir absolu sur la vie, la nôtre ou celle des autres. J'ai l'impression que je gère mieux mes émotions.

— Bien. Et le pouvoir de la gratitude, vous a-t-il inspirée ?

— Inspirée, je ne sais pas, mais j'essaie de dire merci à la vie chaque jour.

Je farfouille dans ma poche et en ressors un objet que je présente à Rose comme on tend une pomme à un cheval, bien à plat sur la paume de ma main.

— Oh, quelle jolie pierre ! s'exclame-t-elle en se penchant un instant pour la contempler de plus près.

— C'est un cristal de roche que m'a donné mon mari. Je l'ai toujours sur moi, comme ça lorsque je mets ma main dans la poche et que je la croise, je pense automatiquement à un remerciement.

— Certains sages disent que la reconnaissance puise sa force dans l'authenticité et la sincérité. D'après eux, elle est une porte vers la créativité et la sagesse.

— Et bien, le chemin va être long car j'ai aucune créativité ! dis-je en me moquant de moi-même.

— Ce n'est pas possible, on a tous en nous un pouvoir créatif. Vous ne l'exploitez pas, c'est tout. Qu'est-ce que vous aimez faire pour vous détendre ?

— J'ai récemment découvert la lecture. C'est devenu dingue, je me suis mise à lire, lire, lire ! Jamais je n'ai connu un tel engouement pour des pages remplies de mots, à tel point que mon livre du moment me suit dans presque tous les déplacements.

— Vous lisez quoi ?

— J'alterne roman, policier et lecture intelligente.

— Lecture intelligente... Qu'est-ce qui se cache derrière cette appellation ?

— Heu... des ouvrages sur le développement personnel, la nutrition ou l'éducation, des sujets qui... enfin qui...

— Des sujets qui vous inspirent, en somme.

— Oui, c'est ça.

— La lecture, c'est très bien, mais y a-t-il autre chose qui vous fait vibrer ?

— M'occuper de mes enfants, passer du temps avec...

— Non, non, je ne parle pas d'interactivités sociales ou familiales, je vous parle de quelque chose de personnel, comme la lecture. Lire est une bonne chose, mais c'est une activité plutôt passive, or, je souhaite vous aider à découvrir un art qui pourrait vous ressourcer, vous faire vibrer. Qu'est-ce que vous aimez faire seule ?

Je ne sais pas quoi répondre puisque je ne me suis jamais vraiment posé cette question. Un court silence laisse résonner ce dernier mot prononcé. « Seule ». C'est bien de solitude dont il s'agit, et même si j'ai appris à l'apprivoiser depuis deux ans, j'ai du mal à définir de quoi pourraient se composer mes journées en dehors des tâches ménagères, des obligations de parent et des temps de repos à rallonge, le tout en mode tortue.

— Par exemple, développe Rose, vous pourriez aimer la couture, la peinture, le dessin, le chant ou tout autre passe-temps susceptible de vous rendre heureuse. J'ai une de mes patientes qui bichonne son jardin du matin au soir et s'extasie devant la beauté de ses massifs et aussi un homme qui rêvait de pouvoir voler. Aujourd'hui, il s'évade en prenant des cours de pilotage dans un aéroclub avec des instructeurs professionnels. Ça l'aide beaucoup à compenser et à gérer le stress qu'implique son travail. Et vous ?

— Je… Je ne sais pas.

La thérapeute prend des notes sur une feuille. Je ne quitte pas des yeux le capuchon de son stylo bleu qui décrit des cercles dans l'air en une valse rapide. Quelques réflexions ont dû se déposer sur le papier quand elle décide d'abandonner son crayon et de s'enfoncer dans le fond de son siège. Me regardant droit dans les yeux, de ce regard affectueux sans détour, elle m'observe puis revendique d'un ton sérieux et enjoué.

— Alors il faut lui demander à Elle !

Je suis perplexe. Les traits de mon visage se fripent en une moue dubitative qui ne déstabilise pas le moins du monde Rose. Son raisonnement est encore trop flou pour être décrypté par mon cerveau sûrement trop lent ce matin.

— On va demander à la petite fille qui est en vous ce qu'elle aimait faire quand elle était enfant.

Mon menton fait un bond en avant.

Mes yeux sont deux fentes à peine visibles.

Mais qu'est-ce qu'elle me raconte ?

À ma mine plutôt déconfite, Rose s'empresse de développer.

— Lorsqu'on grandit, on perd plus ou moins son âme d'enfant. Les parents, les adultes et la société nous précipitent dans un monde de contraintes, de règles, de croyances, d'interdictions et de devoirs. Ce façonnement de l'enfant est nécessaire, il lui permet de se développer dans la sécurité et d'appartenir à un groupe social préexistant. À l'adolescence, l'enfant se rebelle contre ces principes, il se libère de cette carapace afin d'acquérir sa propre personnalité et devenir qui il souhaite vraiment. Il fait le tri dans ses acquis et ses envies, il garde certaines valeurs, en renie d'autres. Il cherche qui il est. Mais certaines personnes n'arrivent pas à se détacher de ce modèle d'éducation et de sociabilisation, ils ont une carapace parfois lourde à porter et n'arrivent pas à définir qui ils sont vraiment. Ils sont mal dans leur peau et peuvent développer des pathologies diverses. Dans votre cas, il semble que la petite fille qui est en vous ait absorbé la totalité des principes apportés par les modèles d'autorité tels que les parents ou la société, au point d'en avoir quasiment oublié les siens. Vous me suivez ? s'inquiète Rose.

— Heu… Oui, oui, c'est très clair.

C'est même ultra limpide.

— Parlez-moi un peu de votre jeunesse, de votre passage à l'adolescence, avez-vous eu l'impression de grandir d'un coup dans le monde des adultes ?

Je lui parle de mon enfance heureuse, de ma joie de vivre, de ma capacité à parler pendant des heures à n'importe qui, n'importe où, de ma passion pour la neige et les montagnes, de mon addiction aux pistes de ski.

Je lui parle de mon adolescence chaotique enfermée dans le mutisme, incapable de remettre en question la parole des adultes, terrifiée à l'idée de contredire les miens, affligée de tenir trop de place et de contenir tant d'énergie. Je lui dévoile mon interdiction vis-à-vis de moi-même de dévaloriser les valeurs inculquées, mon refus de m'opposer à mes parents, ma peur de cracher sur la société, ma colère de ne pas maîtriser mes sentiments, ma solution consistant à les enterrer au fond de moi. Je démystifie ma nouvelle personnalité à partir de quatorze ans, une mue de silence perçue comme de la sagesse.

Ces aveux remuent des choses en moi.

Mes larmes coulent à flot, une digue a cédé, emportant des émotions contradictoires de soulagement et de souffrance.

Rose m'écoute avec attention. Elle prend quelques notes de temps en temps et n'arrête pas de déverser sur moi une marée de bienveillance et de magnanimité. À la minute où je termine de relater ces souvenirs bouleversants, la thérapeute prend le relais.

— Vous n'avez jamais pensé écrire un journal durant votre adolescence ?

— Non.

— Les adolescents ont souvent recours à cette forme de thérapie, c'est une clef utile surtout lorsqu'ils n'arrivent pas à se confier à un parent ou un tiers. Écrire un journal aide les jeunes à verser leurs émotions sur le papier, à tout extérioriser et mettre ainsi de l'ordre dans leurs idées.

Tout sauf morose, un brouhaha se lève de la rue. L'augmentation progressive de l'intensité sonore et le nombre de timbres de voix différents me font penser à une troupe en mouvement. Des rires, des éclats de voix plutôt aigus arrivent crescendo à notre niveau.

Rose lève son index en même temps que ses deux sourcils à la hauteur du front, on dirait une étudiante attendant l'accord de son professeur avant de prendre la parole.

L'attroupement est au point culminant, derrière le mur du cabinet. Les sons nous parviennent de plus en plus distinctement grâce au parcours du courant d'air entre les deux vantaux derrière Rose. Des dizaines de semelles de chaussures tapent sur les pavés, une chanson devient de plus en plus audible, tout près. Une vraie fanfare, il ne manque que les instruments de musique pour donner le rythme.

— DOUZE KILOMÈTRES À PIED, ça use, ça use, DOUZE KILOMÈTRES À PIED, ça use les souliers... TREIZE KILOMÈTRES À PIED, ça use, ça use, TREIZE KILOMÈTRES À PIED, ça....

Rose m'adresse un franc sourire. Je lui renvoie le mien, complice.

Une classe d'école en direction de la médiathèque ou du cinéma ? Une sortie scolaire organisée au musée Ingres Bourdelle de Montauban ?

Une fois les pas éloignés et le calme revenu, Rose prend la parole.

— C'est amusant de parler de l'enfance et d'entendre dans la minute qui suit une horde de jeunes écoliers en pleine action. Rien n'arrive par hasard, vous savez, nous sommes tous des enfants qui expérimentent.

Elle réunit ses feuilles, les tape à plusieurs reprises sur la tranche pour les aligner parfaitement puis les range dans le premier tiroir de son bureau.

Elle redresse ses lunettes en faisant glisser son index sur l'arête de son nez.

— Je vous propose de finir cette séance avec une libération émotionnelle. Cette technique permet de libérer certains blocages émotionnels et physiques et de rétablir l'équilibre énergétique du corps à deux niveaux : physiologique et psychologique. Qu'en pensez-vous ?

— OK, je suis d'accord pour essayer.

— Je veux que vous puissiez vous connecter avec votre enfant intérieur le plus sereinement possible car vous savez que les enfants n'ont pas de filtre, ils disent ce qu'ils pensent et ce qu'ils aiment sans détour, ni pincettes. S'adresser à la petite fille de votre enfance peut vous aider à retrouver une partie de vous-même afin d'apprendre à savoir qui vous êtes et qui vous souhaitez devenir. L'adulte se pose beaucoup de questions quant à sa légitimité à faire telle ou telle chose, l'enfant lui le fait d'instinct, d'envie. Il nous aide à revenir à l'essentiel et aux plaisirs de la vie, il aime apprendre et s'amuser, deux essentiels pour nous trouver. Vous êtes prête ?

— Oui.

— Installez-vous confortablement au fond de ce gros patapouf blanc qui vous sert de fauteuil. Il vous aidera à vous sentir à l'aise et protégée durant les prochaines minutes d'introspection et de relaxation. N'oubliez pas, les réponses sont en vous.

Je m'embourbe volontairement au fond de l'assise, penche la tête en arrière et colle mon organisme au cuir patiné. Ma nuque et mes appuis rencontrent un corps rondelet et bien en chair, un ours blanc venu protéger ses petits.

10

Sens aiguisés

J'ai traîné deux chaises sur le perron de ma maison. Il est 9 h 00. Assise sur l'une d'entre elles, la tête en l'air, j'observe les nuages me narguer en prenant des formes de dragons géants et de bêtes mythologiques. La dernière fois que j'ai pris le temps de contempler le ciel, j'étais une petite fille aux robes fleuries et aux tresses aussi longues que les grandes vacances.

Derrière la maison de mes parents, je dévalais la pelouse puis me jetais quelques mètres plus bas dans l'obscurité de la forêt normande. Aucune appréhension. Je connaissais les lieux par cœur. Je courais entre les immenses chênes et les hautes fougères, les pieds foulant les feuilles, la mousse et la terre humide, pressée d'arriver à la lisière du bois. Parfois, je sentais les ronces me griffer les mollets, mais ces piètres défenseurs de la forêt n'ont jamais entamé l'enthousiasme et l'élan d'une enfant cavalant à la découverte de la vie.

Lorsque j'apercevais les noisetiers, je savais que j'arrivais au bout de ma course. Ils étaient le dernier rempart qui débouchait sur les champs à perte de vue. La lumière me piquait alors les yeux, le soleil entier voulait tout à coup rentrer dans mes pupilles, il prenait toute la place et j'adorais cette sensation, quand il me capturait toute entière. Aveuglée, je stoppais net ma folle chevauchée et faisais la paix avec lui. Il me laissait alors admirer l'immensité du ciel et les champs vallonnés jusqu'à l'infini.

J'étais heureuse, en communion avec le grand Tout, à ma place dans l'univers. Je prenais ainsi le temps de voir bouger les épis de blé bercés par le vent, de surprendre les lapins qui sautaient en liberté entre les sillons, d'étudier les nuages. Je les fixais assez longtemps pour étudier leur trajectoire et les voir se transformer à leur propre vitesse en toutes sortes de masses plus ou moins compactes. Je restais là de longues minutes, fascinée par ce monde qui bouge en silence avec une magie qui m'échappait et m'échappe encore aujourd'hui.

J'étais nourrie par cette énergie cosmique et impatiente de voir chaque jour défiler un nouveau film, empreint d'une lumière unique et d'un ciel différent à chaque fois. Les nuages avancent et se métamorphosent si lentement qu'on oublie parfois qu'ils sont en mouvement permanent. Face à nos vies routinières, ils symbolisent pour moi l'oscillation constante à laquelle nous devons nous adapter.

La tête appuyée sur le rebord de la chaise, je retrouve mes sensations de petite fille émerveillée par la nature et ses mystères, par le bruit des pas dans les cailloux de la forêt. Mais quels cailloux ?

— Salut Lou, tu dors les yeux ouverts ?

La voix de Katia me sort de ma rêverie. Les cailloux de ma forêt étaient les gravillons de l'allée crissant sous ses pas, l'amenant devant les marches du perron sans que je perçoive sa présence. Je me redresse, me lève et l'accueille avec une grande accolade.

— Je suis contente de te voir et de redécouvrir la vie.

— Oh la la ! s'exclame Katia, je ne sais pas ce tu as mangé au petit déjeuner mais je veux bien la même chose. On dirait que tu es sur un petit nuage, shootée à je ne sais quelle substance hallucinogène.

— Cette substance s'appelle la vie, Katia. Je suis shootée au souffle de la vie.

— Ça existe en comprimés, un traitement pareil ?

— Non, non, on ne peut pas l'enfermer et en faire un business. Il est en libre-service, à la portée de tout le monde mais parfois on oublie de respirer et de regarder les nuages.

Katia pose son sac à main sur le rebord de la fenêtre de la cuisine. On s'assoit toutes les deux face au jardin et à l'allée gravillonnée menant au portail puis à la rue.

— Je te trouve plutôt en forme pour une junkie droguée au parfum des jonquilles et des feuilles de saule de ton jardin !

— Merci. Toi aussi tu as l'air d'attaque. Ce sont de nouvelles lunettes ?

— Oui, il me fallait des verres plus puissants. Avec mon grand âge, figure-toi qu'elles ont signé un bail de location de plusieurs années avec mon nez.

— Je t'offre un café ou tu préfères une tisane à la camomille, mon fauteuil roulant et des charentaises ? Si tu veux, on peut les commander tout de suite sur internet… C'est quoi ta pointure, déjà ?

— Je vais opter pour un café. Le reste, on verra plus tard.

Au moment où je m'apprête à me mettre debout, Katia m'agrippe le bras et se lève précipitamment.

— Je sais où est la cuisine, je maîtrise le concept de la cafetière. Ne t'inquiète pas, mamie va gérer.

Elle fait grincer la porte d'entrée en la poussant et disparaît pour revenir quelques instants plus tard, une tasse de café fumant à la main.

— Sympa d'être passée avant de commencer ta journée à la pharmacie. Tu as le temps ?

— Mais oui, je ne prends mon service qu'à 10 h, m'informe Katia en trempant à peine ses lèvres dans le liquide noir. De toute façon, il faut prendre le temps, non ? C'est bien toi qui nous bassines avec cette philosophie, ajoute-t-elle avec ironie.

— Aurais-je tort ?

— Pas du tout. La preuve, je suis là et bien contente de papoter avec toi !

— Moi aussi, je suis contente de ta visite.

— J'ai été un peu prise ces dernières semaines mais mon rapport au temps va évoluer. Je vais bientôt prendre ma retraite.

— Déjà ! dis-je dans un cri d'effroi.

— Hé, je ne suis plus toute jeune, tu sais. Les murs de la pharmacie sont capables d'épeler mon prénom, tellement j'ai traîné ma carcasse dans cette structure.

— C'est vrai.

— J'en ai vu passer des patrons et des patrons, motivés par le rachat d'une officine de ville et de son personnel haut en couleurs.

— Ça ne va pas te manquer ?

— Il n'y a pas si longtemps, je t'aurais dit oui. L'équipe de choc, la Team qu'on formait avec Gabrielle, Natacha, toi et Philippe comme patron, les clients fidèles et les chocolats de Mme Renard, la satisfaction de participer à l'amélioration de la santé de chacun, tout ça me manquera un peu, forcément. J'ai réfléchi et je me suis rendu compte que tout a changé. Natacha voyage beaucoup, Gabrielle est devenue nounou, toi, tu es partie aussi, notre nouveau chef est loin d'être aussi sympa et compétent que Philippe. Mme Renard a déménagé en Suisse afin de se rapprocher de son fils qui vient de devenir papa. La vie change, bouge et aujourd'hui je suis plus sereine pour passer à autre chose. Ton épreuve aussi m'a inspirée, je me dis que je dois vivre à cent pour cent car tout peut basculer en une fraction de seconde. Je vais donc profiter de cette nouvelle partie de ma vie pour faire davantage ce qui me plaît, comme faire un grand voyage. Avec mon mari, on a campé dans des dizaines de régions en France mais je rêve de poser ma tente en Italie, de dormir en Toscane et de visiter Florence. Églises, cathédrales, musées, ruelles authentiques… l'art et la culture dans toute leur splendeur ! On va se régaler en amoureux.

— C'est une jolie destination, en effet.

— Et toi, tu n'aimerais pas faire quelques projets ? Il me semble que tes quarante ans sont au bout de la rue ?

— C'est vrai… Je n'ai pas vraiment réalisé.

— Ton mari pourrait t'organiser un voyage dans une ville romantique comme Venise…

— Tu connais Chris et son degré de romantisme !

— C'est sûr que t'offrir une centrale vapeur pour la Saint-Valentin, ce n'était pas sa meilleure initiative mais il pourrait faire un effort quand même !

— Il n'est pas comme ça.

— Oui et bien avec tout ce que tu vis, un p'tit effort, ce serait la moindre des choses. Il ne vient même pas te voir à l'hôpital et il se barre en week-end avec ses copains sans se soucier de savoir si tu pourras assumer les gosses, la bouffe et le reste. Je ne sais pas comment tu fais pour accepter tout ça.

Je commence à être embarrassée. Je malaxe quelques mèches de cheveux et me repositionne nerveusement sur ma chaise. Entendre Katia déballer la vérité à voix haute me fait mal et me rappelle que ma vie, loin d'être parfaite, est plutôt décousue et bancale aux yeux des autres. Pourtant c'est ma vie, en tout cas celle que j'assume comme je peux, avec les armes et les blessures que j'essaie de rendre moins apparentes.

On verra de quoi je décide de composer mon avenir.

Pour l'instant, je vis le moment présent.

Katia est partie de chez moi vers 9 h 45 car elle voulait récupérer un colis à la poste. Un matelas gonflable censé anéantir les douleurs dorsales liées à sa dernière virée sous la tente en Corse cet été... Elle se projette déjà en Italie et m'a même avoué en partant avoir téléchargé quelques mois plus tôt une application gratuite aux promesses encourageantes : apprendre l'italien en six mois.

Après le départ de Katia, je pars m'allonger sur le transat sous le saule.

Je suis une enfant qui découvre la lecture. Je tombe amoureuse des mots que je lis, des histoires que je découvre, des univers que je touche du bout des doigts. Rose m'a conseillé de me laisser inspirer par mon enfant intérieur.

Celui-ci a découvert un jeu tout neuf offert par son amie Natacha. Cette nouvelle activité le passionne et comme tout engouement à cet âge, il n'y a pas de limite, on veut tout le temps y jouer. Je m'essaie à différents styles et auteurs, je suis une petite fille qui rentre pour la première fois dans un magasin de glaces.

Toutes ces couleurs, tous ces parfums.

Je veux tout goûter.

Au fil des pages, je réinvente le sens des mots et ainsi le sens de la vie. Certains portaient jusqu'à présent un sentiment si négatif qu'ils ne faisaient pas partie de mon vocabulaire. Ne m'autorisant pas à les utiliser ou à les considérer autrement, je me suis lancée dans une spirale sans fin vers la perfection et le contrôle. Mais ça, c'était ma vie d'avant.

Aujourd'hui renoncer, c'est possible.

Abandonner, c'est possible.

S'arrêter, c'est possible.

Mon corps veut que je considère différemment ces mots bannis de ma vie jusqu'à cet instant. Ils n'ont de négatif que le sentiment que je leur ai associé. Cependant, ce ne sont que des mots, leurs sens peuvent être multiples, la langue française aime bien ce paradoxe.

Je suis en pleine session de rattrapage.

Mon analyse et cette épreuve médicale me font relativiser beaucoup de sentiments, beaucoup de situations. Renoncer, abandonner et s'arrêter sont des choix qui peuvent aussi avoir des valeurs positives.

On peut renoncer à une vie qui ne nous correspond plus pour s'attacher à de nouvelles valeurs plus en accord avec soi. On peut abandonner un projet pour en valider un autre. On peut s'arrêter pour reprendre des forces et réfléchir à d'autres perspectives. Changer les croyances limitantes associées à ces trois mots pourrait bien me sauver la vie car à force de m'acharner à ne pas lâcher prise, je sens mon corps qui flanche dangereusement. Il m'intime de m'arrêter, de respirer, de renoncer à une vie intense, de prendre le temps de vivre, d'abandonner cette recherche de contrôle des résultats, de laisser l'univers me guider.

Si mon esprit d'adulte craint cette transition, mon âme d'enfant, elle, est surexcitée par cet apprentissage. Elle est impatiente d'avancer, curieuse de connaître de nouvelles connexions avec les gens.

Plus je lis, plus je me sens bien.

Le livre devient le baromètre de ma santé. Lire demande des efforts musculaires pour tourner les pages et tenir l'ouvrage ouvert. Alors certains jours, je lis beaucoup et les autres jours, j'apprends à renoncer.

Parfois, le ciel est écrasé par un épais brouillard. On pourrait l'imaginer malveillant, à nous cacher la visibilité ou conspirateur, à vouloir nous promettre un soleil absent, pas toujours au rendez-vous quelques heures plus tard. Mais il est simplement là, silencieux et calme pour nous rappeler l'essentiel. Finalement le brouillard est comme la vie : on pense savoir ou deviner ce qui se passe derrière, mais la réalité ne correspond pas toujours à nos prédictions ou à notre volonté. Il faut être prudent et s'adapter.

Mes proches me demandent souvent si je ne m'ennuie pas, je leur répète que non mais je devrais leur préciser que la vie au ralenti a ses avantages : je n'ai jamais assez de temps ou d'énergie pour tout faire, j'ai donc fidèlement des projets en suspens et des tâches à reprogrammer. Il existe encore un décalage entre les choix de mon cerveau et les décisions de mon corps.

Je suis en pleine session de rodage.

Il n'y a pas que dans les livres qu'on trouve de jolis mots.

Fini le silence dans la cuisine, dans la maison, désormais la musique m'accompagne. Pourtant j'en étais baignée. Depuis toujours. Tout d'abord avec Charly, FX, Chris et leur passion pour les compositions et les concerts depuis nos années d'adolescence. On entendait du rock anglais ou du métal, hurlant dans leurs chambres sur leurs lecteurs CD. On écoutait les sons de leurs guitares, crachant dans le garage de nos parents leurs propres compositions ou des reprises travaillées.

Ensuite je me suis rapprochée de Christophe, très ouvert à d'autres styles musicaux. Une musique plus éclectique, plus hétérogène, plus riche. Des salles de concert où il m'a traînée, aux soirées dans des bars à scène ouverte où nous retrouvions des copains, il n'y avait pas une soirée sans variétés internationales, sans percussions, pas un trajet en voiture sans musique pop, pas un repas sans reggae.

Le plaisir d'écouter, le plaisir de partager, voici les valeurs de ces hommes qui comptent dans ma vie. Quand je pense que je suis restée dans le silence en leur absence. Quelle idiote. J'avais toute cette musique à portée de main et pourtant, si le plaisir de ressentir la musique avec les autres était une évidence, le plaisir de faire vibrer les notes toute seule n'était pas un réflexe, loin de là.

11

Frissons

Je regarde ma montre. 13 h 56. Je suis à l'heure. À peine le temps de feuilleter un magazine féminin vieux de dix mois que c'est déjà mon tour. La porte de la cabine s'ouvre. Une femme à l'allure vertigineuse en sort. Grande, brune, cheveux lisses jusqu'aux fesses. Collants fins et short court. Un mètre quatre-vingts de classe et de sex-appeal dans un corps féminin dont les courbes frisent la perfection.

Dans son sillage, j'aperçois mon kinésithérapeute. Il s'adosse dans l'embrasure de la porte et croise les bras sans que sa patiente ralentisse. Tout à coup, la femme s'arrête, se retourne et ne le quitte pas des yeux. Campée face à lui, elle le dévore. Alors qu'elle secoue la tête pour dégager les mèches de son visage comme dans une publicité pour un shampoing à la noix de coco, je capte les lèvres pulpeuses et le regard noir de cette panthère à l'affut.

Monica Bellucci aurait-elle confondu la salle du kinésithérapeute avec sa loge ? Je bous de l'intérieur et je n'aime pas cette sensation. Elle m'énerve et ça m'énerve de ressentir cette... ce... je ne sais pas quoi d'ailleurs !

Monica se cambre alors pour caresser le voile de ses jambes montées sur des escarpins laqués noirs et feint une moue inquiète. Sa voix sucrée m'écœure encore un peu plus.

— Vous êtes sûr qu'ils ne sont pas filés ?

— Non, non, je crois que vous avez su faire attention pendant l'enfilage, lui répond le praticien, effectuant un scanner de ses fines échasses.

— Je suis désolée, docteur, j'ai complètement oublié de repasser à la maison après la fermeture de l'agence pour me changer. Ma sœur doit passer m'amener quelques affaires dans ma chambre tout à l'heure.

Non, pas possible, un oubli ???

— Ce n'est pas grave. Nous avons pu travailler sur ce genou et continuer à progresser, c'est l'essentiel.

— Je sais que cette tenue n'est pas vraiment adaptée à une séance de rééducation.

Tu m'étonnes !

— Vous y penserez la prochaine fois. On se revoit demain.

— Vous êtes trop gentil, Docteur.

Docteur ???

— Je vous ai dit d'arrêter de m'appeler « docteur », madame Agostina.

— Je vous demande pardon mais moi, dès que je vois une blouse blanche, même si elle est ouverte sur un jean et un polo, je ne peux pas m'empêcher de voir des docteurs partout.

C'est une couleur, c'est sûr, elle est blonde.

Elle rit de sa répartie, d'un petit rire nerveux tout à fait irritant, capable de gonfler son ego comme une montgolfière.

J'ai soudain envie d'agresser cette déesse de la beauté et de lui hurler qu'elle se trompe de plateau de tournage. Ici c'est mon fief, mon territoire, mon kiné.

Mon Dieu, mais qu'est-ce qui m'arrive ? Je ne sais pas pourquoi je m'anime comme ça mais une vague de jalousie me submerge. Cette porte ouverte aux sentiments me fait décidément vivre des choses incroyablement déroutantes.

Bon allez, Lou, respire.

Ici on est chez le kiné, ce n'est pas ta circonscription. Le monsieur sait très bien ce qu'il fait, c'est un professionnel sérieux et respectable. Il sait gérer sa patientèle avec tact et intégrité, arrête de t'enflammer.

Monica quitte le cabinet en faisant résonner ses talons. Ils rayent puis fissurent le sol – et mon cœur avec – à coup de marteau-piqueur aiguisé.

Lou, arrête de divaguer, nous sommes sur le lieu de travail de ton kinésithérapeute. Il a le droit de gérer sa patientèle comme il l'entend, ce n'est pas à toi de semer la zizanie ici, un peu de tenue, ma vieille !

Vieille, c'est bien ainsi que je me sens lorsque cette plante luxuriante me dépasse pour rejoindre le couloir et le mur de la renaissance. Face à ses nombreux atouts, je me sens insignifiante, sans maquillage, sans tenue affriolante, avec mon élastique tout simple capturant mes longs cheveux et mon vulgaire survêtement en coton.

— Madame Chevalier, c'est à vous.

Le son de la voix du kiné stoppe net mes lamentations.

Je rejoins directement la cabine où il m'attend. Il est en train de modifier l'inclinaison des stores afin de garder la luminosité apportée par le soleil du matin sans risquer de nous éblouir durant la séance. Les belles journées se succèdent ces derniers jours, c'est très agréable.

La pièce est loin d'être aussi grande que la salle de travail commune mais la décoration est sobre. Juste quelques cadres photos des plus belles villes du monde. New York, Rio de Janeiro, Varanasi, Sydney, Le Cap…

— Chère madame, je ne veux plus voir ces béquilles dans vos mains si délicates, il est temps de vous lancer officiellement.

Et c'est reparti, des « chère madame » en veux-tu en voilà, pourtant, je ne suis pas d'humeur. Mais qu'est-ce qu'il cherche au juste ?

— Je ne suis pas assez confiante. Les sensations dans mes jambes sont complexes, souvent je n'en sens qu'une partie tandis que l'autre est aux abonnés absents. Elles ne sont pas comme avant.

— Elles ne seront peut-être plus jamais comme avant au niveau des sensations, mais je vous assure que nous avons suffisamment travaillé pour avoir des muscles opérationnels à la marche.

Je pose mes béquilles dans un coin de la pièce et, par habitude, me hisse sur la table d'examen. Assise face au kiné, je l'écoute poursuivre.

— On va faire quelques exercices d'étirement et de mobilisation. Ensuite, on passera en salle de travail et vous allez marcher. Vous verrez, je suis sûr que ça va bien se passer.

— OK.

Je ne suis pas très joviale. Mon interlocuteur a dû s'en rendre compte car il semble vouloir me rassurer.

— Je ne vous dis pas que vous serez tout de suite capable de faire des kilomètres à pied sans aide, mais les petits trajets vont devenir abordables. Vous allez vous entraîner et vous marcherez aussi bien que…

Il se gratte le front. Il cherche une comparaison réaliste puis, illuminé comme s'il avait trouvé un concept révolutionnaire tel que la téléportation, il poursuit.

—Aussi bien que la patiente que vous avez croisée à l'instant dans la salle d'attente, tiens ! Une mauvaise chute de cheval avait noirci ses chances de compétition au plus haut niveau mais son genou a bien répondu à la rééducation. Avec une bonne dose de motivation et d'acharnement, elle a pu relancer les entraînements pour les prochaines sélections.

Voilà, c'est officiel, je n'ai aucune chance face à Monica Bellucci, cavalière émérite capable de braver son destin.

Je lève les yeux au ciel. Je détourne ensuite le regard vers la fenêtre et essaie de paraître détachée. Ce n'est pas gagné car depuis peu, les émotions me submergent au point que faire semblant m'est de plus en plus difficile. Sans oublier toutes ces heures passées avec cet homme qui doit me connaître par cœur.

— Mais qu'est-ce qui vous arrive ce matin ?

— ...

— Je vous ai quittée il n'y a pas si longtemps sur une note positive, vous étiez de bonne humeur, assez confiante même, alors que là, il semble que tous vos espoirs se soient envolés dès que j'ai évoqué la réussite de Mme Agostina. Ne vous comparez pas à elle, elle travaille depuis quelques mois alors que vous, votre temps de présence en ces lieux se compte désormais en années, mais cela ne veut pas dire que...

Il s'arrête au milieu de sa phrase. Deux secondes s'écoulent dans un silence que personne n'ose profaner. Il reprend alors sur un ton plus mystérieux.

— On parle bien de rééducation, n'est-ce pas ?

— Heu, oui, oui, bien sûr, dis-je, la tête toujours tournée vers la fenêtre.

Je m'entends prononcer ces mots qui manquent cruellement de crédibilité. Si on ajoute mon regard porté sur ces stores sans intérêt, je dois passer pour une idiote. Une fille moche ET idiote, voilà de quoi je dois avoir l'air.

Soudain, je sens des doigts fermes se caler sous mon menton et faire pivoter avec douceur ma tête de quatre-vingt-dix degrés, jusqu'à me retrouver face-à-face avec leur propriétaire.

Ses billes aux couleurs de l'océan me désarment en un instant.

Son petit sourire en coin créant une fossette lui donne un charme fou, tandis que sa barbe de deux ou trois jours, courte et entretenue, accentue sa virilité. Il libère mon menton et rapproche son visage du mien. Je déglutis.

— Vous ne seriez pas jalouse, chère madame ? me demande-t-il droit dans les yeux.

Son aplomb me sidère.

Je sens les mots se précipiter dans ma gorge de façon anarchique et le rouge me monter aux joues, le balbutiement est inévitable.

— Heu… non, non. Enfin, c'est… c'est… c'est une belle femme, c'est évident… et ses collants, ses talons… tout ça, quoi, je ne rivalise pas, c'est tout. Regardez comment je suis habillée à côté d'elle !

Le praticien recule et croise les bras, il me toise de la tête aux pieds. Il essaie de me mettre mal à l'aise avec son scanner corporel improvisé ou quoi ? Contrairement à notre dernière entrevue, c'est moi qui semble perdre mes moyens. Lui semble s'amuser de me voir patauger dans cette purée de sentiments contradictoires. Son visage abrite de la dérision mais aussi un profond respect pour mon attitude quelque peu déplacée.

Après quelques instants de réflexion, il me questionne simplement.

— Vous n'êtes pas ici pour remporter un concours de beauté, n'est-ce pas ?

— Heu, non, non, bien sûr.

— Je suis un professionnel qui sait mettre suffisamment de distance entre lui et ses patients, en doutez-vous ?

— Non, non, c'est évident.

— Madame Agostina se prend pour une reine, elle ne fait que gémir ou se plaindre. C'est aussi irritant qu'un disque vinyle rayé braillant dans des enceintes.

— Ah, dis-je plus détendue.

Le silence s'installe de nouveau. J'observe la réaction du kiné. Il a décroisé les bras, s'est gratté le dessus de la lèvre supérieure et semble maintenant bien embarrassé. Il attend encore quelques secondes puis lâche, avec une certaine précipitation.

— De toute façon, les femmes impudiques ne me font ni chaud ni froid, je les trouve même vulgaires. Je préfère les filles plus authentiques, plus naturelles si vous voyez ce que je veux dire…

Je réprime un sourire. L'homme transpire, il passe une main dans ses cheveux courts et fuit mon regard. Je crois que cette situation ambiguë a fini par le toucher aussi. Peut-être regrette-t-il déjà ses aveux et sa prise de risque ? Il se racle la gorge, fronce les sourcils puis tousse dans son poing. Il gonfle le torse et semble vouloir retrouver sa prestance en chassant je ne sais quels démons de son esprit.

Vers quel destin va nous conduire ce petit jeu sans conséquence ?

— Allons, allons, en piste. On attaque les étirements. D'ailleurs, je vous ai envoyé par mail de nouveaux exercices validés par le médecin du sport. Vous en prendrez connaissance en rentrant. N'hésitez pas à me faire un retour si besoin.

Je m'allonge sur la table d'examen en repoussant les images peu recommandables de vertu débauchée qui se succèdent dans ma tête d'effarouchée.

Lou, respire, tu dois reprendre le contrôle de la situation, tu es en séance de kinésithérapie, ne l'oublie pas.

Les mains du soignant, autrefois discrètes à cause de ma peau à vif et de mes muscles réticents au toucher, accompagnent aujourd'hui les mouvements si souvent répétés avec une intention particulière. Certes, il fallait parfois m'aider dans les exercices proposés mais je perçois aujourd'hui comme une différence, une sensualité ou une douceur que je n'avais pas soupçonnée au contact de ses paumes de mains chaudes et expertes. Ces gestes agissent comme des caresses oubliées, des élans réprimés, des pulsions envolées. Il n'y a pas si longtemps, j'étais la première à le repousser, brûlant à chaque contact, écorchée à chaque toucher, souffrant à chaque pression. Mon corps ayant retrouvé une quiétude partielle, il semble enclin à faire alliance avec cette nouvelle approche.

Le temps s'arrête. Mes jambes se plient et se déplient, mes genoux se cabrent, mes chevilles pivotent, envoûtées par ces mains vigoureuses chargées d'une onctuosité débutante, un voile de satin glissant sur ma peau.

Nos regards se croisent dans un embarras grandissant.

— Votre mari doit être fier d'avoir une femme si courageuse à ses côtés, énonce le praticien.

Hein, mais il n'a rien compris ou quoi ? Quel crétin !

En une seconde, la magie trépasse.

Si je pouvais au moins être avisée des règles du jeu, je pourrais peut-être comprendre où tout ceci nous mène car pour l'instant, je suis perdue. Remarque, il est sûrement préférable que je laisse l'univers décider, j'ai vu où ma soif du contrôle et ma peur de lâcher prise ont pu me conduire. Il est temps que j'apprenne de mes erreurs. Si monsieur veut jouer, on va jouer, mais je vais être moi-même jusqu'au bout des ongles. Bas les masques, on va voir s'il suit la cadence.

— Cher monsieur, mon mari n'est pas un romantique qui a pour habitude d'étaler ses sentiments.

— C'est peut-être un grand sensible qui a peur d'en faire trop, chère madame.

Mon interlocuteur a du répondant, il me rembarre sans aucun scrupule.

Une nouvelle manche s'ouvre.

Le jeu peut continuer.

— D'en faire trop ! dis-je consternée. Vous savez ce qu'il m'a offert pour notre dixième anniversaire de mariage ?

— Un bouquet de roses rouges ringard ?

— Non.
— Un coussin en forme de cœur à vomir ?
— Non, pas du tout.
— Attendez, laissez-moi une dernière chance…

L'homme fait semblant de réfléchir, des ridules apparaissent au coin de ses yeux et renforcent son outrecuidance à mon égard. Son toupet m'amuse.

— Ah, je sais ! Un collier avec un médaillon sur lequel est gravé son prénom et la date de votre rencontre. Vous savez, comme pour les chiens. S'ils se perdent, le vétérinaire peut les rendre à leur maître grâce à cet objet d'identification et d'esclavage.

— Vous n'y êtes pas du tout. Il m'a offert une ampoule.
— Une ampoule !
— Oui, cher monsieur.
— Un cadeau enfin original et donc, un message caché peut-être ?
— Oui, ce type de scénario, c'est tout à fait son genre.
— Et ?
— Dix ans de mariage, ce sont les noces d'étain.
— Et…
— « Une ampoule, tu l'allumes et tu l'éteins… »

Un tendre ricanement quelque peu forcé remplit la pièce. Le kiné se marre, mais pas ouvertement : il scrute ma réaction entre deux déploiements de ma jambe tendue, le pied fléchi.

— Un cadeau unique et inimitable, à mon avis, argumente-t-il d'un ton hésitant.

— Oui, c'est vrai qu'il se nourrit de fantaisie et aime la partager avec son entourage.

— C'est un reproche ?
— Non, pas vraiment. Seulement il ne devrait pas toujours se cacher derrière cet humour, c'est parfois épuisant.

— Il n'est peut-être pas très doué pour dire ce qu'il ressent. Avec tout ce qui vous est arrivé à tous les deux, ce doit être un peu déroutant, non ?

Aux côtés de cette oreille charitable, je me confie librement sans trop penser aux conséquences.

— Oui mais j'ai peur que ce cataclysme ait provoqué des fêlures assez profondes pour créer un gouffre entre nous.

— C'est possible, chère madame. Je pense néanmoins que chacun se bat comme il peut pour survivre à cette épreuve, l'idée étant que chacun s'en sorte, même sur des routes différentes.

— C'est évident.

— Quoi qu'il arrive, vous pourrez construire un autre destin. C'est à vous de décider.

— Vous croyez ?

— Je crois que de la souffrance naissent des ressources inestimables.

Il se tait. Je ne rajoute rien. Il se concentre sur les exercices en cours. Je note de nouveau la douceur dans ses gestes, des semblants de caresses de ses mains fortes auxquelles il a ajouté ce je ne sais quoi d'envoûtant. Je me laisse faire. Après tout, c'est lui le professionnel qui, parmi toute une équipe bienveillante, est censé m'aider à me reconstruire en acceptant la maladie.

Sa main agrippant ma cheville. Il pose ma jambe sur la table de travail avec délicatesse, comme s'il s'agissait du membre en porcelaine d'une poupée fragile. Il contourne la table d'examen et face à mes deux pieds, s'empare de l'un d'eux et commence à me masser la voûte plantaire. Une sensation de détente s'empare de mon corps, ravi de cette initiative encore jamais expérimentée. Je ferme les yeux. Je ne sais pas si cet exercice de relaxation fait partie du programme mais, au fil des secondes de bonheur qui envahissent mon être tout entier, je vote pour. Excessivement pour. Totalement pour.

Après quelques minutes transportées dans une autre sphère, mon cerveau m'ordonne de rester raisonnable, de ne pas céder à mes pulsions, de…

De…

J'ai perdu le fil.

Je ne sais plus quoi, je ne sais plus rien. Un lâcher-prise plus efficace qu'une méditation opère tandis que quelqu'un a débranché la prise qui me connecte avec ma raison. Son identité ne fait aucun mystère, j'entends sa voix par-delà ma bulle de sérénité.

— Chère madame, selon moi, le principal est de vous faire du bien, le reste suivra.

12

Sentiments contradictoires

En rentrant chez moi ce jour-là, je ne peux m'empêcher de repenser à ma conversation avec Katia puis, plus tard dans la journée, avec le kiné. Je me remémore aussi les conseils de Natacha et de Rose, la coach aux nombreuses facettes. Beaucoup de sentiments contradictoires se bousculent alors dans ma tête. Ce n'est pas la première fois que j'ai du mal à y voir clair.

Fatiguée par le moindre effort, je suis encore allongée, les yeux rivés sur ce plafond dont je connais les craquelures de peinture par cœur.

Il est 15 h 30.

Mes idées s'étirent, mon imagination aussi.

Je fais quelques exercices de respiration pour tenter d'apaiser mon mental. Jusqu'à présent c'était plutôt efficace, cette prise de conscience du moment présent, ce rapport à soi.

Mais aujourd'hui, c'est comme si une petite voix au fond de moi ne voulait pas se taire. Une petite fille capricieuse et têtue a envie d'avoir le dernier mot. Mes épaules me tirent. Je repositionne les coussins ronds qui ont glissé de part et d'autre de mon corps et souffle profondément. La petite voix ne veut pas obtempérer. Se connecter à son enfant intérieur est peut-être une bonne chose, mais « mademoiselle je veux faire ce qui me plaît », « mademoiselle je veux faire ce qui me donne envie sans mesurer les répercussions possibles » n'est pas un personnage auquel j'ai l'habitude de me connecter. Je suis une femme responsable et sensée. Je ne fais pas n'importe quoi sur un coup de tête ou un coup de cœur, ce n'est pas du tout mon genre.

La petite fille au creux de mon ventre rigole de me voir lutter contre ce qu'elle considère comme inévitable et logique.

Écouter ses désirs et son cœur est pour elle une évidence.

Elle se trompe sûrement, ce n'est qu'une enfant.

Et si c'était moi qui me fourvoyais, aveuglée par mes principes d'adulte coincée et mes croyances étroites, digérées par une éducation et une société limitantes ?

J'en ai assez de tergiverser. Je suis une femme d'action alors, cabossée ou pas, j'aide mes jambes à basculer dans le vide et je me redresse en pivotant sur le côté à la force de mes bras qui chancellent légèrement. Je me lève.

La plupart des mortels pensent que se mouvoir est naturel. Ils n'y pensent même pas, d'ailleurs. Ils bougent à leur guise, à chaque instant, sans se soucier de la complexité et de la valeur de la machine incroyable dont résulte un tel prodige. C'est bien simple, ils ne sont pas conscients de ces milliers de petits miracles qui remplissent leurs journées.

Allez, j'y vais.

Se lever d'un lit, marcher vers le salon sans aide, respirer, lever un pied puis l'autre, respirer, garder son équilibre, calmer l'exaltation de ce cœur et de ces poumons remplis d'ardeur, avancer, marcher, encore et encore. Tirer une lourde chaise, plier les genoux, contracter suffisamment de muscles pour ne pas s'écrouler, s'asseoir, agripper les barres de bois, soulever son propre poids et celui de la chaise, poser le tout vingt centimètres plus loin, sous la table, poser les bras dessus.

Tout ceci est une grande aventure sportive couplée de magie et de prestige.

Me voilà donc devant l'ordinateur.

Je regarde les dernières photos de Natacha prises lors de sa dernière escale à Londres. On y voit les boutiques du quartier de Covent Garden, les stands d'un marché local puis une église de quartier. Sur l'une d'entre elles, elle pose avec un cône chocolat-vanille qui me donne bien envie.

À propos d'envies, je clique maintenant sur le mail du kiné envoyé dans la journée contenant quelques modifications de mon programme actuel d'étirements et de renforcement musculaire. Il se termine par une invitation.

« Vendredi 26 juin
à partir de 20 h
Venez découvrir mon Univers »

Mon cœur fait des pirouettes dans ma poitrine. Mon émotion retombe presque aussitôt lorsque je réalise qu'il s'agit d'une sollicitation pour me rendre à l'inauguration de la dernière partie de la salle commune. En effet, une extension a été créée, avec l'installation de nouvelles machines dans ce secteur de la rééducation. Les travaux touchent à leur fin.

Certes, depuis deux ans, je suis une de ses plus fidèles clientes, je ne devrais donc pas être surprise mais l'intitulé m'avait orienté vers une tout autre ambiance de soirée. À défaut de romantisme, je pourrais peut-être envisager d'y faire un tour car il est vrai que ma dernière sortie nocturne remonte à une éternité. Depuis la DM, mes journées s'arrêtent aux alentours de 18 h, mon organisme étant saturé de fatigue et vidé de toute capacité musculaire.

Je pourrais néanmoins tenter le coup, me reposer un maximum l'après-midi et demander à Mylène de récupérer les enfants à la sortie des classes. Après tout, c'est un vendredi soir, la perspective de ne pas enchaîner avec l'école le lendemain sera sûrement un argument valable, tout comme ma survie sociale dans ce monde d'humanité.

Je pose mes mains sur le clavier. Je commence par remercier mon praticien et je prends note des nouveaux mouvements essayés plus tôt dans le cabinet de kinésithérapie. Des sensations agréables de notre dernière séance affluent dans mon cœur, dans mon corps, pendant que je tente de façonner et d'évaporer les images impudiques qui inondent mon cerveau.

Autre envie, autre idée. Je me lance.

« Cher J. »

Mes premiers mots s'entrechoquent par réticence.

Mes premières phrases s'alignent par maladresse.

Mes premières impressions se crachent par écrit.

Je passe au moins quinze minutes le nez dans cet écran qui se remplit de petits caractères noirs, sages et disciplinés, les uns derrière les autres telles des fourmis affamées sortant frénétiquement de leur fourmilière. Puis je fais une pause. Je relis dix fois les trois paragraphes, change certains mots, rajoute des adverbes, corrige deux fautes d'orthographe et constate avec étonnement que finalement les phrases sortent plus naturellement que je ne me l'étais imaginé. Je suis finalement assez spontanée. Je ne triche pas et décide d'être sincère, c'est assez libérateur. Me confier à lui est simple.

J'envoie un dernier message à Mylène en lui demandant si elle serait disponible le vendredi 26 juin en vue de cette sortie et suis ravie de sa réponse positive.

Je me suis rendue disponible pour les enfants dès leur arrivée vers 16 h 50. Ils ont goûté comme quatre en rentrant de l'école. Six madeleines, quatre carrés de chocolat, un verre de lait, une pomme et une poignée d'amandes. Je me suis donc demandé s'ils auraient faim tout à l'heure au dîner. Ce n'était pas si bien les connaître. Ils ont dévoré mon omelette baveuse aux oignons-pommes de terre et n'ont laissé aucune chance à la salade verte de s'en tirer. Pourtant le saladier était plein et une simple vinaigrette accompagnait ces feuilles ondulées et légèrement croquantes.

Il faut croire que les frites et les pâtes ne sont pas les seules références culinaires de ma progéniture, j'en prends note intérieurement.

Nous avons dîné tous les trois car Christophe avait un autre programme : s'amuser et rentrer dans le courant de la nuit. Ce soir, il travaille tard et rejoint FX, Charly et Ahmed sur Toulouse. Ils jouent dans un petit bar d'ambiance en centre-ville. Nous sommes jeudi et le mois de juin égrène ses dernières soirées étudiantes avant de voir la ville rose troquer les jeunes universitaires contre les touristes le temps de la saison estivale.

Ce soir, dans mon lit, je récite dans ma tête les différents passages écrits sur l'ordinateur. Je n'arrive pas à dormir. Je tourne et me retourne sans trouver le sommeil. J'aurais dû dire ceci. Je n'aurais pas dû écrire cela. Pourquoi n'ai-je pas parlé de ça ?

Dehors, il fait noir, seule une sphère éclaire la nuit et dessine les ombres de la végétation et des habitations aux alentours. De la fenêtre ouverte, j'observe la lune et son halo de lumière qui brille, une boule à facettes au milieu d'une boite de nuit. Elle non plus ne dort pas. Elle garde éveillés les noctambules prêts à faire la fête et les filles comme moi dont les neurones font des étincelles.

Cette nuit, je me suis livrée à une bataille de sentiments, à un affrontement de scénarios plus épiques et romanesques les uns que les autres, à un rodéo de tambours affectifs capables de me réveiller plusieurs fois dans la nuit. J'aurais dû dire ceci. Je n'aurais pas dû écrire cela. Pourquoi n'ai-je pas parlé de ça ?

Au réveil, je ne me sentais pas bien. Je m'en voulais de ressentir ces émotions controversées, je me détestais de ne pouvoir maîtriser les extravagances de mon imagination, les travers de mes envies.

Renonçant à finir ma nuit sereinement, je me lève à l'aube, remontant le drap sur Christophe qui dort encore et me dirige vers l'espace de vie de la maison. Mes mains ondulent sur le papier peint du mur du couloir qui me sert d'aide provisoire à la place de mes béquilles encombrantes et bruyantes. Malgré ces heures matinales, elles me brûlent déjà. Si mon organisme est moins souvent enflammé, cette partie du corps reste une source de chaleur pratiquement constante. Plus ou moins intense, la chaleur accompagne mes gestes du quotidien, rendant parfois impossible certaines manipulations le temps que les brûlures diminuent et redeviennent acceptables.

Combien de fois ai-je renoncé à finir ma lecture, faute de pouvoir tenir mon livre et tourner les pages ? Combien de fois ai-je dû me contenter de lire mes messages sur mon téléphone sans être en capacité de répondre à mes interlocuteurs à cause de mes doigts en feu ?

D'après mes dernières lectures pour comprendre le corps humain et ses mystères, il se pourrait que cette machine fascinante, qui abrite notre ego parfois démesuré, nous parle. Il existe des professionnels qui explorent différentes façons de décrypter ce langage. Je trouve cette démarche intéressante. Je suis la première à constater les désordres d'une incompréhension entre mon corps et mon esprit, entre ce que je veux et ce que je peux.

Du point de vue de la métamédecine, par exemple, il y aurait un lien entre douleur physique et blocage émotionnel. Une écoute en profondeur des signes cliniques et des ressentis émotionnels de la personne permettrait de l'aider à prendre conscience de l'origine de sa souffrance. Ces mains qui brûlent, que veulent-elles me faire savoir ? Pourquoi cette partie du corps et pas une autre ? Auraient-elles envie de gifler et de réveiller tous les inconscients qui sont incapables de profiter du moment présent et de se réjouir du cadeau de la vie, totalement embourbés dans un sommeil profond ?

Me trouvant prétentieuse à m'en donner des baffes, je préfère me concentrer sur mes pieds qui me semblent de plus en plus lourds au fur et à mesure que la distance me séparant de la salle à manger diminue. Un regard vers le sol me renseigne sur les responsables de ce poids à délester d'urgence. J'abandonne donc mes chaussons au milieu du couloir puis, enfin plus légère, traverse le hall d'entrée à pas de loup pour m'affaler sans un bruit sur l'une des chaises de la table ronde.

Le reste de la maisonnée encore endormi, j'allume l'ordinateur et inspecte mes derniers mails. Une publicité sur des pergolas et des cabanons de jardins à des prix très attractifs. Une réduction sur toutes les croisières autour de la Méditerranée avant le 1er juillet.

Et puis il y a sa réponse.

Un petit sourire me chatouille les lèvres. Je m'empresse d'ouvrir le mail du kiné, avide de savoir ce qu'il a répondu à mon message d'hier soir.

« Chère Madame,

Je suis ravi de vous compter parmi mes futurs invités lors de l'inauguration du cabinet le vendredi 26 juin. Je vous remercie de votre confiance et je vous attendrai avec une impatience discrète et sincère. Je n'ai rien osé vous dire pour ne pas casser notre complicité naissante mais vous pourrez toujours compter sur moi, je suis un homme fiable. Je suis heureux de participer à votre reconstruction qui annonce un nouveau départ.

Cordialement,

Votre serviable kinésithérapeute »

Il a répondu.

Et pas qu'un peu. Lui, si professionnel et sérieux dans son travail, si pudique, je le découvre plus ouvert et accessible. Je peux lire à travers ces phrases la sensibilité et la force dont j'ai besoin en ce moment, le refuge qui me permet de souffler et de reprendre de l'énergie pour appréhender cette vie avec de nouveaux paramètres. Ces sentiments me troublent. Je suis émue. J'ai eu la chair de poule en lisant ces mots et c'est d'autant plus déstabilisant que je pensais ne plus ressentir de telles émotions.

Je repense à cette nuit agitée, à Natacha, à Rose, à ces mots qui se percutent pour sortir de ma tête, de mon cœur, de mes tripes.

Il faut que j'écrive.

« Cher J. »

Les lettres défilent, les mots apparaissent, les phrases se construisent. Si j'ai pu être timide lors de mes premiers essais hier, je me lance, plus intrépide. Il n'y a pas que les phrases qui sont en train de se construire. C'est comme une urgence, un besoin insatiable de vider mon sac et ces idées farfelues qui encombrent mon être tout entier. Le temps défile sans que j'en aie vraiment conscience. Je suis comme dans une bulle de sérénité, un endroit où je découvre que l'on peut être soi sans se juger, sans avoir peur du regard des autres et de toutes les conventions auxquelles on se plie si souvent.

Mes doigts dansent sur le clavier et créent cette musique faite de touches qui résonnent dans le silence comme une musique apaisante. Suis-je enfin capable d'accepter et d'apprécier cette absence de vie à cent à l'heure, cette situation professionnelle inexistante et cette vie sociale au ralenti ?

Les jours qui ont suivi, mes nuits ont été tout aussi compliquées, oscillant entre rêves bizarres et besoin irrépressible de me confier encore et encore. Difficile de choisir ses mots. Afin d'éviter qu'ils ne s'échappent entre deux sommeils, j'allume la lampe torche de mon téléphone portable et note avec frénésie les idées qui flottent avant de s'évaporer de ma tête.

Il est 5 h 14 du matin.

Je n'arrive plus à dormir.

Je me suis fait chauffer une infusion à la menthe. Absorbée par des problèmes de conscience, j'ai oublié l'eau sur le feu qui s'est mise à bouillir dans un bruit pétillant de lave en fusion. Outre le fait que j'ai failli cramer la casserole, elle fume et réchauffe l'atmosphère.

Je fais très attention de ne pas réveiller Christophe ou le reste de la maisonnée car je ne peux pas m'empêcher de faire quelques connexions nocturnes, en prise à ces insomnies récentes. Dans la noirceur de la nuit, éclairée par la seule luminosité de l'écran de l'ordinateur, mes doigts s'appliquent à mettre par écrit mes réflexions et mes sentiments le plus justement possible. En acceptant davantage qui je suis, une porte s'est ouverte et une vague de mots s'est mise à déferler en moi, entraînant mon imagination dans une spirale sans fin. Contre toute attente, le seul fait de lui écrire me soulage et me rend plus légère.

Lui, au moins, ne me jugera pas, j'en suis certaine.

À la recherche du terme exact que je veux lui confier, je me cache de tous le jour ou la nuit afin de le retrouver dans notre bulle à tous les deux. Les « Cher J. » s'enchaînent ces derniers jours sans que je puisse être encore rassasiée par cette nouvelle routine. Après tout, je ne fais de mal à personne. Qui pourrait incriminer le pouvoir des mots et cet échange stérile ? Aurais-je trouvé là un confident digne d'intérêt ? Docile et compatissant, il me laisse m'exprimer librement sans jamais critiquer ou juger qui je suis. C'est facile de me confier à lui.

Natacha, Rose, Katia. Elles ont toutes raison. Pour avancer, je dois sortir de ma zone de confort, me confronter à moi-même et assumer de nouvelles expériences.

Mais que vont-elles dire si elles découvrent ce secret ?

Moi, une personne scientifique, rationnelle, partir dans des délires pareils ! Mais je peux bien faire ce que je veux dans ma vie, non ? Avec l'épreuve que je viens d'affronter cers derniers mois, qui oserait critiquer mes nouveaux choix ? Qui oserait me jeter la pierre ? Et eux, n'ont-ils pas aussi des secrets inavouables cachés au fond de leurs téléphones ou de leurs ordinateurs ?

La dermatopolymyosite est un feu d'artifice dans ma vie.

Au début de cet évènement culturel, le noir et le silence habillent la nuit, inquiétante de solitude. Puis une pluie de coups de tonnerre s'interpose. Forts, violents, intenses, ils retentissent tout près, donnant au public une impressionnante sensation de peur et d'inquiétude. Ensuite seulement débute un cortège inconnu d'esprits de lumière aux teintes éclatantes activant les prémices d'un imparable sentiment de bonheur.

Le même phénomène s'est produit à l'arrivée de la DM dans ma vie. Une nuit opaque et sordide a étouffé l'ensemble de mon existence, engendrant des coups de tonnerre à chaque épreuve qui a découlé de ce jour hideux où tout a commencé. Après un réveil un peu brutal, deux ans après, la solitude et le vide laissent place, petit à petit, à un renouveau incessant fait de bonheurs simples aux mille saveurs.

Je ferme les yeux. Il est 22 h 45, un dimanche soir de juillet. Je suis une fillette de sept ans, dynamique et enjouée, dans un corps de femme à l'aube de la quarantaine, assise dans l'herbe parmi mes proches et l'ensemble des habitants du village. Nous sommes installés le long du canal du Midi. Certains ont apporté des chaises pliantes, d'autres des couvertures. Les moins organisés posent leurs fesses à même le sol, sur l'asphalte de la piste cyclable qui longe l'eau. Les plus malins repèrent un coin de verdure un peu confortable, loin des cailloux et des glands apportés par les chênes plantés derrière nous. Enjambant le canal, une partie de la population a préféré rester debout sur le pont et surplomber la scène, ceci grâce à l'interruption momentanée de la circulation des véhicules durant la manifestation.

Le poste de pyrotechnie et les pompiers ont posé leur matériel de l'autre côté de la berge. À la lueur de leurs torches ou de leurs téléphones portables, je les observe déambuler et vérifier les derniers points d'un scénario parfaitement rodé.

Soudain les lampadaires placés sur le pont s'éteignent. Le brouhaha des conversations se tarit et seul un groupe de lucioles composé de sapeurs-pompiers et de techniciens s'affaire encore près du poste de commande, de l'autre côté du canal. Après quelques va-et-vient, le noir inquiétant de la nuit reprend tout son pouvoir.

Les pieds enracinés au sol.

L'esprit ancré dans le moment présent.

Le spectacle commence.

J'avais oublié le son de la musique qu'on entend derrière le bruit des coups de feu, oublié les couleurs dont se parent les filets de lumière dans le ciel ainsi que la beauté des chorégraphies célestes de ces éphémères étoiles brillantes. J'avais oublié la magie qui opère en moi à la vue de ce spectacle de danse pyrotechnique hors norme, oublié l'altitude étonnante de cette montagne de flocons scintillants, oublié la hauteur de ces slaloms de glisse dont les figures sont plus surprenantes les unes que les autres. J'avais oublié mon âme d'enfant émerveillée par ces comètes de traînées incandescentes, oublié la surprise de découvrir ce ballet à chaque fois unique et grandiose, oublié le plaisir de partager ces moments avec des gens chers à mon cœur. J'avais oublié.

13

Progresser

Ce matin, je me sens plus belle et plus forte que jamais. Est-ce grâce à ces mots posés sur du papier virtuel ? À mes échanges avec mon kiné ? Aux prises de conscience après les discours de Natacha, Rose ou Katia ? Après tout, je n'en sais rien. C'est un sentiment nouveau, fragile mais j'apprends à vivre l'instant présent alors j'ai bien l'intention d'en profiter sans trop me poser de questions.

Les enfants à l'école, Christophe au boulot, je décide de me confronter au miroir de la salle de bain. Un grand challenge à coup sûr.

Une éternité que je fuis ses réprimandes désobligeantes et ses critiques mesquines. Il est temps de me réconcilier avec lui. Face à cette grande glace entourée de spots légèrement aveuglants, j'observe les traits fins de mon visage à la peau claire et mes yeux expressifs. Je brosse mes sourcils avec mon index. Je note le décolleté plongeant sur une poitrine généreuse. Pas si laid à vrai dire. Aucune ride, à part des sillons nasogéniens qui commencent à apparaître timidement, gage de ma jeunesse envolée. Le reste est récupérable.

Teint éteint. Sourcils broussailleux. Longs cheveux blonds, secs et chiffonnés comme de la paille. Rien d'insurmontable.

Après ce bref constat, je me lance dans un relooking digne d'une émission télévisée populaire même si mes uniques coachs de soutien pour le moment ne sont autres que mon ego sceptique et mon âme bienveillante.

Je commence par aller chercher une chaise à la cuisine. Je l'incline, fais demi-tour. Le chemin inverse, vers le miroir, est un chemin peu emprunté. Malgré tout, c'est visiblement celui qui mène vers moi. Deux des pieds de la chaise traînent sur le sol en produisant un grincement acéré. Elle aussi a enfin compris qu'ici, un vrai boulot se prépare.

S'enchaînent alors une épilation des sourcils, un gommage du visage, un masque des cheveux et une tentative d'exploration de ma trousse de maquillage, actuellement aux abonnés absents. Je tire le deuxième tiroir du meuble, pousse les brosses et autres accessoires à cheveux. Pas de trace de cette trousse. Où a-t-elle bien pu élire domicile depuis tout ce temps ? J'étais persuadée qu'elle prenait la poussière dans le deuxième tiroir. Je regarde à nouveau mais reste bredouille. J'ouvre le troisième puis le dernier sans plus de chance. Je ne me souviens pas avoir jeté de rage le contenu à l'époque où ma peau à vif ne pouvait plus recevoir le moindre artifice.

Mais qu'est-ce que j'en ai fait ? Je fouille. Derrière les paquets de mouchoirs, les serviettes de toilettes, les produits d'hygiène de Christophe. La seule trousse démasquée par cette rapide chasse au trésor est la trousse à pharmacie.

Aucun intérêt.

Il me vient tout à coup une intuition. J'ai appris à écouter mes ressentis, alors on y va.

Je sors de la salle de bain et passe dans la chambre située à deux mètres. Les petites boîtes sur la coiffeuse ? Non. Les compartiments du bureau ? Non. Le tiroir de la table de nuit ? Bingo !

Finalement ma trousse à maquillage n'est pas si poussiéreuse. Il semblerait que ma fille soit gentiment devenue sa gardienne dévouée durant ma pause féminité. De retour dans la salle de bain, j'inspecte son contenu et comprends qu'Alicia a fait quelques essais. Mes doigts sont tachés de noir. J'attrape un coton à démaquiller, l'asperge de dissolvant et nettoie le surplus de mascara dégoulinant sur le tube. Je taille ensuite mon crayon noir dont la mine crie au désespoir et secoue mes pinceaux surchargés de poudre libre beige sable. J'hallucine. Avec la quantité qu'ils abritent et le surplus accumulé au fond de la trousse, on pourrait transformer la cour de l'école d'Alicia en plage artificielle.

La peau propre et lisse, j'applique ma crème solaire journalière comme chaque matin, celle conseillée par l'éducatrice thérapeutique lors de mon premier séjour en dermatologie. Je me rends compte qu'il s'agit de l'unique geste esthétique auquel je m'adonne depuis deux ans. Il est temps que cela change, cette période d'hibernation a assez duré.

D'ailleurs, si l'ours qui est en moi doit disparaître, l'ours qui est sur moi doit subir le même sort. Je tire le troisième tiroir, celui dans lequel j'avais repéré une bombe de mousse et un rasoir, puis je me déshabille. Adieu, jogging délavé et allure de Chewbacca, Nicole Kidman est de retour !

Plus d'une heure a été nécessaire pour que ce ravalement de façade soit un tant soit peu réussi. Mon reflet dans le miroir est incroyable. C'est moi. Juste moi. Nue comme un ver, je caresse mes seins galbés, ma taille fine presque retrouvée, la courbe harmonieuse de mes hanches.

Mes yeux redécouvrent ce corps singulier, cabossé de l'intérieur mais capable de cacher ses fêlures sous une esthétique féminine encore potentiellement attrayante. Je vais veiller à son bien-être, histoire qu'il tienne la route sur la longueur. J'ai bien compris que tout peut lui arriver mais qu'il n'est pas éternel. S'il convient de vivre le moment présent, j'aspire à voir grandir mes enfants et espérer un futur plus doux, mais pour cela, il me faut une enveloppe corporelle aussi fonctionnelle que possible.

Merci d'avoir tenu le choc, maintenant, je vais prendre soin de toi.

Bien décidée à ne pas me lâcher, la DM fait aujourd'hui partie de moi et elle aspire, tout comme moi, à trouver sa place.

Il me paraît impossible de glisser cette anatomie choyée dans un vêtement proche du haillon. Je me dirige donc vers ma chambre à coucher avec la ferme intention de faire l'inventaire de ma penderie. Il fut une époque où mes choix vestimentaires contribuaient plus à l'épanouissement d'une femme active qu'à celui d'une mère au foyer désœuvrée. Les deux ne sont-ils pas compatibles ? Ce n'est pas parce que le monde du travail m'est inaccessible que je dois basculer dans une mode sinistrement pathétique.

Avant d'attaquer les différents recoins de mon armoire, je m'octroie une pause en étoile de mer sur mon lit débordant de coussins ronds et rectangulaires, moelleux et plus ou moins compacts. Juste cinq minutes, ou dix, ou plus pour calmer mon pouls et attendre que mes poumons et mes muscles, largués en chemin, me rejoignent dans la chambre.

Merci au repos d'exister.

À défaut de jouer à Pretty Woman devant un beau brun ténébreux auquel je pense beaucoup trop en ce moment, j'ouvre les portes de ma penderie en grand et pars me réconcilier avec le passé. J'attrape d'abord une robe noire moulante et extensible, coupe au-dessus du genou. Je devrais plutôt dire sous les fesses à vrai dire. Elle couvre davantage le haut que le bas en finissant par un col rond. Un rapide coup d'œil dans le miroir avec le vêtement plaqué sur mon corps me donne une vague idée du rendu de la tenue. Pas mal.

Maintenant que je suis sur le point de retrouver ma ligne et que mes hormones féminines circulent de nouveau dans mes veines, je vais pouvoir faire un tri d'un autre monde. Ça tombe bien, mon armoire déborde de tissus et menace de ne plus vouloir faire coulisser ses portes, pantalons et fringues dégueulant à outrance. C'est parti !

Celle-là, je la garde. Lui, il dégage. Celle-ci, je valide... Ah ! Mais comment j'ai pu garder cette horreur ?

Une pluie de cintres s'abat bientôt dans la pièce. Jupes. Robes. Courtes. Longues. Plissées. À volants. Écossaises. Droites. Fendues. Évasées. Jean. Coton. Acrylique. Tout y passe. Les vestes, les blousons, les chemisiers…

Lorsque j'admire enfin mon environnement, je suis satisfaite.

J'ai mis une sacrée pagaille dans la boutique.

C'est bien connu, mettre de l'ordre dans son armoire, c'est mettre de l'ordre dans sa vie.

J'ai fait plusieurs tas. Là je donne, là je garde, là je vends.

Avant de ranger les vêtements sélectionnés pour ma nouvelle vie, je choisis un haut blanc simple, ajouré aux épaules grâce à de la dentelle, une jupe en jean, des collants fins et surtout j'enfile ma paire de bottes fétiches, montantes, cuir noir, talons de huit centimètres. Je défile devant le miroir. Il me rend un reflet dont je commence à apprécier les caractéristiques.

Je réorganise mes placards en un temps record puis plonge les tenues à recycler dans des poches plastiques. Je les jette entre l'armoire et le mur. Ici, elles ne gêneront personne. Ce que je n'avais pas anticipé, c'est l'énergie musculaire qu'il faut pour rester en équilibre sur ces échasses. Je les adore, mais je me sens fragile et mes pas s'avèrent rapidement approximatifs. La dernière embardée sur la droite – qui me fait embrasser violemment le mur – a raison de mes craintes. Je vais me casser la figure alors que le sol est lisse, sans obstacle. Qu'est-ce que ça va donner en public, hors de la maison qui, selon moi, est relativement sécurisée ?

Je suis dépitée.

Je m'allonge une fois de plus sur mon lit. Mon pouls est à 140, mon souffle est court et mon capital musculaire a besoin d'un répit.

Le triage de penderie devrait devenir un sport national reconnu par la FFF, la Fédération Française des Femmes.

J'en profite pour réfléchir et me remémorer mon reflet dans le miroir.

Quelle transformation en deux ans !

Mon surpoids dû à la prise élevée et prolongée de cortisone au début de mon traitement a enfin débouché sur la perte récente et quasi-totale de ces vingt-cinq kilos superflus. Encore deux ou trois kilos dont je dois me délester et je serai satisfaite. Normal que ma penderie ait débordé, elle regorgeait de tailles de vêtements allant du 36 au 44. J'ai pu tester chacune d'entre elles, les une derrières les autres, en phase croissante puis en phase décroissante, une expérience dont je me serais bien passée, et qui avait envoyé ma confiance en moi au milieu d'un désert sans boussole. Cette transformation n'a été possible que grâce à trois facteurs : la remise en fonction de mes glandes surrénales, une rencontre journalière avec mon vélo d'appartement et une rupture de contrat avec mon abonnement alimentaire habituel.

Ces facteurs m'ont été soufflés par ma logique forcée de composer avec un conflit intérieur : l'affrontement permanent de deux soldats, défendant chacun leur point de vue stratégique de la bataille à livrer. Le premier soldat attaquait le second avec un point de vue totalement opposé. Une bataille interne faisait rage.

— *Si tu ne manges pas, tu ne grossis pas, c'est mathématique.*
— *Hein ? C'est quoi cette bêtise ?*
— *C'est simple, si tu arrêtes de manger, tu vas maigrir.*
— *Mais ça ne va pas la tête ! Tu veux qu'on demande à des médecins ou des nutritionnistes ce qu'ils pensent de tes idioties ?*
— *Ma vision des choses est la meilleure. Nette, radicale.*
— *Tu parles ! Déséquilibre et carence à la clef, un vrai danger, oui !*
— *On ne perd pas vingt-cinq kilos en s'empiffrant de frites et de glaces. Il n'y a pas de secret.*
— *On ne reste pas non plus en bonne santé bien longtemps si on confond grève de la faim et rééquilibrage alimentaire.*

Les deux soldats de mon cerveau se sermonnaient et cinglaient des arguments et des remarques plus méprisants les uns que les autres. Je n'ai pas réussi à les départager mais j'ai réussi à les faire taire en mettant en place différentes actions.

Un rendez-vous avec la diététicienne de l'hôpital.

Un excès de lectures et de podcast sur la nutrition et l'équilibre alimentaire écrits par des nutritionnistes et des médecins reconnus.

L'écoute de mon intuition sur ce sujet.

J'ai viré le micro-ondes. Bye bye, les ondes. J'ai limité l'utilisation du four traditionnel. Au revoir chaleur excessive. J'ai banni le plus possible les produits transformés et ultra-transformés, plats préparés ou autres cochonneries alimentaires. Adieu sel, sucre, additifs, conservateurs, colorants, épaississants... J'ai congédié une partie des produits laitiers à l'exception du beurre, trop dur de priver une normande de souche de sa drogue locale. J'ai doublé ma consommation en fruits et légumes, élargi son éventail à des végétaux que je n'achetais jamais : poireaux, aubergines, champignons... J'ai investi dans un vitaliseur, un appareil en inox 18/10 qui cuit les aliments à la vapeur et à basse température afin d'en garder toutes les qualités nutritionnelles. J'ai appris à me servir de l'extracteur de jus. J'ai acheté des épices aux vertus anti-inflammatoires telles que le curcuma ou le gingembre. J'ai investi dans des huiles végétales de qualité pressées à froid, riches en nutriments et en antioxydants. J'ai découvert les oléagineux, amandes, noix de cajou, noisettes…

J'ai l'impression d'être actrice de ma santé. Pour la gestion de mon poids, je suis sûre d'être dans le vrai. Pour le reste, question bien-être et santé, impossible de savoir si ces modifications auront une action réelle. Les études portant sur l'impact de la nourriture sur notre santé coûtent trop cher et ne rapportent pas d'argent aux laboratoires ou grands groupes industriels susceptibles d'investir ces sommes dans des tests.

Pourtant avec internet et l'accès à la lecture, il m'a été facile de me renseigner sur les diététiciens, médecins ou autres professionnels ayant déjà démontré à leur échelle l'efficacité, par exemple, des crucifères (choux, radis, navets…) ou des fruits rouges (fraises, framboises, myrtilles…) sur notre bien-être et notre santé. Ce sont tous de puissants antioxydants, boosters de vitamine C et de minéraux ainsi qu'une source de fibres non négligeable. Les crucifères sont aussi connus pour avoir un effet préventif vis-à-vis de certains cancers, renforcer le système immunitaire et détoxifier l'organisme, tout ce dont j'ai besoin en ce moment.

Allons-y.

Partiellement régénérée, je quitte mes bottes avant une catastrophe inévitable et glisse mes pieds dans mes vieilles ballerines, fades et insignifiantes.

Malgré cette contrariété, il serait idiot de rester ici, habillée et maquillée de la sorte. Je sais où je vais aller.

J'attrape une veste, les clefs de voiture et fonce (tout est une question de point de vue) sur les graviers de l'allée. Dehors, il fait bon malgré l'absence de soleil. Le ciel est une montagne de chantilly blanche géante qui laisse à peine le bleu s'exprimer.

Sur la route, après la gendarmerie, je double une voiture sans permis. Certes mon rapport au temps a changé, il n'en demeure pas moins compliqué.

De l'extérieur, les gens me disent : « Quelle chance, tu as le temps, toi, maintenant ! »

À l'intérieur, je me dis : « *Lou, dépêche-toi, ton capital musculaire fond comme neige au soleil* ».

Nous avons tous raison, mais rester sans bouger, à l'horizontale le reste de ma vie n'est pas un projet qui me tente. Je dois donc composer et économiser ce temps précieux de liberté que m'accorde mon corps dans l'instant.

Je me gare sur une place de stationnement handicapé. Inutile de jouer les héros en prétendant sortir de cette expérience suffisamment en forme pour manœuvrer jusqu'au fond du parking. Je dépose ma carte CMI sur le tableau de bord, au plus près du pare-brise afin d'être vue facilement en cas de contrôle, puis cherche une pièce de monnaie. Un ou deux euros devraient faire l'affaire.

Beaucoup de véhicules sont garés devant cette enseigne de supermarché écrite en rouge et noir dont la galerie marchande abrite un coiffeur et une cafétéria. Sur le bitume, à côté des baies vitrées de l'entrée principale, une rôtisserie ambulante s'est installée. Le propriétaire a mis deux chaises hautes à disposition pour faire patienter ses clients. Une bonne odeur de poulet grillé et de pommes de terre sautées s'évade de son camion lors de mon passage à sa hauteur.

Je suis déjà venue seule ici la semaine dernière. Motivée par mes progrès en marche, j'avais prévu d'acheter un paquet de pain de mie, du jambon, des tranches d'emmental et des chips.

L'enseignante de William avait demandé aux parents de fournir un pique-nique lors de la sortie scolaire au musée d'histoire naturelle de Toulouse.

À mon grand regret, mon estimation concernant l'énergie nécessaire à parcourir sur mes deux jambes les rayons du supermarché s'est avérée erronée. J'avais pourtant bien débuté. Pain de mie et chips sous le bras, j'arpentais à pas de tortue l'allée réfrigérée à la recherche de mes derniers articles lorsqu'une alarme interne a retenti. Bip, bip !

Face à une menace imminente de mon corps à redéfinir la position de l'étoile de mer au milieu des clients du magasin, j'ai renoncé à mes achats en un instant, si bien qu'en urgence, j'ai abandonné le pain de mie et les chips sur un présentoir de pâte à tartiner en tête de gondole.

Hors de question de finir en serpillère au milieu de l'allée. Haletante, j'ai fui le rayon des fromages en toute hâte, passé le portique des caisses en bousculant une dame opulente munie d'un filet d'oranges sanguines, évité son chien en laisse de justesse. J'ai supplié mes jambes de me donner une rallonge, franchi le parking à la vitesse du mur du son, version mamie grabataire sous ecstasy, réquisitionné ma voiture en mode ambulance. Il m'a fallu une demi-heure pour m'extirper des sièges arrière transformés en brancard de fortune et à peu près le même temps pour coordonner mon cerveau et mon corps avec la potentielle réalité de rentrer chez moi.

Une piètre réussite.

Pourtant, je n'ai pas l'intention d'être maternée éternellement par mon entourage pour assumer les courses.

Deuxième essai.

Aujourd'hui, j'ai trouvé un partenaire de taille pour m'aider à affronter les courses au supermarché. Robuste et obéissant, il m'accompagne à chaque pas sans broncher, sans contredire aucun de mes achats ou mes trajectoires parfois brusques.

Monsieur Caddie est à la fois mon chariot et mon déambulateur. Je ne pourrai pas archiver définitivement les béquilles et le fauteuil roulant, mais je suis sur la bonne voie pour les laisser au placard de temps en temps.

Je pénètre dans l'antre de la consommation. Des barrières automatiques s'ouvrent sur mon passage telles les portes d'un nouveau royaume au service de sa majesté. J'avance au cœur de cette grande allée jonchée de présentoirs qui débordent de plastique et de couleurs de part et d'autre des congélateurs alignés en enfilade. Packs de boissons gazeuses, lots de quatre paquets de biscuits en promotion, deux boîtes de cônes de glace achetées, la troisième offerte.

Il en faut pour tous les goûts.

Les lumières de la structure m'aveuglent, la climatisation trop forte me glace la peau, la voix féminine hurlant dans le micro m'agresse.

Premier constat : j'ai hiberné trop longtemps.

J'ai besoin de quelques minutes pour m'adapter à ces stimuli intenses et nombreux. Tout est tellement plus grand, plus puissant depuis mon réveil. Au milieu de cette large allée, je tourne à gauche sur l'artère principale. Je repère les lieux comme un enfant du pays parti depuis belle lurette loin de chez lui, content et un peu perdu à la fois de retrouver ces lieux autrefois si familiers.

Qui aurait cru qu'aller faire des courses aurait sur moi l'effet d'un voyage sur un autre continent ?

J'ai volontairement évité les deux premiers rayons de droite, les plats tout prêts et la zone laitière. Je prends la troisième à droite, rayon fruits et légumes.

Je choisis une grappe de six bananes venues des Antilles et les stocke au fond du caddie. Je les aime à peine mûres. Mon fils William aussi. Je récolte deux melons, soupèse deux poivrons rouges, charge un kilo de carottes, collecte un chou-fleur produit en Bretagne, capture un concombre un peu maigrelet.

Les salades ont une sale tête. Avec leurs feuilles rabougries et desséchées, on dirait qu'elles sont sorties pour une séance de footing en plein soleil. La botte de radis est solidaire de ses voisines. Légumes mous au toucher, plants fanés et jaunis, rien de très engageant.

Un employé du magasin arrive à mes côtés. Il porte une cagette de batavias et la cale entre les laitues et les scaroles en forçant pour trouver sa place. Les cagettes se succèdent sur ce grand étalage au millimètre près. L'homme me salue d'un timide « bonjour ». J'hésite à lui demander comment il a pu confondre la chambre froide et le sauna pour la conservation de certaines plantes potagères.

En étudiant la provenance des fruits et des légumes ainsi que leur aspect sur les différents étalages, je me dis que Katia avait raison. J'irai faire un tour à la ferme à la sortie de ma commune où elle s'approvisionne depuis longtemps. Tenue par un couple de maraîchers sympathiques, elle propose des produits sains, cultivés dans les champs alentours et complète ses étals grâce à des partenariats avec des producteurs locaux.

Adieu les olives dénoyautées fades et bon marché au rayon des condiments. J'éduque et je réveille désormais mon palais avec des saveurs piquantes à la provençale, au basilic, à la marocaine, à la sicilienne…

J'ai pris une grande décision. J'ai arrêté de programmer les repas pour la semaine. Habituellement aimanté au frigo, le menu était depuis des années religieusement listé, sans aucune concession possible. Malgré des tentatives de corruption de la part de Christophe, d'Alicia ou de Will, jamais je n'y dérogeais, prétextant le manque de temps ou d'ingrédients pour répondre à leurs appétits. Autrefois rassurante, cette liste est devenue un stress supplémentaire pour moi, une source de conflits et de frustration pour la famille.

Aujourd'hui, je ne veux plus tout contrôler, j'ai compris que la vie est faite d'imprévus, d'envies culinaires différentes au fil des jours, de besoins différents selon les individus. J'achète dorénavant ce qui m'intéresse, ce qui me semble bon pour la santé, ce qui va faire plaisir aux miens sans renier l'équilibre alimentaire qui me tient à cœur. J'anticipe uniquement le repas suivant afin de savoir si la logistique familiale s'y prête, si mes muscles me permettront ou non d'éplucher les pommes de terre, ou de remplir puis déplacer la casserole d'eau.

Je vais essayer d'appliquer mes propres conseils, ceux que je délivrais à la pharmacie comme celui de ne pas rester seule, d'accepter l'aide des autres et d'être dans l'action. Oui, c'est ça, je veux être actrice de ma santé. Ne pas renier les protocoles déjà en place qui m'ont sauvé la vie mais améliorer le reste, à mon petit niveau à moi.

Mon caddie se remplit, devient lourd, malhabile. Les manœuvres commencent à me coûter. Je change de rayon. J'esquive un jeune employé affairé à remettre du sucre blanc et roux sur les étagères puis j'attrape du sirop d'agave un peu plus loin.

— Vous pourriez m'aider, s'il vous plaît ?

Une voix dans mon dos m'oblige à stopper mon parcours. Derrière moi, une femme de petit gabarit, ni jeune, ni vieille, un mètre cinquante à vue d'œil, me délivre un large sourire, ses lèvres teintées d'une couleur rouge ocre.

— Oui, dis-je à son attention.

— Vous serait-il possible de m'attraper la Maïzena ?

Un signe du menton et son index verni de rouge désignent en duo l'étagère la plus haute du rayonnage sur laquelle de nombreuses boîtes en carton sont ordonnées. Je parcours du regard les spécialités et repère facilement la fécule au-dessus des farines.

— Bien sûr, ça doit être dans mes cordes.

Je lâche mon caddie et avance jusqu'à la dame. Je monte sur la pointe des pieds et tends le bras le plus loin possible vers l'emballage de la fleur de maïs. Pendant ce temps, la dame aux lèvres rouges fait la conversation.

— Figurez-vous que c'est toujours la même histoire, les supermarchés ne sont pas faits pour les petits. À chaque fois, je suis obligée d'importuner les clients. Je suis désolée mais je n'ai pas vraiment le choix. Le magasin ne met pas d'escabeau ou de tabouret à la disposition des gens de petite taille. C'est un vrai casse-tête car il n'y a pas toujours des gens grands comme vous à chaque détour des rayons. La semaine dernière, j'ai dû revenir trois fois dans le fond du magasin. Si vous saviez combien de temps j'ai dû attendre avant de dégoter enfin un adolescent d'un mètre quatre-vingt-dix, une bouteille de soda sous le bras !

Je confie la boîte de Maïzena à la dame.

— Merci car sans vous, à cette heure où il n'y a pas foule, j'aurais pu poireauter encore longtemps !

— De rien. Avec plaisir.

— Vraiment vous avez de la chance, vous êtes grande et en bonne santé. Moi, je suis petite et l'arthrose commence à m'envahir, c'est vraiment le bagne de vieillir. Essayez donc de rester comme vous êtes le plus longtemps possible ! ajoute-t-elle en s'éloignant en direction de l'allée centrale.

J'ai failli avaler ma salive de travers. Je ne réponds rien et, à la place, je lui envoie un simple geste de la main et un sourire tout droit sorti d'un simulateur de bonheur.

Merci la vie, ma galère ne se voit plus à l'extérieur.

Je reprends mon parcours et jette un œil à ma montre. Les minutes défilent aussi vite que mon compteur d'énergie ne fuit.

Je me dirige vers les caissières à l'entrée du magasin. Ma stratégie est de repérer la plus rapide et la plus dégourdie sans oublier de regarder la longueur et la physionomie de la file d'attente de chacune d'entre elles. Ce n'est pas toujours une garantie.

Avant, je me précipitais pour tout avec une soif de faire et de refaire, sans rien analyser de mes ressentis. Aujourd'hui je prends le temps d'étudier mon environnement et de jouer les observateurs.

Caisse 1. Lunettes double foyer. Mains en mode ralenti d'une action footballistique filmée. File d'attente impatiente, au bord de la crise de nerf. Je zappe.

Caisse 2. Fermée.

Caisse 3. Minette aux yeux de biche. Piercing à l'arcade sourcilière. File d'attente cent pour cent masculine. Hommes mariés cavaleurs, célibataires coureurs de jupons, divorcés de nouveau dans la course. Non merci.

Caisse 4. Brune d'âge mûr. Gestes dynamiques et empreints d'expérience. File d'attente hétéroclite active et en mouvement. Je vote pour.

Je pousse mon chariot dont se dégage une bonne odeur de melon. Je slalome avec un homme qui porte un pack de bières apparemment plus lourd que lui, laisse passer un employé pressé, la main immobilisant sa carte magnétique pendue autour du cou pour éviter une gifle en plein vol.

Je m'approche d'un chariot chargé de provisions et d'un chien. Les maîtres, placés à l'avant du chariot, bavardent tous les deux avec le couple de devant. Visiblement, à leurs mines enjouées, ils se connaissent et profitent de l'attente pour discuter.

Je m'engage dans la file d'attente et entends, au fur et à mesure de mes pas parcourus, un concert de bips de plus en plus fort, généré par les différentes caissières. Pas évident d'éviter le mal de crâne à la fin du service. J'ai moins froid qu'à mon arrivée au supermarché. Outre ma peau qui s'est un peu habituée à la climatisation, je crois que les kilomètres sillonnés dans le magasin représentent une séance de rééducation chez le kiné.

J'arrête mon chariot, m'appuie sur la barre de poussée et tente de délester quelques kilos de mes jambes un brin revendicatrices. Les roues avant du fourgon de fer se soulèvent légèrement et me font basculer. Je me rattrape de justesse en restabilisant ma monture et regarde alors devant moi, droite sur mes deux jambes. Le chien posé dans le chariot qui me précède occupe la place des petits avec ses pattes qui dépassent dans le vide de part et d'autre de l'assise du strapontin ouvert.

Hein ? C'est quoi ce prototype bien vivant ?

Mon esprit de déduction s'emballe.

Lorsqu'il relève complètement la tête vers moi, je comprends ma méprise. Un long et épais pelage, la bave à la commissure des lèvres, ronchonnement ou gémissement sortant de sa gueule, n'importe qui aurait pu se tromper, non ?

Bon, je croyais qu'il s'agissait d'un animal mais même si j'ai raison, je me suis a priori trompée d'espèce. Il s'agit d'un spécimen que je n'ai plus à la maison. Un bébé. Poilu dans sa combinaison couleur havane, munie d'une capuche assortie, il émet des sons bizarres et bave en mastiquant. Excellent camouflage si l'on veut se faire passer pour un animal.

Je lâche la poignée du caddie, frôle les barreaux du panier géant et me rapproche de la bête. Elle ne me quitte pas des yeux, continue à mastiquer mais a arrêté d'émettre des sons étranges. On s'observe à distance raisonnable. Une brève minute s'écoule. Je jette alors un coup d'œil à mon chargement, modifie l'organisation de mes futurs achats, m'assure de la bonne stabilité de ce nouvel agencement. La file d'attente bouge. On avance uniquement de cinquante centimètres.

L'attente est trop longue.

Je suis consciente que c'est bientôt mon tour, que la caissière semble faire de son mieux, que la sortie du supermarché est proche, que ma voiture est garée au plus près, que…

Pourtant, une timide alarme interne sonne tout à coup. Je dois réagir.

Je refuse de brandir ma carte de priorité pour personnes handicapées. J'ai toujours un peu de mal avec ce regard sur moi, sur ce corps qu'on ne soupçonne pas aussi meurtri de l'intérieur. Et puis, je suis si près du but. Je n'ai pas l'intention d'abandonner une seconde fois, je vais trouver une solution.

Mon regard se remplit d'inquiétude. Je balaie les alentours à la recherche d'un siège de fortune du côté des caissières, autour des présentoirs de chewing-gums et de Tic-tac qui jouxtent le tapis roulant, du côté de l'entrée des rayonnages à quelques mètres derrière moi mais je suis rapidement déçue.

Je croise de nouveau les billes noires du petit garçon assis confortablement sur le strapontin du chariot. Paisible, il balance doucement ses jambes comme sur une balançoire statique. Ni une, ni deux, mon cerveau élabore une opération de fortune à ma portée.

Mon pied prend appui sur le présentoir de chewing-gums, mes mains agrippent les barreaux du caddie et me voilà en train de me hisser dedans. Mes fesses rencontrent le pack de lessive et les briques de lait d'avoine. Il est possible que mon poids écrase aussi une partie du papier toilette mais mon opinion, sur le moment, est que l'urgence justifie les moyens.

Les cellules des muscles de mes membres inférieurs entonnent aussitôt un hymne de remerciement genre groupe de gospel exalté. Je glisse ma main dans la poche de mon blouson, y trouve la pierre de la gratitude et la serre un instant.

Merci bébé-chien, mon âme d'enfant s'est vite connectée à toi !

Je sais maintenant que je vais aller au bout de cette épopée commerciale. Je détaille donc davantage mon voisin de palier et note qu'il n'est pas aussi petit que je me l'étais figuré. Le bébé est un jeune enfant d'environ deux ou trois ans dont les yeux se sont agrandis de façon exponentielle à la vue de mon escalade dans le chariot. Il en est resté bouche bée et me scrute avec une certaine incrédulité.

Face à une telle sidération, je décide de lui parler.

— Salut, dis-je pour briser la glace.

Mon initiative semble lui redonner ses couleurs car les marques de sidération se sauvent pour laisser deux belles joues roses s'arrondir sur son visage de bambin. Je le rassure avec un sourire confiant.

— Poukoi t'es là ? m'interroge bébé-chien.

Surprise qu'il sache parler et qu'il m'adresse la parole, je suis un peu prise de court.

— Heu… comment ça ?

— Ben voui, poukoi t'es dans l'caddie ?

— Toi, tu y es bien, non ?

— Voui, mais moi chui un p'tit.

— Et du coup, les grands, ils ne peuvent pas s'y installer aussi ?

— Ch'ais pas.

— Il est où l'écriteau « interdit aux adultes » ?

— Ch'ais pas.

— Tu es de la police ou quoi ?

— Non mais t'es bizarre.

— Toi, c'est ta tenue qui est bizarre, je t'ai pris pour un animal.

— Trop bien ! s'illumine bébé-chien.

— C'est une drôle de combinaison. Halloween n'est pourtant qu'en novembre et Mardi gras est loin derrière nous… Tu voulais te déguiser, c'est ça ?

Le petit me regarde de travers et riposte.

— C'est mon pyz'.

— Ton quoi ?

— Mon pyzama, koi !

— Ah ! Très original, dis-je pour faire la paix.

Content de ma réponse, bébé-chien esquisse un sourire et fourre un autre morceau de gâteau dans sa bouche tout en continuant de parler la bouche pleine.

— C'est les parents, y'zont pas eu le temps de me sanzer, y sont tristes d'avoir laissé mon frère aux dames de la garderie. Tous les zours y sont tristes.

— Ah bon. Et toi ? Tu n'y vas pas, à la garderie ?

— Nan, pas ma'tenant. Z'vé aller voir un docteur pour les zyeux et après z'irai à la garderie. Ils seront tristes aussi.

— Pourquoi, tu dis qu'ils sont tristes, tes parents ?

Bébé-chien prend une profonde inspiration et souffle d'un seul trait dans un grand soulagement.

— Ben à chaque fois kon va à la garderie ou à l'école, ils sont tristes. Tous les zours y disent : « Zou, allez vous amuser, nous on va être peinards ! »

— Ah ! dis-je sans comprendre.

Face à mon manque de réaction, mon interlocuteur précise.

— Ben voui, peinards ça veut dire qu'y zont de la peine à chaque fois, quoi !

14

L'anniversaire

— Mère, mère ! pleure Alicia en déboulant comme une furie sous le saule.

— Qu'est-ce qui se passe ma puce ?

Sur le dos, les yeux rivés sur les branches qui se balancent doucement, je ne bouge pas d'un millimètre. Ma fille se rue sur le transat, l'escalade et se cale contre mon torse, une petite boîte ouverte à la main. Elle est habillée bizarrement. Ses genoux me rentrent dans les côtes mais je ne dis rien. Je bouge juste légèrement pour en diminuer l'appui. Ses larmes coulent sur ses joues roses et meurent dans son cou, mon petit cœur s'inquiète.

C'est dommage car la journée avait bien débuté, sous le soleil et dans une belle ambiance familiale. C'est son anniversaire et pour cette occasion, nous avons invité à déjeuner mes frères Charly et FX, ainsi que leurs dulcinées. Nous avons déjeuné à l'abri du soleil et, après un repas copieux et une fatigue qui s'annonçait, j'ai proposé une petite pause avant le dessert. Les enfants ont entraîné leurs oncles et tantes vers le fond du jardin ou la maison, je ne sais pas vraiment. J'ai juste demandé un peu de calme afin de me ressourcer sous le saule un moment.

Ma fille, tête baissée, les joues humides et le visage renfrogné, pleure toujours.

— Je suis désolée, mère, vraiment désolée.

Dans son sillage, j'aperçois la silhouette de FX, resté deux mètres plus loin.

— Approche FX, tu vas m'expliquer.

Mon frère sourit timidement et fait deux pas en avant.

— Alicia voulait absolument te parler. Je lui ai dit de ne pas aller te déranger pour ça, que tu te reposais une petite demi-heure et qu'on en reparlerait tout à l'heure mais…

— Vous avez bien fait, tout va bien.

— C'est ma faute, j'aurais dû la surveiller davantage, se dénonce-t-il.

— Non, non, mère, se calme un peu Alicia, c'est entièrement de ma faute. C'est moi qui ai dit à FX que tu serais d'accord.

— Allons, allons, ça ne doit pas être si grave. Racontez-moi.

— Ma copine Gwen a un nouveau collier bleu, mère, et il lui va si bien ! précise Alicia qui sèche d'un coup ses larmes d'un revers de son bras. Je voudrais le même ou du moins, un aussi beau, bleu si possible, alors j'ai vidé presque toute la caisse des déguisements dans ma chambre tu sais, mais rien. Il n'y avait que des chaînes en or ou des médaillons qu'on attache avec une épingle à nourrice, alors j'ai dit à FX que tu me prêtais souvent ton collier de perles bleues, celui de grand-mamie que tu aimes beaucoup. J'ai couru vite, très vite. J'ai regardé dans le coffret sur ta table de nuit et j'ai pris le collier, je voulais le montrer à Gwen, j'étais sûre que tu serais d'accord.

Ma fille reprend son souffle. Elle a balancé toute son histoire d'un trait, en respirant à peine. Je profite de cette accalmie.

— Ce n'est pas grave ma puce, je ne suis pas fâchée. C'est vrai que de temps en temps, je te le prête.

— Mais ce n'est pas ça le problème, mère ! se lamente Alicia.
— Je t'écoute.
— Je suis retournée voir FX et les autres. Je leur ai montré le collier et ils étaient d'accord pour dire qu'il irait très bien avec ma tenue, seulement voilà, lorsque je l'ai passé autour de mon cou, il s'est accroché avec le voile, avec ma couronne en diamants et d'un seul coup toutes les perles se sont éparpillées autour de moi sur la pelouse. Je l'ai cassé, mère, pardonne-moi, ressasse ma fille.
— J'aurais dû l'aider à l'enfiler et faire plus attention, je suis désolé, ajoute FX.
— Ce n'est pas si grave, on ne va pas en faire un drame.
— Mais c'était à grand-mamie et il ne reste que ça.

Alicia fait bouger la boîte qu'elle a dans les mains. Au bruit de fracas qui parvient à mes oreilles, j'en conclus qu'il s'agit des perles sauvées après le déchirement du collier. Je me redresse et examine plus précisément les pièces à conviction qui se promènent au fond de la boite. Trente ou quarante perles d'un bleu marine profond réagissent à chaque inclinaison.

— Eh bien, premièrement, je pense que grand-mamie ne serait pas heureuse de savoir son arrière-petite-fille aussi malheureuse à cause d'un collier et deuxièmement, je dirais qu'à vue d'œil, il doit être possible d'en faire un truc différent.
— Mais quoi ?
— Je ne sais pas.
— Il n'y en pas assez pour créer un collier, j'ai perdu plein de perles dans l'herbe que je n'ai pas récupérées.
— Ça ne fait rien.

Un court silence plane soudain. Chacun est en pleine réflexion.

— Et si on faisait un autre bijou ? propose FX.
— Mais oui, bonne idée. Vous pourriez créer deux bracelets à partir des perles restantes, je suis sûre que c'est jouable.

— Je vais demander aux filles d'organiser un atelier créatif.

— FX, tu iras chercher la malle où je range le matériel pour les activités des enfants, tu devrais mettre la main sur du fil élastique au milieu de tout un bric-à-brac.

Puis, m'adressant à ma fille, une main sur la sienne, je lui murmure.

— Un pour toi, un pour moi, nous aurions chacune un peu de grand-mamie avec nous.

— Avec FX, on va assurer, mère ! promet Alicia d'un ton triomphal.

— Quand quelque chose se casse dans la vie, ma puce, dis-toi qu'il y a toujours un moyen de le réparer ou de le transformer en autre chose. Je suis sûre que grand-mamie aurait adoré cette idée de bracelets.

Je lui envoie un clin d'œil. Elle m'embrasse et repart en courant vers la maison, suivie de près par FX que je remercie discrètement.

Repos terminé. Atelier créatif clôturé. Nous voici ensemble autour de la table et d'un gros gâteau dont les bougies fument encore. Nous sommes loin d'être des artistes dignes d'un gospel mais nous avons entonné un « joyeux anniversaire » plein d'entrain, accompagnés de FX à la guitare.

— Regarde par ici, crie Charly, le téléphone en main, prêt à mitrailler Alicia.

— C'est bientôt fini toutes ces photos ? Moi j'ai envie de goûter au dessert ! réclame FX.

— Attends ! revendique son frère.

Sans scrupule ni patience, FX intervient.

— Alicia, attrape !

Un sac à dos traverse les airs et atterrit dans les bras de ma fille.

— Qu'est-ce que c'est ? demande-t-elle en examinant le colis.

— Un sac pour partir à l'armée.

— Ce sont des bêtises Alicia, gronde la fiancée d'FX. Ouvre plutôt la fermeture éclair et tu comprendras toute seule.

La princesse de la fête ne se fait pas prier et sort une paire de gants, un masque et des chaussettes. Pas n'importe lesquels. Le visage d'Alicia s'illumine, sa bouche chante un A muet tandis qu'elle extirpe un dernier article du sac à dos, une enveloppe. Elle a compris. Elle devine qu'elle va prochainement quitter sa petite maison pour une destination de rêve. Un rêve, le mien aussi peut-être, à portée de main. Elle pose ses premiers cadeaux sur une chaise et découvre le contenu de l'enveloppe. Une carte qu'elle prend le temps de lire, un ticket bleu pendant au bout d'une cordelette rouge en tissu.

— Alors ? s'impatiente FX.

— Et bien, je vais apprendre à faire du ski ! s'exclame Alicia, encore stupéfaite.

— Tu es contente ? questionne la fiancée d'FX.

— Oh ouiiiiii ! conclut-elle en sautant sur place comme une championne de corde à sauter.

Intérieurement, je jubile. Extérieurement, je souris bêtement.

Alicia s'approche. Elle me tend la cordelette rouge, la carte et l'enveloppe. FX aide Alicia à essayer ses gants de ski, à passer le masque autour de sa tête, à déplier les longues chaussettes en laine, bien épaisses.

— C'est vrai ? Je vais aller à la montagne, tonton ?

— Oui, oui, tu vas apprendre à tenir sur des skis. On est des fans nous aussi. Tu en avais envie, non ?

— Oh oui, j'ai souvent harcelé mère. Je voulais qu'elle m'emmène à la montagne et me montre comment on fait. J'ai vu ses médailles dans une petite boîte ronde dans le tiroir de sa table de nuit et j'ai feuilleté les albums, les photos de papi et mamie en combinaison sur les pistes, y'avait même toi et Charly qui étiez tout petits. Je ne vous avais pas reconnus et maman a dit que vous deviez avoir sept et neuf ans.

— Aujourd'hui c'est ton tour, car je crois bien que la prochaine génération de skieurs va commencer par toi.

— Je suis trop contente. Merci tonton.

— C'est de la part de tout le monde ici présent. Tu vas pouvoir faire le tour et embrasser chacun à tour de rôle pour ce beau cadeau. Et moi je veux un énorme bisou car tu n'imagines pas comme c'est compliqué de trouver et d'acheter des affaires de ski en cette saison. Quelle idée d'être née en plein été !

— Je pars quand ?

Je brandis les papiers dans ma main sous le nez d'Alicia.

— Tu sais ce que c'est, ça ?

— Euh… une invitation à la montagne.

— C'est la réplique d'un forfait pour les remontées mécaniques. Le carton explique que les invités ont participé à un budget comprenant ce forfait dans une station, la location de skis, chaussures, casque et bâtons, deux heures de cours avec un moniteur et de quoi t'acheter une combinaison.

— C'est trop génial, mère, je sais.

— Et tu passeras un coup de fil à tes grands-parents pour les remercier de leur participation.

— Oui, bien sûr.

— Ce que le carton ne précise pas, c'est la date et la destination. Je vais voir ce qu'il est possible d'organiser autour de ce projet. Une colonie de vacances par exemple ?

— Oh, non.

— Comment ça non ? Tu adores partir à l'aventure d'habitude.

— Oui, oui, une colo avec des copains c'est chouette mais moi, je voudrais y aller avec toi. Je voudrais qu'on skie ensemble sur les pistes et te voir aller à fond.

Mon cœur se serre. Des regrets affluent, que je chasse aussitôt en reprenant la parole.

— Tu sais ma puce, je ne sais pas si ce sera possible. Je remarque à peine et c'est déjà bien, mais de là à enfourner les bottes de ski, il y a un fossé.

— Un pont, mère, tu es en train de fabriquer un pont. Il va traverser ce fossé et tu pourras aller jusqu'à la montagne que tu aimes tant. Moi je veux être là-bas avec toi, un jour.

J'ai les larmes aux yeux, ça y est. Cette petite blondinette de dix ans a sorti des phrases qui sonnent juste, des phrases qui me font peur, des phrases que je crains de ne jamais vivre. J'attrape ma fille et lui offre un énorme câlin de réconfort. Alicia n'est pas tactile et, même si elle accepte de se laisser faire, elle se libère facilement de mon étreinte et me fait bien comprendre que le réconfort, ce n'est que pour moi.

— Tu as vu le temps que tu passes sur le vélo qui est dans le salon ? Tu vas tout déchirer comme dit ma copine Gwen et un jour, même si je suis vieille, on skiera ensemble, voilà. Maintenant, je vais distribuer des bisous.

Deux jours plus tard. Nous sommes à Montauban.

J'ai mis une jupe longue et légère car le soleil, la chaleur et ma féminité ont promis de faire partie de ma journée. Ce n'est pas le cas des enseignants de l'école qui, sans avoir la prévenance d'en avertir les familles la veille, ont décidé de faire grève aujourd'hui.

Je n'ai pas pris les béquilles. En pensant aux nombres d'obstacles entre le parking et l'agence, j'ai renoncé au fauteuil roulant. Je vais marcher. Ce n'est pas si loin et, à défaut d'être garée devant la porte d'entrée qui abrite mon rendez-vous, j'ai un jeune enfant à chaque main, histoire de valider un équilibre un peu précaire et une volonté de fer.

Après un rapide repos en matinée, certes le tempo est passée de la version allegro à lento mais je garde tout de même mon autonomie et en ces circonstances, c'est bien là le principal.

Le clocher de l'église sonne midi.

Nous sommes garés plus en amont. Nous dévions dans l'une des rues adjacentes et pénétrons sur la gauche dans une agence de voyage.

La fraîcheur de la climatisation est agréable. La vitrine haute et large donne une belle luminosité à la pièce si bien que les rayons du soleil en profitent pour lécher le parquet acajou. Une carte du monde habille l'intégralité du mur du fond. Trois bureaux et un coin salle d'attente avec télévision en boucle sur les plus belles destinations au monde. Mobilier blanc et pin. Chaises rembourrées moutarde avec pieds en bois.

— Bonjour, m'accueille une dame avec politesse.

— Bonjour.

— Je peux vous aider, peut-être ?

— Oui. J'ai passé un coup de fil ce matin à l'ouverture de l'agence. Je suis madame Chevalier. Quelqu'un de votre équipe m'a dit que je pouvais passer dans la matinée. Vous ne fermez pas à midi, je ne me suis pas trompée ?

— C'est exact, madame, nous sommes ouverts en continu de neuf heures à dix-huit heures. Nous sommes en centre-ville, vous savez, beaucoup de clients viennent pendant leur pause déjeuner pour rêver et organiser de futurs voyages loin de leur travail.

Pour ça, il faudrait déjà que j'aie un travail !

— Euh… Je comprends, c'est pratique.

— Que puis-je faire pour vous ?

— J'ai un projet en tête et je viens voir si quelqu'un peut m'aider à le réaliser.

— Oui, lequel ?

— Un séjour dans les Pyrénées pour aller faire du ski.

— Bien ! Vous vous y prenez tôt et vous avez raison. Évoquer la neige quand il fait vingt-huit degrés dehors vous donnera l'embarras du choix quant à votre destination. Venez, nous allons discuter de tout ça.

La dame nous conduit au fond de l'agence. Je salue un homme assis derrière l'ordinateur de l'un des trois bureaux, un mug fumant à la main. Bronzé, son visage porte la trace laissée par les lunettes de soleil, une sorte de masque naturel incrusté sur son visage. Absorbé par son écran, il bouge à peine la tête, lève son mug à mon attention et reste concentré sur ses devoirs en cours.

— Asseyez-vous, je vous en prie, m'annonce la dame en passant derrière son bureau. Alors, ce projet ? Expliquez-moi tout !

Deux sièges sont à notre disposition. Alicia et moi nous installons pendant que William inspecte les lieux en scrutant chaque objet aux alentours. Il est capable d'observer la plante verte et la carte du monde du coin salle d'attente avec autant d'attention qu'il en aurait pour les œuvres d'art du musée du Louvre. Tant que ce rituel l'occupe, j'avance avec mon interlocutrice.

Je lui parle des dix ans de ma fille, de mon envie de lui faire découvrir la montagne, de mon projet de la faire partir en colonie de vacances. Elle me lance ce sourire commercial qui envoie au client le message que tout est possible et tapote sur son clavier d'ordinateur. Elle tourne l'écran vers Alicia et moi et nous présente un endroit de rêve avec un budget de fou. Pyrénées. Sept jours. Six nuits. Départ en train de Toulouse. Hébergement complet. Remontées mécaniques. Location de matériel. Cours de ski. Randonnée en raquettes. Visite du village. Soirée raclette au restaurant. Construction d'igloos. Sentiers enneigés en chiens de traîneaux.

Le programme est génial, super génial d'ailleurs. La semaine en colonie de vacances qu'elle nous détaille est hors de prix, bien qu'elle se déroule à deux heures d'ici dans les Pyrénées. Maintenant que je ne travaille plus, accéder à ce genre de prestation me paraît impossible. Je me remémore aussi la cagnotte récoltée, elle sera loin de couvrir tous les frais d'un séjour d'une semaine à la montagne. Je ne parle pas d'argent mais Alicia ne semble pas plus emballée que ça par les nombreuses activités du séjour.

— Ma puce, tu n'as pas l'air enthousiasmée par le projet proposé par la dame.

— Mouais, c'est super, on skie mais…

— Et bien alors, où est le problème ?

Elle marque une grimace de déception.

— Tu m'a promis qu'on irait skier ensemble, que tu me ferais découvrir tout ce qui te plaît en montagne, tu m'en parles depuis des années et là, ce n'est pas ce qui va arriver alors je suis un peu déçue. Ce ne sera pas pareil si tu n'es pas là.

Mon cœur se froisse. Elle n'a pas tort, je lui vends ce rêve récurrent de skier ensemble depuis toute petite et je pensais bêtement que partir sur les pistes avec des copains pourrait compenser mon absence. Elle, d'habitude toujours prête à partir à l'aventure, quels que soit la destination et les voyageurs à ses côtés, semble attachée à ce rêve de jeunesse.

— Et si on demandait à la dame de créer un autre projet ?

— Lequel ?

— On pourrait regarder ce qui est possible sur un week-end tous les quatre, qu'en penses-tu ?

— Super ! proclame ma fille enthousiaste en tapant dans ses mains.

— Pas de problème, tous les voyages sont à notre portée. Hôtel ?

— Non, plutôt gîte ou appartement.

La dame n'a pas perdu une miette de notre conversation mère-fille. Arrangeante, elle tire l'écran vers elle, pianote une nouvelle recherche, hausse le ton.

— Rémi, s'il te plaît, tu peux joindre l'hôtel où séjourne le couple qui a perdu sa carte bleue pendant l'excursion à Bangkok ? Je veux avoir le directeur avant 14 h.

— OK, ce sera fait, répond une voix métallique, peu harmonieuse.

— Alors mesdames, qu'est-ce que vous diriez... d'un petit week-end... là ! fanfaronne la commerciale.

Victorieuse, elle martèle les touches du clavier encore un instant puis tourne l'écran pour nous exposer son idée. La photo d'une terrasse enneigée avec une vue sur une forêt de sapins sur fond de ciel bleu et de soleil inonde l'écran. Le cliché idéal pour attirer des amoureux de la montagne comme moi.

— Je vous présente un appartement cosy, entièrement rénové dans un esprit montagnard à Font-Romeu. Quarante-deux mètres carrés. Lits superposés en chambre et canapé réversible au salon. Proche du centre-ville et des remontées mécaniques.

Et vue exceptionnelle sur la montagne, un plus !

— Quand vous dites « proche des remontées mécaniques », vous estimez la distance à combien ?

— À cinq cents mètres se trouve la télécabine des Airelles.

— Ah !

— Ou sinon, vous prenez la voiture et vous trouverez les premières pistes à moins de trois kilomètres.

— Hum...

— Vous envisagez un logement plus près, peut-être ? C'est possible aussi, il faudra juste envisager un budget un peu plus élevé car les meilleures localisations ont un coût, mais il n'y a aucun problème. Voulez-vous que je regarde un autre logement ?

— Non, non, ce ne sera pas nécessaire. Nous avons déjà pas mal d'éléments avec lesquels nous allons pouvoir discuter avec ma fille, je vous remercie.

— Je vous sors les devis de ces premières destinations ?

— Oui, pourquoi pas. Nous aurons un support papier pour faire un retour au papa.

— Parfait !

La dame s'occupe de la manœuvre informatique adéquate, s'excuse, part récupérer les documents manuels à la photocopieuse. J'en profite pour me lever. Je fais signe à William de nous rejoindre mais il est droit et immobile comme une statue de cire qu'on aurait exposée là par erreur.

Hypnotisé par les paysages de lagons enfermés par les récifs de la Polynésie, les récifs de corail de la Nouvelle-Calédonie, les barques amarrées sur une île paradisiaque de l'Océan indien, mon fils voyage déjà. Les images défilent sur le grand écran plat accroché au mur, contraignant le touriste caché en chacun de nous à rêver d'un ailleurs aux saveurs de lait de coco et de vanille des îles.

Je m'approche de Will, le sors de sa torpeur, lui dis d'abandonner les tongs et de remettre ses baskets. On sort.

15

L'inauguration

J'ai pris le temps de passer une tenue féminine et j'ai redécouvert le goût et l'odeur du rouge à lèvres. Je frotte de mes doigts le ruban de gabardine anglaise noué autour du flacon et en libère une légère poussière. Il a gardé son panache. Mon parfum est comme du bon vin, il s'est bonifié avec l'âge et n'a perdu aucune de ses fragrances inspirées d'un héritage londonien. Je m'asperge de deux pressions au creux de mon cou. Des embruns de fraîcheur se déposent sur ma peau. Ce bouquet floral et olfactif dévoile des notes de bergamote, de rose, de patchouli ainsi qu'une pointe de feuille de géranium, « le parfum d'un jardin londonien sous la pluie » comme aime à le définir son créateur. Ce bouquet boisé et contemporain m'aide à rehausser ma confiance en moi. Mon retour en société est proche.

Je me rends à l'inauguration de la nouvelle aile du secteur de rééducation, invitée par mon kinésithérapeute. Je gare mon véhicule sur le parking de l'hôpital. Il est pratiquement plein, c'est bon signe. Je marche doucement. Idiot de se fatiguer avant le début des festivités. Plus j'avance, plus j'entends la musique s'emparer du bâtiment. Des flûtes de pan ou de bambou cassent la mélodie électronique en fond sonore. Un mix de tradition et de modernité. La musique orientale pourrait-elle donner des sons futuristes de la sorte ? Quoi qu'il en soit, j'aime bien. C'est à la fois reposant et dynamique.

Je traverse le couloir où se trouve le mur de la renaissance décoré de cartes postales de France et d'ailleurs.

À mon arrivée, une cinquantaine de personnes, principalement des professionnels et des administrés, occupent la salle commune, transformée pour l'occasion en salle de réception.

Deux tables recouvertes de nappes en papier longent le mur de droite. Boissons et verres en plastiques partagent l'espace avec des bols de chips aux crevettes, des assiettes de sushis et des makis de toutes les couleurs. Je comprends mieux le choix de la musique. Présente, mais aussi discrète afin de ne pas empêcher la bonne marche des conversations en cours. Deux pots à crayons. Des brochettes de crevettes, de poulet mariné, de bœuf au fromage sont empilées en petites pyramides autour d'un tas de cercles rouges faisant office de décoration.

En m'approchant davantage du buffet, je comprends que ces ornements ne sont autres que des serviettes en papier rouge de forme ronde évoquant sûrement le drapeau du Japon. Les pots à crayons sont en réalité garnis de baguettes japonaises jetables en bois à la disposition des plus manuels.

Je salue de la tête les invités. Je ne connais pratiquement personne, ça m'arrange bien. Je balaie l'assemblée du regard. Je note tout de même la présence du médecin du sport, de quelques infirmières que j'ai déjà croisées, de Diego l'aide-soignant du cinquième étage… ET MONICA, LA GRANDE PERCHE SUR ÉCHASSES.

Je n'en crois pas mes yeux. Elle est là, un verre à la main, en train de converser avec deux infirmières et un interne. Ses mensurations prises dans ses vêtements moulants noirs frisent la perfection. Je la déteste. Mais qu'est-ce qu'elle fait là ? Quel toupet de marcher sur mes platebandes !

Lou, fais redescendre ta colère d'un cran. Tu fais partie, tout comme cette garce, des patientes invitées par le personnel des lieux.

Ma tension baisse légèrement quand elle décide de faire quelques pas pour attraper quelque chose dans son sac à main posé sur une chaise. Le curseur refait un bond. Son soi-disant problème de genou, mon œil ! Elle déambule tel un mannequin en plein shooting et s'accroupit aux pieds de la chaise. Pas de vertige. Aucune hésitation. Ben voyons ! MOI je sais ce que c'est qu'une problématique au genou et une chose est sûre, il est impossible de monter sur des talons de cette envergure !

Simulation ! Perversion ! Manipulation !

— Bonsoir chère madame.

Cette voix, cette intonation chargée de rondeur et de chaleur, je la reconnaîtrais entre toutes. Dans mon esprit, Monica meurt sur le champ, intoxiquée par un sashimi de fugu mal préparé, dissimulé parmi les spécialités japonaises du buffet.

Je me retourne et souris bêtement.

Le kiné porte une chemise à manches courtes bleu ciel qui fait ressortir ses avant-bras bronzés et musclés. Je ne l'ai jamais vu habillé d'un tel vêtement, d'aussi loin que me reviennent en mémoire mes séances de rééducation. C'est bizarre de le voir sans sa blouse ouverte sur ses éternels polos et ses jeans. Ce soir, il a sorti le grand jeu ! Barbe courte, taillée, cire de coiffage pour une coupe à la brosse maîtrisée. Son parfum aux notes marines, parmi lesquelles je soupçonne une goutte de patchouli ou de bergamote, m'enivre déjà. Nous étions faits pour nous rencontrer.

Ses yeux vert lagon me fixent pendant qu'un émoustillant sourire dessine une craquante fossette sur sa joue gauche. La tête d'un enfant polisson, sage à l'extérieur mais prêt à faire mille folies à l'intérieur.

— Bonsoir cher monsieur, dis-je sans lâcher son regard pénétrant.

Le kiné croise les bras derrière son dos et prend un air grave.

— Vous êtes en retard, j'ai failli attendre.

Je joue les offusquées, mon visage s'illumine, je m'empourpre sûrement.

— Vous m'aviez dit de ne pas me presser, que… que les gens ne pouvaient pas forcément arriver tôt.

— Inutile de vous confondre en excuses, chère madame, je vous taquine.

Il exagère. Je devrais le mépriser de me mener en bateau de la sorte mais je ne peux m'empêcher d'apprécier ce jeu innocent instauré entre nous.

Innocent, est-ce bien l'adjectif qui convient ?

— Vous êtes charmante ce soir, une vraie princesse enfin échappée de sa prison, il était temps !

— Vous savez ce que je pense des princesses ?

— Oui.

— Vous le faites exprès.

— Je vous ai dit que je n'étais pas très doué avec les compliments.

Une ombre s'installe au-dessus de lui, m'obligeant à lever les yeux.

— Puis-je vous emprunter ce kinésithérapeute de talent ? quémande un médecin dont j'ai oublié le nom.

Long et mince comme un roseau, l'homme apparu derrière le kiné a posé ses mains sur les épaules de ce dernier. Il est tellement grand que je peux admirer sa gueule d'ange prépubère au-dessus de celle de mon praticien. Comment imaginer que ce tout jeune homme ait la responsabilité d'une patientèle entière à son âge ? Les clichés tombent et c'est très bien.

Bref, ce médecin sorti de nulle part attend mon consentement.

— Euh… Oui, oui, pas de problème.
— Je vous dis à plus tard, chère madame.

Les deux hommes s'éloignent mais restent dans ma ligne de mire. Je comprends que le jeune médecin veut présenter mon kiné préféré à d'autres professionnels ou connaissances. Des mains se serrent, des sourires s'échangent, des acquiescements se vérifient.

Je m'approche du buffet. Je suis contente de voir du monde, plus encore en ce début de soirée où je m'attèle d'habitude à choisir dans quelle position je serai le moins encline aux douleurs musculaires, au fond de mon lit ou droite sur une chaise. J'expérimente ce nouveau challenge, un maki saumon-avocat à la main, lorsque deux femmes me prennent de court. Elles se présentent.

— Bonjour, commence celle qui porte des lunettes écailles de tortue, je suis Justine Tellier, orthoprothésiste et voici ma stagiaire, Clarissa.
— Bon'chour.
— Vous êtes ?

Je mâche en accéléré, ma mâchoire chauffe. Elles ne voient pas que j'ai la bouche pleine ! Je mets ma main devant mes lèvres, ça devrait leur donner un indice concernant mon manque de réponse, puis j'avale rapidement ma prise.

— Pardon, je suis Lou Chevalier, patiente dans ce service de rééducation.
— Ah, oui, on m'avait dit que certains patients seraient invités. Et vous faites quoi dans la vie ?

Allez, nous y voilà, LA question que je craignais entre toutes.
La franchise me vient spontanément.

— Et bien, j'ai été préparatrice en pharmacie pendant vingt ans et maintenant je dois gérer un combat contre une maladie auto-immune.

— Non ! s'étonne la stagiaire

— Je suis vraiment désolée pour vous, chouine presque l'orthoprothésiste, des cageots de pitié à la place des pupilles.

— Rassurez-vous, ça va mieux. Regardez, je suis là, devant vous, et j'arrive à vivre avec.

— Ce que vous vivez doit être une sacrée épreuve. Vous avez sûrement une famille, des amis, des proches, ça doit être difficile pour eux aussi ? me blâme la dame à lunettes.

La stagiaire, elle, s'emballe.

— C'est quoi, le nom de votre maladie ?

— Une dermatopolymyosite.

— Jamais entendu parler. Et c'est grave, je suppose ?

— Oui, mais il existe un traitement.

— Vous avez beaucoup de cachets ?

Les cachets n'existent plus depuis les années 80.

— J'en ai moins maintenant.

— Et vous venez dans cet hôpital pour vous soigner ?

— Oui, toutes les six semaines environ.

— Dingue ! Mais pourquoi, puisque vous dites que ça va mieux ?

— Pour faire des injections d'immunoglobulines qui me maintiennent en vie car mes anticorps ont tendance à attaquer mon propre système.

— On vous injecte ces trucs ? C'est dingue !

Tu l'as déjà dit.

Elle veut tout savoir. Elle se fascine pour mes propos, attend chaque réponse comme un bonbon supplémentaire à ajouter à son seau d'Halloween et me regarde comme une bête de foire ou un vampire au régime. Un mélange de sadisme et de jouissance escorte ses questions toujours plus intrusives et personnelles, de sorte que je finis par me demander s'il y a une once de bienveillance dans tout cet échange. Savoir pour savoir. La curiosité des gens est parfois mal placée et je commence à être mal à l'aise de dévoiler mon parcours médical à une inconnue. On dirait une fan de « Grey's anatomy » qui oublie que le sujet de ce soir est ma réalité, et non une fiction capable de ravir et divertir la moitié de la planète.

— Et comment…

— Clarissa, ça suffit, la coupe la professionnelle, le visage crispé.

Elle presse le pas. Elle presse ses mots.

— Je… je crois, Clarissa, que nous avons assez importuné madame. Il est temps d'aller saluer d'autres invités, le temps passe si vite…

Angoissée comme si j'étais contagieuse, elle tire sa stagiaire par l'épaule tout en me lançant des sourires niais. Elle imagine sûrement que ces derniers peuvent effacer l'affolement qu'elle a dans sa voix, dans ses gestes, dans ses excuses à demi avouées. Elle se retourne plusieurs fois. La jeune fille ne rechigne pas. Elle se laisse enlever et m'offre un dernier regard de fascination morbide. Vite, vite, il faut fuir, quittez la scène de crime.

Les deux femmes se dépêchent, elles contournent des personnes sur leur passage puis je les vois disparaître dans cette grande salle de travail.

Ces spécialistes de l'orthopédie avaient l'air sympathique mais je suis obligée de constater que ma première approche est un échec. Choisir l'honnêteté n'est visiblement pas la meilleure solution puisque je peux, par mon discours direct, soit engendrer de la peur, soit provoquer un genre de désir malsain. J'aurais pu m'en douter, j'ai déjà moi-même des difficultés à accepter cette nouvelle vie, comment demander à des étrangers de valider mon quotidien sans éprouver eux aussi beaucoup de sentiments contradictoires ? Je dois y aller plus en douceur.

Je fatigue. Debout depuis le début de mon arrivée, je comprends que mes muscles m'envoient un message avant-gardiste afin d'éviter que je sois le centre de l'attention étalée au milieu de la pièce. Je passe un pacte avec eux. Une dernière rencontre et je bats en retraite.

Je cherche des yeux une chaise. Trois sont alignées le long de la paroi de verre qui donne sur le jardin. C'est bon, j'ai suffisamment anticipé mon retour à l'isolement. Les chaises sont vides. A priori, personne n'a besoin de s'asseoir et de partager ses brochettes dans un coin plus confortable. Tous préfèrent discuter et picorer debout, se baladant d'un groupe de discussion à un autre, un verre ou une spécialité japonaise à la main.

Je rode près du buffet, attrape une serviette en papier, vole un sushi entre deux doigts, le trempe dans une sauce couleur marc de café avec des reflets ambrés et essaie de le plonger le plus rapidement possible dans ma bouche. Je sais que la texture est fragile. Je voudrais empêcher un détachement d'une partie du riz imbibé de sauce suivi d'une trajectoire verticale, un plongeon à pic sur le sol. Je baisse la tête, mes yeux fouillent la zone autour de mes ballerines. Ma précipitation a payé : aucun macchabée à signaler.

— La sauce, elle est sucrée ou salée ?

Je bascule la tête sur le côté, je crois bien que cette question est pour moi.

Je me retrouve nez à nez, ou plutôt nez à nombril avec Monica qui, du haut de son perchoir, me regarde comme un minuscule insecte.

Je me redresse, tente de faire bonne figure et, après avoir avalé ma becquée, lui offre une réponse d'une grande limpidité, la bouche encore pâteuse.

— Shalée.

— Ah, très bien. Je préfère car le sucre et moi, ça fait deux. À notre âge, on prend vite des kilos, non ?

Je rêve ou bien elle vient de me reluquer de la tête aux pieds en posant cette question idiote ? Et sur un ton bien piquant, merci !

Ne réponds pas, Lou, ne réponds pas, ça n'en vaut pas la peine. Tes cordes vocales sont un objet précieux qu'il ne faut pas gâcher en de plates justifications auprès de « miss-mannequin », tu es au-dessus de ça, tente de t'en convaincre.

— J'adore le japonais !

Cet aveu la détend. Je me méfie mais sa voix et son attitude sont moins hautaines, elle semble être redescendue sur la planète Terre.

— Moi aussi, dis-je d'un ton neutre.

— Les gyozas, c'est super bon.

— Les quoi ?

— Les gyozas. Ce sont des raviolis en forme de lune, farcis par exemple de poulet, de chou, de champignons et d'herbes aromatiques. Vous connaissez ?

— Heu, non.

— Testez-les, un jour. Moi je raffole de leurs farces juteuses et de leurs côtés opposés, l'un croustillant, l'autre fondant. Et les makis ou les sushis, j'adore, enfin si on connaît de bonnes adresses.

— Ils sont bons, ceux du buffet, vous devriez goûter, dis-je en désignant de mon index la planche en bois sur la table.

— J'ai une petite faim, ça tombe bien.

Elle attrape deux bâtonnets de bois dans l'un des pots à disposition et me les montre bien distinctement, à hauteur de ma vue.

— Par contre, je vais attraper la nourriture avec des baguettes. Je ne sais pas comment vous faites pour prendre les makis à pleine main, on a toujours les doigts poisseux après.

C'est ça, j'ai l'air d'une grosse dégueulasse à côté d'elle, c'est bien ça qu'elle insinue ?

Sa voix dédaigneuse est revenue. Le temps des confidences et de la simplicité est révolu. Il n'a duré qu'un moment, un moment où je croyais que les gens pouvaient changer, que Monica, derrière ses airs d'aguicheuse assumée pouvait également être une femme plaisante et agréable. Sommes-nous toujours obligés de porter un masque pour se sentir exister ? Est-ce une carapace pour se protéger ou est-elle vraiment belle à l'extérieur et pourrie à l'intérieur ? Et moi, quelle image je montre aux gens ? Ou plutôt, quelle image je VEUX leur montrer ?

Monica maîtrise à la perfection le maniement des baguettes. Elle choisit un maki, le trempe dans la sauce salée et savoure le mets japonais en fermant les paupières deux secondes. Elle détaille ce qu'elle ressent en ouvrant les yeux et braque vers moi les pointes de ses baguettes.

— Hum, c'est incroyable, ces petites mains qui arrivent à faire des choses aussi petites, alors qu'ils ne voient presque rien à cause de leurs fentes à la place des yeux.

Je manque d'exploser de rire. Ai-je bien entendu ?

Il n'y a apparemment pas la lumière à tous les étages.

— Moi, je suis agent immobilier, j'ai besoin de mes yeux bien grands ouverts pour évaluer un bien et conseiller ma clientèle. Chacun doit faire avec les atouts ou les problématiques qu'il a, ne croyez-vous pas ?

Enfin une phrase un peu sensée !

— C'est clair.

— Et vous, vous faites quoi dans la vie ?

C'est reparti pour un tour, LA question fatidique !

Echaudée par les réactions de ma première réponse à cette question avec les orthoprothésistes du secteur, j'opte pour une nouvelle approche.

— Je suis en reconversion professionnelle, dis-je avec le plus d'aplomb possible.
— Bien ! Et dans quel secteur ?
Alors celle-là, je ne l'avais pas vue venir.

La transition professionnelle, les bilans de compétences, changer de métier, tout ça c'est à la mode. C'est plausible d'imaginer ces démarches à mon âge, en ces temps où la monotonie n'est plus de rigueur, où les jeunes et les moins jeunes s'écoutent davantage, où tout ce petit monde comprend que la vie est trop courte pour rester sur un poste ou dans un secteur professionnel qui ne leur convient plus. Nos générations évoluent, nous avons besoin de vibrer, de nous retrouver dans les valeurs que nous portons au travail.

Je suis une préparatrice en pharmacie qui n'exercera plus en officine, que je le veuille ou non. C'est une réalité, ma réalité en cet instant en tout cas, alors quoi de plus normal que d'imaginer une possible reconversion en cours ? Certes, l'idée de me fondre dans cette femme en pleine mutation est crédible, encore faut-il savoir dans quelle branche ou plutôt à quelle branche se raccrocher !

— Heu… Et bien je ne sais pas encore.
— Vous n'avez pas avancé sur le sujet ? Vous êtes partie comme ça, sur un coup de tête ?

Le coup sur la tête, ça je l'ai eu, c'est une certitude mais pour le reste, comment me sortir de cette impasse ? Je n'ai pas encore l'intention de choisir le chemin de la clause médicale, j'ai compris ses limites, non merci.

Je réfléchis avec hâte, Monica attend une réponse, je ne vais pas me défiler.

— Non, non, je ne suis pas partie en faisant un caprice. Je voudrais m'investir dans un autre domaine, celui du bien-être, du yoga, de la méditation, de la sophrologie, toutes ces choses qui font du bien au corps et à l'esprit sans qu'on sache vraiment pourquoi.

— Génial, et vous êtes suivie par quel organisme ? Vous avez déjà fait des stages ? Parce que je connais très bien Sonia Montana, une sophrologue renommée sur Montauban. Vous savez, je travaille sur plusieurs agences. Je vais là où mon talent à besoin d'être exploité et je lui ai trouvé cet hiver un appartement de rêve en plein centre-ville, à deux pas de la place Nationale et de son cabinet. Il a une vue incroyable, au dernier étage et des plafonds vertigineux, brodés de moulures à la française entièrement rénovés grâce au savoir-faire ancestral des Compagnons du Devoir. Des pièces uniques, croyez-moi. Je l'appelle tout de suite et elle vous donne un rendez-vous sur-le-champ.

Monica allie le geste à la parole. Elle jette les baguettes dans la poubelle près de la table, sort son téléphone portable de son minuscule sac en bandoulière et, concentrée comme un agent en mission, pianote sans arrêter de jacasser, les yeux maintenant rivés sur l'écran qui s'allume.

— Je sais ce que c'est de chercher un stage d'immersion… d'observation ? Je ne connais pas le terme en vigueur actuellement. Bon, on s'en fiche, ce n'est pas toujours la même appellation mais c'est toujours la même galère pour dénicher des entreprises qui vous donnent une chance ou du temps. Lorsque j'étais jeune, j'ai dû batailler, m'imposer, je…

Je pose mes mains sur celles de Monica. Elle se tait et me regarde enfin de ces grands yeux noirs qui dévorent le monde et tout ce qui s'y trouve. Monica est une passionnée, une fille qui ne fait rien, ne dit rien à moitié. Pour se donner de l'importance ou par un altruisme que je lui découvre, elle s'est jetée tête baissée dans ma problématique d'avenir sans sourciller, sans un doute, sûre d'elle. Si son attitude et son physique m'exaspèrent, je dois avouer qu'une part de moi l'envie. Elle assume pleinement qui elle est, ne se soucie pas du regard des autres, fonce et déploie ses ailes à la moindre occasion. Elle me fait penser à Natacha, l'arrogance en moins. Ces femmes libres qui ne cachent pas leur vraie nature, affrontent le jugement du peuple, endossent leur féminité tel un étendard au milieu d'une foule d'incultes et de mécréants misogynes. Face aux apparences, on a tous une partie d'ombre et de lumière, on perd juste trop de temps à vouloir écraser l'une pour sublimer l'autre.

C'est une perte de temps, Monica l'a compris. Natacha aussi. Moi, j'apprends.

— Merci pour cette aide spontanée que vous m'offrez mais je vais devoir décliner votre offre. Je suis encore indécise quant au domaine qui m'intéresse, un stage n'est pas encore au programme, je vous remercie vraiment.

— Vous êtes sûre ? Être sur le terrain aide souvent à y voir plus clair.

— Oui, mais c'est encore trop tôt.

— Bien. Je n'insiste pas, m'indique Monica en replaçant son téléphone dans son sac. Sachez que vous pouvez demander mes coordonnées à notre hôte de ce soir, on s'est déjà croisées à cet étage, non ?

— Tout à fait, si besoin, je lui parle de notre accord.

— Irina, Irina ! crie une jeune femme sur notre gauche.

Nous tournons instinctivement la tête. Venant du fond de la salle de travail, une main en l'air, flottant comme un drapeau accroché à un buste de femme, nous fonce dessus. Enfin... foncer est un bien grand mot. À la vitesse où elle se rapproche, j'aurais eu le temps de faire trois fois le tour du quartier en faisant la roue.

Sa silhouette oscille de bas en haut, son chignon est une peluche éventrée qui se balade au bout d'un maigre lien capillaire. Elle n'avance pas vite mais une chose est certaine, elle avance bruyamment. Deux piverts martèlent le sol au bout de ses pieds. Ils arrivent en rythme. Tous les invités se retournent sur le passage de cette meringue qui semble avoir été enrubannée dans un rouleau géant de cellophane jusqu'aux mollets.

C'est quoi cette robe futuriste de mauvais goût ?

Elle se ment à elle-même et s'est convaincue qu'elle rentrait dans un 34 ou bien il n'y avait plus sa taille en magasin ?

Coiffure déstructurée, robe boudinée, talons aiguilles luxés. Mon Dieu, quel phénomène !

C'est dommage, un tel goût vestimentaire, car son visage est plutôt joli, inondé de taches de rousseur discrètes mais localisées, comme si la cigogne qui l'avait livrée avait traversé une tempête de sable et que l'enfant qu'elle soulevait en avait été marqué à vie, saupoudrée de grains harmonieux au-dessus de ses pommettes.

Miss Mauvais Goût stoppe sa course en talons devant nous.

— Irina ! clame-t-elle à l'attention de Monica.

Monica, Irina, je n'étais pas si loin de la vérité.

Elle reprend un bref filet d'oxygène et poursuit, après m'avoir offert un furtif « bonjour » du coin de l'œil.

— Irina, il faut que tu viennes voir ça. Ton kiné a reçu une nouvelle machine de torture, tu vas A-DO-RER. Elle te fait travailler les cuisses, les abdos, les fessiers… la totale.

— Et tu as couru jusqu'ici uniquement pour me dire ça ?

— Oui. J'ai testé la machine, elle est géniale.

— AVEC TES VERSACE, SIBYLLE !

La reine de la course en sac lorgne ses chaussures sans pouvoir réellement les contempler. Elle lève un pied, observe l'autre. Cinq centimètres au-dessus du sol ou rien, c'est pareil. Ses genoux sont quasiment incapables de se désolidariser alors comment veut-elle se rendre compte de quoi que ce soit ? Et surtout, comment a-t-elle pu courir dans cette tenue ?

— Ah, c'est vrai qu'elles ont un peu morflé, déduit-elle de sa phase de contrôle qualité.

— Tu les as massacrées, oui ! Pourquoi as-tu fait un truc aussi insensé ?

Je suis bien d'accord avec Monica-Irina, de telles beautés doivent être admirées par les hommes, enviées par les femmes mais en toute sécurité !

— On peut essayer le tapis de course et je voulais voir ce qu'il avait dans le ventre ! Apparemment, il est en location pour le moment et on peut donner notre avis concernant son utilité ou non.

— Tu veux que je monte sur cette machine dans cette tenue ?

— Ben oui, je l'ai bien fait, moi. Tu remontes ta robe et hop, le tour est joué ! On est plusieurs à essayer à tour de rôle différents programmes.

— Je n'ai pas pris mes tennis, Sibylle.

— Mais il a dit que tu pouvais l'utiliser pieds nus.

— Qui ça « il » ?

— TON kiné, bien sûr, c'est lui, là-bas, qui encadre la bécane !

— Tu ne pouvais pas commencer par là !

Monica-Irina démarre au quart de tour. Elle pousse et entraîne Sibylle qui repart dans l'autre sens en levant une main molle en guise d'adieu dans ma direction. Pas un seul « au revoir » : elles m'abandonnent sans le moindre scrupule, pressées d'étudier toutes les positions proposées par le tapis de course. Je ne suis pas dupe, ce ne sont pas uniquement les positions de cette machine-là qu'elles souhaitent essayer !

Je peste intérieurement.

Je me doutais qu'il y aurait de belles femmes, élégantes, charmeuses pour certaines, désintéressées mais cavalières pour d'autres. C'est un jeu éternel que celui de la séduction et ce soir, je suis dans la cour des grandes. C'est autre chose que de se retrouver seule face à son miroir et de décider de croire en soi : ici, on se compare, on se confronte, on se bouscule un peu, on veut être aimé, respecté tout simplement.

Le monde est un immense bal masqué où chacun use de ses plus beaux atouts, édulcore ses propos, colore sa réalité de vérités douces et sucrées pour plaire, pour séduire, pour subjuguer. Difficile de s'en empêcher car c'est dans la nature humaine, dans nos gènes, ce côté animal qui nous pousse à aller inexorablement vers l'autre.

Ce soir, je n'ai pas envie de tenir la chandelle. Rejoindre ces femmes et faire semblant m'épuise, garder un masque et être sage m'agace. Me justifier, me conformer, me contorsionner pour rentrer dans un personnage que je ne suis pas, ce n'est pas moi, ce n'est plus moi.

Je ne veux plus me définir par mon métier passé ou par ma maladie. Je ne veux pas non plus inventer une version de moi-même aux antipodes de la vérité, de ma vérité.

Mon corps m'appelle. Je marche jusqu'aux chaises, m'assois sur l'une d'elles et observe l'assemblée discuter, palabrer, rire, boire et grignoter. La plupart des invités étant de dos, je ne vois que des fessiers se dandiner et stagner dans mon champ de vision. De temps en temps une personne s'approche et me demande si tout va bien, comme un chien qu'on a accroché en laisse au pied d'une chaise et qu'on abandonne pour une vie plus palpitante. Désillusion que cette soirée où je m'étais imaginé pouvoir étancher ma soif de communication et d'interaction sociale, ma soif de LUI, si je veux être honnête avec moi-même.

Des bribes de conversations et un court partage de banalités à mon arrivée sont un maigre échange. J'avais espéré plus qu'une mise en bouche et me voilà déjà en train de ruminer dans mon coin, en manque de LUI. Je suis vraiment bête d'avoir cru qu'il pourrait être un peu à moi au milieu de cette foule. Ce n'est ni l'endroit, ni le lieu pour étoffer notre relation et notre complicité, je dois me faire une raison. Continuer le jeu des ambiguïtés ce soir est une mauvaise idée, il a bien plus important à faire que de redonner le sourire ou l'envie de vivre à une patiente, quelle que soit sa fidélité.

De toute façon, je me berce d'illusions, il n'a que l'embarras du choix au fond, là-bas, dans la nouvelle aire de travail. L'orthoprothésiste et sa stagiaire vampire, Monica-Irina et sa copine meringuée, et sûrement bien d'autres prétendantes prêtes à le séduire. Des blondes. Des brunes. Des petites que l'on veut cajoler. Des grandes que l'on préfère impressionner. Des chefs de service. Des employées modèles. Des femmes actives et indépendantes, belles et pleine de vie. Comment pourrais-je lui en vouloir ? Comment pourrais-je exiger quoi que ce soit, moi, la petite emmerdeuse de ces deux dernières années, et plus encore si on considère la vie à cent à l'heure que je dévorais et que j'imposais à mes proches, m'empêchant de voir l'essentiel : vivre l'instant présent et protéger les relations qui comptent.

— Cette place est libre ?

Un homme, un verre en plastique à la main, me sort de mes pensées.

— Heu… oui.

Il s'assied à mes côtés, boit une gorgée de ce qui semble être du rosé et entame la conversation.

— Sympa, cette petite soirée d'inauguration, hein ?

— Oui, c'est réussi, les gens sont au rendez-vous.

— Le rosé est bon, les sushis excellents et je passe la soirée en bonne compagnie, que demander de plus ?

Il lève son verre comme pour lever un toast puis tourne son buste dans ma direction et me propose une poignée de main.

— Au fait, je m'appelle Hugo.

— Lou, dis-je en acceptant de lui serrer la main.

— Et votre métier, vous êtes…

Il laisse sa phrase en suspens et son visage tout entier m'invite à la terminer.

Quelle stratégie adopter cette fois ? Je réfléchis… Longtemps… Trop longtemps à priori puisque l'homme réitère sa demande en suspens.

— Au niveau professionnel, vous faites…
— Rien !

Je réponds en urgence. Une sorte de défi, un soupçon de résignation dans la voix que je m'attèle à rendre plausible comme une évidence. L'homme est surpris, il veut savoir.

— Ah, vous ne travaillez pas ?
— Non.
— Vous êtes au chômage ?
— Non.
— En reconversion professionnelle ?
— Non plus.
— Ah, je sais, vous avez touché un héritage ou gagné au loto et vous vivez de vos rentes ?
— Non, pas du tout.
— Alors, vous ne faites rien, c'est ça ?
— Rien de rien, vous avez pigé.

L'homme comprend que je ne me livrerai pas davantage. Je lui souris. Un peu froidement sans doute, mais je lui épargne le courroux prêt à exploser à son encontre. Il devrait presque me remercier d'imposer ma réserve. Face à mon choix de ne RIEN dévoiler sur le sujet en question, il n'insiste pas et transforme notre piètre échange en un monologue qu'il débite après chaque bouchée.

— « Rien » est aux antipodes de la conception de mes journées. En tant qu'avocat, j'ai mon agenda qui ne cesse de déborder, les journées ne sont pas assez extensibles pour contenter tous mes clients et depuis que j'ai pris un engagement auprès de la faculté de droit pour donner quelques cours, je n'arrête jamais ! Pas plus tard que la semaine dernière, j'ai dû recommander un couple à l'un de mes confrères car ils étaient tellement pressés de divorcer que ma secrétaire n'a pas pu leur proposer un rendez-vous suffisamment tôt à leur goût. Ce problème est récurrent, vous savez, dans ma profession, les gens ne veulent plus attendre lorsqu'ils décident de se séparer, ils veulent vivre leur liberté et retrouver un souffle nouveau sans plus tarder. Le malheur des uns fait le bonheur des autres, ce n'est pas ce que l'on dit ?

L'homme boit d'un trait la fin du liquide dans son verre.

— Je vais m'en chercher un autre, m'indique-t-il. Vous buvez quelque chose ?

— Non, rien, merci.

— Ah, c'est vrai, vous êtes la spécialiste du « Rien ».

Il s'éloigne. Il triomphe grâce à sa dernière objection qu'il sale d'un ton pincé. Il n'est pas certain qu'il revienne dialoguer avec une fille fermée et peu coopérative. Je m'en fiche. Il exerce apparemment un métier passionnant à ses yeux mais dans l'immédiat, parler divorce et nouvelle vie me fait passer de la colère à la mélancolie. Est-ce vraiment un doublé gagnant ? Doit-on forcément provoquer l'un pour passer à l'autre ?

16

L'échec

Je ne travaille plus en pharmacie le jour mais depuis la semaine dernière, j'ai repris du service. Mes nuits sont faites de tiroirs qui s'ouvrent et se referment, de remèdes rangés par ordre alphabétique, de clients qui me réclament des produits que je ne trouve pas, d'ordonnances indéchiffrables.

Mon téléphone affiche 2 h du matin. Christophe ronfle légèrement. Je tire la couette de mon côté et repose mon portable sur la table de nuit. Je me repère facilement dans cette demi-obscurité depuis que nous ne fermons plus les volets. La lune prend souvent le relais de l'éclairage public et il est rare que la nuit noire me terrasse à mon réveil, quelle que soit l'heure. Je tourne et me retourne dans le lit sans pouvoir trouver le sommeil dont j'ai tant besoin après cette soirée ratée au milieu d'inconnus, à l'hôpital.

J'ai envie de lui dire, de lui crier, de lui balancer mon sac trop plein de ressentiments et de frustration, j'ai envie de lui avouer ma déception d'avoir si peu profité de SA présence, combien j'ai été déçue d'admettre que je n'ai plus ma place parmi ces gens qui travaillent, ces gens qui participent à la vie de cette société, ces gens qui sont fiers de leur métier.

Une fois de plus, je me lève sur la pointe des pieds, traverse le couloir, passe devant les chambres des enfants, ferme la porte de l'espace nuit. Je passe par la cuisine, allume le feu sous une casserole d'eau et cherche un sachet de thé à la menthe dans l'un des placards.

Je n'ai pas allumé de lumière, la lampe artificielle de mon téléphone accompagne mes gestes. Je délaisse la cuisine et emporte mon thé chaud dans la salle à manger puis ferme la porte derrière moi. Deux portes closes valent mieux qu'une, on ne sait jamais, j'aurai le temps d'aviser si quelqu'un se réveille et vient inspecter les environs.

Je déplie l'ordinateur portable, appuie sur le bouton d'alimentation et attends de voir jaillir la lumière artificielle de l'écran. Je cligne des yeux, ces derniers s'habituent rapidement à l'éclairage puis je pianote vers un dossier caché.

2 h 13. Je suis sûre que personne ne me répondra et c'est tant mieux, j'ai juste une énorme boule au ventre qui a besoin de sortir et j'ai compris que lui écrire me fait du bien même si je ne suis pas capable d'assumer l'existence de ce dialogue clandestin. Telle une concupiscence maladive, je me libère d'un poids en alignant les mots les uns derrière les autres, en m'adressant à lui comme à un compagnon de route apte à tout entendre et à garder pour lui mes moindres secrets, mes plus vils desseins, mes plus abjectes confidences.

« Cher J. Il est 2 h du matin mais le sommeil ne peut m'emporter car... »

Le réveil a été dur, les heures de sommeil, quant à elles, n'ont pas été assez nombreuses. Christophe a eu pitié de moi, il a géré les enfants et les a accompagnés à l'école avant de s'envoler pour rejoindre une vie active qui me dépasse.

Un dernier coup d'œil au miroir de ma chambre et je file voir si je peux trouver mon hideuse paire de ballerines. Appliquer du mascara sur mes cils n'a pas été chose aisée. J'ai dû me démaquiller et m'y reprendre à plusieurs fois avant de convenir d'un résultat satisfaisant. Si la pratique du vélo ne s'oublie pas, étaler du noir avec un pinceau rond sans déraper après deux ans d'abstinence s'est avéré plus difficile que prévu. Les mains tremblantes, j'en ai d'abord mis partout, ressemblant plus à une femme rentrée chez elle sous une pluie diluvienne qu'à une mère de famille prête à sortir en ville.

Me regarder de nouveau dans la glace est étrange, j'ai l'impression de partir travailler. Une boule se forme dans mon ventre. Avant de sortir de ma chambre, j'enfile le bracelet de perles de ma grand-mère créé par Alicia et hésite à remettre ma montre. C'est un cadeau de Christophe. Deux ans sans tous ces artifices et ces bijoux lourds et irritants pour une peau et des muscles aujourd'hui plus coopératifs. Je regarde le cadran. Il retarde d'une heure. Je déclipse le petit bouton sur le côté et repositionne les aiguilles au bon endroit. Voilà. C'est fait. Le temps peut de nouveau s'écouler normalement à mon poignet.

Je gare la voiture le long du Tescou, sur le parking en plein soleil qui donne sur les larges rues piétonnes du centre-ville de Montauban.

Je fais une pause sur un banc circulaire à mi-chemin de mon rendez-vous, en face du kiosque à musique que j'affectionne. Les travaux dans cette partie de la rue sont terminés. Des massifs de plantes vivaces et de fleurs ainsi que de jeunes arbres ont été plantés à intervalles réguliers afin de marquer la délimitation entre la voie piétonne et la longue file de voitures qui s'engage dans l'allée parallèle.

Assise sur le banc, j'observe le belvédère inondé de soleil que je viens de quitter, qui, aménagé en jardins, donne un caractère champêtre à ce petit coin citadin. Je suis distraite par le va-et-vient des voitures aux abords du parking qui jouxte cet espace verdoyant en centre-ville. Le soleil, levé à l'est, aveuglant, a changé le ciel en or ainsi que tout ce qu'il touche de ses rayons ardents. Le kiosque. Les bancs. Les pierres polies. Une belle promenade depuis le belvédère jusqu'au centre-ville.

Je vais m'arrêter largement avant puisque ma destination est déjà dans ma ligne de mire. Le cabinet de Rose, ma coach de vie, est paré d'une couleur ambrée.

Mon téléphone sonne. J'agrippe mon sac à dos bleu encore sur mes épaules, fait glisser les sangles le long de mes bras et pose le sac sur mes genoux. J'ouvre la fermeture éclair de la poche de devant. « Highway to hell » d'AC/DC cloue le bec aux bruits de la rue. Je décroche.

— Salut Charly.

— Bonjour sœurette, ça roule ?

— Oui, ça va et toi ?

— Très bien. Je pars faire une intervention sur un site industriel à Blagnac avec mon équipe. Le système de climatisation a décidé de nous faire tourner en bourrique et le responsable veut que le problème soit réglé avant les fortes chaleurs de cet été.

— Ah, mince.

— Oh, la routine, tu sais ! À chaque début de saison, on doit venir dépanner des établissements car certaines machines ont été arrêtées pendant plusieurs mois et la reprise est parfois ardue.

Ah, ça je sais ce que c'est !

— Bref, poursuit Charly, je te passe ce coup de fil pour t'inviter au resto. Juste toi, moi et FX, OK ?

— Heu… Oui, si tu veux.

— Après tout, c'était mon anniversaire lundi dernier et on ne s'est même pas vus depuis !

— Ce n'est pas de ma faute si mes frangins et mon mari préfèrent participer aux festivals de la région à cette période de l'année. Vous n'avez plus un week-end de libre. Soit vous jouez, soit vous jubilez en profitant des artistes et de l'ambiance sur place.
— La vie est courte, Lou, il faut savoir profiter !
— Bien dit !
— On dit samedi, 20 h ?
— OK, mais…
— Je sais, je sais, le soir c'est compliqué mais courage, la vie sociale t'appelle ! Et je passe te chercher donc sois prête dès 19 h 30. Je te laisse, les gars s'impatientent.

J'entends effectivement un gros klaxon gras résonner au second plan, sûrement celui du camion d'intervention, puis plus rien. Charly a raccroché. Je replace mon téléphone dans ce sac à dos que je trouve toujours aussi moche. Je me dis qu'il serait temps de changer cette horreur en quelque chose de plus féminin, de plus adapté.

Répit assumé, je me lève. La main dans ma poche de blouson, je serre ma pierre de gratitude.

Merci pour la naissance de la chaleur de ce soleil qui m'accompagne.

Je marche mieux. Pas assez longtemps à mon goût mais je marche. Je suis contente des progrès réalisés et de l'épanouissement de mon autonomie. Je prends le temps d'apprécier le moment présent et le simple plaisir d'être indépendante, sur mes deux pieds.

J'appuie sur l'interphone. Je patiente deux ou trois secondes puis un bip retentit, suivi d'un déblocage de la gâche électrique grâce à une impulsion électrique. La lourde porte de l'immeuble se déverrouille. Je la pousse et fais rentrer la lumière dans cet antre un peu triste. Un frémissement m'envahit. Les vieilles pierres savent garder la fraîcheur et la redistribuer dans le hall de l'immeuble.

Dans la salle d'attente mon nez capte une odeur d'encens récemment brûlé. Mes yeux prennent le relais et déterminent le point d'origine, une coupelle en porcelaine blanche placée sur une table basse près d'une statue de bouddha. Un reste de bâtonnet se consume.

Je n'attendrai pas longtemps. Rose est toujours très ponctuelle. Je n'ai lu que trois pages de mon roman policier au moment où elle fait son apparition.

— Bonjour Lou, on y va ? demande la thérapeute, marquant un pas dans la salle d'attente.

— Bonjour Rose.

Je la suis et me pose dans ce gros fauteuil en cuir blanc en face de son bureau. Avant de s'asseoir, Rose déboutonne sa veste de blazer, fourre ses mains dans les poches de son pantalon aux plis repassés et reste un moment debout dans la tranche de soleil imprégnée sur le parquet.

— Je profite de ce beau temps à ma manière si ça ne vous dérange pas. Alors Lou, comment vous portez-vous depuis notre dernier entretien ?

— Bien.

— Je vous trouve... apprêtée et vous venez me voir sans béquilles, c'est bon signe, non ?

— Oui, je suis contente. Je n'ai le droit qu'à des mètres et des minutes mais j'arrive à mieux jongler avec cette autonomie partielle. J'alterne des phases d'action et de repos plusieurs fois par jour mais je peux enfin dégager des moments sans béquilles.

— Vous vous organisez, c'est ça ?

— Oui, j'anticipe. Je repère les lieux. Je détermine les efforts à fournir et me connecte avec mon corps pour savoir ce qu'il pense de la stratégie à adopter : béquilles, fauteuil, foncer, renoncer, se battre, s'allonger. Bref, j'ai l'impression d'être un négociateur en situation de crise au sein d'une cellule de la gendarmerie nationale.

— Et quelles situations avez-vous réussi à désamorcer ?

— Un achat de baskets à Décathlon avec les enfants en fauteuil par exemple.

— Bien. Et le regard des gens, l'acceptation du fauteuil, pas trop compliqué à vivre ?

— Non, finalement je m'aperçois que dans le regard des gens il n'y a pas forcément QUE de la pitié. J'ai vu du respect, de l'humilité, de l'altruisme, toute une palette de couleurs que je n'avais pas soupçonnées.

— C'est une sortie réussie, bravo !

— Oh, il y a eu aussi des désillusions, vous savez !

— Racontez-moi.

Rose sort de la lumière, tire son siège et s'assoit au fond comme pour écouter une bonne histoire.

— J'ai pris de l'assurance mais j'accuse aussi le coup à la suite de déceptions majeures. J'ai tenté d'aller faire des courses seule et j'ai failli rester coincée au fond du chariot ou étalée comme une serpillère. Echec et double échec.

— Que s'est-il passé ?

— Je n'arrivais pas à suivre, mes muscles fatiguaient vite et j'ai eu un mal fou à rentrer chez moi après.

— Avez-vous pris du plaisir au moins ?

— Oui, j'étais contente de sortir de ma pris... euh, de ma maison.

— Que retenez-vous de cette expérience ?

— Que je ne peux pas rester debout en permanence pendant une heure.

— Parfait ! On avance ! s'enthousiasme Rose.

La peau de mon front se déforme. Je m'efforce de dissimuler la grimace qui veut s'emparer des traits de mon visage. Qu'est-ce qu'elle raconte ? Je lui parle d'un naufrage de projets et elle réagit de façon euphorique. Ce n'est pas la première fois que je vois Rose déployer de l'exaltation pendant que je rumine ma frustration. Aurait-elle des pistes que je n'ai pas ? Verrait-elle des portes que je ne distingue pas ?

La thérapeute note mon incompréhension, elle se redresse, rapproche son siège et s'explique, enjouée, les deux coudes sur le bureau.

— Nous progressons, Lou ! Chaque expérience de la vie est un apprentissage, quel qu'en soit le bilan. Aussi, la destination importe peu, le plus important c'est le chemin à parcourir. Les émotions passent, laissez-les vous traverser, mais ce qui reste c'est l'apprentissage, et aujourd'hui vous avez appris deux choses essentielles.

Rose compte sur ses doigts et me regarde avec insistance.

— Un, vous aimez la liberté et osez sortir enfin, et deux, vous devez trouver des activités qui ne vous obligent pas à rester debout en permanence, on progresse !

Je reste interloquée. Je digère cet aspect positif et cet état d'esprit constructif que je n'aurais pas soupçonné. Face à ces récents échecs, je me sens différente, comme si la vérité pouvait apparaître sous différents angles pour une même expérience. Encore faut-il savoir où regarder. Si chacun possède sa vérité, il convient que je prenne plus de recul avant de prendre pour comptant ma première impression encore teintée de mes croyances limitantes.

Merci Rose pour cet œil nouveau dans ma vie.

— En psychologie, l'échec est un sujet de conversation et de préoccupation récurrent, ajoute la thérapeute. J'ose croire qu'on accorde bien trop d'importance à cette notion, nous les humains, si bien que nous laissons des émotions comme la culpabilité ou la perte de confiance dominer nos vies. Je pense que l'échec n'est qu'une étape, un outil et qu'il nous aide à comprendre qui nous sommes et qui nous allons devenir. On ne peut pas tout régenter, la vie choisit parfois pour nous des chemins différents de celui qu'on était prêt à emprunter. À vous de savoir si vous avez envie ou non d'y poser un pied. Comment vous sentez-vous avec cette analyse ?

Je suis prise de court.

— Heu… C'est intéressant de considérer l'importance du jugement que l'homme associe à l'échec quand on peut imaginer qu'il pourrait voir les choses autrement, avec plus de bienveillance par exemple.

— Tout à fait. Nous avons tendance à mettre toujours la barre un peu haute. « L'échec est le fondement de la réussite » disait Lao Tseu.

Rose oriente son regard vers les feuilles étalées sur son bureau. Elle lit quelques lignes en silence et revient vers moi.

— C'est bien ce que j'avais noté, le ski comme passion de petite fille. Grâce à cet échec, vous pouvez supposer que sortir et envisager d'aller en montagne est possible.

— Oui mais ça ne sert à rien de savoir tout ça si je ne peux plus pratiquer le ski.

— En êtes-vous réellement convaincue ?

— Oui… Enfin, une partie de moi n'a pas envie de renoncer mais je ne vois pas comment faire.

— Il y a des milliers de façons de vivre une passion, vous savez. Faites un pas en arrière, il existe d'autres chemins que vous n'avez peut-être pas encore remarqués. Le ski, c'est en hiver, non ? Nous avons un peu de marge en ce début d'été. Qu'en pense le corps médical ?

— Le médecin du sport a l'habitude de gérer et d'accompagner des sportifs de haut niveau dans le monde du handisport alors elle est optimiste. Elle me dit d'être patiente, mais ça fait deux ans ! Deux ans, Rose, comment voulez-vous que je persiste à être motivée ? C'est un rêve trop flou ! Je dois réussir à remarcher convenablement et correctement, le reste n'est que pure folie.

— Hum, hum…

— Je sais ce que vous allez dire. Après tout, on s'en moque que je marche un peu ou beaucoup, que je sois tordue ou que je boite, tant que j'ai le moral, que je vibre, que j'aime, que je rigole, que je rêve, que j'avance. Et moi, je suis d'accord avec tout ça. Oui, c'est ça, je suis heureuse de gagner des millimètres d'autonomie, mais ça ne me suffit pas. Je voudrais envoyer ma fille en colonie de vacances pour qu'elle apprenne à skier mais au fond, c'est avec elle que j'ai envie de vivre cette expérience. Je ne voudrais pas la priver plus longtemps de son rêve, je sais combien la vie est courte.

— Vous allez trouver une solution.

— Vous croyez ?

— Il y a mille façons de vivre ses rêves et ses passions, vous allez dénicher la vôtre, j'en suis convaincue. Vous êtes persévérante et pleine de ressources, Lou, je vous fais confiance.

Merci de croire en moi.

— Je tiens à vous faire remarquer combien vous avez déjà avancé, argumente Rose. Lorsque nous nous sommes rencontrées, vous vous sentiez à la fois vide et submergée par des émotions fortes, refoulées. En quelques séances, je vous trouve plus posée, vous avez découvert ou redécouvert des choses qui vous nourrissent et vous épanouissent, qui remplissent le vide. La petite fille qui est en vous a envie de prendre la place qu'elle mérite, il n'y a pas d'âge pour grandir.

Des larmes coulent le long de mes joues. J'attrape un mouchoir dans la boîte à ma disposition sur une petite table en contrebas de mon fauteuil. J'essuie la tristesse qui s'échoue sur mon visage.

— Pourquoi pleurez-vous, dites-moi ?

— Si l'impression d'être une petite fille était salvatrice au début, comme retrouver l'envie de skier, d'écouter de la musique, d'être plus spontanée, maintenant j'ai l'impression de n'être plus que ça, une petite fille apeurée qui refuse de grandir et de voir la vérité en face. Je ne suis plus une adulte qui travaille et assume ses responsabilités.

— C'est-à-dire ?

— Et bien... Mes enfants doivent se débrouiller tout seuls pour beaucoup de tâches, je ne suis pas toujours devant l'école à cause de mes jambes dysfonctionnelles, par exemple.

— Vous élevez vos enfants dans le but qu'ils soient des adultes forts et autonomes un jour prochain, non ?

— Heu... oui.

— Alors disons qu'ils vont prendre un peu d'avance. Les enfants ont une capacité d'adaptation hors norme et vous leur avez donné des bases solides. Ils accepteront votre état bien avant que vous-même ne l'acceptiez, vous verrez.

— Vous avez raison, ils sont très à l'aise avec l'idée de prendre le fauteuil roulant et m'apportent à dîner au lit presque avec fierté lorsque je n'ai plus de force pour me tenir à table.

— Ah, vous voyez, je ne suis pas surprise. C'est souvent les couples sur lesquels la maladie a le plus d'impact, les enfants, eux, tant qu'ils ont de l'amour et des repères comme l'endroit où ils dorment, où ils mangent, la personne qui vient les chercher à l'école, ils avancent relativement sereinement.

Je ne sais pas si cette phrase doit me rassurer ou m'inquiéter. Je ne peux pas le nier, l'épreuve que je traverse a un énorme impact sur notre couple.

Je l'ai écrit, je lui ai écrit et je ne peux m'empêcher de continuer. Le matin, seule à la maison ou même le soir quand tout le monde dort, j'ouvre l'ordinateur, je me connecte, je lis les derniers écrits, je réfléchis à la suite de ma réflexion. Il est toujours présent, ne me fais jamais faux bond. Je pose sur le papier ou plutôt sur l'écran tout ce que je ressens. Je n'en parle à personne, pas même à ma meilleure amie, à mes anciennes collègues, à mes frères Charly et FX et surtout pas à Christophe !

Qu'est-ce qu'ils diraient ? Une drogue dangereuse ? Un trip éphémère ? Une lubie extravagante ? Je m'en moque, pour une fois que je trouve quelque chose qui me fait du bien, quelqu'un à qui me confier sans peur, sans retenue, qui pourrait me reprocher d'essayer de me reconstruire même si l'endroit que j'ai choisi est bien loin de mon chemin habituel ? Rose a bien dit de sortir des sentiers battus, de s'aventurer vers de nouvelles traces au sol, d'entrouvrir des portes inconnues, non ?

Elle me ramène les pieds sur terre avec sa voix rassurante.

— Vous vous culpabilisez de ne pas être parfois à la sortie de l'école mais vous m'aviez dit que lorsque vous travailliez, vous n'étiez jamais devant les grilles de l'école, n'est-ce pas ?

— Oui, c'est exact. Je finissais à 19 h 30 ou 20 h, c'est Christophe, mon mari qui ramenait Alicia et William jusqu'à la maison.

— Donc, serait-il possible que vous voyiez les choses autrement en réfléchissant au fait que « grâce » à la maladie (*Rose mime des guillemets dans l'air*) vous avez la chance d'être PARFOIS à la sortie des classes, alors qu'auparavant vous n'aviez pas cette joie ?

Je prends quelques secondes de recul et ajoute.

— Je suis consciente que c'est presque un privilège et je savoure ce plaisir mais… je crois que ce qui me dérange au fond et depuis le début, c'est de ne plus travailler.

— Le travail est une valeur importante chez vous ?

— Importante ? C'est un euphémisme ! dis-je en haussant le ton.

— J'ai appuyé sur une corde sensible, on avance, Lou. Dites m'en plus, que cache cette ironie dans votre voix ?

— Sur la touche ! Je suis sur la touche depuis deux ans et je pensais bêtement que je pourrais bientôt reprendre mon activité, même à mi-temps, mais je suis anéantie par le constat de mon incapacité au travail.

— Vous avez été licenciée, c'est bien cela ?

— Oui, la procédure vient d'ailleurs de se terminer, j'ai rempli et signé les derniers papiers la semaine dernière. Le médecin du travail avait noté « licenciement pour inaptitude de poste ».

— Ces mots vous ont blessée ?

— Oui, et pas qu'un peu ! Pas plus tard qu'hier soir, ce sentiment m'a encore submergée.

— Racontez-moi.

— J'ai passé une très mauvaise soirée. Je me suis rendue à une inauguration à laquelle j'avais été invitée par mon kinésithérapeute, avec qui je n'ai eu que de maigres échanges et...

Et je ne souhaite pas en dire davantage !!!

Après une courte pause pour réorganiser mes idées et mes priorités, je poursuis.

— J'ai dû me justifier auprès de plusieurs interlocuteurs en ce qui concerne ma situation professionnelle et c'était un vrai désastre.

— Racontez-moi.

— Deux dames se sont approchées de moi pendant l'apéritif, elles m'ont demandé qui j'étais. Je leur ai précisé que j'étais une patiente de l'hôpital, seulement cela ne leur suffisait pas, elles voulaient savoir quel métier j'exerçais. J'ai paniqué, je ne savais pas quoi répondre ! J'ai voulu être honnête alors j'ai dit que je ne travaillais plus parce que j'étais malade. Aussitôt, l'une d'elles s'est mise en retrait, pressée d'en finir, tandis que l'autre me harcelait de questions médicales avec un regard de vampire assoiffé de sang.

— Je comprends.

— J'ai donc décidé de changer de stratégie lors de mon deuxième échange avec une autre dame, en inventant un profil de moi que je ne maîtrisais pas du tout. Embarrassée par ce mensonge encombrant, j'ai battu en retraite et c'est à ce moment-là que j'ai adopté une dernière stratégie en indiquant à mon troisième interlocuteur que je ne faisais rien, strictement rien. Il faut croire que j'ai perdu la main. Moi qui me considérais comme une personne sociable ! Ces deux ans d'hibernation ont fait fuir toutes les personnes de cette soirée.

— Si j'ai bien compris, au premier contact vous avez répondu que vous étiez malade, au deuxième vous vous êtes inventé une vie professionnelle et au troisième vous avez affirmé que vous ne faisiez rien ?

— Oui, c'est ça.

— Qu'est-ce qui a été le plus difficile dans ces échanges ?

— De renoncer à évoquer mon métier de préparatrice en pharmacie et de comprendre par la même occasion que mon deuil le plus difficile sera d'accepter l'idée que je ne pourrai plus travailler.

— Pourquoi dites-vous cela ?

— Parce que je suis réaliste ! Tenir debout et marcher toute la journée en officine est maintenant impossible mais je ne sais rien faire d'autre et de toute façon, cette maladie m'empêche de tout faire. Le moindre effort et oups, il n'y a plus personne aux commandes, je m'écroule.

— Ce que je retiens de vos propos, c'est que le travail reste une valeur forte. Savez-vous d'où peut venir une telle force de conviction dans cette notion ?

— Et bien c'est simple, c'est important de travailler, de nourrir sa famille.

— Vous êtes en arrêt depuis deux ans et vos enfants mangent à leur faim, non ?

— C'est vrai, mais cet argent que je reçois, ce n'est pas moi qui l'ai gagné à la sueur de mon front.

— Je ne suis pas d'accord avec vous. Vous ne profitez pas du système, vous êtes malade. Ce n'est pas de votre faute, on ne peut pas déclencher délibérément une maladie auto-immune. Vous avez cotisé pendant près de vingt ans pour bénéficier de cette pension, on le fait tous d'ailleurs, alors en quoi cet argent ne serait-il pas légitime ?

Je réfléchis. Le silence m'aide à prendre de la distance.

Rose a raison, l'argent est une chose, mon rapport au travail en est une autre.

— Je suis d'accord pour envisager que j'ai travaillé pour ne manquer de rien aujourd'hui.

— Le fond du problème vient donc de votre rapport au travail. Comment s'est-il construit dans votre enfance, votre adolescence ?

Je prends un moment pour me replonger dans mon passé. Est-il possible de trouver des réponses à mes questions d'aujourd'hui dans ma vie d'autrefois ?

Travail… Travail… Travail…

Je me frotte les yeux avec les paumes de mes mains, comme si cette technique pouvait me faire remonter plus vite dans mes souvenirs enfouis, puis je bâille. L'exercice de Rose semble stimuler mon corps qui se réveille, mais se réanime-t-il seulement ce matin ou se réveille-t-il d'un sommeil bien plus long ?

— D'aussi loin que je me souvienne, dis-je en prenant mon temps, j'ai toujours aimé travailler. À l'école, j'étais une élève studieuse et avide de connaissances, toujours dans les premières de ma classe, encouragée par mes parents qui me poussaient à rester dans les meilleurs. Mon père me répétait qu'il fallait étudier pour réussir, travailler dur si on voulait avoir le choix dans la vie et assumer une famille. Son regard s'illuminait de fierté lorsqu'il parlait de mes résultats scolaires à son entourage, il était heureux et soulagé de me savoir sur la bonne voie. J'ai toujours suivi ce chemin.

— Le chemin qui mène à votre père.

— Heu… Comment ça ?

— Est-il possible que le chemin dont vous parlez soit celui qui mène à l'Amour de votre père ?

— Je… je ne comprends pas.

— Les enfants, dans leur construction, cherchent inconditionnellement l'Amour de leurs parents. Dans votre discours, il semble que l'Amour de votre père ait pris l'apparence de la réussite scolaire et professionnelle. Seriez-vous d'accord avec cette image ?

Je garde le silence. Des images de mon enfance se sont invitées en cet instant où Rose met la pagaille dans mes sentiments et une autre lumière sur les croyances sculptées dans mon esprit de petite fille.

La lecture de mon bulletin scolaire autour de la table en bois rouge de la cuisine, les repas dans la maison familiale de mes grands-parents à Noël où chacun évoque la réussite de ses enfants, les dissertations au lycée évoquées avec mon père dans son bureau lorsque j'avais besoin d'aide. Aurais-je confondu la fierté qu'il ressentait avec l'Amour qu'il pouvait avoir à l'égard de sa seule fille ?

Je reprends la parole.

— Il est certain que je me sentais aimée lorsqu'il débordait de félicitations face à des copies de mathématiques réussies ou des bulletins de notes au beau fixe.

— Et que se passait-il si vous n'aviez pas de bonnes notes ?

— Ça n'arrivait jamais.

— Car vous donniez toujours le maximum.

— Oui.

— Vous travailliez beaucoup ?

— Oui.
— Comme dans votre vie d'adulte, finalement.
— Oui, le travail du monde professionnel a remplacé le travail scolaire. Je suis très investie, enfin… j'étais très investie dans mon métier.
— Faisons une supposition. Si vous aviez ramené une mauvaise note, en prenant en compte les sentiments que vous nourrissiez pour votre père à l'époque de votre jeunesse, que se serait-il passé en vous ?
— Je m'en serais voulu. Il aurait été déçu par cette note, il n'aurait pas aimé ça.
— Il ne vous aurait pas aimée ?
— Heu…

Je suis étonnée de voir de plus en plus clairement les connexions réalisées depuis longtemps dans mon cerveau. Ça y est, je perçois mes sentiments de petite fille et la façon dont je voyais mon père, lui qui n'avait pas eu la chance comme moi de faire des études avec un soutien familial inébranlable.

Je voulais réussir là où il n'avait pas eu de chance, lui prouver qu'il pouvait me faire confiance, que je ne le décevrais pas, que je pouvais mériter son affection. Même si nous ne parlons pas d'Amour et de sentiments entre nous, mon père m'aimait et m'aime encore quelles que soient mes notes ou mes bulletins, que je travaille ou non aujourd'hui. Je comprends enfin l'analyse de Rose et où elle souhaite en venir.

— J'ai cru que l'Amour de mon père se comptait comme des notes de bulletins scolaires, et par extension, en devenant adulte, j'ai cru que je ne pouvais être fière de moi, heureuse et aimée qu'avec une implication totale dans le travail.
— Comment vous sentez-vous avec cette croyance ?
— C'est ridicule.
— Ne soyez pas trop dure avec vous-même ou cette croyance limitante, la petite fille que vous étiez était courageuse. Elle a

réussi à choisir un métier et faire vivre sa famille, ce n'était pas le but de la manœuvre ?

— Si, cette croyance m'a aidée à me construire mais elle m'empêche d'avancer aujourd'hui.

— C'est bien, vous avancez, Lou. Allez plus loin dans votre raisonnement, pourquoi ne vous aide-t-elle plus ?

— Car je ne peux pas continuer à croire qu'il faut travailler pour être heureuse et aimée, je suis une adulte maintenant, ce n'est pas parce que je ne fais rien, que je ne suis rien.

— Tout à fait. Vous n'êtes qu'un maillon de plus dans l'engrenage de cette société qui nous a formatés pour n'exister et ne nous définir qu'à travers le travail et notre place dans les rouages des entreprises ici-bas. Pourtant, personne ne devrait se limiter à cette image de réussite. Croyez-vous qu'un jeune patron ayant hérité de la boîte de son père soit plus méritant qu'une femme de ménage qui travaille de nuit et emmène ses enfants à l'école le matin ?

— Non, bien sûr. La réussite ne se limite pas au compte en banque ou au prestige d'un poste de travail.

— Le travail ne définit pas qui vous êtes, Lou.

— Vous avez raison et vu que je n'en ai plus aujourd'hui, je vais pouvoir être qui je veux.

— Bonne idée, j'aime votre optimisme.

— Rassurez-vous, Rose, je suis toujours incapable de me projeter vers autre chose mais la différence, c'est que je suis plus à l'aise avec ce lâcher prise.

— C'est le principal.

— Et pour rester sur cette note optimiste, je dirais que la soirée d'inauguration à l'hôpital a aussi été un défi. C'était l'une des premières fois où je me décidais à sortir le soir car ma journée s'arrête en général vers 18 h. Après cette heure fatidique, j'oscille entre le canapé et le lit en essayant d'assurer ma présence à table au dîner.

— Et vous avez pu rentrer comme une grande fille ?

— Oui, j'ai dormi tout habillée, mais ça, ce n'est pas une première. Pendant mon absence, Mylène, une maman de l'école, a géré les enfants histoire que tout le monde passe la meilleure soirée possible.

— Vous avez bien fait de vous écouter. Finalement, vous avez appris à travers cette expérience. La vie n'est qu'une succession d'apprentissages, je vous l'ai déjà dit. Le travail est une valeur importante, elle vous a fait grandir mais peut prendre aussi différents visages, des formes nouvelles que vous ne soupçonnez pas encore. Une association. Autoentrepreneur en visio. Animatrice d'ateliers pour votre collectivité… Il existe d'autres options que la voie classique et linéaire que vous avez parcourue pendant vingt ans en tant que préparatrice en pharmacie. Et puis, de toute façon, vous travaillez déjà.

— Ah oui ?

— Vous travaillez sur vous.

Un petit rire moqueur sort de mes poumons nerveusement.

— Ah ça c'est un sacré boulot, c'est clair !

17

Des moutons

Katia est passée boire le café. Elle avait également une course dans le coin, alors autant profiter de l'ombre du saule entre deux destinations car question chaleur et températures excessives, nous sommes servis !

Toutes deux installées sur mes transats ultraconfortables, Katia hume le nectar noir pendant que je laisse mon thé refroidir un peu, le mug directement posé sur l'herbe entre nous deux.

— Attention, que je ne marche pas dessus en me relevant.

— Je vais bientôt le boire, j'attends juste qu'il arrête de me brûler les lèvres.

— C'est bizarre d'avoir envie de boissons chaudes en cette chaleur.

— Les hommes du désert se désaltèrent de thé à la menthe malgré l'écrasant soleil qui y règne. Il paraît que cette boisson chaude contribue à réguler la température interne alors on peut bien faire comme eux cet après-midi !

— Heureusement qu'on est à l'abri dans cette oasis, sous cette voûte verdoyante. Je ne suis pas pressée d'aller chercher mon colis.

— Bon, tu ne m'as rien dit, c'est quoi ton colis ?

— J'ai commandé un chariot de transport pliant pour matériel de camping. Le point relais était près de chez toi, alors m'inviter était une très bonne initiative de ma part, n'est-ce pas ?

— Oui, sans aucun doute.

— Ce chariot est la solution idéale pour soulager mes allers-retours entre la plage et le camping cet été.

— Ces trajets sont synonymes de vacances et de plaisir, non ?

— Je vois bien que tu n'y es pas du tout. Imagine-moi avec tout le matériel nécessaire à une journée de plage dans les bras. Je suis là, les pieds enfoncés dans le sable, la mer droit devant qui m'appelle et je porte, tant bien que mal, matelas de plage pliant, serviettes, parasol, sac contenant bouquin, crème solaire, mots croisés et vêtements de rechange… Je suis super motivée, mais je ne suis plus toute jeune, ma vieille ! Traîner tout ce bazar m'épuise et si tu rajoutes en plus la glacière pour le pik-pik à midi, tu me vois disparaître comme dans des sables mouvants !

J'étouffe un sarcasme concernant le terme « pik-pik », mais Katia semble m'avoir démasquée.

— Oh ça va, arrête de rire. C'est mon petit-fils qui dit « pik-pik » au lieu de « pique-nique » ! Je trouve ça tellement mignon qu'il m'a contaminée. Tu rigoles, mais quand je vais l'emmener à la plage, je vais les mettre où les pelles, les seaux, les bouées et compagnie ? Il me faut un équipement adapté, tu comprends !

— Je vois que tu as déjà fait le tour de la question.

— Oui, cet achat va me faciliter la vie en vacances et Dieu sait qu'avec la retraite, je vais pouvoir rentabiliser ce chariot. Les vacances, ce sera tous les jours ! Une autre vie, comme toi, riche de nouveautés, Lou, sans travail.

— J'ai pourtant encore bien souvent du mal à mettre en application toute cette belle philosophie. Accepter de vivre sans travailler est encore difficile pour moi, par exemple.

— Si tu veux t'occuper, je peux t'aider à trouver l'inspiration.

— C'est gentil mais je ne m'ennuie pas. C'est mon rapport au travail qui est à vif.

— Tu as tout donné pendant vingt ans et tu te bats contre une maladie plus que merdique alors excuse-moi mais tu as bien assez à faire comme ça, d'après moi.

— Oui, mais je voudrais me sentir utile.

— Tu prends soin de tes enfants, de toi, c'est un vrai boulot !

— Tu as raison mais je voudrais être utile pour les autres. Pour la société, si tu préfères.

— Tu te prends un peu trop la tête, si tu veux mon avis. Fais des choses à ta portée, à ton niveau. Tu ne peux plus être préparatrice en pharmacie mais tu peux aider les autres avec tes qualités encore présentes. Ton corps est bousillé, mais ta tête fonctionne toujours bien.

— Merci pour ta perspicacité.

— De rien.

Katia avale une gorgée de café. L'odeur s'évapore et sature mes narines d'un parfum corsé. Je voudrais avancer sur le sujet et demande à ma buveuse de café :

— Tu penses à quelque chose de précis ?

Un bref silence se pose avant sa réponse.

— Et bien… Tu pourrais faire du bénévolat ou aider à la création d'un projet. Tiens, ma fille par exemple, elle confectionne des bijoux avec des pierres naturelles depuis longtemps et elle a décidé de se lancer dans la création d'un site internet afin de pouvoir les vendre. Elle galère, tu sais, pas facile de s'improviser commerciale ou rédacteur web.

— Joli projet.

— Tu vois, tu pourrais faire pareil.

— Pff… Si je fais appel à mes souvenirs, le dernier bijou artisanal confectionné par mes dix doigts représente un collier en nouilles offert à ma maman à l'occasion de la fête des mères. J'étais en maternelle et je ne devais pas avoir plus de cinq ans. La créativité et moi, nous sommes des étrangers.

— Les étrangers, ça peut faire connaissance.

— Ça va être long, car on ne parle pas la même langue.

— Tu n'es pas débordée par un boulot et ton rapport au temps a changé, tu te souviens ?

— Mouais.

— Il va falloir que tu te bouges un peu sur ce coup-là, car ce n'est pas Pôle emploi qui va pouvoir te dépanner et te glisser dans une case.

Si je pose la question, je sens que je vais être gâtée par la réponse mais tant pis, je me lance.

— Et pourquoi ça ?

— Parce que tu ne rentres dans aucune case. Comme on vient de le dire, ton corps est amoché mais ta tête fonctionne bien, tu as déjà oublié ?

— Merci pour cette sordide précision.

— Oui, bon… Ce qui est important dans mon message, c'est que tu peux sûrement trouver des activités qui correspondent à tes aptitudes en prenant en compte tes limites. À toi de chercher.

— Des activités, j'en ai déjà certaines en tête.

— OK, raconte.

— Le ski, la glisse en montagne, j'en rêve encore.

— Hein ? Tu n'es pas assez abîmée comme ça ? Tu ne vas tout de même pas prendre le risque de te casser une jambe !

— Arrête de flipper.

— Tu veux demander l'avis de Natacha sur ce sujet ?

— Non merci.

— Dois-je te rappeler qu'elle nous en parle encore, de ses skis badigeonnés de mauvais sort ?

— Je sais.

— Elle qui s'est cassé le genou sur les pistes avec une paire de skis neufs et qui a eu besoin de huit mois de rééducation pour récupérer, elle te traiterait de folle !

— Je sais.

— Tu as tellement travaillé pour enfin remarcher, ce n'est pas pour tout gâcher avec une activité dangereuse et inaccessible ! Pourquoi ne pas te lancer dans quelque chose de plus raisonnable comme Gaby, un atelier cuisine par exemple ?

Raisonnable ? Je n'ai pas envie d'être raisonnable !

Je l'ai été toute ma vie. Une bonne écolière, une adolescente polie, bien élevée, une jeune femme sage, une professionnelle qui donne tout. J'en ai marre d'être une gentille fille. Je suis l'enfant capricieuse que je n'ai pas été, une ado rebelle que je n'ai pas assumée. Je me fous de ce que pense Katia, je VEUX faire du ski. Même pour une heure ou une seule descente, je suis prête à aller me ressourcer en hauts des cimes et affronter mes démons autant que mon handicap.

Ne cherchant pas à contredire Katia, je lui ai servi un bref « on verra » et un deuxième café, puis nous avons continué à échanger sur d'autres sujets jusqu'à ce qu'elle regarde sa montre et s'affole. Le temps passe toujours trop vite. Je l'embrasse sur les deux joues, avant de refermer le portail derrière elle.

Je repars vers la maison dont la peinture des volets, craquelée par le givre de l'hiver dernier, termine sa mue provoquée par la sécheresse de ce début d'été. Je balaie et ramasse régulièrement les copeaux de peinture agglutinés sur le carrelage du perron et aux abords des fenêtres, mais la situation n'évolue pas. Le propriétaire de la maison ne veut pas faire de frais cette année et il a refusé la proposition de Christophe qui, de ses mains habiles, aurait redonné du panache à la façade. On ne fait pas ce que l'on veut dans une maison qui ne nous appartient pas.

Je traîne les pieds sur les gravillons qui roulent et se froissent les uns contre les autres dans un vacarme crépitant et volage. Si je fermais les yeux, je pourrais imaginer un sable bruyant dans lequel je tracerais les lignes de mon destin et la mer décrite par Katia au loin.

La fatigue musculaire, latente, me rappelle que je me suis engagée auprès de mes enfants. Aussi, je m'apprête à méditer sous le saule, après avoir rabattu le transat à l'horizontale.

Assise sur le bord de cette couchette, j'ai à peine basculé quand j'entends soudain un moteur assourdissant retentir tout près. Je me redresse aussitôt, écoute les premiers décibels et regarde la clôture de mon voisin avec exaspération. Il a choisi le bon moment pour passer la tondeuse dans son jardin, merci pour le vacarme à l'heure de la sieste !

Bref, ce n'est pas la peine de tergiverser, me reposer dehors au calme a désormais tout d'une mauvaise blague. La haie de buissons qui me sépare de l'autre terrain est haute mais à travers un endroit moins fourni en végétation, par-delà le grillage vert en mailles, j'aperçois la silhouette du jardinier entraîner la bête mécanique furieuse. Chapeau de paille sur la tête, il dompte sa monture avec énergie et vivacité, mordant le gazon et anéantissant les pâquerettes dociles et innocentes.

Je quitte cette zone de combat assourdissante et agressive pour me réfugier dans ma chambre dans laquelle le son résonne encore, mais moins fort, avec la ferme intention de ne pas m'abandonner au silence. Ce n'est pas le voisin qui aura le dernier mot, c'est bien mal me connaître ! Afin de limiter l'envahissement, je ferme les volets, les fenêtres, tire les rideaux occultants et plonge l'endroit dans l'obscurité.

Je sors une bougie du tiroir et la pose sur ma table de nuit. Je gratte une allumette. Tout de suite, une flamme éclaire la pièce, faisant surgir des ombres malines sur le mur d'en face, personnages fantomatiques brisant ma solitude.

Je m'allonge, casque dans les oreilles et musique lancée sur 432 hertz. La voix du narrateur de Planète Zen remplace définitivement les derniers sons du jardin et me glisse dans un manteau de mansuétude.

Voilà, c'est le moment de laisser mon corps se détendre et mes muscles relâcher la pression. Je regarde la flamme de la bougie, elle reflète sa lueur sur moi comme pour me protéger, m'accompagner et éclairer ces chemins dont je ne connais pas l'issue. Autrefois, ils étaient si sombres que je ne connaissais même pas leur existence. Cette lumière douce et bienveillante nourrit mon être tout entier. Je fais le silence au fond de moi et j'écoute mon âme. Pour une grande bavarde comme moi, l'exercice est forcément difficile mais ma curiosité et ma quête d'apaisement attisent ma motivation.

Un peu sceptique au départ, j'ai vite envisagé cet exercice comme l'étude d'un cas clinique, le mien. Beaucoup d'hypothèses ont fusé dans mon cerveau intrigué par cette approche, pressé de remettre en cause toutes ces médecines douces sans fondement scientifique solide. Seulement je ne peux que constater les faits : la méditation s'avère plus efficace qu'une simple sieste et cela m'agace car je n'ai toujours pas d'explication rationnelle.

Si les contractures diminuent et les inflammations s'estompent, mes mains restent brûlantes, incapables d'être soulagées, comme un feu ardent attisé par une substance aujourd'hui non identifiée. Quel message mon corps m'envoie-t-il ? Que je dois enfiler des perles, comme me l'a conseillé Katia, c'est ça ? Je n'ai pas encore de réponse mais je trouverai bien, avec ou sans élucidation logique. Je devrais sûrement arrêter de me poser des questions et m'abandonner au moment présent.

Je ferme les yeux. J'inspire. J'expire. Je visualise.

Au sortir de cette méditation, je me sens rassérénée et saute dans ma voiture, pile à l'heure que je m'étais fixée. 16 h 30. Il fait une chaleur étouffante à l'intérieur. J'ouvre les vitres et jette mon sac à dos sur le siège passager. J'enlève le pare-soleil qui couvre le pare-brise, le plie grossièrement et le dissimule par terre, le bras tendu vers les sièges arrière.

Je descends la grand-rue qui mène au centre-ville, tourne à droite au niveau de la Halle, passe devant la gendarmerie, puis prends à gauche sur le chemin de sable. C'est un endroit sécurisé qui longe la route, protégé par des jardinières et des poteaux en acier gris jusqu'aux abords de l'école. Je ne sais pas si c'est vraiment du sable mais en tous cas cela y ressemble beaucoup. Peut-être que la mairie a souhaité donner du courage, à sa manière, aux jeunes écoliers et à leurs familles, en choisissant un revêtement qui fait penser à la plage et aux excursions de vacances en été.

Des mamans, des poussettes, des grands-parents, je croise déjà pas mal de personnes sur la dernière partie de mon trajet. Moi aussi, j'aimerais me balader au grand air plutôt que de suffoquer dans ma voiture et intoxiquer la planète avec l'émission de gaz polluants. Tiens et si…

Je passe devant le cabinet du dentiste. Le parking est vide, les stores fermés : a priori il ne consulte pas cet après-midi. Je pique donc sur la droite et m'engouffre sur le bitume cabossé. Ma voiture tangue et s'arrête trois mètres plus loin sur le côté du bâtiment clos.

Je claque la portière. Il fait toujours aussi chaud mais l'air est plus respirable que dans ma voiture et un vent tiède vient aussitôt me rafraîchir la nuque et cingler mes jambes nues sous ma jupe. La distance à parcourir me semble négociable. Je sors d'une pause conséquente et mon corps est opérationnel, j'ai donc envie de lui faire confiance et de ressembler à toutes ces mamans venues récupérer leurs enfants.

Je traverse la rue qui me sépare du chemin de sable et me fonds dans le décor, une maman de plus marchant vers les établissements scolaires. Je suis à la fois heureuse d'être là, fière de mes progrès, stressée d'échouer, admirative face à l'ironie de la vie et aux leçons qu'elle me donne.

Devant moi marche une jeune femme que je croise souvent dans la commune. Elle a quatre enfants. Pourtant elle est mince comme une jeune fille de dix-huit ans, obstinée à acheter des pantalons plus minces que minces. Est-elle connectée à un pèse-personne numérique qui ne sait que vomir des indices de masse corporelle, des pourcentages de graisse et des nombres de calories ? Je suis sûre que je ne suis pas la seule à lui envier sa silhouette et son dynamisme.

Mon regard descend sur ses chaussures. Des talons noirs, bouts pointus, d'au moins huit centimètres qu'elle porte sans chaussettes ou si fines qu'elles sont imperceptibles. Qu'il pleuve, qu'il vente, qu'il neige, tous les jours de l'année, elle marche dans les rues, un ou plusieurs enfants de sa nichée contre elle. En hiver, elle doit se geler tous les matins sur ce trajet habituel et routinier. Comment fait-elle pour ne pas se casser une cheville sur ce terrain peu propice à progresser avec équilibre et grâce, loin d'être plat et lisse comme dans un centre commercial ou une pharmacie d'officine ? Elle en fait un challenge personnel ?

« La féminité avant tout » est peut-être sa devise.

C'est ça, elle nous nargue, nous les mamans ordinaires. Elle est capable de lever et d'amener à pied et à l'heure à l'école quatre bambins lavés, nourris et habillés, et tout ça en talons, mesdames, oui, vous avez bien vu !

Elle nous bat toutes à plate couture. C'est bon, elle a gagné avec son corps de rêve taille 34 et son énergie astronomique.

Je perds de la vitesse ou plutôt, je ne tiens pas le rythme de cette maman hors norme. Je la laisse allonger la distance qui nous sépare et regarde sur ma gauche, alertée par une odeur forte de ferme ou de fumier. Une clôture en fil barbelé délimite un terrain long et large derrière laquelle une vieille maison en briques, voûtée par les années et les intempéries, tente de rester debout. À l'ombre d'un arbre tordu mais suffisamment feuillu pour créer de l'ombre, plusieurs moutons broutent un pâturage bien pauvre en herbe en cette saison. Un travail d'orfèvrerie que de dénicher le moindre morceau de végétal encore présent dans leur environnement clôturé. Ils tournent de temps en temps la tête en direction des mamans, vraisemblablement habitués à les voir passer devant leur pré. Ils n'ont pas l'air sauvages. Je les aurais bien ramenés dans mon quartier afin de remplacer la tondeuse criarde de mon voisin par ces ruminants, particulièrement silencieux dans leur travail.

Je ne connaissais pas l'existence de ces bêtes. Je ne voyais rien, au volant de ma voiture, toujours pressée d'aller déposer les enfants à l'école le matin pour rejoindre dans les meilleurs délais les routes chargés de travailleurs et d'embouteillages. Ça, c'était ma vie d'avant.

Aujourd'hui, je prends le temps d'écouter le chant des pinsons et des tourterelles, d'observer les massifs de fleurs et de buissons plantés par les employés municipaux, de sentir le parfum des rosiers grimpants sur le mur de la maison que je croise. Moi qui pensais m'ennuyer sans la pharmacie, moi qui avais fait du travail le centre du monde et du temps une quête sans fin, je profite des choses simples de la vie et regarde droit devant.

Je dépasse le portail de la maison de retraite, son entrée, les cuisines donnant sur la rue avec ses livraisons occasionnelles qui bloquent momentanément la circulation aux heures de pointe. Je longe le bâtiment et espionne la cour du coin de l'œil.

Elle est déserte, à l'exception de deux octogénaires assis face à face à l'abri d'un parasol. Ils se tiennent de part et d'autre d'une table ronde, rouillée et défraîchie, concentrés sur leur partie d'échecs malgré la température élevée. L'homme en fauteuil roulant attend scrupuleusement, les bras croisés et ne perd pas une miette des gestes de son adversaire. Ce dernier, assis sur une chaise grignotée par l'oxydation du fer, hésite à déplacer sa tour ou son cavalier.

Des rires et des cris d'enfants bourdonnent à mes oreilles, les voitures s'affolent aux abords des parkings, le policier municipal veille à la courtoisie de chacun tout en faisant traverser les familles. L'école maternelle ouvre ses portes. D'abord l'école maternelle, puis l'école primaire juste après le virage. Les petits sortent dix minutes avant les grands afin d'éviter à certains parents de courir au milieu de cette effervescence et d'accentuer le désordre. Impossible d'être à deux endroits au même moment.

Je foule le sable encore quelques mètres et touche enfin au but. J'arrive aux portes de l'école en face de laquelle une petite foule s'est agglutinée.

Les places à l'ombre des platanes sont rares et déjà prises, les parents discutent pendant que des enfants plus jeunes courent autour d'eux en jouant aux policiers et aux voleurs.

J'ai repéré Mylène qui papote avec le clan des mamans d'école, protégé des rayons du soleil. La mère de Gwen est à ses côtés, les autres, je ne les connais pas ou de vue seulement. Allez Lou, courage, le retour à la civilisation, c'est maintenant. Je combats une timidité passagère qui me noue l'estomac un instant, je ne lui laisse pas le loisir de m'accaparer plus longtemps et me jette à l'eau.

— Bonjour à toutes, dis-je en m'incrustant entre deux paires d'épaules.

— Salut Lou, me répond Mylène.

Elle avance d'un pas et me fait la bise. Les autres femmes font de même. On dirait que mon seul statut de maman suffit à me faire accepter dans leur clan.

— Bonjour, moi je suis Stella, la maman d'Iris.

— Salut, je suis la nounou de Victor et Etienne.

— Alexandra, enchantée.

— Tiens, Lou, m'accoste de nouveau Mylène, si ça te dit, j'étais en train de créer un groupe sur internet avec certaines mamans de l'école. On envisage d'aller marcher le matin, en semaine. Celle qui veut prendre un bol d'air l'exprime sur le groupe, propose une date, une heure et un lieu de rendez-vous. Ensuite, celles qui sont disponibles peuvent se manifester et la rejoindre. Qu'en penses-tu ?

— C'est une bonne idée. Je suis partante.

— Tu feras la distance que tu veux. Chacune est libre d'écourter la balade selon ses impératifs et ses capacités, tu sais.

— On n'est pas des sportives de haut niveau, loin de là ! ajoute la maman de Gwen.

— Allez, je te rajoute au groupe, déclare Mylène en pianotant sur son téléphone portable.

On dirait qu'il existe une forme de lien entre elles. Une sorte de solidarité entre personnes « qui savent ». Qui savent ce que c'est que de se lever la moitié de la nuit et d'aller au travail au petit matin avec trois heures de sommeil à son actif, qui savent que les bisous magiques sont aussi efficaces que de désinfecter une plaie au genou après une chute de vélo, qui savent qu'on ne mange pas un deuxième liégeois au chocolat en dessert mais qu'à 20 h, après une journée de boulot et un zigoto de quatre-vingt-cinq centimètres qui hurle accroché à ta jambe, tu craques.

Les exceptions sont les petits bonheurs de la vie.

18

Deux ans. Deux chaises.

Dans la salle de bain, afin de me permettre de garder mon autonomie et ma dignité, deux chaises avaient trouvé leur place, l'une dans la douche, l'autre à la sortie. Arrachées à la plénitude de la terrasse, ces chaises en plastiques avaient élu domicile dans ce nouveau logement, peut-être un peu exigu à leur goût car on y est à l'étroit, je suis bien d'accord. La praticité avait pris le pas sur l'esthétisme et le confort. Pendant deux ans, elles se sont raconté leurs histoires et leurs impressions, une fois le dos tourné et la porte close, seules dans cette petite pièce humide de quatre mètres carrés.

Aujourd'hui est un jour déchirant. Je dois les séparer et aider la vaillante de la douche à reprendre sa liberté, dehors, au grand air. Tant pis si je crée une orpheline, j'ai retrouvé assez d'indépendance pour prendre ma douche debout, sans soutien d'aucune sorte. Une douche d'adulte, activité simple et d'une grande banalité mais dont je savoure tout le plaisir ce matin.

L'eau chaude se déverse sur mon corps endormi, je laisse la chaleur m'envahir et réveiller mes articulations, mes muscles, ainsi que mon esprit encore embrumé de la nuit. La buée s'épaissit rapidement, transformant la petite cage de verre en un hammam à la température appréciable. Savonnage. Rinçage. Je tourne le robinet, sors de la douche, attrape ma serviette éponge accrochée sur une patère et m'emmaillotte dedans.

Pas de session vélo d'appartement. Pas de séance d'exercices de maintien musculaire ou d'étirement, ma place ce matin est au lit !

La DM me rappelle à l'ordre régulièrement. Est-ce à cause de mes extras d'hier ? Ma courte ascension vers l'école a-t-elle été la goutte d'eau qui fait déborder le vase ? Je sais qu'un lien existe. Lorsque je suis trop active le matin ou le soir, mes muscles se fatiguent davantage et m'imposent des pauses plus nombreuses. Pourtant, parfois je ne fais rien, rien de significatif pouvant justifier ces baisses de régime récurrentes. Je dois donc prendre mon mal en patience et aménager ma journée différemment.

J'ai arrêté d'essayer d'amadouer ce corps qui veut toujours avoir le dernier mot. Je me réconcilie petit à petit avec lui malgré nos divergences d'opinions et de priorités.

À peine levée, je me recouche. Allongée à l'horizontale, je branche mes écouteurs au téléphone, place les oreillettes dans mon conduit auditif et lance une playlist de musiques que j'adore. Je cale ensuite des coussins de différentes formes, rondes et rectangulaires, sous ma nuque, dans les creux laissés entre le drap et ma peau, sous mes épaules, mes genoux, dans la paume de mes mains. Chaque millimètre de mon organisme doit reposer sur un support plus ou moins ferme au risque d'empêcher certains muscles de pouvoir se réanimer.

Je ferme les yeux. J'inspire, j'expire. Mon corps s'enfonce dans le matelas comme un soldat de plomb tombé à l'horizontale sur le front en plein assaut militaire. J'ai envie d'abandonner les champs de bataille et de me battre aux côtés de ce corps en miettes capable de m'emmener à une soirée d'inauguration et de m'accompagner sur le chemin de l'école. Comment fait-il pour se briser et se régénérer dans la même journée ? Contient-il une sorte de batterie électrique constamment en évolution, un mécanisme qui se décharge et se recharge plusieurs fois par jour ?

À défaut de trouver le mode d'emploi idéal, je rivalise de philosophie et d'adaptabilité.

Des notes de cuivre se disputent dans mes oreilles et les octaves dégringolent à toute vitesse. Je cale mon téléphone à la verticale contre un coussin afin de ne pas ressentir son poids. Vingt minutes s'écoulent. Cela devrait suffire à me redonner un minimum d'autonomie, au moins dans les mains. J'attrape l'ordinateur, le pose sur mes cuisses et attaque.

« Cher J. »

Je lui déverse mon flot de pensées du jour et me nourris de sa plénitude. Je me surprends à sourire en lisant ou relisant les phrases inscrites sur cet écran, à pouffer de rire même. Partager mes ressentis semble me rendre heureuse.

Une fois terminé, je passe à autre chose.

Mon travail de la matinée m'a incité à relancer un projet plus ambitieux, toujours en suspens.

Je me connecte sur différents sites de départs en colonies de vacances, je compare les prix, les services, les modalités de transport. Quand je détaille les devis, je revérifie les dates de départ. Je me suis sûrement trompée. Avec le budget calculé, Alicia part au ski un mois et non une semaine, ce n'est pas possible !

J'examine les départs en famille, à quatre, en voiture... Tiens, en train ? Pourquoi pas. Après tout, les Pyrénées sont tout près à vol d'oiseau. Il est certain qu'en train, j'économiserais un sacré stock d'énergie que je pourrais déployer sur les pistes.

Horaires. Itinéraires.

Voyage aller-retour au départ de Toulouse-Matabiau jusqu'à Cauterets dans les Pyrénées, puis trajet en télécabine située à trois cent mètres de la gare routière afin de rejoindre les pistes. J'imagine le scénario dans ma tête. Tous ces mètres à parcourir à pied, à la gare, dans la rue, pour rejoindre l'hôtel ou la location, le magasin de location de matériel, l'école de ski et la zone de vente des forfaits.

Que ce soit en voiture ou en train, la donne est quasiment identique. Je vais devoir marcher, marcher, marcher. Rien que de visualiser tous ces exploits physiques, j'en ai la nausée. Je vais arriver sur les pistes complètement fracassée, avec une telle logistique à gérer en amont ! Je fais deux pistes vertes en chasse-neige et puis je rentre !

J'abandonne. Cette idée de refaire du ski à mon âge et avec une DM est complètement irrationnelle. Katia a raison, je risquerais de me casser une jambe en plus de ne pouvoir toucher la neige qu'une poignée de minutes sur des skis. La petite fille qui est en moi rit et me fait remarquer que je vadrouille déjà en fauteuil roulant, alors un peu plus ou un peu moins…

Je la chasse de mon esprit, regagne le contrôle de ma raison.

Je rebrousse chemin et décortique de nouveau les sites attachés aux Pyrénées à la recherche d'une colonie de vacances pour Alicia. Voilà, c'est bien plus pondéré d'encourager la jeunesse et de s'effacer devant les contraintes insurmontables d'une combattante à la dérive comme moi. Si ma fille chausse un jour des skis, je serai heureuse pour elle et ce sera déjà énorme de pouvoir accomplir un rêve sur deux.

Les paysages enneigés, les montagnes badigeonnées de blanc, les sommets immaculés et inaccessibles peuplent le petit écran. Ils remplissent les pages des offres de séjour et ne me laissent pas longtemps indifférente et résignée. L'odeur des sapins et le toucher de leurs épines, lisses et tranchantes ravivent mes souvenirs de liberté et de glisse. Ils se manifestent sans me demander mon avis, ressourçant et activant des plaisirs inscrits en moi, indélébiles.

Ce n'était pourtant pas si difficile quand j'étais adolescente ! Aux portes de Toulouse, on partait avec mes frères en bus, à l'aube, et on défiait la pesanteur en décollant les skis, on résistait à l'envie de couper la peuf, cette neige fraîche à notre portée juste en faisant un écart vers le hors-piste. On appuyait sur les carres à s'en faire des bleus. On vibrait sans les parents, espérant hériter d'un bon fart sur les semelles des skis loués et éviter un jour blanc ou une neige trop trafolée à notre arrivée sur le manteau neigeux.

Sans trouver de solution parfaite pour répondre à l'exaltation suscitée par la montagne et le ski, je clôture mes recherches.

Avant de reposer mes mains et mes poignets qui commencent à surchauffer, je cale un coussin sous ma nuque, puis prépare un drive alimentaire. Je valide la commande par internet, puis envoie un message au livreur, Christophe. Notre association sur ce sujet fonctionne, je suis le cerveau, il est les jambes, un duo qui fait maintenant ses preuves au quotidien. Dans ce domaine-là, en tous cas.

Au calme dans ma chambre, je me suis assoupie plusieurs fois mais je suis maintenant définitivement réveillée. Le bip de mon téléphone sonne. Je regarde ma montre puis tourne la tête vers la fenêtre grande ouverte. Une heure trente s'est écoulée, bercée par les bruits timides de la nature et le passage, plus loin, des voitures dans la rue. Des sons familiers qui m'encouragent à plonger vers un repos réparateur, veillant sur moi comme des compagnons de route.

Une notification m'informe que je fais partie d'un groupe baptisé « Les marcheuses ». Je regarde ma photo de profil. Je remarque pour la première fois ma posture voûtée, ma tête baissée, mon menton rentré dans le large col de mon pull-over. On dirait que je porte le poids du monde sur mes épaules comme si je demandais pardon d'être encore en vie, d'être malade, d'être là. Je ne m'étais pas rendu compte de la manière dont mon corps absorbe ces émotions. La photo date, il est urgent d'en changer. Faire attention à ma posture va être un nouvel aspect de ma thérapie et je commence sur-le-champ. Face à mon petit écran, je gonfle le torse, je me cambre et monte fièrement le menton.

Je lève le téléphone, me tords le poignet en tendant le bras et…

Clic ! la photo est prise.

Je permute les clichés.

Je fais défiler les contacts du groupe, jette un œil sur leurs photos de profil.

Un chat avec un chapeau de paille écrasé sur les oreilles, un paysage de plage et de mer au fond, un drapeau breton. Tiens, voilà le compte de Mylène, je reconnais son visage illuminé d'un beau sourire aux pommettes rehaussées. En dessous, d'autres têtes ne me sont pas inconnues. La maman de Gwen qui pose avec sa fille, la nounou de l'école puis d'autres visages ou familles que je ne connais pas.

Mon attention se porte sur une photo prise en plein air dont j'ignore totalement l'identité du contact. Deux jeunes garçons euphoriques et complices semblent avoir été pris en photo à la sortie d'un manège à sensations fortes. Les mains encore sur les barres de sécurité, ils semblent laisser échapper des cris ou des rires intenses de leurs grandes bouches ouvertes. Un petit bonhomme de huit ou neuf ans, à côté d'un enfant à peine plus vieux. À cause de la ressemblance, je vote pour deux frères. L'aîné essaie de capter le regard du plus jeune pendant que celui-ci contemple l'objectif avec une envie de nous faire partager son enthousiasme.

À cet instant, je tressaille.

Un frisson glacial parcourt mon échine et libère son souffle sibérien dans tout mon corps. Une onde reçue à la vitesse du son. J'ai à peine le temps de sentir le froid s'installer qu'il se dissipe déjà, laissant une sensation lourde de tristesse ou de nostalgie s'abattre sur mon âme.

Qu'est-ce qui m'arrive ? Je perds la tête ou quoi ?

J'ai la réponse à cette question mais je sens que ma raison n'est pas d'accord avec l'évidence qui surgit de mon être, alors elle préfère condamner mon instinct. Je n'ai pas peur. Je scrute les billes noires du jeune garçon.

Dénué de sens, le temps s'arrête.

Juste quelques secondes durant lesquelles je reste hypnotisée par la plénitude qui s'empare du moment, de la photo, de l'enfant lui-même. Oui, c'est ça, c'est de cet enfant, vif et heureux, que se dégage une paix infinie, balayant le chagrin comme on souffle sur une bougie et m'intimant d'écouter l'évidence. Il s'est passé quelque chose de grave, je le sais. Je ne sais pas pourquoi, je ne comprends pas d'où me viennent ces sensations mais elles sont là, je ne peux pas le nier.

Ce n'est pas la première fois que ce phénomène se produit. Je repense aussitôt au cabinet du dermatologue à Montauban, à la photo de l'enfant sur le bureau du praticien, au frissonnement, à la quiétude immense volant la place de la peine, à mon incrédulité du moment.

Les sensations étaient intenses, identiques et malgré mon esprit ouvert, je n'étais pas prête à l'évidence. Aujourd'hui, je suis plus sereine avec l'invisible. J'ai vécu tellement de choses dans mon corps, dans mon cœur, avec mon esprit que l'inconcevable s'est frayé un chemin. Les remparts de mes croyances se sont fissurés, laissant les bribes d'une autre philosophie, d'un autre univers, d'une vie plus douce tenter d'atteindre mon monde.

Impossible d'ignorer plus longtemps mon intuition. Ces deux enfants ne sont plus de ce monde, j'en suis intimement persuadée mais… avoir le fin mot de l'histoire va devenir une obsession… Il faut que je sache.

J'essaie de me reposer sans succès.

La fin des cours ne sonnera que dans quarante-cinq minutes. Parfait.

Je m'extirpe du lit, teste mes appuis et enfin, retrouve quelques sensations d'équilibre. Je ne sais jamais à l'avance si mon corps est décidé à refonctionner normalement, au moins partiellement. Plus j'essaie de trouver des similitudes entre les schémas inflammatoires, plus je me heurte à des incompréhensions et des impasses.

Les longues tirades d'explications sur la vie que je croyais maîtriser avant mon arrêt total sur image à l'hôpital sont remplacées par de nouveaux mantras simples et limpides.

Je ne peux pas ? Je ne fais pas.

Je marche. Je fonce.

Je passe par la cuisine, déverrouille la porte en bois qui donne sur le garage et l'ouvre en grand. J'appuie sur l'interrupteur. Un faible néon bafouille au plafond et m'aide à deviner plus qu'à éclairer la pièce encombrée. La fraîcheur vivifiante contraste avec la température agréable de l'extérieur.

Je descends deux marches, contourne la tondeuse, perce un chemin derrière les jeux des enfants et les trottinettes. Je ramène contre la paroi, près de la sortie sur graviers, mon vélo et son lot de poussière fourni gratuitement. J'actionne le loquet et pousse de toutes mes forces pour ouvrir la porte coulissante. Cette dernière bascule vers le haut et anéantit l'obscurité définitivement. Le soleil s'invite dans le garage et éclaire mon vieux vélo recouvert de poussière. Je tire la bête sur deux mètres, inspecte les freins, la selle, la solidité des rayons. La sonnette tinte comme une demoiselle sortie d'un long sommeil. Je tâte les pneus. À plat, sans surprise.

Gonfler un pneu ne doit pas être si compliqué. Il suffit de trouver une pompe dans ce foutu bazar organisé. J'ai compris que je ne pouvais pas compter sur Christophe, souvent débordé et animé de priorités qui ne sont plus les miennes. Nous n'avons plus vraiment les mêmes impératifs, hormis de rendre heureux nos enfants et de préserver l'unité. Aussi, j'apprends. J'apprends à me débrouiller sans lui et sans quiconque d'ailleurs. Ce ne doit pas être si difficile de regonfler des pneus fatigués.

Une rapide recherche me conduit à ramener une pompe, un morceau de chiffon et un bidon de vinaigre d'alcool. Cela devrait suffire à lui redonner un peu d'éclat. Je me lance.

Le matériel rangé, je prends mes lunettes anti-UV, mon sac à dos, ferme la maison et appuie sur les pédales. La route est relativement plate jusqu'à l'école, une légère pente terminera les derniers mètres. Je savoure ce moment. Je retrouve les sensations de mon vélo d'appartement avec un sentiment de liberté en plus. Le vent généré par la vitesse me fouette le visage. J'ai oublié de prévoir un élastique pour mes cheveux, si bien qu'ils virevoltent au gré de leurs envies et m'aveuglent furtivement. Les sons et les couleurs sont intenses, mes sens sont en éveil. Pédaler au grand air est une chance.

Je remercie la providence de m'accorder cette nouvelle audace.

Devant l'école, je retrouve Mylène, la maman de Gwen ainsi que la nounou de Victor et Etienne.

— Eh, Lou, tu es venue en vélo, génial ! me salue Mylène.

— Bonjour mesdames, dis-je en posant les pieds par terre.

— Tu peux le poser le long du local à vélos si tu veux.

— Non merci, ça va.

Une certitude que je m'écroulerai sans siège, je survivrai bien mieux les fesses sur la selle.

— Tu as vu les premiers messages du groupe de marcheuses ? demande Mylène

— Oui.

— On était en train d'en parler, on est nombreuses sur le groupe, les filles se bougent, c'est chouette !

— J'espère ne pas vous abandonner. Je ne sais même pas si j'ai une paire de baskets dans mon armoire.

— Cette idée ne sera pas un échec, on va s'y tenir les filles !

Je ne peux m'empêcher de penser à Rose et sa philosophie des échecs. Elle aurait sûrement relativisé et annoncé une issue positive, du genre : « les adultes autant que les enfants vont apprendre avec cette expérience que tout n'est pas toujours acquis dans la vie ». Ou encore : « Les imprévus arrivent et changent les convictions en adaptation et en recentrage sur l'essentiel… »

— Au fait, Chloé et Léane ont accepté de venir marcher de temps en temps, tu as vu ?

— Oui, elles ont répondu sur le groupe mais j'ai eu du mal à les identifier, je ne connais pas tous les membres et certaines photos de profil ne me donnent aucun indice sur le propriétaire du compte.

— Oui, je comprends. Demande-moi, je connais tout le monde dans cette école.

— C'est bien vrai ! acquiesce la nounou de Victor et Etienne.

Je libère mon sac à dos de mes épaules, ouvre la poche de devant et attrape mon téléphone. Je l'allume, pars à la recherche du groupe et fais circuler les contacts à l'aide de mon pouce sur l'écran. Je m'arrête sur une photo, l'agrandis et tends mon téléphone à Mylène. Celle-ci y jette un coup d'œil et ne tarde pas à s'exclamer.

— Ah ! Ce sont les frères Moreau. C'est le profil de Candice, la mère. Change l'intitulé du contact si tu veux.

J'ai besoin d'en savoir davantage car je suis aussi une scientifique qui cherche des preuves. Une question me paraît intéressante à formuler.

— OK, mais ce que je voudrais savoir, c'est dans quelles classes ils sont, ses garçons ?

Mylène se fige.

Ses voisines me dévisagent comme si j'avais prononcé une parole obscène totalement répréhensible et déplacée. Face à leurs mines déconfites je suis gênée. Même si je me doute que j'ai visé juste, il y a un truc pas net dans cette famille.

— Heu… j'ai dit quelque chose qu'il ne fallait pas ?

Les dames se reprennent, sortent de leur ponctuelle léthargie et veulent toutes s'exprimer en même temps.

— Non, non, pas de soucis.

— Rien de dramatique, enfin si ! Enfin, non, rien de dramatique dans ce que tu as dit, c'est plutôt la conjoncture qui… Enfin…

Mylène arrive au secours de la nounou.

— Lou, il est urgent que tu sortes de ta grotte, tu es vraiment à la ramasse !

Loin d'être embarrassée comme ses camarades, Mylène ancre ses pieds au sol et prend un air de professeur d'université lors d'un cours magistral. Les extrémités des doigts de sa main gauche sont collées à celles de sa main droite, formant un dôme ajouré dont la structure métallique pourrait correspondre à l'arrondi de ses phalanges.

— Je sais, ajoute-t-elle religieusement. Tu n'as pas choisi cette hibernation forcée et médicale mais soyons réalistes, quand tu bossais, on ne te voyait guère plus. Aussi, je me réjouis que la situation évolue et il est de mon devoir de t'aider à combler tes ignorances car même si tout le monde ne connaît pas la famille Moreau, tout le monde a eu écho de cette fin d'été déplorable. Tu n'es donc visiblement pas au courant mais l'année dernière, Lucas, le frère aîné de Paul a fait sa rentrée scolaire au mois d'octobre, un mois et demi après la date officielle. Il a eu un accident de voiture à la fin de l'été, avec sa famille et des soins médicaux l'ont cloué à son lit d'hôpital un moment. Une jambe cassée, deux côtes fêlées et je fais l'impasse sur le reste de ses blessures plus légères…

Mylène marque une pause.

— Je n'étais effectivement pas au courant, dis-je pour combler le blanc.

— Seulement voilà, résume mon interlocutrice, Paul, le petit frère de Lucas, n'a jamais fait sa rentrée scolaire, il a été tué dans cet accident de voiture.

Mon cœur s'arrête.

Un ange passe.

Je frotte les perles bleues de ma grand-mère, réorganisées en bracelet par Alicia.

La plénitude ressentie en découvrant pour la première fois la photo de cet enfant une heure plus tôt resurgit en moi. Elle a apporté dans son sillage un ancrage profond et solide qui s'abat sur moi comme une averse en plein mois d'août.

Il est bien. Il est en paix là où il est. C'est une évidence.

Je le savais. Je savais qu'il n'était plus de ce monde. C'est un truc de dingue ! Comment est-ce possible ? Comment expliquer un tel phénomène de manière rationnelle ? Je suis dépassée, complètement sidérée par ce qui vient de m'arriver.

Je n'ose rien dire et préfère garder ce secret pour moi seule, il serait dommage que les prémices de ma vie sociale s'envolent en éclat à cause d'une histoire liée à l'invisible et aux croyances de chacun. On va s'imaginer que je vois des fantômes et me traiter de sorcière alors que je pense être lucide. Je n'ai rien inventé, je ne connais pas ces deux frères, leurs parents non plus. Je ne risque pas d'en avoir entendu parler l'année dernière puisque je passais la plupart de mon temps dans une autre dimension, ballotée entre l'hôpital, ma rééducation et mon lit, planquée, calfeutrée, hermétique aux autres et à cette société dont j'ai l'impression d'avoir été exclue.

Pour l'instant, je vais donc faire profil bas mais je serais curieuse de pouvoir vérifier l'existence encore terrestre du fils du dermatologue de Montauban et m'assurer que je ne suis pas folle ou que je ne vois pas des coïncidences où il n'y en a pas.

— C'est vraiment une histoire horrible, dis-je en articulant à peine.

— Tu l'as dit ! renchérit Mylène.

La sonnerie retentit et nous laisse sur cette impression de vide et d'incompréhension du destin. Heureusement, les cris des enfants mêlés de leurs rires ne se font pas attendre longtemps, ils peuplent rapidement la cour et parviennent aux abords de l'école jusqu'à nous, en passant le grand portail vert. Un groupe d'élèves chante, ils fredonnent un refrain dont j'ai oublié le titre.

— Bonjour m'man, me distrait mon fils.

— Ah, voici mon écolier préféré. Ta sœur arrive ?

— Oui, elle avait sport, je l'ai croisée devant le gymnase à la récréation.

Victor et Gwen sont les prochains à venir nous rejoindre. Le volume sonore s'est décuplé et chacun parle de plus en plus fort pour se faire entendre.

Les fesses toujours sur la selle de ma bicyclette, je propose à Will de mettre son cartable sur mon porte-bagage. Il me tend sa lourde besace. Je la ligote à l'aide de deux tendeurs, immobilise les crochets sur les haubans en aluminium, vérifie sa stabilité. Elle devient un gros rôti prêt à être enfourné dans le four.

— Tu es venue jusqu'ici depuis la maison en vélo ? demande Will.

— Oui.

— Bravo, dis donc ! Je savais même pas que tu savais pédaler. Il est à qui ce vélo ?
— Ben, à moi !
— Je savais même pas que tu avais un vélo.
— Mais si, rétorque ma fille arrivée aux côtés de son frère, c'était la vieille épave pleine de poussière qui servait de terrain de jeux aux souris et aux araignées au fond du garage.
— Beurk, grimace Will.
— C'est une image un peu répugnante mais c'est assez bien résumé, dis-je à l'attention de ma fille.
— Merci, mère.
— Tu rentres à la maison en vélo ? demande Will.
— Oui, on va y aller tranquille. Je pédalerai à votre allure, ne t'inquiète pas.
— Tu es sûre que tu en est capable, mère ?
— Mais oui, arrêtez de vous formaliser, si je suis venue, je peux repartir.
— C'est chouette quand elles marchent tes jambes, m'man, du coup, tu vas PEUT-ÊTRE pas être la dernière pour une fois.

19

La Paire O

Charly est passé me prendre comme prévu à la maison. Il a salué Chris, bisouillé Alicia et croqué les fossettes de Will avant de m'emporter loin de mon quotidien répétitif et de mes repères restreints.

Tous les deux dans la voiture, nous prenons la route sous un soleil bas. Les nuages sont des grappes de raisin tombées dans un pot de peinture blanche, ils cachent la ligne des Pyrénées d'habitude identifiable à la sortie de la commune.

— J'étais aux toilettes quand tu es sorti. Tu as bien mis les jumelles dans ton coffre ?

— Quelles jumelles ? On ne va pas mater les courses de chevaux à l'hippodrome, pourquoi tu me parles de jumelles ?

J'étouffe un rire.

Sur le siège conducteur, mon frère, concentré sur la route, me regarde par intermittence, essayant de découvrir l'origine de ma bonne humeur.

— Allez, crache le morceau.

— C'est bon, ne te moque pas mais les jumelles, c'est le nom de code des béquilles.

— Tu as des noms de codes, toi, comme un agent secret en mission ? ironise mon frère.

— Ma mission pour ce soir, c'est de sortir sans fauteuil, sans béquilles et sans finir en étoile de mer sur le sol. J'ai pris l'habitude de parler des jumelles car c'est plus discret. Les gens ne se doutent pas de la signification exacte, je suis donc plus à l'aise en parlant d'elles en public. En plus, il y a beaucoup trop de termes médicaux dans ma vie depuis deux ans. J'ai envie de plus de légèreté alors j'ai rebaptisé plusieurs de mes partenaires.

— OK, les jumelles, je valide.

— Merci pour ta compréhension.

— Au fait, elles sont bien dans le coffre.

— Impec.

— Des jumelles dans ton coffre, ça pourrait inquiéter les gens ou bien faire flipper des policiers en cas de contrôle, tu sais.

— Pourquoi tu dis ça ?

— Tu imagines le tableau ? Deux molosses en uniforme te demandent si tu as quelque chose à déclarer en faisant un contrôle de routine à la sortie d'un rond-point aux portes de la frontière Espagnole. Toi, tu annonces : « Rien, sauf des jumelles dans le coffre ». Là, ils dégainent leurs flingues et toi tu flippes à mort, tu bredouilles, les mains en l'air : « C'est quoi le problème messieurs les agents ? » Tu fais quoi si l'un des deux s'écrie : « Pas de geste brusque, vous allez sortir gentiment de votre véhicule et nous laisser examiner le contenu de votre coffre histoire de vérifier si vous séquestrez deux filles à l'arrière ou si vous allez observer des oiseaux ».

Je ne sais pas si je dois rire ou m'inquiéter.

— Tu as raison, je n'aurais pas l'air malin si ça m'arrivait.

— J'espère que tu tomberas sur un duo qui aura de l'humour !

Charly lance un album des années 90 dans le lecteur CD de la voiture. Les notes de rock percent les enceintes et prennent possession de l'habitacle.

En arrivant au péage, Charly baisse sa vitre, récupère le ticket que la machine lui crache et attend que la barrière se lève. Il redémarre vite, double un camion et prend la bretelle qui nous amène à l'autoroute. Il conduit prudemment mais aime appuyer sur la pédale d'accélération lorsque c'est possible. Le virage est en pente ascendante, on a l'impression de foncer sur une piste de décollage, Toulouse en ligne de mire.

La grande Dame Rose de la région Occitanie est à la hauteur de sa réputation : étudiante, accueillante et animée. Charly manœuvre dans ses ruelles aux couleurs de terre cuite, passe à proximité d'un bar devant lequel des couples dansent autour de tables installées en terrasse, à moitié sur le trottoir, à moitié sur la route. Du rose clair à l'orange soutenu, les nuances des briques qui parent la ville se fondent dans celles du soleil couchant que j'aperçois en traversant le pont qui enjambe la Garonne.

— Je te dépose à l'entrée du restaurant. Tu n'auras pas à marcher beaucoup et FX est censé t'attendre.

— OK, c'est parfait, merci.

— Je trouve une place pour mon vieux cabriolet et je vous rejoins.

Charly allume les warnings, ralentit pour passer un nid-de-poule et arrête la voiture au milieu de la rue, juste devant un établissement qui me rappelle vaguement quelque chose. FX est au rendez-vous. Il m'ouvre la portière tel le voiturier d'un hôtel chic et cher et m'offre son autre main en guise de bienvenue.

— Bonsoir, sœurette, tu es au bon endroit, attention à la marche.

Je m'extirpe du véhicule, enjambe le caniveau et prends appui sur le bras de mon frère. Les panneaux de bois vernis autour de la porte, l'ardoise et ses indications délirantes, les deux luminaires rétros de chaque côté de l'enseigne, on dirait le départ d'une descente à la mine. Cette bouche qui mène dans les entrailles de la ville porte un nom qui réveille ma mémoire, mais je cherche encore le lien entre ces impressions et cette réalité.

FX récupère sa guitare, posée en équilibre contre la devanture. Au bras de mon frère, je pénètre dans les lieux, découvre une ambiance élégamment tamisée, accroche la décoration du regard, un mélange de noir et de bois foncé.

Lampes de mineurs sur les tables robustes, sièges capitonnés, pioches et pelles clouées au-dessus du bar au fond de la salle. Le plus original réside dans l'agencement de planches en bois de palettes qui tapissent le mur en descendant du plafond et s'arrêtent à la hauteur des clients. Collées les unes aux autres, certaines dépassent plus que leurs congénères, comme si l'ouvrier responsable de leur installation n'avait pas eu assez de matériel pour finir le mur.

Nous traversons la salle de restaurant jusqu'à une double porte vitrée peinte dans des tons verts, débouchant en contrebas sur une insoupçonnable cour aux allures de fêtes de village. Tonneaux en guise de tables, hauts tabourets, guirlandes de lumière reliant les platanes entre eux… Un petit coin de paradis au centre-ville de Toulouse.

Nous descendons trois marches en tomettes au son d'une musique de jazz susceptible de bercer ce carré de verdure jusqu'à l'hypnose. FX m'emmène m'asseoir près d'un centenaire plutôt docile mais dépourvu de toute conversation conventionnelle. Celui-ci, large et grossièrement exfolié, me sert rapidement de dossier pendant que je balaie la cour du regard, oubliant aussitôt l'hospitalité du platane sous lequel je suis installée. Plusieurs couples et amis échangent autour de tapas et de verres. Des serveurs vont et viennent dans une atmosphère légère et détendue. Le soleil est trop bas, les derniers rayons de soleil ne peuvent pénétrer dans la cour. Heureusement, les lampes des tonneaux et les guirlandes compensent déjà la baisse de clarté. La nuit s'installe doucement.

FX pose sa guitare contre l'arbre et s'assoit face à moi.

— On commande ou on attend Charly ?

— Tu as bu une bière en nous attendant, dis-je en signant d'un mouvement du menton la bière vide devant moi.

— C'est exact. J'avais une session de travail avec un copain guitariste quelques rues plus loin. Je suis sur une nouvelle mélodie. Je tâtonne un peu mais je voulais avoir son avis.

— Bien, les cordes sont des lames vibrantes toujours prêtes à t'inspirer.

— C'est ça, j'y travaille !

Ce mot résonne en moi. FX crée des morceaux, s'entraîne sur son temps libre, adore s'amuser en musique et pourtant il parle de « travail ». Pourrait-on travailler en dehors du travail ?

— Tu nous feras entendre cette ébauche de mélodie ?

— Peut-être au dessert.

FX est toujours d'accord lorsqu'il s'agit de musique et de vibrations à partager.

Charly pose son Stetson sur le tonneau et capture la dernière chaise vacante entre FX et moi.

— Vous avez commandé ?

— Non, non, ne fais pas ça ! vocifère FX.

Le chapeau de Charly a à peine le temps de se familiariser avec le bois du tonneau. FX se lève, l'empoigne et le brandit en hauteur comme pour l'éloigner d'un danger imminent. Il ajoute.

— Tu ne vois pas qu'il y a de la bière sur le comptoir !

— La serveuse ne fait pas son boulot ou quoi ? crie Charly.

— Ne deviens pas misogyne, surtout que les serveurs n'y sont pour rien : c'est moi qui ai renversé ma bouteille tout à l'heure.

—OK ! se radoucit Charly.

Il arrache son chapeau de la main d'FX pour vérifier qu'il ne présente aucun dommage apparent. Il le frotte, l'inspecte et l'enfonce sur sa tête avant de se rasseoir à mes côtés.

— Là, il ne craint rien, assure-t-il pour clôturer l'incident.

FX interpelle un serveur, lui demande de venir réparer ses bêtises et de prendre notre commande, puis revient se poser avec nous.

— Allez, on va se détendre.

— Tu te souviens de l'endroit, Lou ? questionne Charly

— Effectivement, j'ai un semblant de déjà-vu…

— Nous sommes venus lorsque l'établissement était encore en travaux, ça fait au moins deux ans, je pense. La Paire O. Tenu par des copains, Olivier et Oscar.

— Oui, ça me revient ! Il n'y avait pas encore cette terrasse en teck tout autour des arbres.

— C'est du bois composite, pas du teck.

— Bah, je n'y connais rien.

— Ils ont bien fait de garder une partie terrasse et une partie verdure, je trouve que ça mélange les genres, j'aime bien, nous expose FX, contemplatif.

— En effet, les propriétaires ont bon goût.

— Et ce rendez-vous à l'agence de voyage pour le futur départ au ski d'Alicia, tu as pu y aller ? me questionne Charly.

— Oui. J'ai pris différentes informations.

— Et bien, ne t'avise pas de faire n'importe quoi !

— Pourquoi tu dis ça ?

— Parce que lorsqu'il s'agit de ski, tu es capable d'oublier la réalité, alors pas de bêtise, hein ? C'est LE cadeau d'Alicia.

Mon visage se ferme. Je boude presque, puis donne le change à Charly.

— Mes jumelles et moi, on te remercie pour ces précisions.
— Tes jumelles ? interroge FX à voix haute.
— T'inquiète, je t'expliquerai, le rassure Charly.

Je suis plutôt bien installée. J'ai anticipé ma soirée et préservé mon capital musculaire grâce à une journée soft. Ma séance sur vélo d'appartement a été ma seule folie du samedi matin pendant que les enfants prenaient possession de leurs chambres métamorphosées en camps de survie. J'ai même accepté de déplier la tente au pied du lit d'Alicia, c'est dire à quel point je déraille depuis ma survie.

Il est clair que cette nouvelle vie me fait prendre des virages un peu abrupts, mais le navire peut tanguer, tant qu'il ne coule pas, je positive. Les enfants, eux, étaient les aventuriers les plus heureux de la jungle. Comme quoi déroger à mes principes peut faire naître des étoiles, du moins dans les yeux de mes enfants. L'après-midi, ils ont profité du jardin pendant que je testais toutes les activités à l'horizontale, sauf la plus croustillante malheureusement. Lecture, écriture à J., commande de cartouches d'imprimante, devoirs scolaires entre deux expéditions en Amazonie toulousaine.

Chris ne nous a pas envahis. Parti dès l'aube, il s'est rendu avec Ahmed à un stage de percussions du côté d'Albi, si j'ai bien compris. Les artistes, on le sait, ont pour habitude d'être toujours occupés, quelle que soit la météo, ou la nature du projet en cours.

Cette sortie tardive au restaurant avec mes frères est à mettre dans mon agenda. Mon corps étant souvent moins coopératif en fin de journée, je suis frileuse à l'idée de vagabonder le soir mais je n'ai pas su dire non à Charly. Je suis contente de redécouvrir cet endroit entre frères et sœur. De plus, je ne voulais pas rester sur le goût amer de la soirée d'inauguration du service de rééducation de l'hôpital, alors j'ai décidé de retenter ma chance.

Le dîner se déroule à merveille. Charly nous confie son indécision quant à la destination de ses futures vacances avec Adèle, FX détaille l'avancée de leurs créations artistiques et évoque son souhait de se mettre à la musculation entre deux séances de guitare. Je passe un excellent moment.

Soudain, la musique s'arrête. Elle est presque aussitôt remplacée par une musique de fête, criarde et dynamique, qui hurle dans les enceintes de la cour. Du haut des trois marches en tomettes, un petit groupe s'adresse aux clients, tous habillés en noir et blanc. Ce sont des serveurs, tête haute, qui ont constitué une chorale. Ils s'époumonnent autour d'une assiette tenue par l'un d'entre eux, qui contient un dessert nappé de chocolat sur lequel des bougies et fusées à gâteaux scintillantes ont été allumées.

— Joyeux aaanniversaire, joyeux aaaanniversaire, joyeux aaaanniversaire…

Le précieux colis porté par une jeune serveuse traverse la cour, suivi par une horde de chanteurs décidés à encadrer le convoi jusqu'à son destinataire. Sur son passage, certains clients se prennent au jeu et entonnent cet air bien connu de tous, en se demandant qui sera la personne acculée par ce cortège.

Après quelques zigzags maîtrisés, le dessert arrive sans encombre sur le tonneau du condamné, celui de mon frère Charly qui, d'un simple regard chargé de haine et de dérision, nous accuse implicitement de cette machination.

Il n'a pas d'autre choix que de souffler les bougies et de faire bonne figure face à un public aussi investi. Il doit attendre la fin de cette chanson avec impatience car même s'il a l'habitude de la scène, je suis convaincue qu'il ne raffole pas de ce genre de prestation. Dès la note finale, il se lève, remercie les serveurs, envoie un « merci » général à la cour en levant une main qu'il agite prestement et applaudit une dernière fois la troupe de chanteurs. Celle-ci se disperse à la vitesse d'une fourmilière chargée d'une nouvelle mission.

Le calme revenu, nous buvons à la santé de la star de la soirée.

— Qui est responsable de cette idée grotesque ? veut savoir Charly.

— Entre frères et sœurs, on se couvre, alors oublie, les langues ne se délieront pas, déclare FX en trinquant avec mon verre.

Son regard est évocateur, j'ai compris le message et deviens complice sur l'instant.

— C'est exact, on ne peut briser le sceau du secret sans rompre les principes de la fratrie, oublie !

Charly boit une gorgée de vin rouge. FX et moi savourons nos répliques et trinquons de nouveau. La musique de jazz revient à nos oreilles au moment où FX me glisse discrètement un clin d'œil, appuyé sur un coude.

— Excusez-moi de vous déranger, je…

Je lève les yeux. FX se tourne pour accueillir le visiteur et se lève d'un bond.

— Oh ! Marius ! Mais qu'est-ce que tu fabriques ici ?

— Bonsoir François-Xavier.

Les deux hommes partagent une franche accolade puis FX poursuit.

— Pas de ça entre nous, Marius, on n'est pas au boulot. Appelle-moi FX comme tout le monde sinon je refuse de te payer un verre à ma table !

— Je ne voudrais pas te déranger, je…

— Mais non, tu ne nous déranges pas, l'anniversaire du petit dernier de la fratrie a sonné et bien fort en plus alors c'est bon, j'ai rempli mon objectif de la soirée, je suis tout à toi.

FX a mis son bras sur les épaules de Marius et le toise amicalement.

Après un bref silence, il s'exclame.

— En plus, je suis impoli, je ne t'ai pas présenté mon frère et ma sœur.

FX rectifie sa maladresse en nous expliquant qu'il travaille avec Marius, dans la même étude notariale. Ils sont donc collègues mais, n'ayant pas eu l'occasion d'évoquer le programme de leurs soirées respectives, la surprise de se retrouver à La Paire O est totale. Marius nous confie qu'il est venu avec sa fiancée, qu'ils ont déjà dîné, mais qu'il voudrait lui aussi faire une surprise à sa dulcinée.

— Quelle genre de surprise ?

— Le genre où tu as les jambes en coton, la bouche sèche et le pouls à 180.

— Hein ? grimace FX.

— Oh !!! dis-je en sursautant.

Mes frères ont la tête de ceux qui bravent l'ignorance en continuant de patauger vers la vérité. FX se gratte le crâne pendant que Charly tente de trouver la solution à l'aide de grosses bouchées de gâteau au chocolat.

— Je sais, je sais !!!

Je tape des mains. Je suis une petite fille hystérique pressée de répondre à son professeur car la réponse lui brûle la langue à n'en plus finir. Pourtant, elle attend le feu vert de son supérieur pour formuler tout haut ce qu'elle a deviné par déduction des indices donnés.

Un signe de la part de Marius me libère de cette interminable frénésie. Ma bonne humeur explose au visage de chacun et je m'entends crier.

— Il va faire sa demande, il va faire sa demande en mariage !

— NON ! clame FX.

— Chut ! ordonne le fiancé.

Le bras toujours autour des épaules de Marius, FX tape de sa main libre sur le torse de son collègue. Ce geste affectueux est suivi d'un hochement de tête de la part d'un gars qui n'en mène pas large.

— Bonne chance ! articule Charly, la bouche pleine de chocolat.

— Bravo, mec, tu as tout mon respect.

— Elle n'a pas encore dit oui ! Et pour ça, j'ai besoin de toi, FX.

Les garçons discutent ouvertement devant Charly et moi. Marius nous expose son plan et trouve des complices en chacun de nous. Il retourne ensuite à sa table, un peu plus loin, sans que sa fiancée, partie aux toilettes depuis quelques minutes, ne se doute de quoi que ce soit.

Nous suivons le plan de Marius à la lettre.

FX attrape sa guitare, la sort de son étui et vérifie discrètement si elle est correctement accordée. Des accords étouffés essaient de donner naissance à un semblant de… rien du tout. Je ne reconnais pas la mélodie. C'est mal parti. Tout est improvisé. C'est hallucinant de voir à quel point l'humain aime se mettre en danger !

Je pique un morceau de gâteau à Charly, en priant pour que la dose de magnésium soit au maximum, afin de faire redescendre mon stress et ma paranoïa. Je joue avec les perles bleues de mon bracelet. J'ai chaud, j'ai froid, je suis surexcitée et morte de peur et pourtant, ce n'est pas moi la future mariée ! On est bêtes de s'exposer autant, si ça se trouve, on va tout faire foirer ! Pourquoi les garçons ont-ils accepté ?

Charly racle son assiette, lèche la cuillère et essuie ses moustaches. Quelle que soit l'issue de cette soirée, une chose est sûre, le gâteau était réussi !

Il cherche maintenant au fond de l'étui à guitare d'FX et en extirpe deux œufs sonores.

La musique de jazz s'arrête. Les clients, ignorant pour l'instant ce que ce signal annonce, doivent s'attendre à une autre victime piégée à cause de sa date d'anniversaire. FX se lève, Charly m'embrasse sur la joue et lui emboîte le pas, signe du pacte qui me lie à ces trois grands fous ce soir. Les premiers accords de la guitare d'FX rompent le silence et attirent les curieux, plongeant la cour dans une atmosphère intime et romantique.

Mes frères avancent doucement jusqu'à la table de nos deux tourtereaux assis sur leurs hauts tabourets, l'un en face de l'autre. Je suis aux premières loges pour ne rater aucun détail. La jeune fille ne se doute de rien, elle écoute avec plaisir les accords d'FX accompagnés en rythme par Charly. Après plusieurs mesures écoutées avec attention, Marius se lance. Sa voix rauque et chaude nous laisse tous perplexes. Il chante drôlement bien, le bougre !

Quand on a que l'Amour
À s'offrir en partage
Au jour du grand voyage
Qu'est notre grand Amour
Quand on a que l'Amour
Mon Amour, toi et moi
Pour qu'éclatent de joie
Chaque heure et chaque jour…

Marius s'applique. Après un début prudent, il prend de l'assurance, encouragé par FX. La fiancée n'est pas dupe, elle a compris que cette surprise lui était destinée et, transie d'admiration pour son amoureux, elle dévore Marius des yeux et boit chacune de ses paroles. Son émotion est sincère et m'émeut autant qu'elle me rend jalouse.

Moi aussi j'aimerais qu'un homme me regarde comme ça !

Les clients écoutent. Les serveurs ne manquent pas une miette du spectacle, pour une fois qu'ils ne sont pas obligés de donner de leur personne, ils profitent. Marius a la voix d'un vieux crooner de blues et le physique d'un jeune premier, il pourrait à l'occasion accompagner FX, Charly et Chris si le chanteur du groupe souffrait un jour d'une extinction de voix.

La chanson se termine.

FX ralenti le tempo et laisse la voix de Marius mourir sur des notes longues. Un homme en costume applaudit à la table d'à côté. Aussitôt Charly lève la main en signe de désapprobation. Le monsieur stoppe net son geste et se ravise.

FX lance un deuxième morceau. Il désarme ainsi tout autre perturbateur potentiel. Charly laisse FX interpréter seul la mélodie qui suit. La guitare acoustique a vraiment un bel effet sur la surprise de Marius.

Les choses sérieuses commencent. Si la Belle pense avoir tout vu, elle se trompe, le cadeau n'est pas encore déballé. Marius attrape une minuscule boîte dans le fond de sa poche de pantalon, un petit écrin rouge qui fait instantanément rougir sa fiancée, visiblement envahie de panique. Des larmes perlent au coin de ses yeux. Je les contemple de mon perchoir. Elles brillent et s'amoncellent comme des vagues retenues par un barrage au bord d'une cascade. Le grand saut est proche.

Couplées au halo des lampes de mineurs posées sur les tonneaux, les lumières des guirlandes sont devenues des étoiles dans la nuit, elles accentuent le pouvoir romantique de cet instant.

Je vois les lèvres de Marius bouger. Je ne peux pas l'entendre mais je devine l'essentiel. Il prend la main de sa belle et lui glisse quelques mots à l'oreille. Elle tressaille et les larmes retenues jusqu'à présent coulent en torrent sur ses joues rougies. Elle ne quitte pas son amoureux des yeux. Chaque geste, chaque parole doivent rester gravés dans sa mémoire à tout jamais.

Marius ouvre l'écrin et prononce des paroles que j'imagine chargées d'amour et de gravité. La fiancée n'en peut plus, elle ruisselle et se décompose au fur et à mesure que les secondes s'égrènent. J'espère que Marius ne lui a pas écrit de chanson pour clôturer son discours, la pauvre ne tiendra pas le choc, il faudra la réanimer avant.

Heureusement, il semble que cela ne sera pas nécessaire. La jeune fille acquiesce. Marius passe alors une bague au doigt de sa promise et lui sourit, soulagé. Celle-ci se libère enfin, se jette dans les bras de son fiancé et déclenche les applaudissements de l'assemblée. Les clients et les serveurs acclament les jeunes amants et manifestent leur joie. L'annonce d'un mariage, même pour les plus pessimistes et les plus récalcitrants, reste une secousse suffisamment forte pour unir temporairement une assemblée tout entière.

FX pose ses derniers accords dans ce décor poétique pendant que Charly est le premier à féliciter les futurs mariés.

Une fois le calme et la musique de jazz revenus, mes frères reviennent à notre table en compagnie des futurs époux, tout juste remis de leurs émotions.

— Lou, je te présente ma fiancée, Alizé.

— Mes félicitations, mademoiselle.

— Merci, répond timidement la jeune fille. C'est que j'ai été prise au dépourvue, je ne m'attendais pas à une surprise de cette taille ! Merci à toi et à tes frères d'avoir embelli la demande de Marius.

— Oh, moi je n'ai rien fait, il faut surtout remercier mes frères.

— J'ai encore les jambes en coton.

— Alors assieds-toi un moment avec nous, il ne faudrait pas que ton fiancé se culpabilise si tu faisais une chute.

— C'est gentil, merci.

Les garçons vont chercher deux tabourets supplémentaires, le sac d'Alizé et s'installent autour de notre tonneau. À peine assis, Marius accoste un serveur.

— La prochaine tournée est pour moi, servez ces messieurs-dames, je vous prie.

— Bien parlé ! clame FX en tapant dans le dos de son collègue.

L'atmosphère est désormais plus légère, chacun peut se détendre et apprécier les prémices de la nuit, une nuit un peu spéciale pour un couple nourri de promesses et d'Amour.

Je fais plus ample connaissance avec Alizé. Remise de ses émotions, elle me confie son impatience de partager cette nouvelle avec ses parents demain au téléphone, avec ses collègues lundi au travail, avec le traiteur qu'elle contactera mardi.

— Déjà !

— On a l'intention de se marier rapidement.

— Bien.

— Dans six semaines.

— Déjà !

— Tu sais, ce sera un petit mariage. Mes parents, la mère de Marius, quelques amis et le tour est joué. C'est que nous n'avons pas beaucoup de famille. J'ai compté une vingtaine de personnes seulement. Depuis toute petite, je rêve de me marier dans le jardin de mes parents, près de la fontaine en pierre où je jouais avec mon grand-père. Il s'amusait à acheter des poissons vivants, les relâchait dans l'eau pour que nous puissions les pêcher avec des cannes à coup pendant les vacances scolaires. Le soir, on s'allongeait dans des transats et on lançait des pièces de monnaie dans cette fontaine. À chaque pièce, on faisait un vœu et si on visait bien, on pouvait être certain qu'il serait vite exaucé. C'est que j'aimais énormément mon grand-père et j'ai un excellent souvenir de cette fontaine, de ce jardin, de cette maison où j'ai grandi et qui abrite aujourd'hui mes parents. Je voudrais organiser une cérémonie simple et romantique dans cet espace vert, avec une ou deux tonnelles et quelques décorations florales.

— Je vois que tu as réfléchi à la question en détails.

Je me contorsionne sur mon tabouret, fronce mes sourcils sans le vouloir.

— Tout va bien ? demande Alizé.

— Je vais avoir du mal à rester plus longtemps sur ce perchoir, dis-je les bras sur les hanches, balançant mon buste de droite à gauche à la recherche d'un improbable confort.

— Viens, descendons.

Alizé saute sur les lattes de la terrasse, marche jusqu'au bord puis s'accroupit. Avant de s'asseoir sur le rebord, elle tourne la tête vers moi.

— On se met là, ça te va ?

— Oui.

Lorsque je la rejoins, à la vitesse de la rotation de la Terre, elle a déjà retiré ses sandales et enfoui ses pieds dans l'herbe de la cour. Elle observe le ciel étoilé et la portée de ses rêves. À ses côtés, je m'installe en silence.

— Si tu savais combien de fois j'ai imaginé cette journée de mariage, énonce-t-elle.

— Tu as l'air de savoir ce que tu veux.

— Oui, je prépare ce mariage depuis mes dix ans.

— Hein ?

Elle rit.

— Un rêve de petite fille en somme ! Figure-toi qu'à dix ans, j'ai gagné un concours de circulation routière à l'école. C'est qu'on devait apporter notre vélo pour passer un test pratique et théorique. Un circuit à parcourir avec des panneaux de signalisation et un questionnaire digne d'une auto-école. Le meilleur élève a été récompensé par l'ouverture d'un compte en banque avec une petite somme dessus. Ce n'était pas grand-chose, mais pour la petite fille que j'étais, c'était le début d'un trésor. Quand le maire m'a félicitée et m'a demandé à quoi allait servir ce début de cagnotte, je lui ai répondu : « À mon mariage, bien sûr ! »

— Une vraie fleur bleue !

— C'est ça ! Je n'ai jamais cessé de mettre de l'argent dessus quand mes finances me le permettaient alors même s'il n'y a pas une grande fortune à ma disposition, j'ai bien l'intention de l'utiliser et de me faire plaisir.

— Tu n'as besoin de personne, on dirait.

— Pour le choix des fleurs, du traiteur, de la robe et du reste, je maîtrise, mais ma grande difficulté, c'est que je dois préparer les discours.

— Comment ça ?

— Tu sais, il y a l'échange des consentements, les remerciements…

— Ce n'est pas ton fort ?

— C'est même ma bête noire !

— Mais la timidité, c'est charmant le jour d'un mariage.

— Non, non, ça n'a rien à voir. C'est que je suis incapable d'écrire quoi que ce soit de cohérent ou de juste. Si je devais être payée à la faute d'orthographe, je serais riche. C'est que je n'ai pas fait de longues études comme Marius, tu sais.

— Le français n'est pas ta matière préférée, si j'ai bien compris ?

— Non.

— Le correcteur d'orthographe sur l'ordinateur, ça existe.

— Oui, mais ça ne suffit pas. L'ordinateur ne sait pas inventer de jolies phrases, il sait juste corriger les fautes.

— C'est vrai.

— Pourtant, ça fait des mois que je bosse dessus, m'avoue-t-elle, presque déçue.

— Sur quoi ?

— Sur les textes à écrire en vue de la cérémonie. Je n'en vois pas le bout. Regarde.

Alizé sort de son sac en bandoulière une liasse de feuilles blanches à carreaux repliées plusieurs fois sur elles-mêmes. Elle déplie les copies froissées, gribouillées au crayon. Je comprends alors à quel point ces papiers constituent un élément important de son projet. Moult fois, ces feuilles sont passées et repassées dans ses mains à la recherche du mot idéal, de la phrase d'accroche la plus pertinente. Il y a même un plan de table et des annotations un peu partout. Des brouillons très brouillons.

— Tiens.

— Ce n'est pas trop personnel, tu es sûre ?

— Non, non, et puisqu'on en parle, autant que j'aie ton avis.

Je parcours les feuilles de textes écrits à la main, les ratures, les rectifications, les flèches, les rajouts. L'effort est là, on sent qu'elle s'est donné du mal et pourtant…

— C'est nul, hein ?

— Non, ce n'est pas nul, il faudrait juste retravailler le texte parce que les fautes d'orthographe, certes on ne les entend pas à l'oral, mais les erreurs de syntaxe, c'est plus délicat.

— Pfff… tu vois, je suis déjà perdue, la syntaxe, c'est un truc trop savant pour moi.

Sa mine déprimée contraste avec son enthousiasme à l'annonce de son mariage. Sa tristesse me fait de la peine et sonne comme un appel à l'aide dans mon cœur de femme à la dérive.

— Je peux peut-être te donner un coup de main, il suffit de reprendre tes idées, la construction de certaines phrases, d'enlever des répétitions… C'est jouable.

— Tu crois ?

Une once d'espoir s'agrippe à ses pupilles noires qu'elle renverse dans les miennes. Je suis piégée. Elle m'a touchée.

— Je ferai de mon mieux.
— C'est ton métier ? Tu fais quoi dans la vie ?
C'est reparti pour un tour ! Merci Alizé !
Contre toute attente, je réponds sans vraiment réfléchir.
— Je suis dans la logistique et l'évènementiel.
— Ah ! s'étonne-t-elle. Et tu travailles beaucoup ?
— Oui, à plein temps.
— Dans quelle branche ?
— Je suis mère au foyer.

Alizé éclate de rire, un son joyeux et affectueux qui oblige deux ou trois clients à se retourner, victimes d'une soudaine curiosité. Retrouvant rapidement son calme, elle poursuit.

— Je t'imaginais en train de finaliser l'ouverture d'une boîte de nuit toulousaine avec, par exemple, le DJ à récupérer à l'aéroport, les contrats des hôtesses à renvoyer à l'agence d'intérim, la commande de champagne à faire contrôler par le barman….

— C'est un peu la même chose mais avec une famille et des enfants au cœur de ma logistique. Ma fille et ses copines à aller chercher à leur cours de gym, le chèque de la cantine à déposer en mairie, la commande de fournitures scolaires pour la rentrée à vérifier dès réception…

— Tu me fais rire, Lou, mais tu as raison, être mère au foyer est un travail de tous les instants et l'organisation est au centre de ton quotidien. Sans parler du français que tu révises grâce aux devoirs de tes enfants ! Je marche. C'est que tu es la mieux placée pour m'éviter de me ridiculiser en public.

— Je te remercie pour ta confiance !
— On fait comment ?
— Je prends une photo de tes premiers écrits, je les travaille sur mon ordinateur chez moi et je t'envoie une trace écrite par mail dans un jour ou deux. Qu'en penses-tu ?
— Parfait.

— En attendant, tu me racontes un peu ton histoire et ce que tu souhaites partager le jour J pour que je m'imprègne au mieux de ta personnalité.

— OK. Au fait, Lou…

— Quoi ?

— J'ai vraiment de la chance que tu ne sois pas une femme d'affaires dans l'évènementiel qui ne touche pas terre, mais plutôt une mère au foyer avec un peu de temps à me consacrer, merci !

20

Mariage

Je travaille en cette fin de matinée sur l'échange de consentements d'Alizé qui aura lieu lors de la célébration de son mariage. Je me base sur des notes prises lors de notre rencontre au restaurant et sur des photos qu'elle m'a envoyées en m'encourageant à puiser mon inspiration dans son vécu.

Je mets à la corbeille les « on a été, on a vu, on a voulu », trop de « on », trop de passé, pas assez de présent. Je gomme les « c'est que… » que l'auteur a glissés un peu partout dans ses phrases. Je supprime un anachronisme. J'invente une anaphore avec le mot Amour. J'insère des métaphores et des personnifications. J'abuse des hyperboles. Je m'amuse.

Les phrases se forment et s'articulent autour de l'Amour, du partage, de l'amitié, des valeurs essentielles pour la future mariée. À la lecture de sa première ébauche, j'ai découvert l'existence de Louis, le fils d'Alizé, sept ans. Elevé sans figure paternelle, il trouve en Marius, dont il a tout de suite été très proche, un père de substitution et un soutien loyal. Je sais que la mère attache beaucoup d'importance à cette relation parce que les répétitions sont nombreuses. Louis compte les étoiles avec son télescope, Louis aime les lézards, Louis veut devenir vétérinaire. Louis occupe la scène, d'ailleurs un peu trop sur le papier d'après Alizé, et je suis du même avis. J'aide donc Louis à trouver sa place. Il devient un trésor inestimable, une jolie crapule, un ange malicieux et grandit sous la protection d'êtres extrêmement amoureux, désireux de s'unir par les liens du mariage.

Je travaille ensuite sur les remerciements, reprends la liste des invités et les recommandations de la future mariée, trace un plan de la salle, énumère les principaux partenaires liés à la préparation de la journée de mariage, répertorie les tâches de chacun, inventorie les achats, rappelle les rendez-vous avec le coiffeur, le photographe, le traiteur… planifie la date de la location de la salle, de la vaisselle, de la tonnelle… Je m'amuse.

Alizé m'a seulement demandé de l'aider dans l'écriture des remerciements et des discours mais voir un tel brouillon concernant la logistique d'un si grand jour m'a inquiétée. Comment pourrait-elle s'y retrouver sans plan soigné et structuré ? Elle risquerait de perdre la moitié des informations, d'oublier de confirmer la gravure sur les alliances, d'omettre d'aller chercher la pièce montée deux heures avant la cérémonie, avec un tel fouillis barbouillé sur ces feuilles !

J'espère qu'elle comprendra que l'initiative a été prise sans jugement de ma part et qu'elle trouvera cette planification salutaire, sinon, au pire, elle enverra tout à la corbeille.

Documents en pièces jointes, j'envoie mon travail à Alizé par mail, comme convenu, sans m'attendre à recevoir de nouvelles d'elle avant ce soir car elle doit assumer sa journée de boulot.

Il faut croire qu'elle n'a pas pu attendre jusque-là. Je reçois déjà une réponse au mail envoyé dix minutes plus tôt.

Des points d'exclamations, beaucoup de points d'exclamations. Voilà ce qui me saute aux yeux lorsque j'ouvre sa réponse. Elle est heureuse de me lire, stupéfaite par le rendu réaliste de mes propos et très satisfaite de mon travail. Elle retrouve ses idées dans mes phrases et me remercie mille fois. Elle ne peut croire qu'une rencontre aussi fortuite puisse donner lieu à un partenariat aussi créatif et réussi. Depuis le temps qu'elle travaillait dessus sans trouver de solution pour dompter la bête noire que représente le français à ses yeux !

Ses mots me touchent. Je suis presque mal à l'aise de recevoir ses compliments. Il y a longtemps que je ne m'étais pas sentie aussi utile et reconnue pour un travail donné. Pourtant, je n'ai pas l'impression d'avoir fait des miracles, juste un tout petit quelque chose pour aider Alizé à faire de grandes choses, du moins le jour de son mariage !

Nous échangeons quelques messages de courtoisie puis je décide de changer d'interlocuteur. Par réflexe, je regarde autour de moi. Je me rappelle que Chris est au travail et les enfants à l'école. Personne ne peut se douter de ce que je fabrique. Je cherche alors SA cachette et l'affiche sur mon écran d'ordinateur.

Je me prépare une bricole à déjeuner et envisage de lui confier les grandes lignes de ce travail ainsi que mes dernières impressions. C'est plus fort que moi. Impossible de résister. J'ai besoin de me plonger dans ces lignes, tels des draps voluptueux parfaits pour se ressourcer, se libérer. Un jour, certains me jugeront peut-être. Qu'importe. Qui mieux que lui peut comprendre pour quelles raisons j'ai accepté de secourir cette femme et de collaborer avec elle ? Une envie d'aider mon prochain ? Un besoin d'exister ? De me sentir utile ?

« Cher J… »

Happée par l'exercice en cours, je perds la notion du temps. Pourtant, mon corps me parle. Mes muscles se crispent au fur et à mesure. Ils m'indiquent que je suis dans la même position depuis trop longtemps et qu'il va falloir sérieusement réagir, au risque de finir les bras en croix au milieu du salon. Même si je ne vois plus d'amélioration de mon état, je décrypte de mieux en mieux son langage, aussi, je fais la sourde oreille encore quelques minutes, puis mets un point final à ma conversation du jour.

Rassasiée et nourrie par tous ces mots, je m'allonge un moment sous le saule, les yeux grands ouverts. Le soleil darde ses rayons à travers les branches et reflète sa lumière sur les feuilles fines, nacrées et brillantes de mon grand protecteur au tronc noueux. J'observe chaque mouvement cristallin, chaque feuille bercée par une brise légère et tisse des liens invisibles avec la Nature environnante.

— Madame ?

Je sursaute.

— Oh pardon, je ne voulais pas vous faire peur, s'excuse un jeune homme coiffé d'une casquette rouge.

Je me redresse et le salue en bégayant.

— C'est … c'est PAs… c'est PAs graVE…

Je me racle la gorge. Décidément, ce week-end a été riche en surprises mais je me serais bien passée de celle-là, parfois récurrente et ô combien agaçante. Ma langue et mes cordes vocales sont hors service, beaucoup trop sollicitées au dîner avec mes frères, puis en fin de soirée en compagnie d'Alizé. Si j'ai été heureuse de profiter de ces moments partagés, ma fatigue vocale n'en demeure pas moins présente aujourd'hui. Je dois faire vœu de silence, bien que je ne sois pas très forte sur ce point. J'ai donc reporté les interactions sociales de la journée afin d'éviter de me retrouver dans ce genre de situation.

— C'est… pOUr ?

— Un colis, madame. J'ai sonné. Au portail. Personne n'a répondu mais je vous ai aperçue sous cet arbre. Je me suis permis d'entrer, je n'aurais pas dû ?

— Si.

— Ah.

Le livreur semble attendre un plus long discours de ma part. Il va être déçu. Je vais à l'essentiel et le laisse patauger dans ses justifications et ses excuses maladroites.

— Désolé. Heu… Voici un colis pour vous, madame.

Le jeune homme me tend un petit carton. Je l'attrape, regarde l'expéditeur, souris, le secoue à mon oreille comme pour détecter un bruit suspect ou caractéristique d'un son connu, le pose sur mon transat, souris bêtement au chauffeur-livreur.

Face au silence, il bredouille

— Heu… bon… Et bien au revoir, madame.

À défaut de lui lancer un chaleureux merci, je lève une main en signe de politesse. Le jeune homme s'en contente et reprends le chemin vers la rue.

Je bascule le transat en position assise.

Impatiente, je vandalise le carton. L'emballage est solide, le scotch est tenace, moi aussi. J'en extirpe une poche un peu chiffonnée par le voyage. À l'intérieur, un petit sac à main. Coton et lin. Couleur sable. Bandoulière en cuir marron. J'ouvre la fermeture éclair et glisse ma main dans cette jolie pochette. Dedans, un bracelet de perles allant du parme au mauve soutenu et un mot.

« Ma Belle,
Je suis à Madrid. J'ai flashé sur une boutique dont le nom m'a inspirée. « Maria y Louisa », un signe, non ? Le bracelet a des vertus d'après la vendeuse, tout droit sortie d'une roulotte, prête à me livrer mon avenir. Moi, je l'ai juste trouvé agréable à regarder avec toutes ces nuances de violet, ça sent bon l'été. J'ai hésité avec un velours côtelé pour le sac, mais finalement j'ai choisi un peu plus sobre tout en restant élégant et pratique. Tu pourras en même temps profiter de tes mains libres et avoir ton

téléphone ou tes clefs à disposition. Il est temps que tu retrouves ta féminité.
Je t'embrasse.
Natacha.
PS : Brûle ton sac à dos bleu miteux, sinon je m'en charge à ma prochaine visite. »

Mon cœur se remplit de gratitude et de joie.

Je passe le bijou à mon poignet, fais rouler les perles, observe leurs reflets dans la lumière du jour. Il se cale directement contre le bracelet de perles bleu marine de ma grand-mère, confectionné par Alicia. Ces deux-là font rapidement connaissance. Ils ont intérêt à s'entendre car ils sont voués à faire un bon bout de chemin ensemble.

J'attrape mon téléphone portable. Je voudrais joindre mon amie, lui parler de vive voix, lui dire combien ses cadeaux me font plaisir seulement voilà, aujourd'hui, je suis sœur Louise-Marie du couvent des Bénédictines qui a fait vœu de silence. Je peste en sourdine.

Je me contente d'envoyer un message écrit. Je lui précise que je l'appellerai dès que possible, demain ou après-demain.

Motivée par les compliments d'Alizé sur notre travail effectué en collaboration, je repense à la fille de Katia, occupée à lancer son entreprise de création de bijoux sur le net. Et si je pouvais me rendre utile ? Serait-elle heureuse d'avoir de l'aide dans le lancement de son canevas professionnel ? J'écris à mon ancienne collègue sur-le-champ et constate que la chance est avec moi. Elle est en ligne.

— Bonjour Katia, comment vas-tu ?

— Très bien. J'ai testé mon chariot ce week-end. Tu sais, celui pour la plage au camping…

— Oui, je me souviens. Alors ?

— Il est top ! On est allés pique-niquer avec ma fille et mon petit-fils, hier, le chariot plein à craquer. Il est solide et me facilite la vie. Je suis contente de mon achat. Et toi, ça va ?

— Oui, oui. Justement, je pensais à toi et à ta fille. Comment elle s'en sort ?

— Au sujet de son site de vente de bijoux, tu veux dire ?

— Oui.

— Pas aussi bien qu'elle se l'était imaginé, pourquoi ?

— Disons que je pourrais peut-être l'aider…

— Oh, ce serait génial !!!!!! m'écrit Katia avec assez de points d'exclamation pour remplir la moitié du petit écran.

Je palpe son allégresse et lui demande les coordonnées de sa fille.

— Line sera ravie, je vais la prévenir.

— Mais au fait, tu ne peux pas l'aider, toi ? Tu es préparatrice en pharmacie comme moi après tout !

— Si, si, j'ai essayé plusieurs fois, tu penses !

— Et ?

— C'est ma fille, tu te doutes bien qu'accepter les remarques piquantes de sa mère n'est pas simple. On finissait par se prendre la tête et se disputer alors on a arrêté de parler de son site internet, c'est mieux pour nous deux.

— OK.

— Je révise plutôt mon italien avec elle, ça nous fait beaucoup rire et je préfère ces rapports mère-fille.

— Je comprends.

— Je te laisse donc ma place avec plaisir. Je suis sûre que Line et toi vous allez vous entendre à merveille.

Je quitte Katia, envoie un message à Line et me demande si je serai à la hauteur de ce nouveau challenge. Après tout, je ne suis qu'une commerciale un peu rouillée sans aucune expérience de rédactrice sur le web. Ma motivation suffira-t-elle ? Pourrai-je identifier quelques clefs susceptibles de valoriser son travail ?

Je ne vais pas tarder à le savoir. Line me propose de nous retrouver dans un café au centre-ville mercredi vers 10 h. Elle habite à une vingtaine de minutes de chez moi mais insiste pour se rendre dans mon secteur. Je ne la contredis pas.

La musique parvient à mes oreilles dès que j'ouvre la portière de la voiture. Je voulais prendre le vélo, mais mes jambes en ont décidé autrement, alors, comme tous les jours dans cette nouvelle vie, je m'adapte. Je marche vers mon rendez-vous. Le son se fait plus clair, une guitare, une batterie, un chanteur. Le ciel, chargé de nuages, hésite à nous dévoiler le soleil, un jeu de cache-cache commencé ce matin dès l'aube et qui n'en finit plus.

Je m'autorise un bain de foule, coupe par le marché, passe devant la marchande d'olives, salue les maraîchers, le fromager, croise le policier municipal qui fait traverser les enfants devant l'école primaire.

Des tables et des chaises jonchent le devant du café, face à la halle. Attablés, les badauds fument une cigarette ou boivent un café en écoutant un homme à la guitare chanter des chansons françaises. Pas de batterie. À ses côtés, une platine module le son des percussions. La technologie vient au secours d'un artiste solo.

Line m'attend devant une tasse de café fumant à l'intérieur. Elle a choisi une table près de la vitre avec vue sur la terrasse peuplée d'habitants sur fond de marché animé.

J'ai rencontré Line plusieurs fois, nous ne sommes pas des inconnues. Katia nous a conviées, Gabrielle, Natacha et moi à certains évènements marquants de sa vie. La réussite de son baccalauréat, de son permis de conduire, la naissance de son fils. Je l'ai aussi croisée lors de l'annonce officielle du départ en retraite de sa mère et à l'occasion, à la pharmacie, lorsqu'elle avait un besoin de médicaments urgents. Nous échangeons deux bises, évoquons le temps clément et chaud de la saison, le futur voyage en Italie de sa mère, le prix et le goût des excellentes fraises qu'elle a dégustées quelques minutes plus tôt sur l'étalage d'un producteur local.

Je commande un thé à la menthe pendant qu'elle sort son ordinateur portable de sa housse et l'installe entre nous deux sur la table du bistrot. Elle dépose ensuite une boîte contenant des échantillons de sa collection de bijoux en ligne.

— Bon, rentrons dans le vif du sujet, tu n'es pas là pour perdre ton temps et moi non plus. J'avais peur pour le bruit et la luminosité sur la terrasse, c'est pour ça que je me suis posée dans la salle du café.

— Tu as bien fait. Dehors, on n'aurait jamais pu travailler sur ton ordi alors que d'ici, on entend la musique et les gens sans en ressentir les inconvénients.

Line pianote sur son clavier, s'oriente rapidement et me présente son site internet. Elle me parle des difficultés qu'elle rencontre, du budget trop élevé lié à l'embauche d'un webdesigner.

— Je peux prendre la main ?
— Oui, bien sûr. Familiarise-toi avec mon travail.

Je fais défiler les différents onglets du site, les rubriques et leur contenu. Je lis entre les lignes, décortique les pages, passe en revue les photos des bijoux, m'arrête sur la page de garde, survole l'historique de la société.

— J'ai choisi une formule abordable, mais certains aspects sont à ma charge comme la prise des photos, l'écriture des articles, la mise en page...
— OK.
— Du coup, ça ne va pas, je trouve ça...
— Fade.

Le mot est sorti tout seul, sans filtre. D'habitude plutôt bien élevée, je me suis trop longtemps contrainte à être sage et disciplinée aux yeux de tous, à dire ce que l'on souhaite entendre, à faire ce que l'on attend de moi. Isoler mes ressentis et enfouir ma spontanéité était un travail jugé nécessaire dans mon ancienne vie, aujourd'hui, me reconnecter avec ma véritable nature est une autre étape de ma reconstruction. Arrêter de tricher, avec moi, avec les autres, sans me soucier de ce que pourrait penser ou dire untel est assez difficile à assumer mais je sens l'urgence en moi de révéler qui je deviens, qui je suis au risque de me perdre à jamais.

— C'est exact.

— Désolée, c'est un peu abrupt, je ne prends pas vraiment de gants en te disant ceci de but en blanc.

— Non, non, ne t'excuse pas. Si j'ai accepté de te voir, c'est que j'ai besoin d'avoir un regard franc et des remarques constructives. Mes amis me lancent des fleurs, ma famille m'épargne et, quand ma mère ose critiquer mon travail, je dégoupille. Mon activité stagne alors j'aimerais un vrai coup de pouce.

— OK.

— Quelles sont tes premières constatations ?

Je m'empare d'un collier élégant en argent, un pendentif en demi-lune sur une chaîne fine et délicate. De minuscules pierres colonisent la lune pour lui donner un effet brillant.

— D'abord, tu as de jolies pièces. Elles sont plutôt sobres et épurées donc je trouve dommage que tu ne les mettes pas assez en avant sur ton site. On dirait que tu n'oses pas, que tu caches toutes les qualités de tes créations par pudeur ou par manque de confiance, peut-être.

— Quand je fais des salons ou des marchés, je n'ai pas ce problème, je parle aux gens, ils voient, touchent, essaient le bijou et ça suffit à déclencher des ventes. Alors qu'une boutique en ligne, c'est comme une terre inféconde. Pourquoi c'est plus dur ?

— Parce que le client n'a pas de contact direct avec toi ou le produit. Alors tu dois le faire rêver, lui donner envie de toucher et porter tes œuvres. Tu dois lui donner envie de te contacter pour avoir des renseignements, par exemple.

— OK.

— Les photos, la visibilité du produit, l'éclairage, les textes, c'est ton seul lien avec les internautes : tu dois sublimer tes créations. Par exemple, je rajouterais de la couleur pour trancher avec le côté minimaliste des bijoux. Des foulards, des fleurs, des éléments naturels qui rappellent ta personnalité et ton choix de matériaux écoresponsables, le bois, les pierres.

— Je note.

— Ensuite, on peut retravailler les textes. Tes descriptions sont pauvres, elles doivent au contraire rendre hommage à ton talent et sublimer l'objet. J'ai aussi noté une faute d'orthographe dans ta présentation et je pense que tu ne mets pas assez l'accent sur le côté unique de tes bijoux, la possibilité de personnaliser certaines pièces. As-tu des photos de ton atelier ?

— Non mais c'est tout petit, tu sais.

— Qu'importe ! Les grandes marques ne peuvent pas rivaliser avec le charme des artisans. Fais un atout de cet espace de création. Voir tes outils, ton plan de travail te rend plus accessible, plus authentique.

— C'est noté. On peut commencer maintenant ? Tu as un peu de temps devant toi ?

— Ce matin je dispose de deux heures. On peut prévoir deux ou trois rendez-vous chez toi, surtout pour les photos et en attendant je bosserai de chez moi sur les textes. Je t'enverrai des ébauches par mail, on pourra communiquer au fur et à mesure suivant tes observations.

— C'est génial, merci beaucoup.

— Je n'ai encore rien fait, ne t'enflamme pas !

— Avoir une nouvelle approche et me bousculer un peu, dans la bienveillance en plus, c'est exactement ce dont j'avais besoin.

— Alors parle-moi de ta passion pour les bijoux et de tes créations, il me faut du contenu si je veux donner du panache à ton travail.

Je rentre chez moi la tête pleine d'idées à exploiter.

Le début d'après-midi se compose de repos et de l'incrustation de mon corps entre les minuscules mailles du tissu élastique de mon transat. Fatiguée, frileuse, j'ai remonté un plaid sur mes jambes et mon ventre, les nuages ont gagné la partie de cache-cache débutée au lever du jour.

Après un repos suffisant, je troque ma séance de vélo d'appartement contre mon vélo de ville et brave mon destin. Avant de me rendre à la sortie de l'école, je pédale jusqu'à la médiathèque.

Je salue la dame derrière son bureau, un livre à la main, l'autre sur la souris de l'ordinateur. Un café fume près d'une pile de BD juste à côté d'un pot débordant de stylos. Je me dépêche, autant qu'il est possible avec une DM qui réclame la guerre et l'occupation. Résister est dans mes gènes. Je rends les ouvrages lus, en emprunte deux nouveaux et file, droit devant, sur ma bicyclette bleue.

21

Vernissage

Nous sommes attendues au vernissage vers 16 h.

Je ne voulais manquer cet évènement sous aucun prétexte. Lorsque Christophe m'a proposé d'emmener les enfants à un festival de bandas aux portes du Gers avec Ahmed après le déjeuner, je ne me suis pas fait prier. Au son des fanfares et des concerts, ils vont sillonner les rues au cœur du village et découvrir un incroyable rassemblement d'amateurs de cuivres et de percussions.

Pendant ce temps, l'art s'annonce à ma portée.

Gabrielle a insisté pour venir me chercher à la maison en voiture. Le ciel est voilé mais les températures sont hautes, rien de tel pour apprécier une sortie avec les filles. Nous partons rejoindre Katia.

À moins de devoir s'arrêter d'urgence au bord d'un champ.

— C'est quoi cette odeur ?

— …

— Gaby, arrête de faire semblant, c'est quoi cette irrésistible odeur ?

— Des mini-fondants chocolat-noisette ont peut-être malencontreusement atterri sur la plage arrière de ma voiture. C'est un coup des écureuils, aucun doute. J'avais garé ma voiture sous les chênes et le coffre ouvert, les branches courbées et souples à leur portée, ils ont dû prendre ma voiture pour une planque idéale. Tu sais les noisettes, les réserves, tout ça…

— Prends-moi pour une cruche !

Gaby ricane.

— Tu ne croyais quand même pas que j'allais me pointer au vernissage les mains vides, c'est bientôt l'heure de goûter, non ?

— Pfff…

— Je me suis arrêtée chez ma mère pour déjeuner et comme j'avais encore un peu de temps avant de venir te récupérer, j'ai fait un peu de pâtisserie chez elle.

— Tu es une incorrigible gourmande… et une excellente pâtissière. Merci Gaby, tes fondants sont à tomber, on va se régaler.

— Tu n'en sais rien. C'est une nouvelle recette. J'ai voulu essayer les noisettes à la place des noix de pécan, changer le croquant et ajouter une pointe de caramel.

— T'inquiète pas. On va s'adapter.

— Heureusement qu'on n'a pas deux heures de voiture, il est certain que mon stock aurait subi des pertes avant l'arrivée ! Les écureuils peuvent toujours se gratter s'ils pensent revoir leur marchandise un jour.

— C'est clair.

— À propos de résister, je te trouve assez coquette. Un peu de maquillage, une tenue féminine, un sac à main, ça fait du bien de te voir sortir de ta niche.

— Merci.

— À part tes cheveux tout ternes.

— Ah, je me disais aussi… Trop de compliments d'un coup, c'était louche.

— Tu comptes draguer et résister à l'envie de tromper ton mari ? On pourrait faire des rencontres au vernissage, qui sait !

Je m'empourpre, j'ai soudain du mal à déglutir et cette fois, ça n'a aucun rapport avec mes muscles. Je fixe la route comme un automate, compte en urgence les bandes blanches imprimées sur la chaussée. Une… deux… trois…

Gabrielle devine mon trouble et réagit.

— Je rigole, c'était une blague bien sûr !

Je lui offre un pathétique sourire d'imposteur.

— Ce n'était pas drôle !

— Allez, prends pas la mouche !

Katia nous attend à la porte d'entrée. Gabrielle, son plat couvert d'aluminium en main, fait diversion pour éviter à d'autres gourmandes de craquer.

— C'est quoi, ça ?

— Un travail en poterie.

— N'importe quoi !

— On est bien dans le thème de l'art, n'est-ce pas ?

— Elle nous mène en bateau, se méfie Katia.

— On rentre ou vous testez votre résistance à la canicule ?

— On rentre.

— On commence par le goûter ? propose Katia.

— Non, la contredit Gaby. Nourrissez d'abord vos âmes, éblouissez vos cerveaux de ces œuvres uniques.

— Bien madame !

Nous entrons dans la bâtisse. Le calme est de rigueur, une fois n'est pas coutume. Dans le hall, des portraits sous cadre, des photos prises par surprise soulignent les traits des artistes. Un visage masculin, rond, aux joues rouges gorgées d'espièglerie. Deux figures féminines, mordant l'objectif d'une intelligence rusée, amies ou sœurs, qui sait ?

Nous empruntons un petit corridor, passons dans la pièce principale, dont les murs blancs mettent en valeur les premiers travaux des trois peintres, sculpteurs et bricoleurs à leurs heures perdues. Chacun sait que les artistes aiment s'initier à différentes disciplines et agissent plus instinctivement que le commun des mortels.

— J'adore ces dessins à la craie. Qui a fait celui-ci ? questionne Katia.

— Regarde, le nom de l'artiste est inscrit en minuscule, lui montre Gabrielle, l'index levé.

— Moi, je préfère ces mélanges de rouge, orange et marron, symbole de l'automne. Jolie technique.

— Le pochoir.

— Ah ! s'étonne Katia.

Nous progressons dans la pièce, épluchons les œuvres une à une, nous arrêtons sur les plus marquantes, contemplons les plus extravagantes, éludons les dessins primitifs sans intérêt.

— C'est un collage, ici ?

— Oui, sur le thème de la mer.

— La baleine, elle est en papier toilette ?

— Mais non Katia, t'es bête ou quoi, ce sont des serviettes en papier ! rectifie Gaby.

— Sympa, les poissons avec des bouchons de bouteille, les artistes sont doués !

— L'inspiration est là, tu ne nous as pas menti, dis-je à mon chauffeur d'un jour.

Katia lorgne sur un dessin aux formes géométriques complexes. Par-dessus, des couleurs criardes traversent de part en part la feuille de l'artiste. Je me rapproche et examine le choix de ma voisine, perplexe moi aussi.

Après une minute de réflexion, Katia se tourne vers Gabrielle.

— Que recherchait l'artiste à travers cette composition ?

— Le chaos, je crois.

— Ah !

— Bon, maintenant que nous avons admiré toutes ces œuvres plus loufoques les unes que les autres, on va goûter. Moi, l'art, ça m'ouvre l'appétit.

— Toi, Gaby, tu as toujours faim.

— C'est parce que je connais le dessert.

— Raconte.

— Fondant au chocolat, croustillant de noisettes et zeste de caramel.

— PAUSE GOÛTER ! hurle Katia.

On s'installe autour de la grande table. Gabrielle va chercher des verres, des boissons et revient aussi avec un couteau, prête à changer d'activité. Elle arrache la feuille d'aluminium de son plat posé entre des galets décorés de paillettes et des pots à crayons en pots de yaourts vides. Elle dévoile son œuvre culinaire. Un futur succès. On connaît l'artiste.

Gabrielle coupe des parts pendant que je taquine la responsable de la galerie d'art.

— Tu ne peux pas te contenter de gommettes et de crayons de couleurs comme toutes les assistantes maternelles ?

— C'est bien mal connaître le niveau d'imagination de notre Gabrielle, rétorque Katia.

Elle penche la chaise sur laquelle elle est assise et offre une accolade à sa voisine.

— Merci les filles, cela me fait super plaisir de vous avoir pour mon premier vernissage.

— Âge des artistes ?

— Deux ans, deux ans et demi et dix-huit mois.

— Les activités manuelles sont vraiment ton atout gagnant en tant que nounou, Gaby. Les enfants sont au paradis, ici !

— Merci Katia.

Depuis qu'elle a effectué sa reconversion professionnelle pour devenir assistante maternelle agréée, Gabrielle peut effectivement enfin donner libre cours à son imagination. Le travail de ces petites mains sur les murs et sur la console à l'entrée du corridor atteste de toute l'énergie déployée dans ces pratiques artistiques. Sur un coin de la table, des empreintes de pieds en pâte à sel sèchent sur une grande plaque de four en métal.

Notre chef d'atelier, spécialisée dorénavant chez les tout-petits, nous implore désormais de ne RIEN jeter et de régulièrement participer à une collecte de bouchons en plastique, de capsules de bière, de pommes de pins ou de glands en vue de prochains modèles de création. « Tout est réutilisable, on peut forcément donner une nouvelle vie à ces objets » reste son argument principal.

Nos profitons d'être chez Gabrielle pour lui poser toutes sortes de questions sur son quotidien avec les enfants. Elle nous parle de ses pensionnaires, de ses sorties en groupe, de la nouvelle poussette triple dans laquelle elle vient d'investir.

— Si tu m'avais prévenue plus tôt, je t'aurais amené mon chariot de camping. Je suis convaincue qu'il peut contenir tes trois bambins tout en tenant trois fois moins de place que ton engin de chantier garé sur le seuil de ta porte d'entrée.

— Ce ne sont pas des chiens qu'on entasse dans un panier !

— Oh, ça va, ils ne sont pas en sucre. On a été élevées sans ceinture de sécurité dans les transports, souviens-toi !

Les bons moments passent toujours trop vite, il va bientôt falloir rentrer. Gabrielle ressert les plus gourmandes pour gagner du temps. Malgré mes réticences, elle coupe plusieurs parts, englouties en quelques minutes par la pâtissière et ses plus grandes fans.

— Tu ne finis pas, Lou ?

— Je cale.

Dois-je rentrer dans les détails et expliquer que la première part est encore bloquée dans les méandres d'une digestion ralentie et que les coulées successives de jus de pomme n'ont pas fait de vrais miracles ?

J'ai évité la fausse route, c'est déjà ça.

— Bon et bien moi, je me dévoue, on ne va pas gâcher un si bon gâteau.

Gaby est une talentueuse magicienne. Le morceau disparaît aussitôt.

— Ah, au fait, Lou, j'allais oublier.

Katia fouille dans son sac à main et en extirpe un paquet emballé avec soin, de gros rubans de tissu en guise de nœud et de liens. Elle me le tend, en m'annonçant que le présent est de la part de sa fille.

— Qu'est-ce que c'est ?

— Une sorte de paie pour travail rendu.

— Mais il n'a jamais été question que je sois rémunérée !

— Je sais… Partager ton savoir et le mettre au service des autres, ça te va plutôt bien.

Je tire sur les rubans. Je tente d'arracher le papier d'emballage sans le moindre début de réussite. D'ailleurs, ce n'est pas un papier ordinaire. Au toucher, je comprends qu'il s'agit d'une pièce de tissu, une chute utilisée lors de nos séances photos. Mes doigts se crispent sous la douleur, incapables de dénouer ces liens si correctement ficelés.

Gabrielle vient à mon secours. Je suis l'un des enfants qu'elle garde, un être en apprentissage voué à faire confiance aux adultes. Je remercie les filles de ne faire aucun commentaire. Gaby dénoue le textile et libère une boîte en carton. Je reconnais le logo de l'atelier de Line en écriture cursive sur fond blanc épuré, un simple pissenlit couleur rosée, soufflé par le vent, des boules de soie éparpillées en parachutes miniatures autour de son pédoncule. À l'intérieur, un mot, et l'une de ses œuvres, protégée par un sachet de tissu noué d'une fine cordelette.

*« Je me suis dit qu'il ferait un
bel ensemble avec les deux autres
déjà à ton poignet.
Merci »*

Je fais coulisser le bijou le long des phalanges de ma main jusqu'à mon poignet et observe les perles se déplacer en un massage subtil. Vertes, pâles et opaques, elles heurtent leurs nouvelles camarades enfilées sur mes deux autres bracelets en un léger cliquetis, agréable à l'oreille.

Ce son m'apaise.

— On dirait des grosses gouttes d'eau congelées, prélevées dans la mer des Caraïbes, formule Gaby.

— Il te va bien.

— Tu remercieras ta fille, Katia, mais de toute façon, je lui passerai un coup de fil.

— On ne va pas finir cet après-midi sur un atelier d'enfilage de perles, j'espère !

Gabrielle semble victime d'une overdose d'activités manuelles pour la journée.

— C'est Lou qui en aurait besoin, intervient Katia.

— Pourquoi ?

— C'est une vraie détente, la créativité ! En tout cas, tu as bien travaillé, ma fille est contente du résultat. Elle a comptabilisé vingt pour cent de commandes en plus depuis les ajustements du site.

— Génial ! clame Gaby.

J'ai beaucoup réfléchi à la place du travail dans ma vie ces dernières semaines, à la manière dont ce concept est envisagé dans la société et dans mon cercle familial. Désormais je remets en question les croyances limitantes auxquelles j'ai associé cette notion.

Ma vision du métier idéal s'est beaucoup étiolée au fil des mois. J'aurais dû revoir ma copie il y a longtemps car une carrière ne rend pas forcément heureux. Gagner beaucoup d'argent n'est plus une priorité, je voudrais gagner des années de vie auprès des miens à la place. L'argent n'a pas pu acheter ma santé ou alors je n'ai pas assez investi en elle. Je me suis plantée quelque part, c'est sûr.

Pourtant, ressasser le passé ne m'aidera pas à avancer, craindre des complications et un cancer dans le futur non plus. Je vais donc optimiser chaque journée et me réjouir d'être ici, concentrer mon énergie et mon attention sur les petits bonheurs de la vie cachés dans des choses simples et accessibles à une cabossée comme moi.

Quand je pense que ma quête du bonheur passait forcément par la quête d'une réussite professionnelle… Que c'est loin tout ça ! Mes challenges professionnels se sont évanouis avec ma foutue fonte musculaire.

En fait je me définissais essentiellement par le travail. Cette valeur avait pris toute la place dans ma vie au détriment de ma famille, de ma liberté et de mon épanouissement personnel. Il est temps de redéfinir mes valeurs, celles qui seront alignées avec qui je suis vraiment. Cette croyance m'a aidée à me donner à fond dans mes études pour réussir à trouver un métier intéressant me permettant de payer mes factures. Elle m'a fait croire en mes capacités et m'a permis de repousser mes limites.

Aujourd'hui cette croyance est devenue limitante. Elle m'empêche d'avancer.

Je ne peux plus laisser la valeur du travail coller à la valeur de la réussite ou du bonheur. Elle ne doit plus contrôler ma vie, sinon je me perds dans une culpabilité déchirée. Mon esprit et mon corps sont en conflit. La culpabilité de ne plus travailler avec acharnement affronte la culpabilité de ne plus être à l'écoute de mon corps. Je dois me remettre en question concernant ce rapport au travail car mon organisme me lâche, il ne veut plus être mené par le bout du nez sans avoir son mot à dire.

Il a déjà parlé et je n'ai pas écouté. Mon genou. Méniscectomie partielle. Première opération. Il voulait que je m'arrête, épuisé par cette vie qui manquait de sens, éloignée de mes valeurs profondes. Mon genou. Deuxième opération. Je n'ai pas voulu écouter. Encore. Je n'ai pas su entendre le message de mon corps qui m'intimait de stopper cette vie de fou à cent à l'heure. J'étais déconnectée de lui et de mon cœur depuis si longtemps que je n'ai pas vu les signes, que j'ai ignoré les alertes.

Mon corps est une magnifique machine capable de m'emmener aussi loin que je le souhaite, à condition d'en prendre soin. Je sais aujourd'hui que cela passe par une écoute de soi, libre à moi de convaincre ma raison qu'un nouvel équilibre doit naître de cette épreuve de santé. Ma raison a eu l'exclusivité depuis si longtemps que j'en avais oublié d'écouter les battements de mon cœur et les crissements de mes pieds dans la terre. Je ne peux pas avancer sans ce corps essentiel à chaque être vivant. Me couper de lui et de mes émotions a fini par bloquer cette machine incroyable.

Mes blessures et mes faiblesses que j'évitais soigneusement suintaient à vif à l'intérieur. En libérant tous mes démons, en accueillant toute cette souffrance enfouie, j'ai pu panser mes plaies et consoler la petite fille en moi blessée depuis si longtemps. Reconnaître mes faiblesses et accepter mes qualités, c'est enfin me sentir complète, entière. Je me recentre sur l'essentiel et je construis un monde qui me ressemble davantage. C'est difficile de s'affranchir du regard des autres, celui de ses parents, de ses proches mais aussi de la société. Tous, dans une sorte de bienveillance, nous conseillent et nous imposent sans le vouloir leurs propres idées.

Jamais mes collègues n'ont cessé de revenir vers moi, malgré l'éloignement. Je vais d'ailleurs devoir redéfinir notre relation car ce ne sont plus mes collègues, ce sont mes amies. Chacune prend des nouvelles à sa manière, un sms, un coup de fil, une visite impromptue. Ce soutien est précieux même si la perspective de voguer de nouveau à leurs côtés s'est évanouie avec le temps. De toute façon, Natacha a changé de port, Katia entame sa retraite et Gabrielle est devenue assistante maternelle alors finalement, comme moi, elle se sont tournées vers un autre destin. Le plus important est que cette équipe de choc nourrie au chocolat et à l'amitié perdure par-delà les murs de la pharmacie.

Les choses changent. Moi aussi.

Maintenant j'y vois plus clair. Finalement, même sans mon « travail » de préparatrice en pharmacie, je travaille toujours. Plus que jamais d'ailleurs ! Je travaille sur des textes de mariage, je travaille sur un site en ligne, je travaille sur ma guérison. Je travaille afin de remarcher sans aide, je travaille à préserver mes enfants et leur innocence, je travaille à garder mes amies malgré ce décrochage total, je travaille à comprendre pourquoi la dermatopolymyosite s'est emparée de moi, je travaille à ne pas m'effondrer, à ne pas renoncer, à reconstruire mon corps et ma vie avec cette donne que je n'ai pas choisie. Je travaille à rester autonome.

J'accepte de mieux en mieux mon quotidien mais j'ai encore besoin de lâcher prise, de valider ma vie d'avant comme une étape dans la continuité d'autre chose, d'être en paix avec le passé et la nostalgie qu'elle génère en moi.

La logistique et l'évènementiel, à plein temps, voilà mon nouveau métier. Assumer ma vie de mère à domicile n'est pourtant pas une évidence. J'ai l'impression d'être plus que ça même si je ne sais pas vraiment de quoi je parle. Une chose est sûre, je ne veux plus être dans le mensonge. Revenir à mes vieilles habitudes pour faire plaisir aux gens ne me tente pas. J'ai commencé un nouveau chemin que je ne veux pas rebrousser, un chemin vers moi. J'ai passé la moitié de mon temps à faire plaisir aux gens et l'autre partie à ne pas déplaire aux autres. Et moi, quand ai-je pris le temps d'apprendre à me plaire, à me regarder dans le miroir ? Dans l'une de mes lectures, un sage disait : « On a deux choix dans la vie, être heureux ou avoir raison ».

Je ne veux plus avoir raison.

— Les filles, j'ai fait assez d'heures supplémentaires avec vous deux, on s'arrache.

Gabrielle me ramène à la réalité. Face à moi, elle picore les miettes de gâteau au chocolat, le plat sous le bras, puis se lève sans interrompre son geste. Par politesse, je lui demande :

— Tu as encore faim ?

— Non, j'évite que le reste des ingrédients ne fonde sur le trajet retour, vous avez vu cette chaleur !

— Tu vas finir par avoir une allergie avec tout ce chocolat, ça suffit, la gronde Katia.

— Pfff, pas grave, je connais un bon dermato.

Ce commentaire traité comme prioritaire par mon cerveau ne me laisse pas indifférente. Impossible de nier les connexions mises en place par mes cellules neuronales. Je dois savoir, c'est le moment.

— Gaby, tu parles bien du spécialiste que tu m'as conseillé sur Montauban, celui qui a découvert ma maladie ?

— Oui, c'est un pro.

— Je confirme, mais dis-moi, es-tu au courant de sa vie privée ? Est-ce qu'il a des enfants, par exemple ?

— Il en a eu, c'est certain. Ne me questionne pas davantage sur ce sujet car je ne sais pas grand-chose, je sais juste qu'il a perdu un fils.

22

Danser ensemble

Nous sommes tous les quatre dans la voiture de Christophe, un spacieux Trafic de six places. Le temps est orageux. Plus nous nous rapprochons de notre lieu de rendez-vous, plus les nuages gris tirent sur le noir. Un semblant de déjà-vu. Le temps se pare d'inquiétudes menaçantes, chargé d'électricité et d'humidité pas encore palpable. Pour l'instant, il fait chaud, lourd, mais vu les chaleurs écrasantes de ces derniers jours, je redoute des averses violentes et insidieuses. Elles frappent régulièrement le Sud-Ouest lorsque le ciel fricote avec les excès : charges positives, charges négatives, les cumulonimbus aiment être capricieux.

Christophe sillonne les rues du centre-ville à la recherche d'un stationnement vacant.

— Je vais me garer au plus près, tu as ta carte ?
— Oui.

Il se gare avec habileté sur une place réservée aux personnes handicapées, si large qu'aucun obstacle n'empêche la réussite de son créneau. Je me suis d'ailleurs réconciliée avec cette manœuvre il y a peu, grâce à de multiples essais concluants.

Nous marchons bientôt tous les six aux abords des commerçants, Chris, Will, Alicia, moi et les jumelles. Il y a du monde. Nous nous engouffrons sous les arcades qui contournent la place centrale, contournons les tables et les chaises des cafés peuplés de touristes et d'habitués, évitons d'écraser un chien de justesse, blotti aux pieds de son maître.

Je reconnais la devanture des cafés, le salon de thé, l'agence de publicité, le climat convivial de ce lieu chargé d'architecture et d'histoire. Au fond, le magasin du père d'Ahmed. Des femmes sont assises autour d'une petite table, des enfants sont accroupis par terre. Un peu plus loin, deux hommes discutent devant la vitrine. À la vue de son ami, Christophe accélère le pas, les enfants le suivent, les jumelles et moi les regardons s'éloigner avec philosophie.

Rien ne sert de courir…

De loin, j'observe les hommes se faire la bise, les enfants saluer Ahmed et ce dernier leur présenter plusieurs personnes autour de lui. Lorsqu'enfin j'arrive à leur niveau, j'ai droit au même accueil chaleureux qu'il y a deux ans. Je rentre dans l'épicerie, suivie du reste de la famille. Rien n'a bougé. Il règne ici la même atmosphère que dans mes souvenirs, un mélange de contes de mille et une nuits bercé par une musique cuivrée et des odeurs d'épices. La boutique contient un nombre incalculable d'objets hétéroclites et de marchandises en tout genre, des plus rudimentaires, tels que de la farine ou du riz, aux plus étranges, comme ces lampes magiques d'Aladin serties d'or et d'un alliage turquoise, habitées d'un génie capable de réaliser des vœux.

Un souk marocain au cœur d'une ville médiévale française.

Fidèle au poste derrière son comptoir, le papa d'Ahmed confectionne des sachets de cacahuètes grillées caramélisées autour desquels il enroule des attaches en fil de fer rouge. Lorsqu'il reconnaît Christophe, il stoppe son travail et vient à notre rencontre. Il embrasse chacun d'entre nous et nous souhaite la bienvenue dans son magasin.

Sur le comptoir, il s'empare d'un sachet de gourmandises et le donne à Alicia.

— Tenez les enfants, allez partager avec les neveux d'Ahmed. Ils sont dehors et jouent aux billes devant l'épicerie.

Puis, se tournant vers nous, il ajoute.

— Moi aussi, je vais prendre l'air. Je dois récupérer des cartons de marchandises dans la fourgonnette, vous m'accompagnez, messieurs ?

— Certainement papa. On y va.

Les hommes s'éloignent.

Seule dans la boutique, je laisse mes yeux vagabonder et découvrir les milliers d'articles présents à ma portée. Mon regard harponne une pile de livres posés près de la caisse enregistreuse. Je suis sûre d'avoir déjà vu cet ouvrage ailleurs... Dans un endroit familier... Il y a peu... La médiathèque ! Mais oui ! Ce livre fait partie de la sélection du concours de lecture Lire-Élire organisé chaque année par la Communauté de communes. J'hallucine ! Quelle est la probabilité de retrouver l'un des livres sélectionnés sur cet étalage, dans cette boutique aux antipodes d'une librairie, à trente kilomètres de chez moi ?

C'est assez bizarre, je le reconnais, mais pas totalement impossible. Du coup, je me sens concernée par cet ouvrage et ce qu'il peut contenir. Mon instinct scientifique réclame une ouverture d'esprit plus grande, mais mon Dieu qu'il est difficile de lui offrir cette opportunité ! L'univers aime me jouer des tours, il n'est peut-être pas sur mon chemin par hasard. Si je me sens intriguée, je n'en demeure pas moins habitée de doutes. Ces deux sentiments s'affrontent. Lequel des deux aura le dernier mot, je ne sais pas.

Je passe derrière le comptoir, cale les jumelles dans un coin, m'assois sur le haut tabouret fatigué et attrape un exemplaire.

Je passe rapidement sur la couverture et tourne l'ouvrage dans le but de lire la quatrième de couverture.

« L'auteur est tout aussi à l'aise en conférence, en séance de coaching ou d'écriture. Sa plume et sa bonne humeur mettent en valeur son discours riche en anecdotes de vie, en voyages et expériences atypiques, en réflexion sur notre place dans le monde. Avec bienveillance, il nous emmène sur les chemins de l'invisible afin d'appréhender le monde d'aujourd'hui et se connaître davantage soi-même. Cet épicurien spécialiste des relations humaines est un précieux atout dans notre quête du bien-être et du mieux-être. À lire absolument. »

Curiosité 1 - Scepticisme 0.

J'ouvre le livre au hasard, commence ma lecture au début d'un paragraphe... L'auteur parle de la nécessité de nourrir les différents domaines de la vie pour une vie équilibrée selon le modèle d'Hudson. Domaine familial, personnel, professionnel, social, du couple. Il permet de mesurer l'investissement et l'énergie que nous mettons dans chacun d'entre eux. On peut ainsi prendre conscience des domaines les plus pauvres dans lesquels on souhaite s'investir davantage, identifiés grâce à cet exercice simple et concret. Un schéma illustre cette théorie à l'aide de vases plus ou moins remplis.

Dans ma tête, je fais rapidement le calcul. Comment s'organisent mes priorités ? Le constat est évident, il existe un net décalage entre mes ambitions et la réalité, c'est loin d'être l'équilibre parfait, dans cette vie et dans ma vie d'avant. Poursuivre la lecture, m'aidera-t-il à avancer sur le sujet ?

Curiosité 2 - Scepticisme 0.

Je change de chapitre. Je mange cent pages d'un coup et ouvre le manuscrit à un autre endroit...

L'auteur insiste sur le pouvoir de la créativité. Il incite ses lecteurs à passer à l'action, à se connecter à leur enfant intérieur, à dépasser leurs peurs, le regard des autres, les croyances limitantes et leur zone de confort afin de trouver leur place, en accord avec leurs valeurs et leurs aspirations.

Je n'ai pas besoin de beaucoup réfléchir, le constat de mon absence d'implication dans le domaine de la créativité est irréfutable. Mon vase est totalement vide. J'ai arrangé et tenté de sublimer les discours du mariage d'Alizé, j'ai aidé Line, créatrice de bijoux, pour une meilleure visibilité de son site internet mais je suis réaliste. Ce ne sont pas mes créations, j'ai juste donné un coup de pouce à leurs réalisations, je n'en suis pas l'auteur. Une réflexion que j'ai déjà eue s'ensuit : je suis nulle en dessin, la mode m'indiffère, je chante comme une casserole, je ne joue d'aucun instrument de musique. Bref c'est mal parti.

Pourtant, je m'interroge. Est-ce qu'au lieu de savoir-faire, je ne devrais pas plutôt m'interroger sur le vouloir-faire ? C'est bien ce dont parle l'auteur, connecter l'âme à la matière. Alors j'interroge mes envies, mes rêves, mes soifs, mes caprices, mes mains qui brûlent...

Ça y est, je sais !

Curiosité 3 - Scepticisme 0.

Après un tel KO, il ne me reste qu'une seule chose à faire, ou plutôt deux : lire ce bouquin et parler à Christophe.

Je récupère les jumelles, sors de l'épicerie, marche jusqu'à la limite de l'esplanade désertée par les passants. Toujours protégée, j'observe. Dehors, le temps a redoublé de menace. Des éclairs ramifiés déchirent le ciel gris en lignes rouges, furtives. Un vent chaud se lève et n'augure rien de bon. À l'abri sous les arcades, les femmes causent à table, les enfants jouent aux billes et se font passer de main en main le sachet de sucreries donné par le papa d'Ahmed. Sur ma gauche, les hommes arrivent, naviguent entre les passants, les bras chargés de caisses et de provisions a priori pesantes. Ils passent devant moi, visages tendus par un effort collectif et entrent vite dans la boutique afin d'y déposer leur lourde cargaison.

Des gouttes de pluie font leur apparition sur le bitume noir de l'esplanade. Des auréoles blanchâtres réparties délicatement au sol disparaissent rapidement au profit d'une pluie épaisse et généreuse, rendant l'esplanade ivre d'eau et de clapotis sonores. Je m'approche, envoûtée par cette atmosphère à la fois funeste et apaisante. Un tapis opaque de gris s'empare de la voûte céleste et tient désormais à bonne distance la clarté du jour, retranchée derrière cette barrière naturelle.

À son retour, j'aborde Christophe.

— Tu crois que tu pourrais m'apprendre à faire des ricochets dans la grande flaque qui s'est formée là-bas, sous la pluie ?

— Hein ?

— Tu as bien entendu, je voudrais occuper mes mains à faire quelque chose de constructif, comme apprendre une nouvelle discipline.

— Toi ? se moque presque Chris. Tu ne sais ni manier le fouet dans la cuisine, ni le râteau dans le jardin et tu envisages un truc manuel aussi délicat ?

— Il n'y a pas d'âge pour apprendre.

— Elle a raison, intervient Ahmed, tu es le mieux placé pour l'initier.

— On verra mais pour l'instant, il n'y a pas assez de surface d'eau pour travailler.

— Alors en attendant, viens jouer avec moi.

Ahmed tire Christophe par le bras. Les deux amis s'éclipsent.

Une minute plus tard, dans mon dos, des coups sont portés. Contre la vitrine du magasin, deux hommes accroupis sont concentrés sur la construction d'une chorégraphie aérienne à l'aide de leurs mains. Ahmed et Chris tapent en rythme sur deux darboukas décorés de mosaïque, placés entre leurs cuisses.

Le livre que j'ai feuilleté parle d'envies et d'actions, tout comme beaucoup d'ouvrages que j'ai achevés, dubitative. La musique des percussions résonne déjà contre les parois des arcades, elle réveille en moi des souvenirs d'enfance en Normandie, des précipitations en toutes saisons, un temps humide et venteux surtout aux abords du littoral. Je retrouve ici cette saveur, avec ce petit plus que représentent les températures clémentes, la terre du Nord de mon enfance stimulée par la chaleur du Sud-Ouest de la France.

Sans prévenir personne, je pose mes béquilles et avance à pas lents sous la pluie. Elle me baptise et bénit mon être en rentrant en contact avec ma peau. Je me livre à l'Univers et à Dame Nature, hostile et chaotique. Je ne me cache plus sous un parapluie ou un abri. Je communique avec l'invisible qui me cajole de sa chaleur grâce au soleil caché, qui m'enlève cette enveloppe de mensonges grâce au vent allié, qui me lave de tous mes maux grâce à l'eau de pluie, une bonne douche pour faire fuir les mauvaises pensées et mon besoin de contrôle, qui ont tendance à coller à la peau. Une glue dont il est difficile de se débarrasser.

La Nature et ses éléments puissants libèrent les esprits étriqués. En communion avec ces éléments, je ne me sens plus seule. Il suffit d'ouvrir une fenêtre, de pousser une porte et la Nature est là, toujours à ma portée, afin de guérir mon âme et purifier mon esprit. Elle a toujours été là, prête à me ressourcer, à nettoyer ce mental qui gamberge trop, à relativiser les tracas, à libérer les tensions et pourtant je ne voyais rien. Elle ne coûte rien, ne demande rien en échange de sa force et de son inspiration partagée.

Merci à cette Mère qui donne sans compter et sans recherche de gratitude.

Ma fille m'agrippe les mains et me sort de ma transe. Je lui rends son sourire et nous voilà en train de danser sous la pluie, heureuses et spontanées, dans une ronde de douceur partagée, Dans une autre vie, j'aurais stressé, menacé, vociféré. Rhume ou pneumonie, alerte sur les risques sanitaires encourus, cris à profusion. Aujourd'hui, je relativise, je me dis que si je suis encore en vie avec tout ce que j'ai vécu, ce n'est pas une simple pluie qui va m'éradiquer de la planète Terre.

Boum, boum, boum !

Les notes de musique, couplées au son de la pluie font tourner la roue du temps à l'envers. Les années régressent dans ma mémoire et je me retrouve sur la terrasse de la maison familiale, en Normandie, face à la forêt luxuriante, dégoulinante d'eau et de souvenirs.

Ma fille et moi sommes deux petites filles joyeuses et insouciantes, dansant sur cette terre nourrie de nos rires et de nos rêves.

C'est bon d'avoir dix ans.

23

Thalasso

Ma valise sur roulettes et les jumelles près de moi, j'attends le taxi dans la rue. Assise sur le rebord du muret de la clôture, je profite de la chaleur du soleil irradiant ma peau et de la beauté du cerisier japonais abandonnant des milliers de fleurs roses dans mon jardin et sur le trottoir adjacent. Les pieds sur ce lit végétal, j'admire la délicatesse des boutons floraux, la dentelle de ses feuilles caduques, le contraste de couleur entre le rose fuchsia des étamines au centre et le rose pâle des pétales.

Mon regard de petite fille y verrait des centaines de barbes à papa accrochées aux branches noueuses d'un arbre capable de régaler toute l'école. À la floraison, elles recouvrent complètement la ramure, mais cet ornement ne reste jamais très longtemps aussi épais. En quelques semaines, fleurs et pétales surprennent les passants et jonchent le sol, tels des flocons de neige roses.

La rue est calme. Mon téléphone vibre dans la poche de mon sac en bandoulière. Je l'attrape, allume l'écran, plisse les yeux. Impossible de lire quoi que ce soit au soleil, la luminosité est trop forte. Je me décale dans l'ombre du cerisier et découvre le message de Natacha.

— Salut ma Belle, quoi de neuf ?

Je pianote.

— Je suis dehors avec ma valise, je piste mon chauffeur.

— OK. Prête ?

— Oui. Thalasso, j'arrive !

— Pfff ! Tu es bête. Rendez-vous à quelle heure ?

— Le personnel m'attend vers 14 h. Chambre seule au cinquième étage avec vue, le top !

— Une vraie VIP !

— Exactement ! Pas de repas à faire, pas d'enfants à gérer, tu appuies sur un bouton, le service de chambre apparaît dans la seconde…

— Grand luxe, quoi !

Un bruit de moteur m'oblige à lever la tête. Quelques mètres derrière le cerisier, une grosse berline fait son apparition, ralentit le long de la chaussée, s'arrête à mon niveau puis coupe le moteur.

— Je dois y aller, Natacha.

— On se voit la semaine prochaine comme convenu, OK ?

— Oui, tu me donneras tes horaires d'avion.

— Ne t'embête pas pour ça, je prendrai un taxi. Bisous.

— On verra. Bises.

Thomas, le chauffeur du VSL me salue, prend mes bagages et m'aide à m'installer sur la banquette arrière. Sa voiture sent un mélange de cuir et d'aftershave mentholé, l'odeur de celui qui prend soin de lui et de son outil de travail.

— Il est vraiment magnifique cet arbre ! s'extasie Thomas.

— Vous parlez sans doute du cerisier du Japon ?

— Oui. Il ferait sensation dans mon jardin mais j'ai bien assez de mètres carrés à entretenir. Ma prochaine maison aura moins de terrain, je vous le garantis ! Avec le printemps, la végétation a doublé de volume, mais je n'ai malheureusement pas le temps de jouer les jardiniers et de m'adonner à mon nouveau hobby.

— Ah ! De quoi s'agit-il ?

— Je vous avais dit que mon fils prenait soin de moi et de ma santé ?

— Oui.

— Et bien, figurez-vous qu'avec mon problème de genou et mes années qui défilent, il m'a conseillé de reprendre le sport. C'est vrai que je me suis beaucoup plongé dans le boulot ces derniers temps, m'oubliant sans doute un peu trop. Ce n'est pas à vous que je vais vanter les atouts d'un corps en bonne santé, n'est-ce pas ?

— C'est clair.

— À mon âge, fini les cols en danseuse sur un VTT, j'ai donc investi dans un vélo électrique. Je suis comme un gosse dessus, vous devriez me voir !

Thomas est de bonne compagnie. Il a toujours une histoire à raconter, une anecdote à dérouler, une réflexion à partager. Changer les idées des clients qui vont bientôt découvrir le monde hospitalier est une forme de thérapie de prévention. Oublier le stress et l'anticipation de la douleur est primordial pendant le trajet et mon chauffeur est un partenaire de choix dans cette quête.

Notre arrivée à Toulouse s'accompagne d'une circulation dense et de véhicules imprévisibles. Doubler sur la ligne droite, freiner brusquement, se rabattre sans clignotant, ces manœuvres inattendues font partie du lot quotidien d'une grande ville que Thomas sait gérer avec philosophie.

Il m'accompagne jusqu'aux services du cinquième étage, me laisse aux bons soins de Noëlle à l'accueil et repart presque aussitôt, me lançant « Bon courage ! Noëlle m'appellera pour le retour » sans stopper sa marche, avant de disparaître.

Inscription et signatures effectuées, je prends mes marques dans la chambre 507. Je suis dans une chambre différente à chaque hospitalisation et j'ai pu tester les avantages et les inconvénients de chacune. Au milieu du service, près de l'accueil, du repaire des infirmières et des réserves, par exemple, l'activité est dense. Les patients effectuent entrées et sorties, les médecins se coordonnent avec Noëlle, les personnels soignants vont et viennent dans un ballet incessant. Les bruits de chariots, les conversations, les alarmes déclenchées dans les chambres des patients passent à travers les portes des chambres aux alentours. Je préfère largement le bout du couloir, comme aujourd'hui, c'est pour moi le meilleur scénario : dans cette zone, le calme règne en maître.

Premier élément à vérifier : la présence de la salle de bain.

Bingo ! Pas de douche au bout du couloir dans les parties communes cette fois-ci, le confort ultime.

Les jumelles dans un coin, la valise sur mon lit, je vide une partie du contenu et organise mon espace dans ces chambres que je connais dans les moindres détails. Mon premier séjour m'a incitée à revoir mes essentiels. Une rallonge de téléphone, un livre d'au moins trois cents pages, du chocolat – noir de préférence –, mes chaussons, mon parfum, seul artifice féminin synonyme de dignité et un couteau Opinel complètent aujourd'hui mes effets personnels. Il faut dire qu'éplucher une pomme ou découper une orange avec un couteau sans dents à peine capable de couper une tranche de jambon me privait d'une partie de mes desserts. À défaut de pouvoir changer le menu, je viens avec mon matériel.

À force de faire, défaire, refaire mon baluchon tous les mois, j'ai aboli la liste des affaires à ne pas oublier. Je pourrais remplir ma valise les yeux bandés et me chronométrer, je suis certaine que mon score s'améliorerait à chaque fois. Un seul objet nouveau accompagne mon voyage aujourd'hui : la trousse de toilette confectionnée et offerte par Mylène.

En plus d'être une maman d'école dévouée qui me donne un sacré coup de main dans la logistique des enfants, cette femme est une couturière hors pair. Discrète, elle n'est pas du genre à se mettre en avant ou à exposer ses talents, si bien que j'ignorais qu'elle avait cette corde à son arc. Son travail est soigné, précis. Coudre est pour elle instinctif d'après ce que je peux observer. Des pièces de tissu unies alternent avec des imprimés fantaisie, des étoiles blanches sur fond mauve donnant une touche moderne à l'ensemble. Lorsqu'elle m'a précisé qu'il s'agissait de son œuvre, je l'ai à peine crue, ébahie par les finitions pointilleuses et le rendu impeccable de l'accessoire. Ses performances en couture sont incontestables. Elle m'a promis de me montrer d'autres pièces à mon retour d'hospitalisation, des shorts, robes et tenues d'été, toute une collection unique et privée.

Côté créativité, Mylène semble avoir trouvé son art.

Je dépose ma serviette et ma trousse de toilette dans la petite salle de bain, un peu vétuste mais propre, blanche, impersonnelle.

Installée sur le lit médicalisé, le bal du personnel soignant commence. Aides-soignants, infirmières, médecins, étudiants, internes, tous se succèdent dans une routine rassurante.

— Bonjour madame Chevalier.

— Oh ! Bonjour Nora. C'est vous qui êtes responsable de ma chambre cet après-midi ?

— Tout à fait, vous êtes sur ma tournée. Comment allez-vous depuis votre dernière visite ?

— Bien, dans l'ensemble. Je dois juste constamment adapter mon quotidien.

— Les habitudes sont des mauvaises herbes qu'il faut souvent arracher si on veut garder son jardin sain, disait ma grand-mère d'Afrique.
— Elle a bien raison.
— Au fait, il y aura une surprise demain.
— Hein ? Quelle surprise ?
— Chut !

Nora met un index devant ses lèvres et me regarde, grande et imposante, ses cheveux coiffés en dizaines de tresses africaines. Elle a peut-être caché son secret dans le bandeau qui maintient son épaisse chevelure. Je n'en saurai pas plus. Elle passe devant la fenêtre, contrôle mes constantes. Je ne bouge pas et observe sa peau ébène se parer d'or au contact des rayons du soleil envahissant la pièce de ce côté du lit.

— J'ai eu l'accord des médecins suite à votre prise de sang qui est correcte, je vais poser le gripper et ensuite on débute les injections.
— OK.
— Je vais chercher le matériel.

Ce système installé sous ma peau, au-dessus du sein droit me facilite grandement la vie. Les infirmières branchent un gripper dessus et je suis tranquille pour plusieurs jours. Traitements et prélèvements passent par cette voie centrale qui libère mon bras, autrefois voué à rester tendu pour accueillir un cathéter douloureux et invasif. S'habiller, se doucher, manger, sans plier le bras, restreindre tout mouvement, quelle galère !

Au bout d'un an et demi, à force de prises de sang et de poses de cathéter répétées, mes veines n'étaient plus accessibles ou se fissuraient au contact de la moindre aiguille. Entre l'angoisse et la douleur, les infirmières se succédaient dès 8 h du matin sans trouver une veine conciliante, au point que l'intervention de l'anesthésiste du bloc opératoire situé au sous-sol de l'établissement était souvent le dernier recours en fin de matinée.

Lorsque l'anesthésiste a fini, lui aussi, par abdiquer face à mon capital veineux abîmé, j'ai évoqué une solution possible, la pose d'une chambre implantable sous ma peau, à demeure. Le corps médical m'a alors avoué ne pas avoir osé me proposer une solution aussi définitive. Je les ai encouragés à ma manière : venir tous les mois à l'hôpital, je m'en suis fait une raison mais souffrir, je crois que je ne m'y ferai jamais. Quand je repense à cette période, je ne regrette pas ma demande d'intervention en ambulatoire. Ce passage au bloc m'a permis d'obtenir un confort de soins bien meilleur.

À son retour, Nora organise mes soins en stérile, met une charlotte, des gants, un tablier vert en tissu, un masque... Poser un gripper nécessite de la rigueur et une asepsie totale.

Débutent alors les allers et venues du personnel soignant, toutes les demi-heures. Vérification des constantes, évaluation de mon état de santé, augmentation progressive du débit de la machine... Je m'enfonce petit à petit dans ce brouillard sans fin, me recroqueville dans ma bulle, accepte les migraines, contiens les nausées, attends la fin de ce voyage dans les catacombes.

Le soir, tard, très tard dans la nuit, après avoir retrouvé le chemin des vivants, je fais le point sur mes messages du jour, un morceau de chocolat noir dans la main. Aucun scrupule, j'ai retrouvé mon poids habituel.

Sept messages ! Un record.

Si dans les premiers mois, les messages de ma famille, de mes collègues, étaient nombreux, ils se sont étiolés au fil du temps. Les gens ont repris leurs habitudes. Leur monde ne peut pas tourner éternellement autour de moi, j'en suis consciente. Sans rancœur à leur égard, j'ai compris que ce combat ne concernait que moi. Après tout, chacun doit affronter ses propres démons. Au vingt-cinquième séjour hospitalier, j'ai arrêté de compter. Pourtant, parfois, lorsque ma mère ressent quelque lassitude dans ma voix la veille d'un nouveau séjour à l'hôpital, elle redouble d'attention et incarne la Tour de contrôle de la famille. Elle ne me dit rien, mais je la soupçonne d'être à l'origine d'un déploiement téléphonique conséquent auprès des liens du sang des différentes tribus car le jour suivant, je reçois comme par magie un nombre exponentiel de messages de soutien.

— *Hello cousine. J'espère que ça roule au mieux de ton côté. Je te fais plein de bisous. Carles.*

— *Coucou. Bon courage pour ton séjour. Envoie-moi un beau coucher de soleil. Des poutous de ton cousin Valentin.*

— *Sœurette, tu t'accroches, on pense à toi. FX et Charly en concert ce soir sur Albi.*

— *Je vais à la salle d'escalade mercredi avec Milo et les enfants, on bravera un sommet à ta santé ! Je t'embrasse. Solène.*

— *On s'est fait un thé bien chaud en pensant à toi. Donne des nouvelles quand tu pourras. Papa et maman.*

— *La Team est avec toi. À très vite. Gaby.*

— *Toujours pas d'infirmier dans ton service ? Natacha.*

Mes mains ne me laissent pas beaucoup d'autonomie, j'opte donc pour un message collectif, dicté à l'oral par le micro du téléphone.

Merci, vos messages me font plaisir. Retour vendredi après séjour Thalasso. Pas de repas à préparer, pas de maison à nettoyer, pas de gosses à gérer. Télévision et bouquinage non-stop (ou presque !), sieste à volonté et bip pour un service en chambre sur mesure, bref, je visualise le meilleur.

Le lendemain matin, le professeur m'envoie un nouveau chauffeur. Peu bavard, il me conduit en fauteuil à la médecine du sport, service dans lequel je dois être reçue vers 9 h 00. Le docteur, toujours aussi sportive et musclée, m'accueille chaleureusement.

— J'ai lu votre dernier compte-rendu conjointement avec votre kinésithérapeute. Il dit que vous avez multiplié les sorties et affronté le vélo sur de vraies routes en goudron.

— Oui, il y a eu tellement de premières fois ce mois-ci que j'ai du mal à réaliser. J'ai fait plus de choses en un mois qu'en deux ans réunis dans votre service.

— Disons que vous mesurez enfin les impacts de vos efforts.

— C'est encourageant même si pas mal de personnes pensent que j'en fait trop.

— Votre entourage aussi a été impacté par votre maladie, ils sont juste un peu protecteurs, il ne faut pas leur en vouloir. Accepter votre handicap et le comprendre est pour eux un grand pas à réaliser et ils ne sont pas tous prêts au même moment.

— Certains me traitent de folle.

— Ah bon ! À ce point-là ? s'étonne le médecin.

— C'est lorsque je leur dis que je rêve de remonter un jour sur des skis. Mes frères s'inquiètent, ma meilleure amie tousse et mon ancienne collègue me fait la morale.

— Ils ont peur pour vous. Dites-vous que derrière ces peurs, il y a beaucoup d'amour. Ils ne savent pas vraiment ce que vous vivez ou si peu. Les rescapés ont besoin de se sentir vivants, ils ont besoin de relever des défis qui ont du sens pour eux, de se prouver qu'ils sont toujours capables. Capables de se surpasser, capables d'atteindre des sommets…

— C'est exactement ça.

— Votre condition physique sera suffisante pour réaliser des projets si vous continuez à persévérer, alors ne renoncez pas. Vous voulez qu'on refasse un pèlerinage au service de rééducation ? On peut admirer le mur de la renaissance décoré des cartes postales envoyées par tous les patients que nous avons accompagnés à se dépasser.

— Non, non, ça ira, je le verrai avant de partir.

— Bien. Revoyons le programme physique actuel et vos résultats en détails. Il y a toujours moyen de progresser.

À la fin de notre séance, le médecin me reconduit en salle d'attente et me donne rendez-vous à la prochaine hospitalisation. Avant de s'en aller, elle me serre la main et me lance un dernier message.

— N'écoutez que votre volonté et ne regardez pas en arrière !

— OK, je vais essayer.

En salle d'attente, les fesses toujours sur mon fauteuil, j'attends mon prochain chauffeur. Mon transfert a été programmé mais venir me réquisitionner et me remonter en chambre peut parfois prendre un bon moment. J'utilise donc ce calme pour écrire à mon confident et lui raconter mes dernières aventures. Avec lui, je dépose les armes, je peux montrer ma vulnérabilité tandis que dans la vraie vie, je reste forte pour ceux que j'aime et pudique face aux désagréments de mon handicap. Me confier à lui me fait un bien fou. Je me connecte d'ailleurs presque tous les jours maintenant, une véritable addiction !

Que diraient Chris ou Natacha s'ils découvraient toutes ces bêtises ? Malgré leur ouverture d'esprit, il est fort possible qu'ils me prendraient pour une folle, complètement à côté de ses pompes, prête à faire n'importe quoi de cette nouvelle liberté.

Même si ce secret devient de plus en plus lourd à porter, je ne suis pas encore prête à assumer toutes les conséquences de ces révélations mais après tout, rien ne presse, la terre tourne bien autour du soleil sans que personne n'en ressente les secousses. À moi de rester discrète et prudente, ma vie a suffisamment été bouleversée ces dernières semaines, rien ne m'oblige à me dévoiler encore plus concernant cet interlocuteur mystère.

« Cher J… »

Dès mon retour en chambre, j'ai le droit à la visite du professeur Hooper. On est mardi. Deux fois par semaine, le professeur fait le tour du service et dialogue avec chaque patient. Il n'y a plus autant d'étudiants armés d'une loupe aux visites du professeur et de son équipe d'internes dans ma chambre. N'ayant plus de lésions cutanées apparentes, ils ont dû se rabattre sur une autre candidate. Ce n'est pas pour me déplaire, même si gérer une pathologie invisible aux yeux des mortels n'est pas chose aisée dans mon quotidien et surtout dans ma vie sociale.

— Alors madame Chevalier, qu'est-ce que vous ne faites plus dans votre vie ?

— Il n'y a rien que je ne fais plus, je fais tout, mais différemment.

— Bien ! s'exclame le professeur. J'aime cette réponse. J'ose comprendre que le fauteuil a enfin sa place chez vous ?

— C'est exact. Parfois, dans une même journée, je suis sur mes deux jambes, puis avec les jum… euh, en béquilles, puis en fauteuil.

— Toujours dans le même ordre ?

— Non, ça dépend de mon autonomie.

— Combien d'heures maintenant ?

— Maximum une sortie par jour. Je dirai deux à trois heures d'affilée si l'activité envisagée est suffisamment tranquille.

— Bien. Les fausses routes ?

— Je gère.

— Combien ?

— Aucune.

Seulement quand je mange de la pizza à l'arrache sur le canapé.

— Les problèmes de cordes vocales ?

— Aucun.

Uniquement si je parle deux heures au téléphone avec Natacha.

— Hum... Les choses se stabilisent, je suis content.

De son index, le professeur redresse ses petites lunettes rondes entre ses deux yeux.

— Les brûlures, les douleurs musculaires ?

— Les mains, c'est mieux depuis peu. Je gère au quotidien, je connais mieux mes limites. Les quarante-huit heures qui suivent la sortie de l'hôpital restent très compliquées, mais un coupeur de feu prend le relais de votre service.

— Et bien pourquoi pas, si ça fonctionne, je ne suis pas contre.

Je ne parle plus de guérison. Le professeur non plus. J'ai compris qu'à défaut de rétablissement total et définitif, je devrais vivre avec la dermatopolymyosite et trouver un équilibre entre l'hôpital et la maison, entre la fatigue musculaire et l'autonomie, entre la position horizontale et la position verticale tout au long de la journée.

Les deux premières années avaient un but, une fin en soi, celle de me maintenir en vie. Vaincre la DM est improbable, vivre avec et la stabiliser semble plus réaliste. J'ai donc compris, au contraire, que c'était le début d'autre chose, d'une vie avec plus de sens et de nouveautés, loin de la routine parfois sèche ou fade de mon ancienne vie.

À l'hôpital, le matin, j'enchaîne les visites et les rendez-vous car l'après-midi, je bascule dans un autre monde pendant plusieurs heures à cause des injections d'immunoglobulines.

Il est 17 h 30. La machine hurle à plein poumons. Les injections sont terminées. J'émerge à peine du monde des ombres lorsque Nora fait son entrée. Elle éteint la machine, rince la chambre implantable à l'aide d'une seringue de sérum physiologique, détache la perfusion, met un pansement.

— Madame Chevalier, c'est l'heure de la surprise.

— Hein ?

— Désolée, je vous prends un peu de court mais nous n'avons pas énormément de temps devant nous. Diego, aide-la à se lever.

Je n'avais pas fait attention à la présence de Diego, cet aide-soignant discret et consciencieux.

— Madame Chevalier, vous voulez vos béquilles ou je vous donne le bras ? demande-t-il, penché sur mon lit.

— Je vous suis, c'est ça ?

— Oui. Je vous promets que vous allez adorer, ce n'est pas loin, pratiquement en face de votre chambre.

— Alors je m'aiderai de votre bras, ça ira.

Nora jette les restes du matériel de mon traitement dans une grande poubelle disponible dans un coin. Je me redresse et m'assois prudemment au bord du lit. Je sais par habitude qu'il faut à mon corps un peu plus de temps qu'à mon esprit pour se réveiller. En tenue décontractée, libérée de mes perfusions, je cherche mes chaussons du bout de mes orteils.

Je me lève. Diego me soutient. Nous emboîtons le pas à Nora et nous quittons la chambre. Elle nous sert d'éclaireur jusqu'à une porte que je n'ai jamais poussée. Je sais pourtant très bien ce qu'elle renferme. Je trouve mes partenaires vigilants et aux abois. Qu'est-ce qu'ils mijotent ?

Nora regarde à droite, à gauche, fait un signe à Valentine plus loin dans le couloir. Celle-ci lève la main comme pour obtempérer. Ils ont tous l'air d'être de connivence. Vont-ils commettre un acte illégal ? Pourquoi tant de mystère ?

Ma santé et ma vie sont entre leurs mains depuis plus de deux ans alors j'ai confiance, quelle que soit l'issue de cette initiative, je reste stoïque.

Nora se tourne vers Diego et moi.

— Chut ! nous ordonne-t-elle, personne ne doit être au courant à par nous, les infirmières et les aides-soignants du service.

— OK.

Sous couvert d'anonymat, je pénètre dans ce lieu interdit. Tout de suite, je sens une odeur de rose dans l'air et une chaleur enveloppante. Devant nous, une immense baignoire remplie de mousse dégage des volutes de fumée. L'eau coule avec un bruit de ruissellement apaisant.

— Tadam ! claironne Nora.

— C'est pour moi ?

— Oui, depuis le temps que vous lorgnez sur cette baignoire sans jamais avoir eu l'autorisation de la tester !

— Bien vrai.

— Mon petit doigt m'a dit, enfin votre fiche d'admission plutôt, que le passage de la quarantaine a été effectué il y a peu alors, une partie de l'équipe et moi, on a décidé qu'un anniversaire de dizaine ça se fête aussi chez nous.

— C'est trop gentil !

— Nous avons une baisse d'activité à cette heure-ci avant le dîner alors c'est maintenant ou jamais. Au programme : trempette dans un bon bain chaud enrichi en huile essentielle de rose et en bain moussant fournis par Valentine, puis atelier coiffure entre mes mains. Ça vous plairait, une ribambelle de nattes comme les miennes ?

— J'adorerais !

— Avec Diego, on va vous laisser ce moment de détente rien qu'à vous. Je reviens tout à l'heure. Je vous donnerai de quoi faire un bon shampoing.

— D'accord. Vous êtes adorables !

— Un peu d'aide pour grimper dans la baignoire ? s'enquiert Diego.

— Non, ça va aller, merci.

Nora éteint les robinets et allume la radio avant de partir. Des notes de musique entament une danse avec les molécules de géraniol et de citronellol contenues dans les effluves de rose. Si je ferme les yeux, je peux m'imaginer dans un jardin de fleurs, humant des pétales de roses de différentes couleurs, à la recherche du parfum le plus embaumant.

De l'eau jusqu'au cou, seule dans cet espace changé soudain en cabine de soins euphorisants, je me délasse, je me prélasse, je me détends, laissant l'eau chaude ramollir ma peau et assouplir mon esprit. Quel cadeau de la part de cette équipe attentionnée, je n'en reviens pas... Une séance de spa pour mon anniversaire, le rêve dans cette baignoire gigantesque !

Mon corps disparaît sous une masse épaisse de mousse pendant que la relaxation opère. Quelles sensations agréables après cette éprouvante journée de soins médicaux. Sans crier gare, des émotions me submergent petit à petit, la fatigue, la tristesse, le soulagement, le trouble face à cette récréation sensorielle intime. Je me caresse un instant, renouant avec ce corps longtemps décharné, souvent abrasif, mutilé d'une partie de ma personnalité jetée au feu pour mieux me reconstruire. J'ai tant besoin de le consoler, de me consoler.

Mes doigts glissent sur ma peau laiteuse, avancent sur mon ventre, creusent mon nombril, rampent vers mes cuisses, dérapent jusqu'à mon intimité. Je m'entends tout à coup sangloter. Je laisse la digue se fissurer et accepter les blessures encore à vif. Mes larmes se mêlent à l'eau du bain qui, par sa chaleur et son toucher, me lave de toutes les énergies négatives, des regrets du passé, des peines du moment, des peurs de l'avenir.

Et dire que je recommandais cette huile essentielle à la clientèle de la pharmacie sans même avoir pris le temps d'expérimenter ses bienfaits !

Auto-immune. Je pleure tout ce mal que j'ai infligé malgré moi, malgré mon inconscience, à mon propre corps. À lui, le gardien de mon âme, de mon cœur et de ma raison, tel un ami, toujours présent pour m'accompagner sur les sentiers de la vie.

Je te demande pardon.

Mes cheveux forment des algues pigmentées à la surface de l'eau, filasses, pâles, en total contraste avec la naissante rougeur de ma peau, gorgée d'une vie orchestrée par la température élevée de mon bouillon relaxant. Cette image organique flotte devant mes yeux avant que mes paupières ne se ferment d'elles-mêmes, bercées par le mouvement régulier de l'ondulation de l'eau.

Purifiée par cette eau parfumée, cajolée par la mousse savonneuse, vidée de mes lourds ressentiments, je somnole le menton immergé, plus apaisée.

Le grincement de la porte de la salle de bain m'intime d'ouvrir un œil.

— Madame Chevalier ! appelle à voix basse Nora, vous vous êtes assoupie ?

J'articule un maigre dialecte.

— Hum… Peut-être…

Nora baisse la musique, prend un tabouret qu'elle fait rouler jusqu'à la baignoire et s'assoit au niveau de mon visage.

— Opération soin des cheveux. Ils en ont bien besoin, je crois.

— Merci Nora.

Ma bienfaitrice se munit d'un flacon, applique le shampooing, frictionne, rince, recommence une deuxième fois puis attrape un autre produit en tube.

— Je vous ai ramené mon masque spécial « urgence capillaire » de la maison. Il va faire des miracles.

C'est vous le miracle aujourd'hui, Nora.

Elle laisse poser le soin sur ma tête et me parle d'elle.

— Je suis heureuse de renouer avec mon ancien métier grâce à vous aujourd'hui.

— Vous n'avez pas toujours été infirmière ?

— Non. Je viens d'Afrique et là-bas j'étais coiffeuse, mais lorsque je suis arrivée en France, je ne parlais pas la langue, ce qui m'a, dans un premier temps, empêchée de trouver du travail. J'ai donc d'abord aidé des associations caritatives à confectionner des repas, organiser des collectes, accueillir les familles ou les gens seuls et à couper des cheveux, bien sûr ! Pendant ce temps, j'enregistrais la langue de mon pays d'adoption, j'apprenais les coutumes, les habitudes, les rudiments des soins. Au fur et à mesure, on m'a sollicitée de plus en plus : je faisais la traduction avec les nouveaux arrivants, je rassurais les familles, je soignais les bobos du quotidien…

Une infirmière du centre où je me rendais tous les week-ends m'a repérée et m'a proposé d'intégrer une formation d'aide-soignante au terme de laquelle j'ai rejoint une équipe hospitalière. J'ai exercé quelques années, puis j'ai poursuivi mon cursus pour devenir infirmière.

— Quel beau parcours, bravo !

— Merci, mais vous savez, m'occuper des autres a toujours été une seconde nature pour moi alors, entre soigner l'esthétique ou le physique, je me suis dit qu'il n'y avait qu'un pas. J'aime quand les gens se sentent mieux après mes soins, qu'ils soient capillaires ou médicaux. Le corps est un formidable outil qu'il faut dorloter de toutes les façons possibles. Allez, on lessive ! Redressez-vous, s'il vous plaît.

Nora se lève, rince mes cheveux. La mousse du bain s'évanouit au contact des jets d'eau et laisse ma poitrine apparente. Ma pudeur s'est envolée avec les dizaines et les dizaines de soins pratiqués dans ces locaux.

Je sors du bain, me sèche dans des serviettes éponges. Nora reste discrète, respecte mon intimité en rangeant des affaires de l'autre côté de la baignoire. Lorsque je suis prête, enveloppée dans une serviette, nous retournons dans ma chambre. En chemin, Nora confie une mission à Diego.

— Tu vides, tu désinfectes la baignoire puis tu aères et tu laisses l'endroit impeccable, sans aucune trace de notre passage, OK ?

— Aucun problème.

Diego m'envoie un clin d'œil. Je lui rends un sourire.

Je m'habille, m'assois sur une chaise et observe la vue du cinquième étage sur Toulouse. En bas, la circulation est dense et des travaux occupent la chaussée. Les gens sont minuscules, ils bougent, tournent, ralentissent, accélèrent sans cesse comme des boules de flipper dans un jeu géant.

Je porte mon regard plus haut et m'accroche au ciel à ma portée. La lumière est magnifique, on dirait que le soleil joue à cache-cache avec les nuages. Derrière moi, Nora brosse mes cheveux, enlève les nœuds et prépare son matériel. Elle a troqué les tubulures et les aiguilles contre des élastiques et des barrettes, ce n'est pas pour me déplaire. Je suis sûre que je vais apprécier ce nouveau traitement.

Alors qu'elle sépare des mèches de mes cheveux, je perçois les griffes du peigne sur mon cuir chevelu et fais abstraction de mon ressenti.

— Je crois que ça ne va pas être possible, déclare Nora.

— Pourquoi ?

— Vos cheveux sont fins et très abîmés, votre cuir chevelu est à vif, je ne vais pas pouvoir faire la coiffure dont on a parlé, elle nécessite beaucoup de manipulation et une chevelure adaptée.

— Ah ! Je comprends.

Sans me voir, dans mon dos, Nora devine la déception dans ma voix.

— Mais je voudrais vous proposer autre chose.

— C'est-à-dire ?

— Il est évident que vos cheveux ont besoin d'un sacré rafraîchissement. Le soin capillaire leur a fait du bien mais les pointes sont de vraies poignées de paille. Votre dernier passage chez le coiffeur remonte à…

— On est en quelle année, déjà ?

— Je m'en doutais. Et si on leur offrait une cure de jouvence ? On coupe ?

— Heu… oui. Combien ?

— Beaucoup.

Nora partage mes cheveux en deux et fait retomber mes cheveux en cascade de part et d'autre de mes épaules, sur ma poitrine. Des touffes de paille me chatouillent le visage. Je passe mes doigts dans ces cheveux fanés et constate ce que je sais déjà. Il faut agir !

D'un revers de la main, Nora estime la longueur à couper. Je ne m'attendais pas à ce revirement de situation. J'avais signé pour une chevelure volumineuse pleine de tresses africaines et on envisage maintenant d'émincer un sacré morceau. Depuis ma naissance, j'ai les cheveux longs, très longs, jusqu'aux fesses et jamais, au grand jamais, il ne m'est arrivé de couper plus de dix centimètres pour faire disparaitre les fourches. Est-ce que je vais apprécier ma nouvelle tête si je me lance ?

Mes peurs abandonnées dans le siphon de la baignoire, je suis prête à relever le défi. Changer de tête ne peut que m'aider à trouver la nouvelle version de moi, plus authentique, plus épurée.

— Nora, je vous fais confiance.

— OK.

Elle cherche dans sa grosse trousse posée sur le lit une paire de ciseaux et même une tondeuse électrique ! Mon Dieu, j'espère ne pas avoir pris la mauvaise décision. Il n'est pas question que je ressemble à Nathalie Portman, je n'ai ni sa beauté, ni son charisme !

Nora attache mes cheveux dans mon dos avec un élastique.

— Prête ?
— Oui !

Un bruit de lames déchire le silence. Aucun miroir face à moi, heureusement. Je préfère visualiser droit devant, la vie est là, dehors, elle me répare et me ressource ici pour mieux apprécier sa liberté loin de l'hôpital. Une double vie que j'accepte enfin.

— Voilà ! claironne Nora.

Elle brandit une longue mèche de cheveux blond vénitien dans mon champ de vision. L'action est définitive, impossible de faire marche arrière.

— Vos cheveux n'ont reçu aucun traitement chimique telles que des colorations ou des décolorations, on dirait ?
— Non, jamais.
— À mon avis, j'ai coupé plus de vingt-cinq centimètres donc vous pourrez les envoyer.
— Où ça ?
— À une association. Certaines travaillent notamment avec des perruquiers, qui mettent leurs talents à disposition d'une bonne cause, comme par exemple confectionner des prothèses capillaires utilisées par des personnes atteintes de cancers. Il en existe plusieurs, vous trouverez leurs coordonnées sur internet.

Mes cheveux naturels à des fins de reconstruction féminine, j'adore !

À défaut de pouvoir donner mon sang, je vais donner mes cheveux.

Le cliquetis des ciseaux résonne à mes oreilles. Nora peigne, égalise, ajuste. À son contact, une pluie de cheveux coupés s'abat autour de moi.

Lorsqu'un joli duvet recouvre mon torse, mes cuisses et le sol, Nora se débarrasse de ses instruments et branche le sèche-cheveux.

Quelques minutes après, le silence règne à nouveau et Nora tourne ma chaise face à elle.

— Voilà, on y est, j'ai terminé.

Elle me tend un miroir suffisamment grand pour que j'y admire le résultat. La personne que je croise me plaît, encore un petit effort et je pourrai presque la trouver jolie avec sa coupe au carré, légèrement dégradée, un peu en bataille, comme ce que je vis à l'intérieur. C'est tout moi. Nora ne bouge pas, elle observe les larmes au coin de mes yeux et les remerciements dans mon regard. Son sourire, tout comme celui du personnel infirmier, bienveillant, a un impact dont elle ne mesure pas la puissance.

Cet atelier coiffure est hautement thérapeutique, il devrait être remboursé par la sécurité sociale. Soigner mon corps est une priorité certes, mais sans motivation, sans amour de soi, je n'allais pas bien loin, prostrée dans ma maison-prison en mode survie. Je réussis aujourd'hui à reconstruire mon corps, mon image, ma confiance. Me focaliser sur la matière n'était pas suffisant, la guérison s'attarde également dans l'invisible. Le corps et l'esprit sont intiment liés, l'un ne peut pas se reconstruire sans l'autre, je le comprends enfin. Les choses sont toujours plus grandes qu'elles ne paraissent, aussi faut-il parfois prendre du recul pour en déterminer toutes les possibilités.

— Merci Nora.

— De rien. J'ai juste pris soin de vous, à vous de vous prendre en charge maintenant. Les patients confondent souvent les deux. Je ne peux pas vivre à votre place, je peux juste vous donner l'envie de continuer.

Quand se succèdent renaissance, reconnaissance et résilience.

24

Météo capricieuse

19 h. Nora s'est éclipsée. Elle a rapidement repris ses attributions premières d'infirmière à plein temps dans ce service. Je lui ai demandé de laisser la porte ouverte, j'aime entendre la vie dans le couloir. Surtout à l'heure des repas. La circulation et la communication y sont denses et animés. Dernier passage des médecins, continuité des soins par les infirmières, livraison des repas par les aides-soignantes.

Le lourd chariot s'arrête à ma hauteur, au milieu du couloir.

Une aide-soignante fait claquer les plateaux entre eux. Ils sont rangés méticuleusement, les uns au-dessus des autres. Elle cherche le mien et parle tout haut.

— Mais il est où celui de la 507 ?

— C'EST LE PLATEAU AVEC LA TARTE AUX FRAISES !

— Madame Chevalier, me rabroue la jeune fille du couloir, c'est beau de rêver mais ce sera plutôt compote de pommes en dessert, désolée ! Tiens, ça y est, voilà le vôtre.

L'aide-soignante entre dans ma chambre, un large plateau dans les mains.

— Madame Chevalier, votre nouvelle coupe de cheveux est super, ça vous rajeunit, c'est BEAUCOUP mieux.
Merci, jeune aide-soignante, de sous-entendre qu'avant j'étais vieille ET moche.
Elle pose mon repas sur la table près du lit.
Nora arrive à grands pas, empoigne une machine sur roulettes dans un coin et la pousse mollement vers la sortie.
— Excusez-moi, je ne fais qu'emprunter l'appareil à tension pour une autre chambre.
— Eh, Nora, l'interpelle l'aide-soignante, tu pourras aller à la 505 ? Madame Verdier a des douleurs de nuque pas possible !
— Je lui ai déjà donné des antalgiques, je ne vais pas pouvoir lui redonner une dose avant un moment.
— Il n'existe pas autre chose pour la soulager ? Je lui ai donné un autre coussin de l'hôpital mais elle dit qu'il est nul et que ses muscles sont toujours en tension. Elle souffre encore.
— Je vais y réfléchir…
— Avez-vous essayé des coussins de positionnement ? dis-je spontanément.
— Des quoi ? demande la jeune fille.
— Ce sont des coussins très malléables. Le rembourrage est en flocons de mousse et en microbilles. Ils permettent de s'adapter à chaque utilisateur et de soutenir de façon parfaite et continue une position souhaitée. On réduit ainsi les points de pression et on offre un grand confort au patient.
— Mais oui ! s'exclame Nora, on les prescrit parfois en prévention des escarres. Je vais en parler aux médecins, ça pourrait soulager madame Verdier, ce type de coussin.
— Exact. Il en existe de différentes formes.
— Bon réflexe, madame Chevalier !
— Comment ça ? demande la jeune fille.
— Madame Chevalier travaillait en pharmacie, précise Nora.
— Ah !

— Allez, on vous laisse dîner. Bon appétit !

Les femmes s'éclipsent.

Nora est magicienne. Elle n'a pas seulement redonné un visage féminin à mon image de patient rabougri, elle est aussi responsable d'une nouvelle coupe de cheveux et de nouvelles connexions neuronales oubliées depuis trop longtemps, oui !

Quand je pense à ces coussins ordinaires en tissu que je cale difficilement sous ma nuque, sous mes bras, sous mes mains depuis deux ans sans avoir un confort total. Les caser sous chaque muscle, les tasser, centimètre par centimètre pour obtenir un soulagement optimal, toute cette stratégie plus ou moins efficace alors que j'ai conseillé, commandé pendant des années, ces articles à des centaines de clients blessés ou handicapés au comptoir de l'officine. Les cordonniers sont toujours les plus mal chaussés d'après ce que l'on dit. Je confirme. Pas une minute je n'ai pensé à basculer ce conseil sur ma propre expérience du quotidien.

Je demanderai au médecin une prescription dès demain.

Je termine ma compote de pommes lorsque le téléphone vibre.

— Salut sœurette, tu tiens le coup ?

— Charly ! Ça me fait plaisir de t'entendre.

— Moi aussi. J'avais besoin d'un break.

— Qu'est-ce qui se passe ?

— Si tu as le temps, j'te raconte.

— T'inquiète pas, je suis dispo.

— Ah, Chris m'a dit… enfin que ce n'était pas… Si j'ai bien compris, vous…

Il soupèse et cherche ses mots. Je ne veux pas prolonger le malaise qui s'installe donc je préfère mettre fin à son calvaire avec une phrase passe-partout.

— Mouais, c'est un peu compliqué ce que l'on vit. Bon alors, cette prise de tête ?

— C'est rien de grave à côté de ce qui t'arrive !
— Chacun ses galères. Tu as le droit de râler aussi.
— Hum...
— On parle de toi, là, tu veux que je devine ?
— Non, non, c'est bon, je t'explique. Les chauffeurs, les livreurs, les caristes, les manutentionnaires sont en grève, c'est la galère. Mes clients râlent et... et... s'emballe-t-il en colère.
— La rengaine, elle dit quoi ?
— « Pourquoi vous avez arrêté les travaux, qui s'occupe des travaux, quand vont reprendre les travaux ? ». Mais le plus compliqué, c'est la gestion de la météo.
— Comment ça, la météo ?
— Souviens-toi que j'ai besoin de matériel électronique et électrique.
— Jusque-là, je te suis. Et... ?
— Et on fait quoi quand les cartons restent dehors sur le parking des entrepôts jour et nuit avec la pluie, faute de personnel pour aller les stocker à l'abri des intempéries ?
— Heu...
— Ils se gorgent d'eau ! Ben oui, c'est logique. La plupart des articles de cette semaine sont morts, partis en perte, illico.
— Ton patron devait être furax.
— C'est clair, il m'a nommé Mister météo après ce fiasco, et jusqu'à nouvel ordre.
— Belle promotion, dis-je avec humour. Bref, c'est comme ici, à l'hôpital.
— Comment ça ?
— Les machines et le matériel, c'est bien, mais il faut du personnel pour faire tourner les services, sinon ça peut vite virer à la catastrophe. Sans l'aval des hommes et des femmes qualifiés, il manque un maillon essentiel à la santé.

25

Oser l'interdit

Je n'ai pas attendu mon chauffeur. Il est trop lent, trop mou, trop ennuyeux. Lui poser un lapin ne m'a posé aucun problème de conscience et pourtant, le pauvre, il doit me chercher dans tout le service en poussant un fauteuil roulant vide.

J'ai bien le droit d'utiliser mon capital musculaire comme bon me semble et ce matin, il n'est pas question que je ressemble à une oie blessée en arrivant dans le service de rééducation. Assise sur l'une des chaises mises à disposition en cas d'attente, je patiente en face d'un garçon de six ou huit ans en salopette. Sans mon consentement, il souhaite dialoguer de manière étrange, à moins qu'il ne s'entraîne pour Halloween... Il déforme son visage et invente des grimaces si laides qu'on pourrait l'engager dans un film d'horreur. Il insiste et multiplie sa gymnastique des zygomatiques pendant que j'essaie de ne pas rire entre deux tirages de langues de mon côté. Attiser le feu, moi, jamais !

À ses côtés, sa mère bouquine, détachée.

— Madame Chevalier, c'est à vous.

Cette voix capte mon attention dans la seconde.

Je me retourne. Mon kinésithérapeute m'accueille de son sourire coquin et de son regard angélique. Je me lève, marche prudemment dans sa direction.

— Bonjour.

— Chère madame, j'ai failli ne pas vous reconnaître avec les cheveux courts. Vous êtes charmante.

— Merci.

Ne t'empourpre pas ! Ne t'empourpre pas !

— Elle a fait ça pour son amoureux, intervient l'adepte des grimaces.

De quoi il se mêle, le troll en salopette ?

Je pince mon lobe d'oreille pour faire redescendre la pression. J'ai lu cette astuce de grand-mère hier, dans un magazine, en attendant le médecin du sport. Aucune idée de son efficacité.

Le kiné ouvre la marche. Comme à son habitude, il ne m'aide pas. C'est sûrement sa façon de ne pas me rabaisser, de m'éviter de me sentir assistée en permanence. Le début de la liberté sans doute.

Nous traversons la salle de travail commune. Des patients évoluent sur des vélos statiques et des tapis roulants, quelques soignants à leurs côtés. Les barres parallèles sont vides. Une athlète à la jambe bionique effectue un parcours au sol, truffé d'obstacles de couleur et de virages serrés.

— On passe en salle de travail individuelle, en cabine, m'annonce mon guide.

Porte close, je n'arrive pas à me détendre. Ma colère reste intacte. Je n'oublie pas que je lui en veux d'avoir joué le mec distant, l'homme fuyant, le soir de l'inauguration.

Seuls dans cet espace plus confiné, je suis sèche et distante. Le kinésithérapeute commence.

— Vous n'avez pas répondu à mes derniers mails.

— Non.

— Vous n'avez donc pas mémorisé les modifications des exercices 8 et 9 ?
— Non.
— Vous avez lu tous les messages joints ?
— Oui.

Le kiné marque une pause. Je ne fais vraiment aucun effort de conversation charitable, une vraie petite peste jouant les rebelles aux cheveux courts.

— Étirements habituels ?
— OK.

Je m'assois sur la table d'examen. Je manque d'élan dans chaque mouvement. Je ne prends aucune initiative, n'enlève pas mes chaussures, attends bêtement les consignes. Je sens son regard sur moi, intrigué, scrutateur. Je porte mon attention sur les photos de villes accrochées au mur. Sans le regarder, je demande.

— Une ville de préférence ?
— Sans hésitation New York mais à redécouvrir en charmante compagnie.

Touché !

Le kiné s'approche, se rapproche dangereusement et se cale entre mes cuisses légèrement écartées. Je sens l'odeur de son parfum m'envahir. Ses doigts agrippent mon menton et m'obligent à changer de cap. Mes yeux remplis de rage rencontrent ses billes aux couleurs de l'océan. Des vagues emportent petit à petit les onces de colère collées à mes pupilles.

Comment a-t-il acquis ce pouvoir ?

Je maudis cet homme qui me déstabilise. Je râle de ne pas lui résister davantage mais lui faire la tête longtemps n'est pas un sport dans lequel j'excelle.

— Que me reprochez-vous, chère madame ?
— Qui vous dit que c'est bien de vous dont il s'agit, cher monsieur ?

— Vous êtes un véritable livre ouvert.

— Ah ah, très drôle !

Le praticien attrape une mèche de mes cheveux, laisse ses doigts glisser sur la longueur et tombe rapidement dans le vide.

— C'est dingue comme ça vous change. Vous êtes charmante.

— Vous l'avez déjà dit.

— Ah.

Le kiné est sur ses gardes.

— Vous vous répétez, cher monsieur, les pimbêches invitées à l'inauguration ne vous l'ont pas fait remarquer ?

— Ah, c'est donc pour cette raison que vous êtes aussi hargneuse aujourd'hui ?

— Quelle raison ?

— La jalousie, bien sûr !

— Pfff… N'importe quoi. Vous vous donnez beaucoup trop d'importance, cher monsieur.

La colère remonte d'un cran. Mon cœur bat plus fort. Je sens mes joues s'empourprer, un mélange de rancœur et de gêne difficile à dissimuler.

Ce n'est pas cette gueule d'ange qui va avoir le dernier mot. Pourtant, je dois être honnête, il n'est plus l'homme un peu négligé tout droit sorti de sa caverne avec qui j'ai commencé la rééducation ici, il y a deux ans. Je ne peux pas lui en vouloir pour cette période de décadence, ayant moi-même sombré dans un déclin physique et psychique à cette époque.

Est-il possible que lui aussi me voie avec un œil nouveau ?

Ses cheveux en brosse, sa barbe rasée, courte, son parfum envoûtant, c'est une véritable métamorphose, sans parler de ses efforts vestimentaires. Les polos vieillots sont aux oubliettes, au profit d'une série de chemises bleu marine neuves ouvertes sur un tee-shirt blanc. Il a toutefois gardé sa blouse blanche déboutonnée et ses vieux jeans, moulant ses jambes puissantes et son fessier musclé, un excellent choix selon moi.

Est-ce parce que je me suis sentie vide et sans émotions pendant trop longtemps que je me sens bouleversée par des dizaines de sentiments parfois contradictoires en même temps, ces derniers temps ? Tout ceci est bien lourd à porter. Je sens que je vais exploser, face à cet homme pour qui je ressens tellement de choses.

Je le menace de mon index levé.

— Vous avez été un goujat à cette soirée ! Je me suis sentie seule et abandonnée ! Toutes ces filles prêtes à tout pour vous plaire, elles se pavanaient et n'avaient d'yeux que pour vous. Et vous ! Vous ! Un petit sourire par-ci, une petite main sur l'épaule par-là. J'en avais la nausée, je… je…

— C'était une soirée de travail et je ne faisais que ça ! se défend le kiné. Travailler la communication, accueillir les invités, sécuriser les essais sur les nouvelles machines... Il y avait un monde fou, souvenez-vous !

— Nous ne sommes même pas venus ensemble.

— Chère madame, je vous ai expliqué mes raisons. Le travail, c'est le travail. Ma vie privée, c'est ma vie privée.

— Il serait temps de revoir vos priorités, j'ai bien revu ma copie et ma conception du travail, moi !

Si je ne décolère pas, lui aussi fulmine. Deux ours sauvages restés en hibernation trop longtemps.

— Je ne veux pas risquer des commérages ou des accusations de favoritisme de la part de mes collègues ou de certains patients.

— Vous ne risquez rien, vous ne portez même pas d'alliance !

— Qu'est-ce que ça peut vous faire ?

— C'est que… que… je tiens à vous, à… à ce que nous avons construit. Je croyais que nous deux…

— Vous n'éprouvez plus RIEN à part de la douleur, non ?

Quand je pense que douleur et douceur n'ont qu'une seule lettre de différence, mais quelle différence ! Le sarcasme me touche en plein cœur. Il y a eu effectivement le vide puis la douleur, seule, solitaire et égoïste, ne laissant de place pour rien ni personne d'autre, longtemps, si longtemps, mais dorénavant je vois, j'entends, je ressens avec une acuité décuplée, si nette, si intense, perturbante, aliénante.

C'est sûrement confus aux yeux des autres car c'est aussi perturbant pour moi seule, difficile de gérer tous ces phénomènes à la fois, qui s'emparent de moi sans contrôle. Une nouvelle donne, dont j'ignore les règles. S'il savait le feu immense qui grandit en moi au fur et à mesure que grimpe notre colère. Si je pouvais lui dire, lui faire comprendre, s'il pouvait accepter, me reconnaître, me pardonner.

Si volubile dans mon ancienne vie, je cherche maintenant mes mots et tente de désamorcer cette situation désespérée où tout semble m'échapper, ma patience, mes sentiments, mes principes.

Je me lève d'un coup, le bouscule et me libère de son emprise, submergée par son regard plein de foudre.

Je recule. Un pas. Deux pas. Je ne vais tout de même pas partir en courant comme une adolescente effarouchée ! Et si… Non, aucun risque, la course n'est pas encore dans mes nouvelles attributions. Un peu de courage, Lou, ne gâche pas tout.

Dos au mur, à un mètre de la porte close sur ma gauche, je suffoque de voir cet homme toujours présent, en colère, certes, mais toujours là, ancré au sol et veillant sur moi, même en ces temps difficiles. Il ne s'est pas enfui, il tente comme moi d'assumer cette partie de notre histoire qui nous échappe, cette partie que le destin a décidé de construire à notre insu, persuadé de bien faire.

Je brûle littéralement en le voyant bouger, c'est tout de même plus agréable que de brûler par asphyxie musculaire. Il faut croire que le désordre dans mon immunité a provoqué un véritable désordre dans mes sentiments.

Le kinésithérapeute ne renonce pas. S'il m'a laissé lui échapper quelques instants, je le vois revenir à la charge.

Il se rapproche, ses yeux changés en flammes incandescentes.

L'océan est-il capable de s'enflammer ?

— Chère madame, toutes ces filles m'indiffèrent mais… vous êtes vraiment impossible ! vocifère-t-il de plus belle.

— Je sais.

— Je ne suis pas aussi éloquent que vous. Il faut savoir lire entre les lignes.

— Je sais.

Mes mots s'étranglent. Je demeure interdite. Mon cœur caracole sauvagement, de plus en plus fort à chacun des pas qui le rapprochent de moi. Un mètre. Il tape un coup, de rage, sur le mur au-dessus de ma tête comme si toute sa colère et sa frustration pouvaient quitter son corps et se vider dans les cloisons de la salle. Je sursaute. Mes yeux papillonnent. Je n'ai aucune crainte sinon de le perdre définitivement. Sa main reste bien à plat à quelques centimètres de mon visage, indiquant qu'il prend position et n'a pas l'intention de lâcher l'affaire.

Soulagés par cet affront à la violence, ses traits se détendent, ses épaules s'affaissent. Il passe sa main libre dans ses cheveux. Son regard, piqué d'éclats d'émeraude se charge alors d'électricité et ne me lâche plus. Les centimètres qui nous séparent héritent de cette surcharge émotionnelle et hormonale, un instant de flottement où personne n'ose parler de peur de le briser.

Soudain, avec une lenteur toute mesurée, il approche son visage du mien et dépose, comme un trésor précieux et fragile, le plus doux des baisers sur mes lèvres encore tétanisées. Il abandonne deux ou trois baisers de velours supplémentaires avant que je ne chasse mes derniers remords et partage enfin le goût sucré de ses lèvres chaudes.

Une onde de plaisir parcourt tout mon être. Mes jambes flageolent, mon corps tressaille, quant à mes principes, ils volent en éclats. Qui pourrait m'en vouloir d'être heureuse, ici et maintenant avec tout ce que j'ai vécu ces deux dernières années ?

À force de me répéter que cet homme ne pouvait pas m'aimer, pas avec tout ce qu'il a vu de moi physiquement et moralement, j'ai fini par y croire mais finalement, qui mieux que lui peut savoir ce que j'ai enduré et comprendre pour quelles raisons je me suis coupée du monde ? S'il peut me chérir avec mes faiblesses et mes failles, nous avons encore une chance lui et moi, une chance d'être comblés dans cette nouvelle vie, cette deuxième vie que je n'ai pas choisie.

Dans un geste cavalier, sa main libre me ceinture et m'attire contre lui pendant que son autre main lâche le mur et saisit ma nuque, pleine de délicatesse et d'hésitation. Cette attirance mutuelle s'empare de nos deux corps qui s'enlacent, se désirent, se réconcilient, là, au cœur de l'endroit où tout a commencé, ma douleur, mon combat, ma reconstruction.

Pourtant, dans ses bras en cet instant magique, je voudrais être une femme, pas une pauvre petite chose qu'on a peur de casser. Je voudrais générer en lui un désir charnel et pas juste une envie de cajoler, de consoler.

À vouloir toujours anesthésier la douleur, j'ai également anesthésié les sentiments, les appétits, les rêves. Aujourd'hui j'ai soif de tout, de lui, de nous, d'expériences à partager, d'histoires à écrire, de chemins à assumer.

Aimantés l'un à l'autre, rien ne semble pouvoir nous séparer ou ralentir nos émois, pas même les voix perçues de la grande salle commune ou les pas des gens pouvant potentiellement rentrer ici à n'importe quel moment, la porte n'étant pas fermée à clef. Le danger de la découverte des amants maudits augmente ma tension sexuelle. Ma trêve érotique touche à sa fin.

Dans les bras de ce bel homme, je me sens revivre.

À bout de souffle, nos lèvres se reposent une seconde. Nos regards se croisent à nouveau, les températures de nos iris doivent dépasser celles de la lave d'un volcan en éruption. Face à face, haletants, nos torses se soulèvent à courts intervalles, nos cœurs battent à tout rompre, traduisant l'excitation grandissante entre nous.

Je le laisse décider. Dernier instant pour renoncer. Il est sur son lieu de travail, est-ce raisonnable ? La raison a-t-elle encore sa place ici, dans ce monde où tout peut nous échapper si vite ? J'ai l'intime conviction que revenir en arrière ne sera plus possible, que rien ne sera plus jamais pareil entre nous, liés par cette épreuve que nous défions chacun à notre manière.

Un ultime éclat dans son regard attise la fièvre ardente qui me dévore.

Détermination et envie accompagnent alors chacun de ses gestes, plus confiants, plus virils, sans retenue, ni culpabilité.

La fougue prend le pas sur la tendresse des premiers baisers.

Il enlève mon corsage, mord mon cou, embrasse mon décolleté, baise la naissance de mes seins, à la lisière de la dentelle de mon soutien-gorge. Ses lèvres sont exquises, ses mains me parcourent de désir, mon sens du toucher est en éveil et donne à mon corps des frissons interminables. Je l'aide à enlever sa blouse, sa chemise, son tee-shirt. Bien bâti, mes doigts dessinent ses épaules solides et ses biceps musclés avant de m'y accrocher de plaisir.

La chaleur monte. Encerclée de ses bras robustes, il me soulève tout à coup par la taille. Je décolle du sol et reste en suspens, accrochée à ses lèvres, au bord d'un lâcher prise imminent. Il me dépose sur la table d'examen et nous terminons d'ôter nos vêtements, jetés à terre, sans ménagement, sans crainte du regard de l'autre.

Un dernier sourire partagé, belliqueux, ardent, devient la promesse de deux guerriers incapables d'abandonner cet avenir meilleur qui se dessine sous leurs yeux, galvanisés par le désir charnel de l'autre.

Un tourbillon. Un feu d'artifice opère. Je me livre, je suis moi-même, je ne triche pas, je me laisse aller, je laisse les digues céder et les torrents se déverser pour recouvrir cet univers de sensualité à portée de main. Un précipice de délices sensoriels me désarme, secoue ce bonheur fragile, galopant dans l'essence de nos sentiments et l'étreinte de nos peaux satinées d'une concupiscence palpable.

Je brûlais de savoir jusqu'où ce petit jeu pouvait aller, et bien maintenant je suis fixée. Je n'aurais jamais cru que brûler d'amour pour quelqu'un soit aussi grisant et renversant à mon âge. Ses mains expertes, chargées de velours et d'envie, caressent les courbes de mon corps, ma peau irradiée de chair de poule à leur contact.

Il prend son temps, il a des mains en or et sait très bien s'en servir, non que je ne m'en sois pas déjà rendu compte, depuis deux ans que je fréquente le centre de rééducation, mais il n'avait jamais mis autant de désir et de dévotion dans ses gestes qu'en cet instant. J'ordonne à ma conscience de partir vers une nébuleuse brumeuse, je suis en route pour l'infini plaisir des sens. Dans cette atmosphère de pulsion sexuelle, à l'abri dans cette cage transformée en cocon ouaté, nous faisons l'amour et réconcilions nos corps et nos cœurs meurtris par la vie.

26

Destination inédite

— Allo Natacha !
— Oui, on a atterri, tu es là ?
— Bien sûr, j'ai pris de l'avance, tu penses, avec tous ces couloirs à parcourir. Je suis pile devant la porte 2 du terminal 1 comme tu me l'avais précisé.
— Génial !
— J'entends du monde qui s'affaire derrière toi, tu es sur le tarmac ?
— Oui, on quitte l'avion, j'arrive !
— On t'attend ?
— Qui ça « on » ?
— Jack et moi. C'est une longue histoire, je te raconterai !
— Je le savais ! Je le savais ! Tu es dans ses bras alors tu ne risques pas de fatiguer, c'est pour ça que tu n'as pas l'air essoufflée ?
— Tout à fait. Des bras solides et vigoureux. Prends ton temps, je suis bien installée.
— Pfff !!! Je savais que tu allais craquer et assumer.
— Tu ne crois pas si bien dire.

Autour de moi, une foule éclectique de personnes est éparpillée sur plusieurs mètres face à la porte 2, indiquant l'arrivée du vol AF 7401 en provenance de Paris-Charles de Gaulle sur un écran de contrôle accroché en hauteur. Posé sur la piste depuis quelques minutes, l'avion est à l'heure. Pour l'instant face à un accès vide, nous scrutons tous avec attention la restitution imminente des passagers et son personnel navigant.

S'il fait chaud aujourd'hui, les courants d'air parcourant les grands espaces de l'aéroport nous apportent un réconfort certain et une fraîcheur modérée.

D'ordinaire, du haut de mon mètre soixante-treize, je n'ai pas de problème de perspective car quelle que soit la distance, j'arrive toujours à distinguer l'horizon. Pourtant, aujourd'hui, c'est différent. Un peu plus tôt, j'ai fendu l'attroupement, je me suis rapprochée un maximum afin de ne pas manquer d'apercevoir mon amie.

Malgré cela, deux jeunes femmes sont venues boucher ma vue sur la porte 2. Leurs chapeaux de soleil surdimensionnés ressemblent à des disques vinyles géants posés sur leurs têtes en équilibre. Je n'ai que leurs shorts moulants sur leurs fesses bombées devant les yeux alors je m'active, j'ai encore le temps de les contourner. Elles trépignent d'impatience, jabotent bruyamment de manière assez insupportable et importunent leurs voisins avec de récurrentes questions.

— L'avion n'a pas de retard, c'est sûr ?

— Je suis myope comme une taupe, vous voyez l'écran de contrôle ? Pas de retard, hein ?

— C'est quelle heure ?

— À quelle heure il est censé atterrir cet avion ?

— Combien de temps avant que les passagers nous rejoignent ? Vous connaissez tous ces réseaux à l'intérieur de l'aéroport depuis la zone d'atterrissage ?

— On compte combien ? Dix, quinze minutes de plus ?

— L'écran affiche toujours la même heure d'arrivée, c'est normal hein ?

Les gens soufflent, certains lèvent les yeux au ciel mais la plastique aguichante de ces deux belles plantes trouve rapidement deux ou trois volontaires pour canaliser leurs paroles et leur enthousiasme. Dans une autre vie, elles m'auraient sûrement agacée, les Claudettes, mais maintenant, elles me font plutôt sourire. Les épier et observer ce petit monde autour d'elles, c'est comme un privilège, une scène de théâtre où chacun joue son rôle à la perfection, un monde enfin à ma portée, dont je savoure chaque seconde.

Soudain, les portes s'ouvrent. Les premiers passagers franchissent le hall, bagages à la main et sac à dos sur l'épaule. Mines fatiguées ou euphoriques se succèdent dans un vacarme grandissant. Une cohue tumultueuse se répand alors progressivement sur le sol toulousain, ponctuée par des embrassades et des cris de joie.

Après quelques minutes de patience, elle apparaît, tirant une petite valise dans son sillage. Je l'admire entre deux enjambées. Elle marque une pause et piste ma présence. Je lui fais signe dès que son regard balaie mon secteur. Son visage s'illumine. Elle me repère facilement dans la mesure où les deux Claudettes ne me font plus aucune ombre, occupées à draguer ou à empoisonner les personnes dans mon dos. J'avance un mètre avant de la voir s'élancer dans mes bras.

— Géniale, ta nouvelle coupe ! Encore mieux en vrai, me détaille Natacha.

— Merci.

— Tu m'as menti ! s'offusque-t-elle avec gaieté.

— Non pourquoi ?

— C'est lui, Jack ?

— Il a des bras solides et vigoureux, je n'ai dit QUE la vérité ! dis-je en essayant de garder mon sérieux.

— Pfff ! Tu es un véritable escroc.

— Un escroc au grand cœur, maintenant qu'il ne bat plus dans le vide ! Attends, je vais faire les présentations. Natacha, je te présente mon ami Jack, mon fauteuil roulant. Il me laisse m'asseoir sur ses genoux, me prend dans ses bras, me soutient quoi qu'il arrive, m'accompagne partout sans rechigner…

— Un homme parfait, quoi !

— Presque.

— Tu assumes de sortir en fauteuil, c'est tout de même un sacré progrès, je l'avoue.

— En même temps, tu arrives à peine une semaine après la sortie de ma dernière hospitalisation, tu croyais que j'allais arriver en courant ?

— Non, c'est clair. J'espère que tu as demandé à un bel étalon de te pousser jusqu'ici, il y a une sacrée trotte depuis le parking.

— J'ai réclamé le pilote, tu penses ! Mais il était encore occupé à manœuvrer ton avion sur le tarmac alors je me suis débrouillée autrement.

Natacha me contemple, examine mon fauteuil d'un œil amusé.

— Jack… Tu aimes baptiser tes partenaires de vie.

— On peut dire ça.

— Mais je croyais que tu allais me raconter des choses beaucoup plus croustillantes, comme tes dernières séances avec ton beau kiné par exemple.

— T'inquiète, c'est au programme…

Je m'empourpre, fais rouler les perles de mes trois bracelets au poignet. Je tente de masquer une timidité encombrante et compte d'abord les bleues, une, deux, trois…

— Oh là là !!! Je veux tout savoir ! exige Natacha. En plus je meurs de soif donc, avant d'aller impérativement en boutique de chaussures faire disparaître ces laides ballerines et trouver une jolie paire de sandales assorties à ton sac en bandoulière top tendance, j'offre les rafraîchissements au café de l'aéroport, ça te dit ?

— Si tu veux.

Natacha charge sa petite valise sur mes genoux et m'entraîne avec Jack dans les larges couloirs au sol froid et lisse. Elle slalome, freine, pousse et maîtrise notre embarcation jusqu'à l'un des espaces détente à notre disposition. L'endroit fourmille de familles, de couples, de personnes qui partent un gobelet ou un muffin à la main, de gens qui s'installent ici et là, debout ou assis sur une chaise, sur leur valise ou carrément par terre. Grâce au va-et-vient incessant des voyageurs, deux places se libèrent assez vite, nous permettant ainsi de continuer notre conversation autour de deux rafraîchissements citronnés plein de glaçons.

— Je ne te ferai aucune faveur, tu sais que fauteuil ou pas, je ne vais pas te ménager. Trois jours à Toulouse, ça se rentabilise !

— Ne t'en fais pas, je tiendrai le coup.

— Oui, mais pas question de finir allongée par terre au milieu des boutiques, j'ai déjà donné ! De toute façon, je repère tes limites mieux qu'avant, je le verrai si tu glisses du fauteuil à cause de la fatigue.

— Telle une feuille qui se détache de l'arbre… Telle une plume quittant l'oiseau…

— Comme une grosse merde qui s'écrase au sol, oui !

— Natacha, ton langage !

Elle pouffe de ses propres bêtises prononcées avec toute la spontanéité et l'assurance dont elle dispose. A contrario, je regarde autour de moi, je surveille la réaction des gens et tente de me faire toute petite. Assumer tout et en toutes circonstances n'est pas si aisé, j'ai encore besoin de déculpabiliser d'être différente et d'aimer les gens différents.

Une handicapée et une folle, un tableau idyllique.

— Ce que tu peux être coincée, Lou, continue à assumer !

— Tu vas voir si je suis toujours aussi coincée à tes yeux lorsque je t'aurai raconté ma dernière entrevue chez le kiné à l'hôpital !

Je retrouve soudain mon âme d'enfant. La vengeance me ronge. Soyons équitable. Je m'empare de mon verre, l'incline et tente de pêcher un poisson visqueux nommé glaçon de l'autre main. Il glisse, s'échappe, revient dans mes filets, se dérobe à nouveau, me nargue, se laisse amadouer, s'agrippe à la pente vertigineuse du verre lisse, abandonne. Avant qu'elle comprenne le but de ma démarche, je m'approche et la domine, les fesses au bord de mon fauteuil aux bras musclés. Oubliant la sagesse de l'attitude stricte et des mots feutrés de mon éducation, j'interviens en mode attaque frontale, une guerrière armée d'une arme réfrigérée bien décidée à en découdre.

Ma voisine n'a pas le temps de réagir. Mon geste est vif, calculé. Je me penche sur elle, pince sa chemise entre mes doigts au niveau du premier bouton du col, tire et fait tomber le glaçon à l'intérieur. Il glisse sûrement jusqu'à son nombril.

— Ah ! crie-t-elle.

Je m'écarte avec prudence de la zone de combat.

Surprise, elle secoue d'urgence le tissu pour éviter le contact de sa peau avec le glaçon et se redresse instantanément. Elle abrège ses souffrances en sortant la chemise de son pantalon et en récupérant le responsable. La stupeur éclabousse son visage. Ses yeux luisants me fixent.

— Tu te venges et c'est de bonne guerre. La petite fille s'est enfin réveillée, affirme-t-elle amusée.

Elle me lance alors le projectile dégoulinant dans sa main. Affaibli par la décongélation il termine sa course sur mon pantalon souple, révélant une tâche d'eau et des éclaboussures disparates avant de finir son envolée sous le fauteuil. Une sensation de froid embrasse ma peau à l'impact du glaçon. Mouillée, je frotte le textile par réflexe, en sachant pertinemment que ce geste est inutile. Natacha agite sa main humide, l'essuie sur sa hanche et se rhabille au plus vite.

Une courte accalmie nous plonge dans un fou rire de fillettes espiègles et complices, de délicieux souvenirs de notre adolescence et des prémices d'une longue amitié.

— Ce n'est pas un peu bientôt fini ce raffut mesdemoiselles ?
— Vous affolez les chiens !

Arrêtées spontanément dans notre élan de bonne humeur, nous pivotons sur la gauche. Deux hommes assis, tirés à quatre épingles et loin d'être tout jeunes, nous dévisagent d'un air non seulement grave et sérieux mais surtout d'un regard noir et menaçant. Leurs nœuds papillons eux-mêmes sont figés et tendus, comme leurs propriétaires. Aurait-on transgressé le règlement intérieur de l'aéroport ?

À leurs pieds, deux magnifiques bergers australiens, couchés sous la table, leurs billes cuivrées absorbées par nos frimousses hilares.

— Les chiens doivent rester calmes, nous sommes attendus pour une exposition canine dans deux heures et la concentration doit être à son maximum ! s'irrite l'un des deux éleveurs.

— L'année dernière, on a été très bien notés avec Jepsy mais cette année, on vise le podium, hein ma fille ?

L'homme caresse la tête de sa chienne. Celle-ci apprécie le geste affectueux et en redemande. À défaut d'en obtenir davantage, elle se retourne vers Natacha qui s'esclaffe et se penche à sa hauteur.

— Oh qu'elle est mignonne ! Alors ma belle, tu as un nom de gagnante, il a dit ton maître ?

Aussitôt la bête joyeuse se redresse et part capturer l'amitié de Natacha. Vives et énergiques, Natacha et Jepsy font connaissance sous l'œil nerveux des deux éleveurs et la gueule obéissante de l'autre chien, toujours immobile entre les jambes de son propriétaire. Mon amie caresse l'animal, lui gratouille la tête, lui parle, approche sa tête de la sienne. Pendant ce temps, la chienne lui lèche les mains, jappe, s'excite, laisse ses pattes taper le sol dans un bruit à peine audible, celui de ses griffes sûrement taillées avec une manucure impeccable.

Amusée, j'observe Natacha. Aucune de nous deux ne s'est excusée auprès des éleveurs de bergers australiens concernant nos propos ou notre attitude car, sans nous concerter, nous assumons et n'avons enfreint aucune règle sinon celle de partager des rires et de faire un peu de bruit dans un lieu public à une heure matinale et raisonnable.

— Ça suffit Jepsy, on s'en va ! Impossible de rester concentré ! crie le maître du chien.

— Des filles bien élevées doivent garder leur sérieux en toutes circonstances, on n'est pas à la foire, ici ! vocifère son acolyte.

Les deux hommes bouillonnent de colère puis se lèvent promptement. Les chaises raclent au sol, les gobelets de café vides vacillent et menacent de déverser quelques gouttes résiduelles sur la table. Après un bref appel, court et incisif, les chiens rejoignent leurs maîtres comme de bons petits soldats marchant au pas, à l'unisson.

Il faut croire que les deux hommes à nœuds papillons trop serrés - les coincés du col - n'étaient pas de notre avis.

Qu'ils se noient dans leur méchanceté. Qui sont-ils pour nous juger ? Personne ne leur a demandé leur avis à ces deux-là. Ils auraient mieux fait de venir rire à nos côtés plutôt que de nous placarder leur mépris et nous balancer leur venin. Ils ne savent pas ce qu'ils manquent.

Une vraie séance thérapeutique, un exercice cardiorespiratoire capable de vous offrir une espérance de vie supplémentaire, qui sait. Aucun coût. Aucun surdosage ni effets secondaires. L'ouverture d'esprit et la détente physique en sont les premiers bienfaits, entraînant dans le peloton de tête d'autres athlètes comme la sérénité, la légèreté, le renforcement du système immunitaire ou l'oxygénation du cœur... De quoi s'esclaffer encore davantage devant tant de bénédictions à notre portée. Une session antistress avant une grande compétition, c'était une véritable opportunité ! Peu importe que nos deux derniers spectateurs n'en soient pas conscients, on ne peut pas convertir le monde entier.

Au diable l'arrogance !

Natacha n'est pas du genre à se vexer pour si peu. Elle me fixe, l'œil malicieux. J'ai appris à me détendre et je sens la bêtise s'emparer de mon âme d'enfant. Nous voilà de nouveau en train de nous époumoner. Nos éclats de rire retentissent de plus belle, sans aucune retenue, sans aucun regret sinon celui de ne pas avoir réussi à contaminer nos attaquants par la liberté, la liberté d'être soi-même, d'être heureux et de le clamer haut et fort.

— Il y a longtemps que je n'avais pas ri avec autant de sincérité, dis-je en retrouvant mes esprits après quelques instants d'égarement grisant.

— Je suis bien d'accord, déclare Natacha en essuyant les larmes au coin de ses yeux.

— Tu veux qu'on parle de quoi ?

— Donne-moi des nouvelles de la Team.

— Et bien, Katia fait les papiers pour sa retraite, elle est à fond dans son projet de camping en Italie, elle a acheté un chariot adapté aux promenades sur le sable de la plage et se balade avec un dictionnaire d'italien sous le bras. Gaby, quant à elle, a organisé un vernissage afin de nous montrer toutes les œuvres réalisées par ses petits protégés. De vrais artistes ! Mais dans le fond, c'est elle la plus heureuse : une nounou accomplie ! Elle s'éclate avec eux. À défaut de pouvoir exercer son talent chez des professionnels, elle a même organisé des ateliers pâtisserie avec les plus grands.

— Miam ! Les parents vont être contents que leurs enfants rentrent tous les soirs à la maison avec un dessert différent à tester en famille.

— C'est clair ! D'ailleurs, tu as visé juste. Les parents sont effectivement tellement contents qu'ils en ont parlé autour d'eux. La municipalité a eu écho de ses prouesses en pâtisserie avec les bambins qu'elle garde, et lui a demandé s'il serait possible d'organiser des ateliers avec les enfants du centre aéré afin de les occuper durant les vacances scolaires.

— Génial ! Des ateliers avec beaucoup plus de participants, j'imagine ?

— Oui. Elle a eu la directrice du centre aéré la semaine dernière car elles veulent se coordonner avant l'été pour que les ateliers débutent à la rentrée scolaire, en septembre. Elles ont parlé matériel, recettes et tabliers, tout l'univers de notre Gaby autour des enfants.

— Elle doit être super contente.

— Oh oui !

— En parlant projets à venir, il faut aussi que je te rencarde sur ma dernière folie.

— Tu vas t'installer au Canada avec ton grand coup de cœur ?

— Peut-être…

— Ah ! C'est pour bientôt ?

— Je te parlerai de mes amours quand tu m'auras confié les tiens. C'est donnant-donnant. Confidences croustillantes contre confidences croustillantes.

— OK.

— Mais avant ça, je voulais t'informer d'une petite recherche qui a abouti à un projet un peu délirant.

— Soit. Et il s'agit de quoi ?

Natacha pose ses coudes sur la table, prend un air fasciné, avec une touche de mystère dans la voix.

— Alors voilà. Durant ma dernière escale en Allemagne entre deux avions, j'ai repensé à toi, aux filles, à nos années de complicité autour de Philippe à la pharmacie de la Halle et je me suis fait une réflexion. Certes, nous avons gardé un lien toutes les quatre, mais qu'en est-il de Philippe, notre patron pharmacien préféré ?

— C'est vrai ça, on ne sait pas ce qu'il est devenu...

— Plus de deux ans sans nouvelles, il était temps que je joue les enquêtrices !

— Les curieuses, oui !

— Comme tu veux ! me rabroue mon amie d'un geste de la main. Ce n'est pas la question. La question importante est « où est-il passé ? »

— Il voulait changer de voie, si je me souviens bien.

— Oui. Il évoquait un achat de restaurant, de commerce ou tout autre entreprise, tant qu'il pouvait travailler avec moins de contraintes. Il avait ajouté qu'il souhaitait faire un break avec le monde de la pharmacie et s'était excusé de couper les ponts, précaution selon lui nécessaire pour l'aider à tourner la page définitivement. Et bien, le break est fini ! J'ai perdu quelques heures à attendre ma correspondance d'avion sur le sol allemand, alors j'en ai profité pour faire des recherches sur le net.

— Et alors ?

— Figure-toi que je l'ai retrouvé.

— NON ! dis-je en me redressant brusquement, frappée par un étonnement visible à quatre kilomètres à la ronde.

Une voix résonne tout à coup dans l'aéroport. Un système sonore automatisé expose les règles de sécurité quant aux bagages abandonnés et recommande aux passagers d'être vigilants et respectueux des consignes. Natacha se tait et en profite pour boire une gorgée de son diabolo citron. À la fin de l'annonce vocale, elle poursuit, après avoir posé sa boisson et cogné le verre sur la table sans ménagement.

— Je sais où il se planque.

— Tu l'as appelé ?

— Non, je vais t'expliquer pourquoi ensuite. Figure-toi qu'il a investi le capital de la vente de l'officine dans un camping dans le Périgord. Il gère une belle tribu de mobil-homes abrités dans une forêt de chênes et de pins avec son fils le plus jeune. Il propose même des balades pour faire découvrir les maisons troglodytes de la région.

— Incroyable ! Quand je vais dire ça à Katia, notre fan de camping… Un boulot en tongs et en bermuda, tout ce qu'il pouvait souhaiter de meilleur !

— Exact.

— Il doit trouver ça extra !

— Oui, enfin je l'espère ! Et ce qui serait encore plus extra, ce serait de lui concocter une surprise.

— Comment ça ?

— Je contacte le fils de Philippe discrètement dans le dos du chef, on le met dans le coup, on prévient Gaby et Katia puis on se coordonne toutes les quatre pour débarquer avant la fin de l'été dans son camping…. Ça te dit de reconstituer la Team pour un week-end dans le Périgord ?

27

Un aveu libérateur

Dimanche. 15 h. Natacha a souhaité appeler un taxi pour l'emmener à l'aéroport. Elle ne voulait pas que je me fatigue davantage avec un trajet en voiture supplémentaire suite à notre virée d'hier au centre commercial. Je lui ai laissé le dernier mot. Elle voulait aussi attendre le retour de Chris, réquisitionné pour la garde une bonne partie du week-end.

Tous les trois devant le portail de la maison, nous échangeons nos dernières phrases avant le départ imminent de mon amie vers Blagnac. Il fait beau, j'ai enfilé une robe longue, décolletée, souple, aérienne. Nous profitons de l'ombre partielle du cerisier en fleur qui se raréfie, les pieds sur un épais tapis rose poudré. Les branches sont de plus en plus vides, tordues, courbées, abandonnées par des fleurs maintenant au sol, dans un revêtement de pétales clairs. Phénomène naturel mais cruel, qui nous offre chaque année un arbre de toute beauté, dépourvu de ses attraits en quelques semaines à peine.

— Tu as vu comme c'est joli ? s'enthousiasme Natacha, les yeux rivés au sol.

— Tu parles du tapis de pétales ou de nos chaussures ?

— Les deux !

— Je suis tout à fait d'accord, dis-je en admirant le changement.

Mes vieilles ballerines ont fait place à des nu-pieds féminins aux fines lanières de cuir. Ma cheville ainsi capturée semble plus élégante, sublimée par le rouge de mon vernis. Natacha et moi avons utilisé le même, durant une séance au soleil, un peu plus tôt dans la journée. Son stock personnel s'est avéré un atout précieux dans la reconquête de ma féminité. Trop occupée dans mon ancienne vie, je n'avais jamais pris le temps de mettre du vernis, que ce soit sur les mains ou sur les pieds. Je comprends aujourd'hui que c'est dans ces petits détails que je me reconstruis, que je retrouve la femme qui sommeillait en moi, que je découvre la femme que j'ai envie d'être maintenant.

— Merci pour tes conseils.

— De rien ma Belle. Toi aussi tu m'as aidée à y voir plus clair.

Un clin d'œil accompagne son compliment.

— C'est quoi ces cachotteries ? intervient Christophe.

— Ah ! Mon pauvre Chris, les mystères des femmes sont impénétrables ! ironise la voyageuse.

Dubitatif, mon mari ne relève pas. Il sait combien Natacha peut piquer au vif si on la cherche un peu trop.

Le klaxon de Thomas nous fait sursauter. C'est lui que j'ai appelé pour prendre soin de mon amie jusqu'à l'aéroport, puisqu'il transporte autant de passagers valides qu'invalides à bord de sa berline impeccable. Il termine de remonter la rue, nous fait signe en nous dépassant puis se gare le long du trottoir. Thomas coupe le moteur. La porte de sa voiture claque, il retire ses lunettes de soleil et nous salue tous les trois.

— Mesdames, monsieur, je suis à votre service. Comment allez-vous ?

— Très bien, Thomas. Merci d'être venu.

— Avec plaisir.

Le chauffeur de taxi ouvre le coffre de sa berline, propose à Natacha d'y loger sa valise à roulettes et de l'attendre au volant afin de nous laisser partager un dernier adieu. Mon amie acquiesce et se rue dans mes bras.

— À bientôt ma Belle. Prends soin de toi.
— Oui, toi aussi. Bon voyage. On s'appelle vite !
— Les enfants rentrent bientôt ?
— Mes parents les ramènent vers 18 h 30.
— OK. Tu n'as donc pas de temps à perdre avec qui tu sais pour parler de ce que tu sais.

Je rougis. Je remarque le regard de Natacha s'attarder un peu trop sur Chris et donne rapidement le change.

— Toi aussi, tu dois appeler qui tu sais, en fin de journée, c'est la fin de matinée au Canada, c'est bien ce que tu m'as expliqué ?
— Oui, oui. On va chacune avancer, ça va nous faire du bien, non ?
— Allez, file, tu vas finir par manquer ton vol !

Natacha m'enlace une ultime fois, embrasse Chris et s'installe sur la banquette arrière de la berline. Un vrombissement annonce le départ du véhicule que nous voyons s'élancer sur la route avant de disparaître au coin de la rue.

Je quitte le bitume, fais grincer le portail et me dirige vers la maison, Christophe dans mon sillage.

— Elle va aller vivre au Canada avec son mec ? demande-t-il tout à coup.
— Heu… C'est une possibilité, on verra ! Je crois que je l'ai aidée à comprendre que la stabilité avait du bon.
— En couple ?
— Heu… oui.
— Donc, si j'ai bien compris, tu échanges des conseils en mode contre des conseils en relations matrimoniales ?

— Entre autres !

Les petits cailloux du chemin crissent sous la semelle de nos chaussures quand je sens Christophe accélérer le pas pour venir à mon niveau.

— C'est quoi ce mystère qui t'appartient, dont parlait Natacha tout à l'heure ? demande alors mon mari.

Gênée, j'évite de croiser son regard et tourne la tête vers le jardin, vers le saule, vers le grillage du voisin. Faute de réaction de ma part, Chris insiste.

— Tu es bizarre, ces temps-ci. Je te vois te relever la nuit, te planquer pour répondre sur ton téléphone portable… Qu'est-ce que tu me caches ?

— …

— Tu sais que je peux tout entendre.

— Je sais.

Je sais que Natacha a raison, je ne peux pas garder ce secret éternellement. C'est un feu qui brûle en moi, un feu qui me consume mais qui peut également devenir un feu d'artifice incroyable, comme ce que j'ai ressenti cette semaine envers cet homme à l'hôpital en séance de kinésithérapie intime, une foule d'émotions et de mots qui hurlent en moi, veulent sortir et assumer leur existence.

Je traverse la pelouse et me dirige vers le saule. J'aime me sentir abritée sous sa voûte végétale, une enveloppe de Mère Nature au-dessus de ma tête, histoire de me sentir protégée en cet instant où j'ai besoin de courage.

— Je ne te lâcherai pas, j'ai besoin de comprendre, revendique Chris dans mon dos.

À un mètre du tronc, je m'arrête, me retourne face à lui. Il stoppe sa marche et me lance un regard pénétrant, comme un sortilège susceptible de lire par-delà les apparences, capable de traduire les silences et de révéler les secrets.

Mon cœur s'accélère. Je fais tourner les perles de mes bracelets pour déjouer le trac qui m'envahit, puis prends une profonde inspiration.

— Bon, voilà, j'ai un truc à te dire.

— Je t'écoute.

Les mains sur les hanches, Christophe prend un air faussement décontracté.

Je bafouille.

— C'est-à-dire que depuis plusieurs jours…

Je bats en retraite. Un pas.

— Enfin, plusieurs semaines…

Je recule de vingt centimètres.

— Disons que la nuit…

Encore vingt centimètres.

— Le jour aussi d'ailleurs… il m'obsède, il m'apaise, il me permet de souffler, de décharger toutes les choses trop difficiles à dire, il est comme ça, il ne dit rien mais ça me fait un bien fou, si tu savais, il…

— Mais de qui tu parles ? me coupe Christophe, les sourcils plissés par l'incompréhension.

Je recule encore. Mon corps tout entier rencontre le contact rugueux de l'écorce du saule. Me voilà au pied du mur, au pied d'un arbre en l'occurrence. Impossible de battre en retraite davantage. Il va falloir assumer.

Je respire un bon coup, ratisse le peu de courage qui reste dans les parages et débite mon aveu le plus vite possible.

— Le secret de toutes mes cachoteries, c'est que j'écris.

Un bref silence escorte les froissements des feuilles du saule, préserve le tintement des perles de mes bracelets, les unes contre les autres.

— Mais à qui ? s'étonne Chris.

— À personne ! J'écris un journal intime. Je colle sur le papier ce que je ressens, ce qui m'anime, ce que je n'arrive pas forcément à gérer, mes angoisses, mes peurs, mes progrès, tout ce qui me passe par la tête, tout ce qui est trop lourd à porter.

— Ah bon ? Mais tu te lèves aussi la nuit pour écrire ?

J'amorce alors le récit de ces dernières semaines de discrétion.

— Tout a commencé par une idée suggérée par Rose, le coach conseillé par Natacha. Écrire un journal intime, confier sur le papier mes angoisses, mes peurs, mes émotions arrivant par milliers après deux ans de vide immense. Je n'en avais jamais écrit lorsque j'étais jeune et j'avais envie de faire un essai. Si cette méthode pouvait m'empêcher de pleurer ou d'être submergée par de violentes colères, il me paraissait judicieux de lui donner toutes ses chances.

Je raconte alors à Christophe, l'origine de cette idée.

Au début, j'ai acheté un joli cahier en papeterie, en cuir rouge, fermé par un large élastique. Il était dans ma table de nuit et je le sortais au moment où mes émotions étaient difficilement supportables. J'ai constaté que remplir les pages me procurait un rapide soulagement si bien que j'y ai rapidement pris goût.

D'abord thérapeutique, c'est vite devenu une sorte de drogue. Légale. Et jouissive, à cause d'un drôle de phénomène enclin à bouleverser mon quotidien.

J'étais perdue dans cette nuit sans fin, toutes les portes de ma vie s'étant refermées, celles de mes projets, de mon travail, de ma vie sociale, de ma vie privée… Toutes, sauf une. Une porte dont je ne connaissais pas l'existence, mais qui, dans cette pénombre épaisse, laissait entrevoir un léger trait de lumière. Alors, je me suis approchée et j'ai poussé du bout du pied le panneau de bois avec prudence, intriguée par le seul halo de lumière apparu depuis bien longtemps. Lorsque la porte s'est ouverte, j'ai été éblouie par une forte luminosité et une déferlante de mots, de lettres, de phrases, qui se sont aussitôt engouffrés dans mon univers si vide. Ce que je n'avais pas soupçonné, c'était le pouvoir de leur présence. Ils ont rapidement pris leurs aises. Sans que j'y prête vraiment attention, le cahier s'est rempli à une vitesse folle. J'en ai donc acheté un deuxième, puis un troisième. Au quatrième, j'ai décidé de changer de méthode, j'ai créé un fichier sur l'ordinateur, caché dans un répertoire nommé « Administration archivée ».

Mais il n'y avait pas seulement les cahiers.

Les mots, les idées, les verbes survenaient de plus en plus de façon anarchique en journée, à n'importe quel moment. Ils me réveillaient la nuit, surgissaient dans un rêve ou résonnaient dans mon cerveau jusqu'à ce que je couche ces schémas dans la matière, sur un carnet de notes, un post-it, un bout de papier, dans un fichier sur mon téléphone, un vieux cahier scolaire des enfants dont il restait quelques pages….

L'écriture, d'abord cursive, maladroite et hésitante est devenue au fil du temps, nerveuse, intuitive, obsessionnelle. Mes mains ne m'obéissaient plus, elles ne trouvaient le répit qu'au moment où mon corps disait « stop », où mes muscles s'éteignaient de fatigue, où les brûlures menaçaient de leur apparition. Ma tête, elle, ne me lâchait pas, elle avait toujours une longueur d'avance par rapport à l'écriture, elle apprenait à patienter, à attendre le retour de mains revigorées par un repos nécessaire.

« Cher Journal… »

Plus je lui écris, plus c'est une évidence. C'est lui. C'est lui la clef, ce retour vers moi que j'attendais, ce chemin vers ce que je veux être vraiment.

C'est la rencontre avec la nouvelle « moi » et la réconciliation avec l'ancienne. J'ai toujours parlé, beaucoup parlé. La vie m'a appris à me taire et à écouter. Aujourd'hui, j'écris, j'écris beaucoup. C'est une nouvelle façon de m'exprimer, plus en accord avec mes aptitudes actuelles et mon quotidien. Fini, la centaine de personnes croisées à la pharmacie tous les jours. Maintenant, il n'y a que moi et la solitude, cette nouvelle amie que j'ai apprivoisée depuis l'arrivée de la DM. Je compte aussi les quelques rencontres de la journée et les projets ponctuels dans lesquels je me lance mais, bloquée chez moi, au lit le plus souvent, mon imagination a commencé à s'exprimer, un nouvel univers s'est ouvert à moi.

Tous ces moments sans action, sans parler à personne, ces cordes vocales qui se rebellent et m'empêchent de m'exprimer normalement, tout ceci m'a obligée à rentrer dans un monde de silence dont j'ignorais l'existence. S'il me semblait autrefois impossible de combler ma soif de parler, l'écriture remplit désormais cette place immense, ce rôle. Elle prend sa place pour pallier mon manque de relations humaines, de bavardages anodins, d'anecdotes de vie. Je compense mon manque de communication par la prose en m'évadant dans ce monde que je fabrique de toutes pièces. Un monde que je n'ai pas choisi et qui s'est imposé à moi comme une bouée de sauvetage à l'annonce du naufrage.

Coupée de ma vie sociale, les personnages de mes pages me tiennent compagnie et deviennent indispensables à ma survie et mon moral. Un discours, même artificiel, est un cadeau pour l'inconditionnelle bavarde que je suis.

Écrire m'a rendue vivante à une époque où mon corps ne l'était plus vraiment, en tout cas plus complètement. J'ai fini par laisser les mots contrôler mon esprit au gré des pages car ces mots, les mots de mon âme sont venus remplacer les maux de mon corps.

— Je ne suis pas étonné, tu sais ! déclare Christophe après lui avoir résumé les grandes lignes de ces dernières semaines de cachotteries.

— Ah bon ?

— Tu as toujours fait des listes pour tout. Des listes de courses, de choses urgentes à faire, de cadeaux de noël à envisager, de…

— Ce n'est pas la même chose.

— C'est vrai, mais tu reconnais toi-même que tu es bavarde et je sais que tes problèmes d'élocution te pèsent parfois. Alors écrire, comme tu l'as dit, est une autre forme d'expression qui te fait du bien. Et puis, tu écrivais beaucoup en pharmacie. Tous ces protocoles, ces préparations et ces comptes-rendus de réunion d'équipe, ces fiches conseils pour de nouveaux médicaments… Je me rappelle avoir souvent vu traîner tout ça à la maison à cette époque.

— Tu as raison, finalement j'ai toujours écrit. Seulement c'était pour le travail, avec un cadre défini que je ne pouvais pas changer ou étirer, comme à l'école lorsque j'étais plus jeune. Je me souviens de mon professeur de philosophie au lycée. Quels que soient mes résultats, une remarque revenait souvent : « Mademoiselle, le travail à rendre doit tenir sur une copie double et une seule ! »

— Tu m'étonnes. Tous mes copains et moi, on avait du mal à remplir une feuille et toi, tu devais être un ovni, la seule à devoir réduire tes idées pour qu'elles rentrent dans la norme d'un format prédéfini.

— C'est ça.

— J'imagine le tableau en classe, au moment de l'interrogation écrite prévue par ton professeur. Une question et tu faisais un roman ! Tu vois, c'était écrit, tu devais continuer à rêver.

Christophe ne croit pas si bien dire : il est vrai que mes nuits sont parfois un peu agitées. Si je ne me lève pas pour écrire, ce sont l'écriture et ses réflexions qui s'invitent dans mes rêves. La pharmacie a disparu, au profit d'une scène récurrente qui me place face à différents interlocuteurs. Tantôt je parle à Chris, tantôt il s'agit de Natacha, Katia, Gaby, de mes parents ou de mes frères, de Mylène, de la boulangère, du policier municipal et même du facteur. Tout le monde y passe, un vrai casting sans fin...

— *Tu veux écrire un roman ?*

— *Oui. J'ai lu des choses sur la nécessité de nourrir les différents domaines de la vie pour avoir une existence équilibrée. La créativité faisait partie des domaines évoqués mais j'ai rapidement constaté mon absence totale d'implication dans cette sphère. Et puis j'ai réfléchi : j'écris ! C'est une révélation.*

— *Depuis quand ?*

— *Depuis peu. L'écriture a bien vite remplacé mes tentatives ratées de décorations manuelles, de mots croisés ennuyeux et de visionnages addictifs de séries américaines. Pourtant, l'assumer est encore difficile. Mes proches vont-ils comprendre mon choix ? Pourrai-je un jour mener ce livre à terme ? Et si la maladie m'empêchait de le terminer ou si l'inspiration se tarissait ? Et s'il ne plaisait à personne ? Si tout le monde voyait ce livre comme un exutoire narcissique sans contenu ? Comment savoir ?*

— *C'est peut-être juste un hobby ?*

— *Mes tripes me disent que c'est bien plus que ça, mais je suis partagée. S'il reste dans mes tiroirs, personne ne pourra le lire et me réduire en cendres, mais s'il reste dans mes tiroirs, personne ne saura quel bonheur immense peut animer une maladie.*

— *Alors, c'est ton métier, mais écrivain c'est comme comédien, il y en a un qui réussit sur un million... C'est risqué, comme reconversion.*

— *Je ne veux pas réussir, je veux parler aux gens. Et puis, ce n'est pas plus risqué que de vivre avec une DM.*

— *Je ne voudrais pas que tes années de pharmacie soient gâchées.*
— *Écrire est le début de ma nouvelle vie, je ferai peut-être autre chose en complément, je ne sais pas encore.*
— *Tu as raison, pour vivre et ne manquer de rien, il te faut un vrai métier.*
— *Mère au foyer est un vrai métier, écrivain aussi.*
— *Oui, enfin ça occupe. Tu n'as pas d'autres envies ?*
— *Pour l'instant, écrire me suffit.*
— *Et après ?*
— *Après on verra. Le futur c'est demain. Aujourd'hui j'écris, c'est tout.*
— *Je m'inquiète pour ton avenir.*
— *Chaque demain est un nouvel avenir. Tu t'inquiètes, tout le monde s'inquiète tout le temps. C'est nul.*
— *C'est normal.*
— *Alors je ne veux plus de ce monde normal.*
— *Écrire est un divertissement qui te permet de t'évader pour oublier la douleur et la maladie. Quand tu iras mieux, ça te passera.*
— *Je n'irai pas mieux.*
— *Tu dis n'importe quoi. Ton manque de discernement t'empêche de voir le bout du tunnel.*
— *Ton manque de discernement t'empêche d'accepter la définition d'une maladie auto-immune.*
— *Les guérisons, c'est rare mais ça existe.*
— *On verra.*
— *Disons que pour l'instant, écrire t'occupe de temps en temps, hein ?*
— *J'y passe de nombreuses heures lorsque mes mains fonctionnent.*
— *Ah bon...*

— *Pratiquement tous les jours, tu sais. Et les nuits, on en parle ?*

— *Ah, quand même !*

— *C'est gratifiant de voir les pages se remplir comme si ma vie devenue vide de sens se chargeait de nouveau de belles aventures.*

— *Tu sais que ce n'est pas réel.*

— *C'est aux portes de ma réalité, à vrai dire.*

— *Écrire t'aide à extérioriser et à éviter d'entendre les heures sonner, mais ne perds malgré tout pas trop de temps dans cette activité futile. N'oublie pas l'essentiel.*

— *Si tu savais… C'est aussi justement pour ne jamais oublier que j'écris.*

Ne pas oublier d'avoir trop donné.
Ne pas oublier que m'oublier m'a coûté très cher.
Ne pas oublier la souffrance de mon réveil.
Ne pas oublier que l'Amour m'a soignée.
Ne pas oublier la chance d'une deuxième vie.
Ne pas oublier d'assumer d'être moi-même dans celle-ci.

Christophe me sort de ce songe. Il m'attrape les mains et se rapproche d'un pas. Nos visages sont si proches que je pourrais compter le nombre de gouttes d'eau bleu océan Pacifique qui composent ces si beaux yeux, scrutateurs et espiègles. Un bouillon de désir déboule en trombe dans le bas de mon ventre.

— Vous n'étiez pas très sage, jeudi, dans la salle de travail individuelle ?

— Moi ? dis-je, en feignant d'être offusquée.

— Chère madame, vous m'avez déstabilisé, je n'ai pas pu résister davantage.

— Je pensais pourtant que ce petit jeu du chat et de la souris vous amusait beaucoup, cher monsieur.

— Je suis bien d'accord mais les jeux, même les plus délicieux, ont toujours une fin et j'ai beaucoup aimé la nôtre, la reconnexion de nos deux corps amoureux.

— Parleriez-vous d'Amour, cher monsieur ?

— Je suis hermétique au romantisme, mais selon moi, l'Amour n'a pas besoin de grandes phrases, il se résume plutôt par ses actes.

— Vous êtes un kinésithérapeute hospitalier plein de surprises, cher monsieur.

Christophe m'embrasse sur la joue. Mes yeux papillonnent de plaisir.

— Tu m'as manqué, dit-il tendrement.

— Toi aussi, tu m'as manqué. C'est long un cauchemar qui dure deux ans.

— Pour moi, c'était plutôt la traversée d'un désert où la soif de toi, de nous a été de plus en plus difficile à supporter.

— Je suis désolée.

— Chut !

Christophe place son index sur mes lèvres. Je tangue d'un pied sur l'autre.

— Tu fatigues ?

— Oui.

— Alors on va rentrer, mais tu gardes tes dernières forces de la journée pour nous car nous avons un sacré temps à rattraper tous les deux, chère madame !

Christophe, le kinésithérapeute de mon cœur, m'attire contre lui. Ses mains, fortes et délicates à la fois, agrippent ma taille et provoquent une décharge électrique dans le creux de mes reins. J'ai déjà compris que de la souffrance naissent des ressources, je ne pouvais pourtant pas imaginer que la douleur pourrait disparaître au toucher et se transformer en une sensation de plaisir décuplé, plus précieux et intense que dans mes souvenirs. Son rictus aux coins des lèvres me fait déjà craquer.

J'aime quand ses mains fortes m'empoignent de désir et changent mes moindres craintes en tentations maladives. Voilà un symptôme que je suis prête à supporter et assumer pleinement. J'étouffe un rire nerveux. Un regain d'énergie et de volonté a remplacé l'épuisement physique et émotionnel de ces dernières années.

Merci la vie.

Mille fois, j'ai craint de le perdre.

J'ai eu si peur qu'il me trompe, qu'il me quitte ou pire encore, qu'il reste par pitié ou par devoir. Certains ont même pensé qu'on s'était séparés. Pas seulement à cause de l'épreuve de la maladie, mais aussi tout simplement suite à ma disparition soudaine. Depuis toujours, j'emmenais les enfants à l'école, à la gym, chez le médecin... J'allais au supermarché, à la boulangerie, chez le traiteur chinois... Et puis, du jour au lendemain, plus rien. J'ai totalement disparu des radars. Avec Christophe désormais seul aux commandes sur tous les postes, beaucoup ont inévitablement cru à une séparation récente, à un potentiel divorce en cours.

D'ailleurs, concernant mes hospitalisations répétées...

Jamais il n'est venu me voir dans ma chambre.

Jamais il ne m'a tenu la main pendant les injections.

Jamais il ne m'a demandé comment j'allais.

Jamais il n'a exigé les résultats des scanners.

Jamais il ne m'a accompagné passer des examens.

J'aurais pu lui en vouloir.

Il n'était pas là.

Tant mieux.

Je l'en remercie.

Si, une fois. Il avait pris trois jours de congé pour rester avec moi à l'hôpital pendant que sa mère prenait ses marques dans notre maison et s'occupait des enfants.

Il n'est resté qu'une seule journée.

Voir sa femme en pleine déchéance, branchée à une machine qui l'emmenait vers le néant était aussi terrifiant pour lui que pour moi lorsque je captais l'épouvante dans son regard entre deux semi-réveils. Ce jour-là, comme tous les autres qui ont suivi, je n'ai pas su le rassurer ou prendre des pincettes pour le ménager. Le courage est parfois si fragile qu'il peut éclater en mille morceaux à la moindre secousse.

Il ne m'en veut pas. Je ne lui en veux pas.

Lui devait s'occuper de notre famille.

Moi je devais survivre.

Chacun son combat.

La vie continue.

Parler de cette maladie au quotidien ou à chaque sortie d'hospitalisation aurait donné trop d'importance à sa présence dans ma vie, dans mon corps, dans mes entrailles. Pour Chris, il n'en était pas question.

Le silence. Même si beaucoup n'ont pas compris, c'était sa manière à lui de traverser cette épreuve et je l'ai toujours respectée.

Sa présence et ses actes dans mon quotidien, ses bras pour me guider, ses mains pour me ramasser, c'était sa détermination à lui, une force qu'il m'a insufflée sans compter, sans relâche, sans jamais abandonner, sans jamais m'abandonner. Nous aurions pu nous perdre dans cette bataille qui a perturbé la famille et fait vaciller notre couple dans les tourments d'une tempête imprévisible et violente, mais nous n'avons rien lâché, ni lui, ni moi.

Christophe est une personne qui place l'humain au cœur de sa vie et sait voir le meilleur de chaque individu. Son approche et ses outils thérapeutiques s'adaptent à chacun et en font quelqu'un d'unique qui se soucie vraiment de ses patients. Son écoute et son empathie reflètent sa personnalité bienveillante et compétente, aussi bien dans son travail de kiné à l'hôpital que dans sa vie privée.

Nos séances m'ont aidée à gérer plus sereinement les aléas de ma maladie, à m'ouvrir davantage aux autres en acceptant pas à pas mon handicap et en trouvant les ressources nécessaires en moi pour gagner en autonomie et m'épanouir davantage.

Il a fait de ma différence une force que je ne soupçonnais pas.

Cette reconstruction, cette renaissance, c'est comme emboîter les pièces d'un puzzle dont on ne sait pas encore à quoi ressemble le dessin final.

J'avance un pas après l'autre.

Christophe est arrivé comme une bouée de sauvetage à la fin de mon adolescence, à l'aube de ma vie d'adulte, alors que j'étais bien décidée à retrouver goût à la vie coûte que coûte. Écorchée, sans trop savoir pourquoi, j'avais soif de bonheur. Avec lui, j'ai déposé les armes, j'ai enfin pu être moi-même, lui dévoiler mes défauts et mes qualités. Je ne lui ai jamais caché mes fêlures et il m'a aimée entière, animée de différentes facettes et de projets de famille. Si je me suis ouverte et confiée à lui, il a su balayer tous mes doutes. Nous pouvions être heureux, il suffisait de le décider, là, maintenant, tout de suite.

D'après Chris, le bonheur, c'est simple.

C'est d'être heureux de ce que l'on possède déjà.

Mais le bonheur n'est pas toujours confortable.

Il n'en demeure pas moins un choix car, il y a vingt ans, j'ai compris qu'attendre d'avoir la vie parfaite pour être heureuse, c'est comme courir derrière une chimère, jamais on ne peut l'attraper.

Aveugle depuis plus de deux ans, je veux aujourd'hui refaire ce choix qui m'a porté chance dans ma construction de femme, me permettant de m'épanouir en pharmacie et de fonder une famille en m'ouvrant aux autres.

J'épouse ma vie telle qu'elle est, avec la dermatopolymyosite et ses conséquences, avec ce corps qui décide parfois avant mon esprit, avec ce quotidien si différent de mes repères.

Je vais arrêter de FAIRE des choses pour ÊTRE heureuse.

Je vais juste ÊTRE heureuse.

Du moins, je vais essayer.

En toutes circonstances.

Lorsque je l'ai rencontré, jeune et ébréchée, il était tout ce que je n'étais pas. Spontané, épicurien, philosophe, en harmonie avec son être tout entier. Son parcours d'homme libre dans sa tête et dans son corps me fascinait, son altruisme et son ouverture sur le monde me captivaient, sa faculté à voir le positif en acceptant le négatif avec sagesse m'envoûtait.

Christophe m'a appris à apprécier la vie avec toutes ses couleurs et ses nuances, avec ses hauts et ses bas, tel un capitaine aux commandes d'un bateau en pleine mer. On ne voit pas toujours où l'on va mais l'important est d'avancer dans la confiance, quoi qu'il arrive. Si l'on continue de naviguer, la terre pointera forcément un jour le bout de son nez.

Si mon homme a été mon roc, mon refuge et mon cap pendant plus de vingt ans, je suis consciente qu'il ne peut indéfiniment avoir ce rôle de guide et de protecteur. Je me sens prête aujourd'hui à affronter les tempêtes et les raz-de-marée, les vents violents et les changements de cap. C'est bien cela qu'il m'est arrivé.

Il y avait trop de monde sur mon bateau.

Au risque de chavirer et de provoquer une noyade collective, tout le monde a débarqué au port, y compris Christophe, et je me suis retrouvée seule au milieu de l'océan, face à mes doutes et mes peurs, sans modèle pour m'indiquer la direction à suivre.

J'aurais dû m'émanciper à l'adolescence, prendre la barre à la place de mes parents, choisir mes escales malgré les réticences de l'équipage, assumer la destination sans écouter les reproches des autorités compétentes, la société et ses codes. Ce n'est pourtant pas facile de prendre le large en toute autonomie, avec pour seuls repères des croyances limitantes et les valeurs des autres.

Avec plus de maturité et de conscience, face à ce combat inachevé à l'adolescence, je prends aujourd'hui les rênes de mon existence sans renier qui je suis, sans me départir de mes responsabilités, sans oublier que si je suis seule à bord, je peux maintenant choisir l'équipage qui me correspond le mieux.

À présent, je suis aux commandes de mon navire et j'ai le droit, après des mois et des mois de mer en solitaire, de venir accoster sur les îles et les plages qui me passionnent. Je me donne le droit de faire embarquer les personnes qui comptent et de leur octroyer la place qui me convient, je suis consciente de pouvoir aimer ou respecter les gens sans être forcément d'accord avec leurs convictions.

J'aborde enfin cette période de ma vie comme une résilience.

Aux côtés d'un partenaire hors norme.

Ce n'est pas tous les jours que l'on peut retomber amoureuse de l'homme que l'on a épousé.

Six mois plus tard

Il fait encore nuit. Le bus roule depuis vingt minutes et je regarde défiler, la tête appuyée contre la vitre, les lumières des lampadaires et les quelques phares rouges des voitures au loin. À mes côtés, Alicia s'est assoupie. Derrière moi, Christophe et William ont les yeux clos. Comme la plupart des passagers, ils se sont rendormis après le chargement du bus sur l'aire de repos de Montauban Nord vers 6 h du matin. Il faut dire que le réveil a été plus que matinal en bipant dès 4 h 45 dans les maisonnées, si bien que beaucoup finissent leur nuit ici, sur les sièges qui nous conduisent vers les Pyrénées.

Aucun retardataire. Les gens qui se lèvent si tôt sont forcément des passionnés auxquels je m'identifie en retrouvant des sensations enfouies avec mes années passées.

Adolescents, avec Charly et FX, nous partions un dimanche sur deux en station avec le club de ski de la ville. Chaque hiver, les dates des sorties en montagne rythmaient mon emploi du temps et s'imposaient en tant que priorité dans ma vie de jeune.

Bus. Rendez-vous 6 h. Départ 6 h 30. Arrivée en station entre 8 h 30 et 9 h 00. Journée neige selon les envies de chaque participant. Ski, randonnée, raquettes ou simplement raclette au restaurant entre amis. Quelles que soient les activités de chacun, tout le monde était convié au parking à la même heure. Départ 16 h. Retour 20 h.

L'organisation était rodée, les bénévoles du club étaient, pour la plupart, des amateurs de grand air et de glisse. Je m'y sentais comme chez moi.

Nos parents nous accompagnaient au début, puis, petit à petit, ils nous ont laissés tracer notre route tous les trois, prétextant un besoin plus important de repos entre ces séances de sport intensif. Trop contents de profiter des pistes autant que de notre liberté. Je n'ai jamais oublié ces années d'insouciance et de plaisir partagées avec FX et Charly.

Aujourd'hui, cette formule me semble la plus adaptée à mon projet de dévaler à nouveau les pistes bleues et vertes d'une station hivernale des Pyrénées. J'ai définitivement abandonné la possibilité de m'y rendre par mes propres moyens. Trajet, location de matériel, achat des forfaits sont autant d'obstacles susceptibles d'entraîner une fatigue extrême qui m'empêcherait d'accéder aux pistes en forme. J'ai donc optimisé chaque étape pour rendre mon projet viable.

En ce qui concerne le trajet, on oublie la voiture, le bus est une option idéale. Repos assuré avant et après les pistes.

Pour le matériel, pas de location sur site. J'évite ainsi trajet, embouteillage et attente debout dans les magasins de station. J'ai effectué la location en amont chez un loueur montalbanais. Skis, casques et bâtons ont été réservés, puis empruntés vendredi. Ils sont déjà dans la soute, en compagnie des jumelles, mes fameuses béquilles potentiellement utiles à un moment ou un autre de cette journée sportive.

L'achat des forfaits, quant à lui, est un risque de perte d'énergie à faire la queue aux caisses des remontées mécaniques. J'ai donc opté pour les facilités du club. L'un des membres part en éclaireur dès notre arrivée en station, effectue un achat groupé et ramène autant de forfaits que nécessaire au bus. Pendant ce temps, certains se préparent, vident les soutes, d'autres partent en quête d'une location en magasin. J'ai payé quatre forfaits et pourrai les récupérer sans avoir à marcher et attendre debout.

Toutes ces étapes vont permettre de minimiser mes déplacements et ma fatigue musculaire, capitalisant ainsi mes forces au profit de la glisse sur la neige. La cerise sur le gâteau est la proposition du club de donner des cours de ski ou d'encadrer ceux qui le souhaitent pour partir à l'assaut des cimes. J'ai inscrit Alicia et William chez les débutants. Nous pourrons skier, Christophe et moi, dans un cours intermédiaire, niveau deuxième étoile.

Célestin, l'un des membres de l'association présent dans le bus, m'a parlé d'un groupe confirmé troisième étoile, plus performant. Certes j'ai décroché des médailles plus prestigieuses mais je préfère être prudente. Entre mes années de jachère et mon handicap, j'ai besoin d'un groupe avec lequel je peux renouer avec la montagne sans risquer de me blesser en forçant trop.

On verra bien.

Célestin a été compréhensif à l'évocation de mon projet. Lui et son équipe ayant l'habitude d'encadrer ponctuellement des skieurs aux handicaps divers, les choses se sont faites avec simplicité et bienveillance. Dans cette équipe de bénévoles, je me sens à ma place.

Si de nombreuses personnes dorment ou somnolent autour de moi, il m'est totalement impossible de faire de même. Je suis beaucoup trop excitée par cette aventure, ce rêve à portée de mains. De plus, il est hors de question que je manque le lever du soleil. Je couve des yeux l'horizon à la recherche de la beauté du monde.

La lueur du jour pointe enfin le bout de son nez. Des dégradés de rose font bientôt fuir les dernières parcelles d'obscurité totale et offrent un paysage magique. Les sommets des montagnes se dressent alors en face de nous, dévoilant leurs manteaux blancs et leurs bassins rocailleux. La lumière grignote progressivement les ravins et les versants. Je ne peux m'empêcher de trouver ce réveil sublime.

Merci d'être au rendez-vous. Vous m'avez manqué.

Alors que je me laisse attendrir par ce spectacle vivifiant, je suis surprise par la plénitude qui m'envahit. Prise de court, je ne sens pas la détente me harponner et sombre bien vite dans un sommeil agréable.

Piégée par un dos d'âne un peu trop orgueilleux, je me réveille en sursaut. Ma fille discute avec sa voisine de l'autre côté de l'allée centrale, une enfant à peine plus âgée qu'elle.

Je regarde ma montre. 8 h 20.

Je fais tourner les perles de mes bracelets.

Comme en témoigne la neige entassée sur les bas-côtés, sur les sapins et dans la forêt, on se rapproche de la station de ski. La Nature étend son territoire vers l'infini. Seules les bandes rouges des panneaux de signalisation que l'on croise nous rappellent que la civilisation existe, toute proche, autant que le danger. La dernière partie du trajet est un vrai défi pour le chauffeur du bus.

Avant d'entamer les routes escarpées et les interminables lacets nous menant au col, j'attrape mon téléphone portable. Dans ma galerie, je visionne les photos-souvenirs de notre sortie familiale de la semaine dernière. J'avais demandé à une dame de nous prendre tous les cinq. On nous voit devant l'entrée du cirque, emmitouflés dans nos bonnets et nos écharpes en laine. Je me fais la réflexion que je suis moins voûtée qu'auparavant.

Au centre, Jack et moi, entourés des enfants et de Christophe. Une virée au cirque. En fauteuil, l'accès n'était pas évident car le parking était par endroit dépourvu de goudron lisse, entravé par des trous ou des bandes de terre boueuses. Heureusement que Christophe est suffisamment musclé pour manœuvrer cet engin dans ce genre de circonstances. Ma deuxième épreuve de la soirée a été de surmonter une engueulade avec le caissier. Il voulait me faire payer un supplément et me séparer de ma tribu. Selon lui, l'accès handicapés ne pouvait se faire qu'au niveau des tribunes d'honneur. Pour la première fois, j'ai ressenti l'injustice faite aux personnes en fauteuil et le besoin de me défendre, de défendre la cause de tous mes semblables.

— Alors comme ça je dois abandonner ma famille et payer un supplément car je suis handicapée ? C'est comme ça que vous accueillez les personnes en fauteuil, bravo !

J'étais stationnée à trois mètres des caisses à cause d'escaliers infranchissables avec mon bolide. Aux pieds des marches, je hurlais suffisamment fort pour que la foule entière trépignant aux guichets m'entende. Les gens me dévisageaient, lorgnaient par-dessus leur épaule, pivotaient vers mon bourreau. Je renchérissais, criais à nouveau face au refus du caissier, exploitais un potentiel théâtral inconnu jusqu'à présent. Christophe voulait payer. Il n'en était pas question.

Dans ce laps de temps, je me suis remémoré une phrase que j'avais lue quelque part : « Cessez d'être gentil, soyez vrai ».

Nous avons été secourus par un responsable, alerté par mes protestations et les messes basses de la foule à l'égard de ce regrettable incident. Au final, je n'ai pas réglé de supplément. Le responsable nous a installés tous les cinq dans le carré d'honneur, si près de la cage des lions qu'on aurait pu leur donner à manger dans la main. Christophe était soulagé. Les enfants étaient ravis.

Mon estomac fait des nœuds. J'ai la nausée. Il est temps de regarder attentivement la route car les virages qui montent vers la station commencent à mettre à mal mon système digestif.

— On arrive ? demande Alicia.

— Oui, ma puce. Bientôt.

La montée est rude. Les paysages sont magnifiques.

Le bus stationne dans la vallée, à quelques mètres de l'accès aux pistes sur le bitume givré.

Forfaits en main, chaussures de ski aux pieds, nous nous dirigeons vers la station. Christophe porte mes skis en plus des siens, chaque millimètre de capital musculaire préservé est un bien précieux. Au milieu des participants, personne ne peut se douter de mon histoire. Seule ma démarche robotique et légèrement oscillante est un indice. J'observe mes voisins, mes enfants, mon mari, Célestin, notre moniteur pour la matinée. Mon rêve va enfin se réaliser.

Tac ! Tac ! Le bruit caractéristique des chaussures qui se clipsent sur les skis ravive ma mémoire. Les sillons blancs laissés par FX, Charly et moi après notre passage sur les plus hauts plateaux des Alpes puis des Pyrénées soulèvent des années d'insouciance et de liberté.

— Ferme bien la fermeture éclair jusqu'en haut, Will. Si jamais tu chutes, la neige viendra te glacer le cou.

— OK.

— On se retrouve dans deux heures, les enfants. Vous nous montrerez vos progrès et on ira déjeuner.

— Et on boira un coup en terrasse avec une vue géniale sur les sommets.

— Oui, Chris, promis.

— On va aller sur le tapis roulant ? questionne mon fils.

— C'est bien plus facile que le tire-fesse, tu verras.

Une fois les groupes de niveau constitués par les bénévoles du club, nous partons chacun de notre côté. Au bord du premier dénivelé, Célestin, notre moniteur, prend la parole.

— On va commencer par une piste verte pour s'échauffer, mais on va monter un peu, histoire de trouver moins de monde dans les hauteurs.

Du bout de sa moufle, bras tendu, il désigne une crête enneigée.

— Bon, on va là-bas. Suivez-moi.

Une légère pente permet d'accéder au premier télésiège.

Les membres de notre groupe descendent les uns derrière les autres. J'enfile mes dragonnes et tapote mes skis sur la neige, impatiente d'en découdre avec des sensations refoulées. Je suis une adolescente excitée par l'assaut du relief des massifs rocheux, pressée de sentir le vent fouetter mon visage pendant la glisse.

Mon homme et moi sommes les derniers de la bande. Occupée à admirer le paysage et les skieurs déjà présents sur les premiers versants sur ma gauche, jetant un coup d'œil à nos camarades en route sur la droite, je n'avais pas observé Christophe. Lorsque je l'aperçois au moment où il s'élance dans la pente, je note aussitôt une grimace animée par la peur. Elle déforme les traits de son visage tandis que ses yeux s'arrondissent.

— Chris, ça va ? Tu…

Je n'ai pas le temps de finir ma phrase.

Il incline ses skis, pousse sur les bâtons, essaie un semblant de chasse-neige. Les pointes de ses skis claquent l'une sur l'autre. Au début prudent et raide, il devient rapidement incontrôlable et carrément tétanisé quand la vitesse grandit et l'emporte plus bas.

— Chasse-neige ! Chasse-neige ! lui hurle Célestin, déjà au pied du télésiège.

— Aaaaah ! crie le malheureux.

Christophe manque de s'écraser sur l'énorme matelas rouge qui enrobe le pylône, évite de justesse le télescopage avec un skieur et termine sa course dans un filet de balisage.

Mince alors ! Je ne pensais pas qu'il serait aussi rouillé après toutes ces années ! Est-ce que moi aussi je vais finir dans le décor dès ma première descente ?

J'hésite à voler à son secours mais j'aperçois Célestin et plusieurs personnes déjà sur le lieu du crash. J'espère qu'il ne s'est pas blessé. D'après ce que je vois, c'est son amour propre qui semble avoir été le plus éprouvé. Je le vois pester, empêtré avec ses skis et ses bâtons, les bras gesticulant dans tous les sens tel un insecte pris au piège d'une toile d'araignée.

Une fois déchaussé, il se relève, discute quelques secondes avec Célestin venu l'aider puis bat en retraite, commence l'ascension de la pente qu'il vient de parcourir, à pied, un ski et un bâton dans chaque main.

Qu'est-ce qu'il fabrique ? Veut-il réitérer son entrée et restaurer son mérite vis-à-vis de ses pairs ?

Célestin, les bras en l'air, m'envoie des signaux évidents. Il m'attend.

Je glisse prudemment jusqu'à Christophe, inquiète quant à sa manœuvre de repli. Tourmentée par le risque de subir le même sort, je m'aventure en chasse-neige, crispée et peu sûre de moi.

À la hauteur du cascadeur, je m'arrête.

— Qu'est-ce qui se passe ?

— Trop difficile de s'y remettre. Ça fait trop longtemps qu'on n'a pas fait de ski.

— Je comprends, mais qu'est-ce que tu fais ?

— Je vais chez les débutants, c'est décidé. Passer du temps avec Alicia et William sera une jolie consolation.

— Tu n'es pas trop déçu ?

Christophe balaie ma question d'un geste de la main.

— Non, pas du tout. Tu sais bien ce que je pense de tout ce froid ! Le ski, c'est ton truc, pas le mien alors éclate-toi, tu as bien assez travaillé pour mériter d'en profiter un max.

— OK, dis-je un peu sonnée.

— À tout à l'heure.

Christophe poursuit son ascension vers le plateau des novices, au pied de la station. Il s'éloigne et je rejoins les autres, regroupés devant les remontées mécaniques.

— Ton mari a fait son choix mais je crois qu'il a raison, il n'a pas le niveau.

— Oui, il paraissait terrifié.

— Il m'a dit que tu avais fait de la compétition, tu pourras t'adapter, j'en suis sûre. Ta première descente était bien assurée.

— Merci.

Célestin s'adresse ensuite au reste de mes camarades de jeu.

— Allez, dans les rangs tout le monde !

Les sièges, suspendus à intervalles réguliers, accostent vides, pivotent à cent-quatre-vingts degrés, puis ralentissent. L'aiguillage se déroule sans faille, se charge de vibrations et de déflagrations sonores saccadées le long du câble. En gare, les skieurs se succèdent, emportés vivement. Ils tapent sur les barres d'acier. Les garde-corps se baissent. Je prends la deuxième file.

Au sommet, la montagne est encore plus majestueuse, loin de la foule en station et des infrastructures bétonnées. Ici, la Nature est reine. Le soleil est si intense, seul dans cette immensité de bleu, qu'il réchauffe mes joues et assèche mes lèvres. À cause de sa forte luminosité, la neige blanche est devenue presque aveuglante. L'altitude nous amène à surplomber la station, le domaine skiable offre toutes ses options et détaille ses couleurs. Pistes rouges et vertes sur la droite. Vertes et bleues sur la gauche.

— On y va, clame Célestin. C'est parti !

Je manœuvre avec prudence, me connecte à mon corps et accepte les sensations qu'il me renvoie. Mes muscles sont opérationnels.

Je chasse les derniers doutes dans ma tête au moment où je visualise les efforts fournis depuis des mois en collaboration avec le médecin du sport et mon kinésithérapeute préféré. Des heures et des heures de vélo, d'exercices, de sacrifices, le tout armée d'une volonté de fer et d'une patience pas toujours facile à apprivoiser. Je n'ai rien lâché. Je suis prête.

Aujourd'hui, j'ai l'intention de multiplier le champ des possibles. Prouver à tous et surtout à moi-même que ce rêve fou est accessible, malgré les obstacles et quelles qu'en soient les conséquences. J'ai besoin de me surpasser, de me sentir vivante. Tant pis pour demain.

Mes skis épousent la neige et crissent avec une mélodie satinée, presque caressante. Je dirige les pointes l'une vers l'autre, pousse mes talons vers l'extérieur puis avance vers la pente. Genoux fléchis, buste en avant, je rentre doucement dans la file indienne dessinée par mes camarades. J'exécute deux ou trois virages en chasse-neige.

Aucun problème. Mes muscles répondent correctement à mes sollicitations, mon corps est à l'écoute de mes envies. Nous travaillons à l'unisson et je sens rapidement mes réflexes de skieuse refaire surface. Je prends appui sur le ski extérieur au cours du prochain virage, contrôle la vitesse et la direction, attaque la pente avec plus d'assurance. Instinctivement la distance entre mes skis se réduit, délaissant le chasse-neige au profit d'une glisse plus fluide. Ces patins, maintenant parallèles et complices, prennent de la vitesse, serpentent, sculptent des stries dans la poudreuse fraîche. Le vent fouette mon visage. Un sentiment de liberté inonde tout mon être.

On ne croise pratiquement personne tant la superficie du domaine est grande. La neige étouffe les bruits, le silence opère tout au long de ce versant duveteux.

J'ai tenu deux heures avec ce rythme énergique et ce corps conciliant. À midi, mon groupe et moi avons remercié Célestin d'avoir veillé sur nous avant de rejoindre nos familles. J'ai regagné le camp des débutants et leur accueil m'a fait chaud au cœur. Le soleil avait déjà donné bonne mine aux enfants, pressés de me raconter leur matinée.

— M'man, le tapis, c'est trop cool, tu veux que je te montre comment ça marche ?

— On est là pour apprendre à skier mais lui, il a préféré le tapis roulant, précise Alicia.

— Et alors ?

— Peu importe, intervient Chris.

— Papa a raison, l'important c'est d'avoir passé un bon moment ici. C'est le cas ?

— Ouiiiii ! crie Will.

— Tu veux voir mes progrès ? demande ma fille excitée.

— Bien sûr !

— À une condition.

— Laquelle ?

— Je veux monter au moins une fois sur le télésiège avec toi. J'en ai assez d'être chez les petits sur ce tapis roulant, tu m'avais promis qu'on descendrait une piste ensemble un jour.

— C'est vrai, ma puce.

— Ce jour est arrivé, on dirait.

Je lui offre mon plus beau sourire.

Sans attendre ma réponse, elle se dirige vers le télésiège.

Mon alarme interne s'est déclenchée. Je sais que le temps m'est compté. Les sensations dans mes jambes s'amenuisent de plus en plus. Je sens mes muscles devenir des fantômes dont on devine à peine la présence.

Je déguste donc cette dernière piste avec ma fille comme un appétissant dessert au chocolat. Jusqu'à la dernière cuillère, je me régale de notre impatience sur le télésiège, de nos chasse-neige appliqués, des odeurs de sapins boisées, des images de massifs enneigés.

Deux jeunes filles en train d'accomplir leur rêve.

Nous avons déjeuné un peu tard en terrasse. En début d'après-midi, Christophe et les enfants se sont arrêtés au bus, ont laissé notre matériel de ski et enfilé des bottes de neige plus confortables. À leur retour, sur un léger dénivelé qui jouxte la terrasse, ils ont organisé une bataille de boules de neige, façonné un bonhomme, débuté la construction d'un igloo et sont partis, curieux et excités, visiter la station.

S'ils ont pu vadrouiller, j'ai dû, quant à moi, renoncé à cet ultime privilège et me contenter de les observer, avec affection, assise sur une chaise en terrasse. Le soleil et mes voisins, un groupe d'Espagnols aussi bavards que rieurs, me tiennent compagnie. En l'absence de Jack, je me demande si je vais pouvoir décoller de ma chaise et rallier le bus. Il le faudra. Je n'ai plus de sensations dans les jambes car dans cette zone, la plupart de mes muscles sont hors service.

L'heure du départ approche. Christophe et les enfants viennent me chercher.

Alicia débarque la première.

— On doit revenir au bus, tu peux marcher, mère ?

— Joker, dis-je d'un ton désolé.

Alicia tourne la tête et interpelle son père surgissant de derrière le bâtiment, la main de William dans la sienne.

— Papa ! On a un joker ! crie-t-elle les mains en porte-voix.

— Avec une alerte rouge ? demande Christophe.

— Non, non, dis-je pour rassurer ma tribu, juste un joker.

Christophe et Will s'approchent.

— Les enfants et moi, nous allons au bus. Toi, tu nous attends. On te ramène les jumelles et tes après-skis. Tu pourras marcher avec ?

— Ça ira, ne t'en fais pas.

— On récupère les chaussures de ski ?

— Bonne idée, Alicia.

Je laisse Christophe et ses mains expertes de kinésithérapeute manipuler mes jambes inertes. Il confie une chaussure à chaque enfant et dépose mes deux membres inférieurs sur une chaise vide dont il s'est saisi. Je considère mes deux jeunes aides. Les chaussures de ski sont énormes dans leurs petits bras, mais ils semblent fiers d'endosser un rôle aussi important. Ils ont totalement intégré mon handicap dans leur vie, souvent plus à l'aise que moi dans les lieux publics.

— On revient vite, déclare Alicia.
— Ce n'est pas trop lourd ?
— Nan ! Pas du tout, affirme Will.
— T'inquiète, on gère la fougère ! me lance ma fille en s'éloignant déjà.

Une main sur mon épaule, un baiser furtif sur le front, mon mari ajoute :
— À tout de suite.

Face à l'immensité de la montagne, je me réjouis de cette journée. Le soleil est maintenant plus bas, il frôle presque les cimes des sommets. Je contemple les skieurs zigzaguant sur les versants, l'agitation des remontées mécaniques, la patience de la Nature à partager son espace. Je fais rouler les perles de mes bracelets. Je me sens libre.

Pas toujours avec mon corps mais dans ma tête, c'est possible. Mon esprit a acquis un sentiment de puissance et de force qui me manquait outrageusement depuis deux ans. Aujourd'hui mon âme est heureuse, elle me donne les pleins pouvoirs en libérant mes peurs de cet enfermement physique et psychique. Je me sens capable de tout surmonter, de tout vivre, de relever n'importe quel défi. Mon âme me porte, à défaut de mon corps parfois en grève. Mes épaules se redressent, je me sens plus grande.

Tant pis pour les huit jours de béquilles et de fauteuil qui m'attendent et pour la perte de sensibilité dans les membres inférieurs. Je m'y étais préparée.

Ce que j'ai gagné là-bas aux pieds des cimes est bien plus important que perdre une semaine d'autonomie. Un souffle de vie. Le souffle de la montagne est entré en moi. Une profonde inspiration et il a envahi tout mon être de sa force tranquille, une force qui, je le sais, ne me lâchera jamais.

Mes jambes ont reçu l'équivalent d'une force de 9g, soit une accélération massive capable de faire perdre conscience à un pilote d'avion de chasse lors de la conduite d'un Rafale. Les béquilles, le fauteuil, l'immobilité, je m'en fous. Je voudrais des g comme ça régulièrement pour stimuler ma conscience, réveiller mes plaisirs d'enfance endormis, nourrir mon âme d'émotions pures et sincères, me recentrer sur celle que je suis vraiment. Finalement, c'est un peu ce que je reçois en thalasso, un traitement de plusieurs G, le G de Guérison, qui revigore mon esprit et revitalise mes muscles déficients. Ma vie parsemée d'hôpital et de pauses, ça y est, je l'assume enfin.

J'ai dépassé le regard des gens, les remarques blessantes, les tentatives de dissuasion. Je suis handicapée et j'ai skié deux heures : j'emmerde tous ceux qui me prendront pour une folle, qui n'ont pas cru en moi, qui m'ont proposé de rester dans la pénombre de ma chambre, de rester sage et de ne pas faire de vagues, ceux qui croyaient que j'allais forcément me casser une jambe ou que je n'arrivais pas à accepter mon handicap, que c'était ça ma nouvelle vie, qu'il fallait que j'accepte de ne plus rien faire et de laisser faire les autres…

J'ai froid aux pieds.

Christophe apparaît, les jumelles dans une main, mes bottes dans l'autre.

Je penche la tête derrière son dos.

— Où sont les enfants ?

— Ils ont préféré rester au bus. Les moniteurs et les bénévoles offrent le goûter… Et puis, rigoler avec les copains qu'ils se sont faits dans leur groupe de débutants ce matin était une perspective plus sympathique que de jouer les livreurs pour leur mère.

— Ils ont bien raison.

J'attrape mes jambes comme des morceaux de bois inertes. Christophe m'aide à glisser mes pieds froids dans mes bottes fourrées. La chaleur augmente rapidement la circulation sanguine et soulage mon inconfort.

— On y va ?

— Oui.

— J'ai repéré les lieux tout à l'heure lors de la visite de la station avec Will et Alicia. Suis-moi, on va passer par le magasin de souvenirs derrière nous. Sa boutique est traversante, elle possède une entrée qui donne sur les pistes et une autre qui débouche sur le parking. On va gagner du temps et surtout des mètres de marche pour toi.

— Ça tombe bien. Merci.

Je me lève, vérifie mes appuis. Quelques pas suffisent à me porter jusqu'à la boutique. Je prends mon temps. Pas le choix. Dans ces moments-là, je me demande toujours comment un corps aussi vide à l'intérieur peut être aussi lourd à déplacer. Quand je pense qu'il y a à peine quelques heures, je faisais la course avec Célestin lors de notre ultime descente !

Le corps humain est une machine incroyable.

Au milieu de la boutique, Christophe m'arrête, entre des bols et des mugs à l'effigie de la station et de petits chalets en bois à construire.

— Attends, je voudrais te montrer quelque chose.

— Si aucun pas supplémentaire n'est nécessaire pour y parvenir, c'est d'accord.

— C'est juste là.

Christophe me montre du doigt un présentoir à bijoux à un mètre sur ma droite. Je jette un œil. Des chaînes avec des plumes, des flocons de neige, des skis.

— Celui-là, décide Christophe.

Il décroche de son rayonnage un bracelet de perles blanches et me regarde de ses yeux verts énigmatiques. Son sourire est aussi craquant de plaisir que la sensation de la neige fondante qui craque à chaque pas.

Il pose sa main sur ma béquille droite.

— Puis-je, chère madame ?

Je lui réponds d'un sourire intrigué et le laisse m'emprunter la demoiselle. Il prend aussitôt la place de celle-ci en passant mon bras autour de son épaule. Nos visages pourraient se toucher. Mon homme cale la béquille sur un meuble et attrape ma main libre de ses deux larges paumes. Il fait glisser le bracelet jusqu'à mon poignet et contemple son effet, collés aux autres bracelets déjà en place.

— Alors, qu'en penses-tu ?

— Il est joli.

— Nous sommes rentrés avec les enfants tout à l'heure. Tu les connais, ils voulaient tout acheter. Pendant qu'Alicia s'extasiait devant les bijoux, j'ai remarqué celui-là. On dirait des boules de neige nacrées. Un bon souvenir de cette journée, non ?

— Tu veux me l'offrir ?

— Bien sûr. J'aimerais compléter ta collection.

Je caresse les perles de mes bracelets et observe l'effet de ces couleurs réunies. En imaginant l'analyse de Christophe, je pense tout haut.

— C'est vrai qu'il n'y a rien de toi. Nous avons le bracelet de ma grand-mère, celui aux perles bleues marines confectionné par ma fille, symbole de la famille. Ensuite, on trouve le bracelet aux perles mauves, offert par Natacha, symbole de l'amitié, puis celui aux perles vertes acquis grâce à mon écriture, symbole du travail et de sa nouvelle signification pour moi. Il ne manque donc que le tien.

— Symbole de l'Amour ?

— Je ne vous savais pas si romantique, cher monsieur.

— Parfois, je me surprends moi-même, lance Christophe, ironique.

— Ce sera donc le symbole de l'Amour, mais pas seulement le tien, ce sera aussi celui de mon Amour pour la montagne. Il me permettra de repenser à tous les bons moments passés ici aujourd'hui.

— Ça marche.

— Merci.

Christophe m'embrasse tendrement. Ma peau adore cette impression douce et sucrée sur mes lèvres gercées. À la vitesse à laquelle monte mon rythme cardiaque, je sais que, malgré une partie de mon corps éteinte pour un moment, subsistent des sentiments impossibles à étouffer, ceux de mon âme en vie et de mon esprit en ébullition.

Je récupère ma béquille. Nous marchons jusqu'à la caisse tenue par un homme jeune à l'accent anglais prononcé. Un bandeau de ski en polaire lui cache les oreilles et une partie du front. Je lui montre le bracelet au poignet. Il reconnaît l'article vendu dans son magasin et nous annonce le prix. Sur le bord du comptoir, un petit présentoir pivotant attire mon attention. Je rétorque.

— On prendra ça aussi.

— OK.

— Avez-vous une boîte aux lettres ?

— Oui, juste en sortant, sur le mur à votre gauche. Un stylo ?

L'homme brandit l'objet par réflexe, un simple Bic à encre bleue.

— Merci, dis-je en m'emparant de celui-ci.

— Il s'appelle « Reviens ! », précise le vendeur.

Je lui souris. Est-ce une défaillance grave de mon cerveau d'entendre l'écho « Revis, hein » ?

Nous sortons du magasin surplombant le parking rempli de voitures et d'une file de bus interminable. Les skieurs et les randonneurs s'affairent autour, rapportant matériel et souvenirs à bord des véhicules aux portes ouvertes. Dans une heure, il fera nuit. Dans trente minutes, le bus quittera la station. J'ai besoin d'accomplir une chose importante avant de partir.

— Tu m'attends ici une minute ?

— Si tu veux.

Je déambule sur ma gauche, contourne de trois pas la boutique de souvenirs et me retrouve face à la montagne, à deux pas des pistes. Des tables de pique-nique occupées par des familles en train de goûter sont parquées contre un muret sécurisant. Je m'assois dessus, face à la montagne. Il est temps de se dire au revoir.

Je sors le stylo de ma poche, écris au dos de la carte postale. La photo est prise en altitude. Elle représente le domaine skiable un jour de grand soleil, l'effervescence volontaire des vacanciers présents sur les pistes enneigées en contrebas, au deuxième plan, au fond. Au premier plan, un skieur prêt à dévaler les versants, à accumuler les doses de frisson, à remplacer le feu qui brûle en lui par le froid rafraîchissant des sommets.

Et si ce skieur était une skieuse ?

Je gribouille quelques mots, puis l'adresse de l'hôpital que je connais par cœur. Pratiques, ces cartes postales prétimbrées à disposition des touristes pressés de partager leurs vacances avec leur entourage. Je range le stylo dans ma poche.

La carte entre les dents, je fais claquer mes béquilles sur le sol en lattes de bois usées. Je marche jusqu'à la boîte aux lettres indiquée par le caissier de la boutique de souvenirs, jette ma missive dedans avant de rejoindre Christophe, puis le bus, puis Lannemezan, puis Saint-Gaudens, puis Carbonne, puis Toulouse, puis chez moi, puis mon journal intime…

Aux premières forces retrouvées, j'irai lui raconter cette journée extraordinaire et lui faire part de cette réalité qui, inscrite sur ma carte postale, est la mienne aujourd'hui.

« La vie est un cadeau. Merci. »

Remerciements

Les deux premières personnes que je souhaite remercier sont ma coach Françoise et mon amie Alexandra car sans le savoir, elles ont été à l'origine de cette idée un peu folle. Ecrire un roman.

C'était une matinée d'automne. Il faisait doux et les feuilles des arbres étaient rouges et jaunes, avec encore quelques touches de vert. Sur un banc, le long du canal, je racontais à mon amie Alexandra les derniers jours de mon quotidien et de mon hospitalisation. On riait, on pleurait, on dédramatisait, on pouffait de rire à nouveau. Ce jour-là, cramponnée à notre amitié, elle a fini par me lancer : « Avec tout ce que tu vis, tu pourrais écrire un bouquin »

Lorsque quelques heures plus tard, je discutais avec Françoise dans son cabinet, ma coach eut recours à la même phrase. Et si c'était un signe ?

Merci à ces deux premiers anges gardiens pour leurs mots et leur grand réconfort face à mes doutes.

Merci à mon mari pour sa présence et sa force tranquille, chaque jour de notre vie.

Merci à mes enfants pour leur patience et leur adaptabilité face à ce nouveau destin.

Merci à ma famille et mes amis. Votre soutien et vos encouragements sont si précieux.

Merci à la Team, toujours présente à mes côtés dans mon monde sans pharmacie.

Merci à mes anges gardiens du monde hospitalier : médecins, infirmiers/ères, aides-soignants/es...Vos soins et votre dévouement m'ont sauvé la vie.

Ce projet n'aurait jamais pu voir le jour sans le professionnalisme de deux partenaires hors norme :

Merci à ma correctrice Véronique Errico pour son travail d'orfèvrerie sur mes textes et sa bienveillance envers moi.

Merci à Yannick Mytae des éditions Mytae pour la réalisation de la couverture et ses nombreux conseils avisés tout au long de la création de ce livre.

« Un feu d'artifice dans ma vie » est mon premier roman autobiographique.

Pour joindre l'auteur : lou.guillemot@orange.fr